을
밀

1

을밀 1
ⓒ 김이령 2012

초판1쇄 인쇄	2012년 9월 10일
초판1쇄 발행	2012년 9월 15일
지은이	김이령
펴낸이	박대일
편집	이문영 · 임수진 · 임유리 · 신지연
교정	박준용
마케팅	송재진
표지디자인	김은희
펴낸곳	파란미디어
출판등록	2004년 9월 14일 제313-2004-00214호
주소	121-897 서울특별시 마포구 성지 1길 32-36 (합정동)
전화	02. 3141. 5589(영업부) 070. 4616. 2012(편집부)
팩스	02. 3141. 5590
전자우편	paranbook@gmail.com
블로그	paranbook.egloos.com
트위터	@paranmedia

ISBN   978-89-6371-054-9(04810)
       978-89-6371-053-2(전2권)

을밀

1

김이령 장편소설

파란

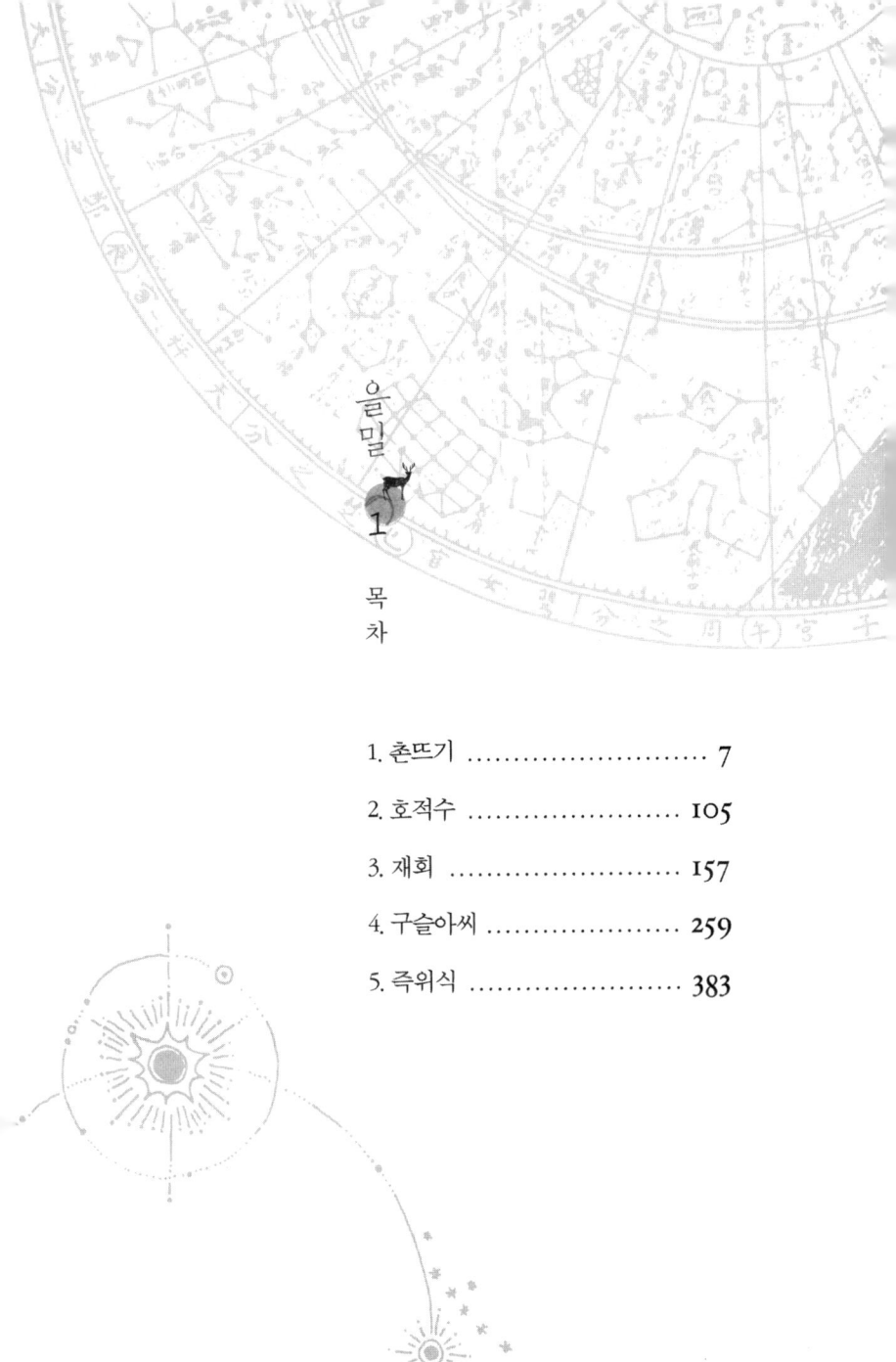

을밀

1

목
차

1. 촌뜨기

뒤쪽에서 시녀 하나가 종종거리며 뛰어왔다. 안 그래도 너무 더디게 가는 것이 마음에 들지 않았던 홍안興安은 내키지 않는 손짓으로 행렬을 멈췄다. '또?'라고 묻듯 시녀를 내려다보는 그의 한쪽 눈이 가늘어졌다.

"태자님, 공주님이 잠깐 뵙기를 청합니다."

"무슨 일이라더냐?"

"그건 태자님께서 오시면 말씀드리겠다고……."

낮게 깔린 그의 목소리에 시녀가 머리를 가슴에 박으며 쩔쩔맸다. 홍안은 눈에 준 힘을 뺐다. 시녀야 주인이 시키는 대로 복종할 뿐, 짜증을 낼 상대는 힘없는 아랫것이 아니라 벌써 여러 번 그를 오라 가라 한 누이동생인 것이다.

"여기서 잠시 쉰다."

홍안은 붉은 기를 등에 꽂은 기마 장수에게 간결히 말하고 고삐를 당겨 백마의 머리를 틀었다. 긴 행렬의 비교적 앞쪽에 있었던 그는 빠르게 말을 몰아 지나왔던 길을 되돌아갔다. 그가 행렬의 곁을 지나치는 동안 병사들과 악공들, 춤꾼들과 하인, 시녀들이 서로에게 태자의 휴식 명령을 전달했다. 목소리만으로도 그들이 휴식을 반기는 것이 느껴져 홍안은 쓰게 입을 다셨다. 그는 행렬 끝의 커다란 수레 옆에 이르러 말을 멈춘 뒤 주위에 있던 시녀들과 병사들 몇 명만을 남기고 모두 멀리 물러가도록 몰아냈다.

"또 뭐냐, 안학女鶴?"

홍안이 성마르게 물으며 수레에 둘러쳐진 비단 휘장을 획 들췄다. 수레에 앉아 있던 그의 누이동생, 안학공주가 눈살을 살짝 찌푸렸다.

"그렇게 갑자기 휘장을 걷으면 이 아이가 놀랍니다, 오라버니."

안학이 곁에 앉은 사슴의 목을 껴안으며 말했다. 몸집은 그다지 크지 않았지만 몸 전체가 흰 털로 덮여 있는 희귀한 사슴이었다. 홍안을 보고 놀랐는지 흰 사슴이 큰 눈망울을 뒤룩뒤룩 굴리며 공주의 품에서 낑낑거렸다. 사슴의 눈을 닮은 안학의 눈동자에 책망의 빛이 옅게 어렸다.

"그리고 다른 사람이 이 아이를 볼 수도 있어요."

안학의 말에 자신의 실수를 깨달은 홍안은 휘장을 내리고 주위를 둘러보았다. 그가 물린 수행원들은 수레에서 꽤 멀리 떨어져 있었고, 가까이 있도록 허락된 몇몇은 마치 아무것도 듣지 못하고 보지 못하는 목상들처럼 빳빳이 서 있었다. 흥안은 수레에 등을 기대며 불만스레 팔짱을 꼈다.

"네가 걸핏하면 나를 불러 예정보다 많이 늦어지고 있다. 너무 자주 쉬었어."

"오라버니는 잦다고 여길지 몰라도 다른 이들에게는 너무 드물어요."

휘장 너머로 들려오는 누이의 또랑또랑한 말대꾸에 흥안이 픽 웃었다.

"국내성(國內城:고구려의 초기 수도로 현재의 지린[吉林]성 지안[集安]시)이 바로 코앞이다. 몇 걸음만 더 가면 이 여행도 끝인데, 성에 들어가서 쉬면 될 것을."

"자신이 하루에 천 리를 갈 수 있다고 하여 병사들에게도 똑같은 걸음을 요구하는 장수는, 그 혼자만의 능력은 뛰어날지 몰라도 지휘관으로서는 부족합니다."

"장수의 요구에 부응하지 못하는 병사는 쓸모가 없지. 그리고 내 병사들은 그렇게 약하지 않다. 그들은 피로를 호소한 적이 없어. 가장 연약한 궁녀도 잘 따라오고 있다."

"밖으로 드러내는 말이 아닌 안으로 숨기는 마음을 들으세요. 사뿐히 발끝을 내딛던 시녀들의 뒤축이 무겁게 땅을 구르고 있어요. 마갑을 씌운 말들의 콧바람이 세졌으며, 무용수는 지친 팔을 늘어뜨렸다가 긴 소매가 땅에 끌리면 깜짝 놀라 손을 들어 가슴 위로 모으죠."

"넌 그런 소리가 다 들린단 말이냐? 정말로?"

흥안이 기가 막힌다는 표정으로 머리를 저었지만 그것은 누이의 말을 믿지 못해서가 아니었다. 누이가 휘장으로 사방이 막힌 수레 안에서도 그 소리들을 죄다 들었으리라 믿기에 새삼 놀란 것이다. 그는 팔짱을 풀고 두 팔을 들어 졌다는 시늉을 했다.

"좋다, 안학. 네가 바라는 만큼 쉬도록 하자. 밥도 지어 먹고 음악도 듣고 재주도 보자꾸나. 그렇게 여기서 날이 새도록 뭉그적거리고 있으면 국내성 대가(大加:고구려에서 왕족이나 특수한 고위 귀족들을 부른 칭호)들이 기다리다 못해 여기까지 마중 나올지도 모르지."

"비꼬지 마세요, 오라버니. 제가 이 백록白鹿을 데리고 수레를 오래 떠난 적이 있나요? 평양에서 여기까지 오는 길에 몇 번이나 보셨잖아요. 저는 그저 태자님이 사냥할 백록이 다리가 굳어 제대로 걷지도 못할까 봐 걱정돼서 이러는 거예요."

흥안은 내키지 않는 얼굴로 수레 뒤편의 장막을 걷었다. 수레 안에서 튀어나온 백록이 혹여 그에게 붙잡힐세라 겁을 집어먹은 듯 수풀 사이로 껑충 들어가 눈 깜짝할 사이에 사라져 버렸다. 흥안은 누이동생을 안아 내리며 경고했다.

"짐승을 놓치지 마라. 아니, 놓아주지 마라."

"놓아줄 마음이 있었다면 벌써 놓아주었을 거예요. 아시잖아요, 오라버니."

안학이 새침하게 대답하고는 상서로운 짐승의 자취를 좇아 숲을 헤치며 길이 아닌 곳을 재빨리 더듬어 들어갔다. 홍안이 그 뒤를 천천히 따라갔다. 곧 그는 바늘잎나무들이 빽빽이 들 어찬 숲 한가운데에 놓인 바위 위에 서서 이쪽을 기웃거리는 흰 사슴을 볼 수 있었다. 공주를 기다리는 것이다. 백록이 누이 는 피하지 않아도 그가 접근하면 두려워 더 멀찍이 도망갈 것 을 알기에, 홍안은 어느 정도 거리를 두고 누이가 사슴에게 다 가가는 것을 물끄러미 보았다. 안학이 다정하게 손을 뻗자 백 록이 유순하게 그녀의 손가락에 코끝을 댔다.

'안학은 정말 신기한 재주를 가졌다.'

홍안은 그렇게 생각하지 않을 수가 없었다. 그녀가 마치 집 짐승처럼 다루는 저 백록은 궁궐의 후원에서 노닐던 사슴이 아 니다. 얼마 전 산에서 먹이를 찾아 공주궁에 잘못 들어온 엄연 한 야생의 동물이다. 천성적으로 사람의 손을 타길 두려워하 는 짐승이므로 어떤 식으로든 도망치는 것이 당연할 텐데도 백 록은 안학의 곁을 맴돌았다. 그걸 다른 이가 보고 탐하여 해칠 까 봐 안학이 잘 숨겨 두었는데 그만 홍안에게 들켰던 것이 다. 말로만 듣던 흰 사슴을 본 것보다도 누이동생이 활이나 창 을 쓰지 않고도 그 짐승을 자기 것으로 만든 것에 더 놀라고 흥 미를 느꼈던 홍안이다.

'저 애는 말 못 하는 짐승과도 마음이 통할 수 있다. 어떻게 해서? 겉으로 보기엔 평범한 계집아이인데, 정말 주술이라도 행한단 말인가?'

그러나 한눈에 보기에도 동생은 그저 평범한 계집아이가 아니었다. 그녀가 특별한 주문을 외우지도 않았는데 이젠 백록뿐만 아니라 숲의 새들도 하나둘 안학에게 날아들기 시작했다. 반가운 손님을 맞이하는 양 작은 산새들 여남은 마리가 지저귀며 그녀의 어깨와 손등을 스치거나 부리로 살짝 건드려 댔다.

'대단한 사냥꾼이로군.'

그녀가 손을 뻗기만 해도 잡을 수 있는 많은 새들을 보며 흥안은 소리 없이 웃었다. 새들과 자연스레 어울리는 누이는 그녀 자체가 새일지도 모른다. 입고 있는 옷 때문에라도 그랬다. 그녀는 귀족 여인들이 입는 화려한 무늬와 다양한 빛깔의 옷 대신 눈처럼 흰 비단으로 지은 저고리와 치마를 입었다. 장포와 치마 속에 입는 바지까지 모두 흰색이었는데, 깃과 끝동, 도련에 검은색 선襈을 둘러 멀리서 보면 마치 안학이라는 그녀의 이름처럼 우아한 학이 앉아 있는 것 같았다. 머리 역시 일부분만 정수리에 땋아 올려 붉은 비단으로 묶고 나머지를 등에 길게 드리웠으므로 학의 붉은 머리와 검은 목처럼 보였다.

'정말로 천상에서 내려온 학일지도 모르지. 나와 고구려를 위해 천제가 보내 준.'

숲과 풀과 동물을 좋아하고 별을 알아보는 누이의 남다른 재능을 제일 먼저 안 사람이 바로 흥안이었다. 그리고 그는 누이의 묻혀 있는 그 놀라운 재능을 활용한 사람이기도 했다. 안학이 지금보다 어렸을 적, 그는 누이를 설득해 자신과 관련하여 서상(瑞祥:상서로운 조짐)을 연출하고 천문을 달리 해석하도록 했던 것이다.

안학은 처음엔 '왕가와 고구려를 위해서'라는 그의 뜻을 받아들여 고분고분 시키는 대로 따랐다. 그러나 커 가면서 점차 반항하기 시작했고, 좀처럼 오빠를 위해 자신의 재능을 쓰려고 하지 않았다. '고구려를 위해서'란 말도 이젠 잘 먹히지 않았다. 말 잘 듣던 귀여운 누이는 어느새 스스로 생각하고 판단을 내릴 줄 아는 성인으로 자란 것이다. 홍안은 자신만을 졸졸 따라다녔던 어린 시절의 누이를 떠올리고 씁쓰레하게 웃었다.

잠시 옛 생각에 잠겼던 홍안은 이윽고 누이가 앉은 바위 쪽으로 걸음을 옮겼다. 그가 움직이기 무섭게 백록은 멀찌감치 달아났고, 새들도 푸드득거리며 한꺼번에 날아올랐다. 원망스레 그를 돌아보는 안학에게 홍안이 놀리듯 물었다.

"새들이 네게 재미있는 이야기라도 들려주는 듯했다. 뭐라고 하던?"

"하늘의 뜻을 거짓으로 꾸며 내 뭇사람들을 속이는 일은 이제 그만두라고 하더군요."

"그런 일이 있었던가?"

홍안이 옅은 미소를 입술 끝에 물자 안학의 눈빛이 싸늘해졌다.

"언젠가 제가 달무리가 지고 개구리들이 요란하게 우니 곧 비가 내리겠다고 말했더니 오라버니는 제가들을 연회에 초대했었죠. 때마침 비가 와서 제가들의 의자는 모두 젖었지만 오라버니의 의자에만 새들이 모여 앉아 젖지 않았죠. 사람들이 그걸 보고 수군대기를, 새들이 태자의 자리만을 지켰으니 태자는 예사로운 분이 아니라고 했지요. 그 소문이 퍼지고 퍼져, 천제가 새를 보내 알 속에 있던 추모성왕(鄒牟聖王:고구려의 시조 주몽)을 보호했듯이 태자도 천제의 가호를 받는다고 공민들이 믿게 되었어요. 오라버니가 저를 시켜 새들을 그 자리에 모여들게 한 줄도 모르고 말입니다."

"그건 그들이 멋대로 믿고 퍼뜨린 것이다. 내가 꾸며 내 그들이 속은 게 아니라, 그들이 그렇게 믿고 싶었던 거지."

부드럽게 항변하는 흥안에게 안학은 고개를 저어 보였다.

"빗속에서 자리를 지키는 새들을 보고 사람들이 태자에게서 추모성왕을 연상하리란 걸 오라버니는 이미 알고 있었습니다. 그래서 연회를 베풀고 제게 새를 모아 달라고 부탁했어요."

"생각해 봐라, 안학. 사람들이 왜 추모왕을 떠올렸겠느냐? 단지 새들이 이상한 짓을 했기 때문에?"

흥안이 누이와 똑같이 고개를 저어 보였다.

"그게 아니다. 거의 모든 고구려 사람들이 지금 추모왕 같은 뛰어난 영웅에 목말라 있기 때문이다. 고구려는 전사들이 세우고 전사들이 키운 나라, 왕이 곧 그 전사 중의 전사인 나라다. 위대한 왕들이 적의 잘린 목이 뒹굴고 피가 강처럼 흐르는 땅을 새롭게 밟아 나갈 때마다 고구려는 영광을 안았다. 추모성왕이, 대무신왕大武神王이, 미천대왕美川大王이 그랬지 않느냐! 우리의 고조부이신 호태성왕(好太聖王:광개토태왕)과 증조부이신 장수대왕長壽大王이 그랬지 않느냐! 그런데 지금은 어떠하냐? 선조들의 피로써 얻은 전리품에 취해 귀족들은 더 이상 싸울 생각을 하지 않는다. 오히려 평양과 국내로 나뉘어 제 편의 권력을 키우기 위해 저들끼리 다툰다. 여전히 세상에서 가장 크고 가장 강한 나라처럼 보이지만, 사실 고구려는 약해지고만 있다. 겉으로는 강철처럼 단단하지만 속으로는 비곗덩어리처럼 흐물흐물해지고 있다. 귀족들은 제 욕심에 눈이 멀어 보지 못하나 평민들은 오히려 안다. 새로운 영웅이 나타나 선조들의 업적을 재현하지 않으면 고구려가 몰락의 길로 접어들리란 것을. 그래서 그들은 추모왕을 생각한다. 호태성왕을 그리워하고 장수대왕의 재래를 꿈꾼다. 그래서 몇몇 작은 새들의 날갯짓에도 희망을 품는다. 내가 진정한 고구려의 왕이 되기를, 왕다운 왕, 참다운 전사가 되기를 바란다."

홍안은 누이를 지그시 내려다보았다. 어느샌가 오빠에게서 땅으로 내려진 안학의 시선이 가늘게 흔들렸다. 그는 그녀의 곁에 앉아 가만히 누이의 손을 잡았다.

"안학, 나는 그들의 희망을 지켜 주고 싶다. 이루어 주고 싶다. 내게 기대를 걸어도 좋다고, 그러니 내게서 선조 영웅들을 마음껏 보라고, 그렇게 말해 주고 싶다."

"오라버니는 그런 거짓 계시가 없어도 스스로의 힘으로 충분히 그들의 희망이 될 수 있어요."

안학이 오빠에게서 살그머니 손을 빼냈다.

"오라버니는 오라버니의 용맹과 지혜로 백잔(百殘:고구려에서 백제를 적대시해 부른 말)과 싸워 적을 물리쳤잖아요. 전투를 시작하기 훨씬 전부터 오라버니는 백잔에 첩자를 보내 군사의 움직임을 파악하고 대비책을 세웠어요. 그럼에도 출진하기 직전에 형혹(熒惑:화성)이 태백(太白:금성)을 범한 일을 두고, 오라버니는 제게 형혹은 태자의 별이고 태백은 백잔을 가리키니 태자가 백잔을 깰 것이라 예언하라고 시켰죠. 사실 오라버니는 승리를 확신하고 제게 예언을 거짓으로 꾸며 말하게 했어요. 예언이 있고 승전이 뒤따르니 사람들은 오라버니를 하늘이 내린 왕자라고 떠받들었죠. 굳이 그런 술수를 쓰지 않아도 사람들은 오라버니를 고구려의 새로운 영웅이라 여길 텐데도!"

"하지만 안학, 형혹이 태백을 범하는 것을 일관(日官:천문 관측을 담당하던 관원)이 봐 버린 데다, 사무(師巫:무당)인 홀도笏覩가 '형혹은 불[火]이고 태백은 금金이니 형혹이 태백을 덮치면 불이 금을 녹여 없애 불길하다.'고 점을 쳐 버리기까지 했다. 그 무당이 전쟁을 일으켜서는 안 되고 전쟁을 하면 오히려 대패할 운이라고 재수 없는 소리를 늘어놓는데, 어떻게 그대로 싸움을 시작할 수 있었겠니? 네가 별을 다시 읽지 않았다면 내 군사들의 사기는 떨어졌을 것이고, 나는 애써 준비한 싸움의 승리를 장담할 수 없었을 거야. 네가, 신통력을 가진 공주가 예언을 했기에 사람들이 무당의 점성을 믿어 불안해하기보다는 나의 승리를 기대했던 거야."

"신통력을 가진 공주요?"

안학이 허탈하니 웃었다.

"어떤 신통력 말입니까? 독의 양을 조절해 사람들을 치료

한 거요? 병들었던 짐승들이 미량의 독초를 뜯어 먹고 소생하는 것을 보고 배웠습니다. 그것이 그렇게 신통합니까? 제가 하늘에 간절히 빌자 마른 날씨에 단비가 내렸다고요? 사흘을 빌었습니다. 아마 오라버니는 비가 내릴 때까지 제게 기우하도록 시켰을 테지요. 사무 홀도가 계속하여 제를 지냈으면 홀도의 힘으로 비가 왔을 텐데요! 불행하게도 그는 별을 읽는 것도, 비를 내리는 것도 실패하여 손가락질을 당했습니다. 신통력을 가진 공주 때문에요. 아니, 정말 신통력을 가진 사람은 오라버니입니다. 오라버니는 우연을 영능靈能으로 바꾸었어요."

"그거야말로 하늘의 뜻 아니겠니. 우연도 아무에게나 오는 게 아니다."

"덕분에 저는 거짓말쟁이가 되었습니다. 아버님과 작은오라버니, 제가諸加, 제신諸臣을 속이고 민인民人을 속였습니다."

안학의 눈가가 붉게 물들었다.

"그리고 이제는 거짓된 삶에서 벗어날 수도 없게 되었습니다. 모두가 제게서 신령스러운 능력을 기대하고 있어요. 저는 제가 가지지도 않은 능력을 숨기느라 섣불리 행동하지 못합니다. 작은 실수조차도 신비한 힘을 의심받으니까요. 다른 이들은 저를 경외하여 우러러보지만, 그것이 제게는 감시의 눈이 되어 편히 숨 쉬기도 어렵습니다."

떨리는 목소리로 말을 잇는 그녀의 눈에서 기어코 맑은 눈물이 방울져 흘러내렸다.

"진짜 안학은 세상에 없는 겁니다. 오라버니가 만들어 낸,

중인衆人이 원하는 안학만이 제 껍질을 쓰고 살아가는 겁니다."

"안학."

홍안이 한숨을 내쉬듯 누이를 부르며 그녀를 다정히 끌어안았다.

"어리석고 가련한 누이야, 우리의 운명을 기억해라. 왕가의 사람에겐 '진짜 나'라는 것이 없다. '진짜 왕자'와 '진짜 공주'가 있을 뿐이다. 진짜 왕자와 진짜 공주는 어떤 사람이겠느냐? 나라와 민인을 위해 거짓까지도 감당해야 하는 자들이다. 그들은 허물이 있어서도 약점이 있어서도 안 되며, 그 누구도 굴복하지 않고는 배길 수 없는 위엄과 비범한 능력을 소유해야 한다. 실제로 그런 완벽한 능력자가 아니라면 그런 척을 하여서라도 지배력을 잃지 않아야 한다. 평범한 인간이 어찌 또 다른 인간을 다스릴 수 있단 말이냐."

"성현은 말씀하셨습니다. 다스림은 바르게 하는 것이니 다스리는 자가 바르다면 감히 누가 바르지 않겠느냐고. 오라버니가 거짓과 술수로써 민심을 현혹하면 아랫사람들이 다투어 배울 것이며 민인은 위정자들을 모두 믿지 못할 것입니다. 성현은 또 말씀하셨습니다. 민인의 믿음을 얻지 못하면 나라가 설 수 없으리라고. 오라버니는 믿음을 얻기보다는 잃으려 하고 있습니다."

"네가 말한 그 성현은 또 다른 말씀도 하셨지. 성인은 고사하고 군자라도 보면 좋겠다고. 바르게 행하리라 결심하기는 쉬워도 실천하기는 어려우니 사람은 제가 차지할 이익을 보고 움직이기 때문이다. 서로가 서로를 속이고 현혹하는 것이 일상인데, 우직하니 정도를 택해 뒤통수를 맞으니 꾀를 내어 우위에 서는 것이 현명하지 않겠느냐. 군주는 믿음을 구걸하는 자가 아니라 복종시키는 자다."

"그래서 오라버니는 제게도 그저 복종을 요구하나요? 믿음이 없으면 마음을 다할 수가 없고, 겉시늉뿐인 복종은 군주의 권위를 진심으로 인정하지 않는데도요?"

"과장하지 마라, 안학. 사소한 서상 몇 가지를 꾸며 냈다 하여 내가 군주가 될 자격이 없다고 말하는 것이냐?"

"그런 사소한 서상이 없더라도 오라버니는 훌륭한 군주가 될 수 있다는 말입니다. 호태성왕, 장수대왕만큼이나 훌륭한, 아니, 그보다 더 훌륭한 군주가 말입니다. 오라버니가 어렸을 때부터 장수대왕을 그대로 빼닮았다는 얘기를 들었던 건 서상이나 기적 때문이 아닙니다. 호태성왕을 능가할 영웅이 되리라는 찬사를 받는 건, 전쟁의 붉은 별을 운명으로 타고났기 때문이 아닙니다."

안학이 고통스럽게 입술을 깨물었다.

"간계奸計는 한번 시작하면 그만두기 힘듭니다. 거짓은 거짓을 낳으니까요. 제가 누구보다도 존경하고 사랑하는 오라버니가 치졸한 간계로 명예를 더럽히는 것이 싫습니다. 다른 누구도 아닌 바로 제가 그 일을 돕는 것이 너무도 싫습니다."

그녀의 눈물방울이 더욱 굵어졌다. 흥안은 안타까이 한숨을 쉬며 누이를 더 세게 끌어안았다.

"네가 그렇게 힘들어할 줄은 몰랐다. 사랑하는 누이의 믿음을 저버리다니, 내가 크게 잘못했구나."

그는 그녀의 머리를 가만가만 쓰다듬으며 다정하게 속삭였다.

"이제 평양에 돌아가면 네게 그런 일을 시키지 않겠다. 신통력 따위와는 무관하게, 네가 여느 공주들처럼 살게 해 주겠다."

"정말……로요?"

안학이 오빠의 품에서 눈물이 그렁그렁한 커다란 눈을 한껏 키웠다. 그런 그녀를 내려다보던 홍안이 눈물을 닦아 주며 빙그레 웃었다.

"귀여운 누이가 이렇게 우는데 어떻게 모른 척 내버려두겠니? 사내란 눈물에 약하단다."

"하지만 오라버니……."

놀람과 의심이 반반 섞인 눈으로 안학은 얼른 말을 잇지 못했다. 오빠가 이렇게 쉽게, 간단하게, 순순하게 그녀를 놓아주리라곤 생각하지 못했던 것이다. 믿어도 될까, 이 교활한 오라버니를? 이미 오빠를 믿지 않게 된 누이는 조심스레 떠보았다.

"……그럼 제 백록은 죽지 않아도 됩니까? 사냥에 내보내지 않아도 되는 거지요?"

"그건 다른 얘기다."

"오라버니!"

그녀는 화가 나 오빠의 가슴을 확 밀어 버렸다.

"지금 막 제게 그런 일은 시키지 않겠다고 했잖아요."

"평양에 돌아간 뒤라고 말했다."

홍안이 조소를 머금었다. 그의 목소리가 짐짓 엄격해졌다.

"투정은 그만둬라. 우리는 국내에 소풍을 온 게 아니라 몇 가지 중요한 목적을 이루기 위해 쉽지 않은 행차를 한 것이다. 평양으로 천도한 이후 국내는 왕실에서 마음이 점점 멀어지고 있다. 그걸 이용한 그곳의 대가들이 왕실로부터 민심을 가로채 고구려를 분열시키고 왕의 나라가 아닌 대가의 나라를 만들기 위해 동분서주하고 있어. 이 기회에 그들의 가슴에 누가 고구려의 진정한 주인인지 새겨 주어야 한다."

"그 방법이 증조할아버님의 이름을 빌리는 건가요? 닮았다는 말을 듣는 걸로도 모자라 그분이 하셨던 일들을 고스란히 되풀이하려는 건가요? 장수대왕께서 지금 오라버니 나이에 백장(白獐:흰 노루)을 사냥했으니 오라버니는 백록을 잡아서요?"

"안학, 너는 장수대왕이란 이름이 국내에서 어떤 의미인지 모른다."

홍안이 빈정거리는 안학의 팔을 홱 잡아당겼다. 그녀의 작고 갸름한 젖빛 얼굴에 자신의 얼굴을 바싹 들이대고 그가 음산하게 말했다.

"국내의 귀족들에게 그는 두려움 그 자체다. 사신死神이나 다름없다는 말이다. 내가 백록을 잡아 장수대왕을 연상시킨다면 그것만으로도 이번 방문은 성공이다."

"어째서요? 왜 장수대왕께서 그들의 사신입니까?"

"너는 모르겠지만……, 그만큼 그분은 뭇사람들을 압도하는 왕이셨다. 귀족들은 그분을 보기만 해도 겁을 먹고 벌벌 떨었지."

"사신은 장수대왕이 아니라 바로 오라버니입니다. 그들에게 겁만 주려는 게 아니라 사실은 제거할 계획까지 세우고 있지요? 오라버니에게선 벌써 피 냄새가 짙게 풍겨요."

살벌하기 그지없는 오빠의 눈빛에 희게 질렸지만 안학은 침착하게 말했다. 그녀의 오빠가 대견하다는 듯 흐뭇하게 웃었다.

"알아주니 고맙구나."

그는 누이의 팔을 끌어 그녀를 바위에서 일으켜 세웠다.

"그럼 이제 백록을 끌고 와. 곧 출발한다."

그녀는 말없이 오빠의 손을 뿌리치고 사슴이 사라진 숲으로 들어갔다. 비교적 가까운 곳에서 그녀를 기다리고 있던 백록을 발견한 안학은 사슴을 오빠에게 데려가는 대신 사슴과 함께 숲 속으로 더 깊이 들어갔다.

그녀는 커다란 바위들 사이에 깊게 팬 골짜기를 발견하고 조심조심 내려갔다. 흰 사슴이 바위 사이를 가볍게 뛰어 그녀를 따랐다. 맑은 물이 콸콸 흘러내리는 꽤 널찍한 계곡이 숲의 이쪽과 저쪽을 갈라놓고 있었다. 평양에서 국내까지 긴 여정 동안 숱하게 바람을 쐬러 나왔지만 번번이 사슴을 데리고 수레로 돌아갔던 그녀였다. 오빠에게 의심을 사지 않고 사슴을 도망시킬 기회를 잡기 위해서였다. 국내성이 코앞인 지금이 마지막이자 절호의 기회였다. 그녀는 사슴을 계곡 저편으로 가도록 밀어냈다.

"저쪽으로 건너가. 어서!"

그러나 사슴은 말을 듣지 않았다. 안학이 건너편을 가리키며 손을 내저었지만 사슴은 그녀만 멀뚱히 쳐다볼 뿐이었다. 길이 잘 든 강아지처럼 그녀의 근처를 빙빙 돌며 몸을 비비는 짐승을 보며 안학은 당황스러워 어쩔 줄 몰랐다. 오빠와 멀어지는 동시에 사슴을 떼어 놓기 위해 그녀가 계곡을 거슬러 올라가자 사슴이 쫑쫑 쫓아왔다. 놀이라도 하는 줄 아는지 걸음도 경쾌했다. 안학의 입에서 짙은 한숨이 흘러나왔다.

"아아, 나에게 정말 신통력이 있어 네가 내 말을 알아듣게 할 수 있다면 얼마나 좋겠니!"

그녀와 동행하면 죽을 운명인 줄도 모르고 살갑게 달라붙는 사슴이 애처로워 안학은 가슴이 아팠다.

오빠인 태자는 그녀가 온갖 새들과 짐승들을 자유자재로 부리는 재주가 있다고 생각하지만 실은 그게 아니었다. 확실히 그녀는 동물들과 쉽사리 친근해질 수 있었고 그것은 아무나 가지는 능력이 아니었지만, 그녀는 동물들과 친구는 될 수 있어도 그들에게 명령을 내릴 수는 없었다. 흥안의 자리가 젖지 않도록 새들이 모여든 것도, 평소에 사귄 새들이 한꺼번에 우르르 내려앉도록 의자에 모이를 살짝 뿌려 둔 것에 불과했다. 그녀가 가진 신통력의 비밀은 그저 동물을 사랑하는 천성이었던 것이다.

사슴이 떨어져 나가지 않으니 다시 데리고 돌아가는 수밖에 없건만, 안학은 내키지 않아 계속 골짜기를 따라 올라갔다. 그녀는 동무를 대하듯 사슴에게 말을 건넸다.

"이대로 나와 함께 돌아가면 넌 오라버니의 사냥감이 된다. 그래도 괜찮니?"

사슴은 긍정의 대답이라도 하듯 콧구멍을 발름발름 옴직거렸다. 안학이 슬프게 웃었다.

"넌 용감하기도 하다. 널 보니 오라버니의 말대로 마치 내가 투정 부리는 아이처럼 느껴지는구나……."

돌연 사슴이 귀를 쫑긋 세웠다. 그리고 작은 머리를 불안스레 갸웃하더니 곧 계곡물에 드문드문 드러난 바위들을 이리저리 디디며 저편으로 날쌔게 건너갔다. 사슴이 계곡을 건너 저쪽 숲 속으로 사라지기를 바랐던 안학이었지만, 사슴이 건너편에서 골짜기 위쪽으로 내달리자 자신도 모르게 따라 뛰었다. 어디로 가는 거지? 눈으로 사슴을 좇던 안학은 관목과 수풀이 우거진 곳에 이르러 짐승을 놓치고 말았다. 가 버린 걸까? 도망가라는 내 말을 뒤늦게 알아듣고? 반가운 마음이 들면서도 어쩐지 아쉬웠다. 돌아서려는 순간, 그녀는 쏴아, 흐르는 계곡물 소리에 섞여 희미하게 첨벙이는 소리를 들었다. 무슨 일이지? 백록이 바위를 헛디뎌 물에 빠지기라도 했나? 안학은 황급히 수풀을 헤치며 수상한 소리의 근원지를 찾았다.

키 작은 나무들이 드물어지고 계곡이 절벽으로 막힌 곳에 이르러 안학은 우뚝 섰다. 그녀는 잠시 멍했다. 그다지 높지 않은 절벽에서 폭포가 쏟아지는, 바위들과 큰 나무들에 병풍처럼 둘러쳐진 반원형의 아담하고도 은밀한 웅덩이가 눈에 들어왔다. 꽤 아름다운 경치였지만 그 때문에 그녀가 놀란 것은 아니었다. 그녀를 놀라게 한 것은 웅덩이에 아랫도리를 담근 한 남자였다.

상체뿐이었지만 안학이 남자의 벗은 몸을 본 것은 난생처음이었다. 그녀가 본 남자들은 아버지와 오빠들을 비롯해 몇 되지도 않는데다 모두, 언제나, 예외 없이 여러 겹의 옷으로 맨살갗을 충분히 잘 가리고 있었다. 그 옷들 속에 그녀의 육체와는 형태가 다를 어떤 것이 있으리란 걸 모르는 바는 아니지만, 그 구체적인 형상을 상상한 적도 의식한 적도 없었다. 그녀가 생각하는 남자의 몸이란 옷과 떨어뜨려서는 생각할 수 없는 것이니까.

사실 그녀가 아는 유일한 알몸은 바로 자신의 것으로, 늘 시중을 받는 몸이라 스스로조차도 유심히 관찰할 기회란 없었다. 그런 그녀에게 여체도 아닌 남자의 몸이, 가려진 구석도 하나 없이 정면으로 시야에 확 들어왔으니 그 낯선 충격은 매우 컸다. 그녀는 시선을 돌릴 생각도 못 한 채 커다란 눈을 동그랗게 떴다.

폭포수의 잘게 흩어진 물방울이 남자의 목과 어깨, 가슴 위에서 반짝반짝 빛나며 부서졌다. 남자의 가슴은 정말 특이하게 생겼구나. 봉긋하게 솟아 섬세하고 유려한 곡선이 돋보이는 여자의 것과 너무나 다른, 네모지고 밋밋한 가슴을 보고 안학은 생각했다. 가슴통은 여자보다 훨씬 큰데 딱딱해 보이는 힘살만이 납작하게 얹혀 있었다. 널찍하여 시원하고 웅장한 느낌은 있었지만 양쪽에 솟아오른 돌기가 우스울 정도로 앙증맞아 귀엽기까지 했다. 어릴 적엔 그녀의 가슴 역시 평평했었지만 그 시절을 돌이켜보지 않는 안학에겐 사내의 가슴이 생소하고 신기했다. 그리고 아름다웠다.

가슴 아래로 드러난 단단한 배와 마른 허리, 곧게 편 어깨와 거기서 쭉 뻗은 긴 팔까지 남자의 몸을 이루는 모든 부분들이 군살 없이 늘씬하면서도 쇳덩이처럼 단단해 보였다. 그 위를 얇게 덮고 있는 피부는 잘 손질한 가죽처럼 치밀한 느낌이었는데 물기에 젖어 아주 매끄러워 보였다. 마치 보기 드문 천금준마의 탄탄하고 미끈한 몸을 보는 듯한 감동이 있었다. 머리칼도 촉촉이 젖어 잘 빗어 내린 갈기처럼 목에 달라붙어 있었는데, 몇 가닥만 땋아 하얀 가죽 끈으로 묶은 것이 독특했다.

목욕 중이던 사내도 안학의 등장이 너무나 뜻밖이었는지 그녀와 똑같은 표정으로 멍청하니 서 있었다. 사내는 그녀가 너무도 빤히 쳐다보는 바람에 다소 당황한 듯싶었다. 그의 맨몸을 샅샅이 훑는 그녀의 뻔뻔스런 눈길에 이끌려 제 몸을 어리둥절하니 힐끔거리던 사내는 바스락 소리와 함께 백록이 수풀을 헤치고 나타나자 예리한 눈빛을 반짝였다. 그 눈빛이 안학을 퍼뜩 깨웠다.

그녀는 사내가 웅덩이 가장자리 바위에 놓아두었던 활에 손을 뻗는 것을 보고 황급히 사슴 앞으로 몸을 던졌다. 어느새 남자는 활을 잡고 살을 메겨 시위를 팽팽히 당기고 있었다. 안학이 두 팔을 벌려 사슴을 가리며 세차게 머리를 가로젓자, 사내가 시위를 놓지 못하고 주춤했다. 그녀의 간절한 눈빛에 또 당황한 듯 마른침을 삼키는 사내에게 안학은 소리 내지 말라는 뜻으로 손가락을 들어 입술에 댔다. 그녀는 귀를 기울여 주변의 소리에 집중했다. 멀기는 했지만 다가오는 누군가가 있었다. 짐작컨대 그녀의 오빠이리라.

'이 사내가 백록을 본 걸 알면 오라버니는 가만두지 않겠지.'

안학은 목소리를 낮춰 재빨리 말했다.

"이 백록은 내 것입니다. 부탁이니 활을 거두고 우리를 그냥 보내 줘요."

사내는 미심쩍이 눈살을 찌푸렸지만 천천히 활을 내렸다. 그녀는 애처로운 어조로 보다 간곡히 말했다.

"백록이 있는 줄 알면 사람들이 서로 잡으려 나설 테니 부디 누구에게도 백록을 보았다고 말하지 말아 주세요."

사내의 동의를 구할 여유도 없이 안학은 사슴의 목을 안고 뒤돌아 뛰었다. 오빠가 더 다가오기 전에 조금이라도 그곳에서 멀어지는 것이 급했다. 설마 벌거벗은 채로 우리를 쫓아오지는 않겠지. 안학은 넓은 치마를 그러모아 양 옆구리에 끼고 있는 힘을 다해 뛰었다. 얼마 가지 않아 만난 홍안이 그녀를 보며 안도의 숨을 길게 내쉬었다.

"안학, 무슨 일이라도 생긴 줄 알았다."

"제게요, 아니면 백록에게요?"

가쁜 숨을 할딱이면서 얄밉게 묻는 누이에게 흥안이 지지 않고 냉큼 대답했다.

"둘 다."

흥, 가볍게 콧방귀를 뀐 그녀가 돌아가는 길을 재촉했다.

"어서 돌아가요. 해가 지기 전에 국내성에 들어가야지요."

"왜 갑자기 서둘지? 정말 무슨 일이 있었던 거냐?"

그녀를 쫓아가는 흥안의 목소리에 의심이 묻어나자 안학이 천연스레 말했다.

"태자님이 너무 오래 자리를 비우면 사람들이 불안해합니다. 오라버니 말처럼 국내 사람들이 기다리다 못해 여기까지 마중 나올지도 모르죠."

말을 마친 안학은 뛸 듯이 부지런히 걸었다. 백록은 이미 한참이나 앞서 가고 있었다. 흥안은 뭔가 야릇하니 이상한 느낌을 받았지만, 달리는 것처럼 빠르다고 외국인들이 감탄하는 고구려인 특유의 날랜 걸음으로 이내 누이를 앞질렀다.

안학은 살그머니 뒤를 돌아보았다. 다행히 웅덩이의 그 사내가 알몸으로 쫓아오는 기색은 없었다.

마상馬上에서 대가 우불해優不害는 뻣뻣해진 허리를 쭉 폈다. 말을 타고 국내성을 돌아보는 것이야 한두 번이 아니었지만 나이 탓인지 몸이 쉬이 피로해지는 느낌이다.

'이제는 가까운 곳이라도 수레를 타고 다녀야 하는가.'

불해는 커다란 짐수레 두 대가 서로 맞닥뜨리더라도 거뜬히 통과할 수 있을 만큼 널찍하고도 쪽 곧은 국내성의 길들을 아련히 훑어보며 생각했다. 그는 눈을 감고도 이 길들의 가장 좁은 골목까지 다 그릴 수 있을 것만 같았다. 국내는 그가 나고 자랐으며 인간으로 태어나 모든 것을 경험한 평생의 도시였다. 다른 이에게는 결코 밝힐 수 없는 어둡고 비릿한 기억까지도 묻어 놓은.

왕도王都가 평양으로 옮겨 간 지 수십 년, 이제 더 이상 왕의 도시가 아닌 국내였지만 잘 정비된 깨끗한 성과 마을은 도읍으로서 4백여 년 이상 머금어 온 고고한 위엄을 여전히 간직하고 있었다. 이 도시를 이렇게 가꾸며 지켜 온 사람은 바로 자신이라는 자부심으로, 국내성을 책임진 대가 중의 대가이며 한창 시절엔 대대로(大對盧:고구려 최고 관등)를 지냈던 불해는 뿌듯하게 배꼽까지 내려온 탐스러운 흰 수염을 쓰다듬었다.

평양의 경박한 햇병아리 귀족들은 국내를 퇴락한 촌구석이라고 깔보겠으나 불해의 생각으로는 그 반대였다. 국내야말로 고구려의 심장이고 보석이다! 국내가 있었기에 저 위대한 호태성왕도 전쟁의 신이 될 수 있었다. 국내가 뒤를 받쳐 주었기에 저 두려운 장수대왕도 부왕의 유업을 이어 웅지를 펼 수 있었다. 국내가 아니었다면 80년에 가까운 장수대왕의 위압적인 통치는 가능하지 않았고, 천하를 호령하는 고구려의 영광도 이처럼 찬란하지 못했으리라. 그 모든 것은 국내의 피를 먹고 피어난 잔혹한 꽃이었다.

'하지만 사람들은 꽃을 보고 그 붉은색 아름다움에 취할 뿐

왜 붉어졌는지는 기억하지 못하지.'

기억할 수 있는 사람은 자신처럼 생의 마지막 고개를 힘겹게 올라가는 노인들이거나 이미 죽어 흙이 된 자들뿐이다. 흰 수염에 덮인 불해의 마른 입술 사이로 끙, 약한 한숨이 새어 나왔다.

"수레를 타셨더라면 더 좋지 않았겠습니까, 할아버님?"

나란히 말을 모는 손자 태루太蔞의 조심스런 물음에 불해는 고개를 돌려 그를 보았다. 노인더러 육신이 힘을 잃었음을 지적한지라 행여 늙은 조부가 마음 상한 건 아닐까 염려하는 청년의 미간에 엷은 주름이 잡혔다. 불해는 사랑스러운 손자를 넉넉한 미소로 바라보며 머리를 가로저었다.

"이대로 종일 성내를 둘러보아도 끄떡없다."

"물론 그러실 터이나……, 이미 두루 살피셨으니 그만 돌아가셔도 괜찮을 듯싶습니다. 남은 곳은 제가 꼼꼼히 살피고 나중에 자세히 고하겠습니다."

불해는 또 한 번 천천히 머리를 가로젓고 말을 계속 걸었다. 그러자 태루는 더 이상 제 주장을 내세우지 않고 얌전히 그를 따랐다.

그런 손자가 불해는 마음에 들었다. 태루는 다정하고 순종적이다. 똑똑하면서도 겸손하다. 위아래를 구별할 줄 알고 예의와 법을 알았다. 반듯한 생김새도 남달랐다. 누가 보아도 귀족 중의 귀족인 태루는 불해가 평생에 걸쳐 쌓아 온 것을 다 물려주고 싶은 손자였다. 그의 운명이 아닌 것까지도 빼앗아 안겨 주고 싶은. 하지만 한편으로 불해는 손자의 장점들이 마음에 걸렸다.

'너무 모질지가 못해.'

평생토록 단 한 사람을 제외하고는 뭇사람의 위에만 있어 온 불해는 손자도 그렇게 되길, 아니, 그 이상이 되길 바랐다. 다스려지는 자가 아니라 다스리는 자가, 지배받는 자가 아니라 지배하는 자가 되기를. 자신에게는 무릎을 꿇고 고개를 숙여야 할 존재가 있었지만 손자에게는 그조차 없기를 바랐다. 아무에게도 털어놓지 않은 불해의 소망이었다. 그러나 손자는 그의 기대를 채우기에는 너무 몰랑하고 순진했다.

'하지만 이대로도 좋다.'

독기 품은 눈을 치뜬 손자를 상상하기 힘든 불해는 혼자서 실쭉 웃었다.

'네가 못 하는 일은 내가 대신해 줄 것이니. 나는 네게 이 국내를 주겠다. 고구려의 심장, 숱한 대왕들이 성업聖業의 바탕으로 삼은 이곳을! 여기서 너는 새로운 추모성왕의 역사를 시작하는 것이다. 그리고 나는 현세의 천제天帝가 되고 하백河伯이 되리라.'

그러려면 할 일이 많은데 말을 좀 탔기로서니 벌써부터 지쳐 수레 안에 틀어박혀 골골거리면 안 되지. 불해는 자꾸만 구부러지는 등을 곧추세웠다. 익숙한 국내성의 길들이 한꺼번에 눈에 들어왔다.

"성내를 어슬렁거리는 사내들이 많구나. 농사가 바쁘지 않은 철이라 그런 것인가?"

활이나 칼, 도끼 등을 지니고 다니는 젊은이들을 바라보는 불해의 눈이 엄하게 일그러졌다. 태루가 얼른 설명을 붙였다.

"곧 있을 사냥 대회에 참가하기 위해 먼 곳에서 온 사람들이 부쩍 늘어서 그렇습니다. 이번 사냥은 평양으로부터 태자님께서 납시어 친히 여는 것이라, 국내성 안팎의 사내들이 모두 들떠 있습니다."

"그래, 태자님께서 친히……. 그렇지."

불해가 족히 이해한다는 듯 수염을 천천히 쓸었다.

고구려에서는 해마다 봄과 가을에 왕이 직접 대규모 사냥 대회를 개최했다. 삼월 삼짇날에 열리는 대회가 대표적인데, 사냥 대회에는 왕을 비롯해 5부의 귀족들과 병졸들, 일반 젊은 이들까지 그 참여 인원이 대대적이었다. 사냥에서 뛰어난 기량을 보이면 지위에 상관없이 전격 발탁되는 경우가 곧잘 있어 신분이 낮은 귀족이나 평민들에게는 이만한 출세의 기회가 없었기 때문이다. 마찬가지로, 우수한 전사를 늘 요구하는 국가로서도 사냥 대회는 인재 선발의 중요한 장이었다. 즉, 고구려 인들에게 사냥 대회는 단순한 유희를 넘어 전쟁을 대비해 군인을 양성하는 훈련소이자 출중한 장수들을 배출하는 시험장이었다.

왕경을 중심으로 국왕이 사냥 대회를 여는 것과 마찬가지로, 각 지방의 귀족들도 사냥 대회를 통해 젊은이들을 모았다. 국내성도 예외는 아니었다. 영산靈山 백두산을 지고 있는 데다 그 전통도 오래되었고, 사냥을 주관하는 불해의 우씨 가문이 매년 엄청난 상품을 준비했기에 근방의 사람들에게는 국왕이 친림하는 사냥만큼이나 매력적이었다. 그래서 해마다 이즈음에는 성내에 젊은 남자들이 떼를 지어 우르르 몰려다니곤 했다. 그걸 모르는 불해가 아니었으나 평소보다 몇 배로 불어난 무리들에 고개를 갸웃했던 것이다. 그 이유가 자신이 아니라 지금 국내성을 잠시 방문한 태자 때문이라는 것에 쓴웃음을 물게 되는 불해였다.

그는 길 저편에 어깨를 유난히 들썩이며 걸어가는 덩치 큰 사내를 말없이 보았다. 거리가 꽤 멀기는 했어도 수행인들을 거느리고 가는 대귀족의 앞을 가로지르는 행태가 괘씸했다. 역시 수레를 타고 악공들을 앞세워 떠들썩하니 행차하는 것이 더 좋았겠다 싶었다. 저놈을 사냥에 끼기는커녕 걷지도 못하게 혼쭐내 줘 버려? 노인은 속 좁게 그런 생각을 하며 일개 평민에 불과한 사내를 향해 대귀족의 눈빛을 갈았다.

사내는 지금 저에게 어떤 위험이 닥쳤는지도 모르고 어깨를 왼쪽 오른쪽 번갈아 으쓱으쓱 들어 올리며 크게 걸음을 옮겼다. 그 어색하면서도 위협적인 품이 평상시에 걷는 모습은 아닐 터이고 누구더러 보란 듯이 시위하는 것임에 틀림없다. 누가 봐 줬으면 싶은 걸까? 아마도 사내가 걸어가고 있는 방향의 끝, 담벼락에 느긋하니 기대어 앉은 두 청년일 것이다.

두 청년 중 한 명은 활대에 줄을 걸고 팽팽하게 켕기는 정도를 조절하는 중이고, 다른 한 명은 턱을 괸 채 그 모습을 구경하고 있었다. 활시위를 만지는 청년은 절풍(折風:고구려 남자들이 일반적으로 쓰는 고깔 모양의 모자) 아래로 검고 탐스러운 머리칼을 드리웠는데, 특이하게도 그중 몇 가닥을 땋아 하얀 가죽 끈으로 묶은 모습이었다. 고개를 비스듬히 숙이고 있어 반쯤 드러난 그의 얼굴은 반듯한 이마와 길게 그어진 짙은 눈썹, 시원스런 콧대가 조화롭게 어울려 지나가는 사람의 눈길을 끌 만했다. 절풍에 깃을 두 개만 꽂는대도 평민이 아니라 관리라고 여겨질 상이었다. 그 옆에 앉은 또 한 명의 남자는 털모자를 쓰고 발목까지 오는 가죽신을 신은 거란인이었다. 그의 어깨 위에는 작은 황색 원숭이 한 마리가 폴짝거리고 있었다.

사내가 어깨춤은 물론이요 일부러 발까지 쿵쿵 구르며 다가가는데도 두 청년은 각자의 일에만 열중했다. 활을 잡고 있는 청년 앞에 선 사내가 크게 기침을 하며 눈을 부라렸지만 그를 올려다본 것은 거란인의 어깨에 앉은 원숭이뿐이었다.

"밀密이란 놈이 여기 있다던데?"

다짜고짜 사내가 목청을 높였다. 자신을 가리켜 묻는 걸 아는지 모르는지 청년은 묵묵히 활줄만 켕기는데, 옆에 앉은 거란인이 꺅꺅거리는 원숭이를 달래며 청년에게 살짝 눈알을 굴렸다. '널 찾는데?'라고 묻는 거란인의 그 눈짓에, 사내는 자신이 제대로 찾아왔음을 직감하고 재차 고함치듯 물었다.

"야, 이놈들아! 누가 밀이냐고 묻잖아! 발딱 일어나서 냉큼 대답하지 못해?"

"우리는 둘인데 왜 셋을 찾소? 당신까지 합하면 셋이니 이리 와서 우리 옆에 앉으시오. 그럼 누가 밀인지 묻지 않고도 저절로 깨치게 될 테니."

청년의 대답에 거란인이 킥 웃었다. 고구려말로 밀은 셋을 가리킨다. 위협적으로 서 있던 사내가 갸우뚱거리다가 이내 농담임을 알아채고 청년을 향해 손가락을 곧게 뻗으며 송곳니를 사납게 드러냈다.

"누가 하나 둘 셋 셈을 치자더냐? 네놈이 밀이지? 순순히 일어나서 이름을 밝히지 않으면 이 사록恩用님이 네 머리통을 박살 내 놓을 테다! 여기 내가 가지고 있는 갈고리 보이지? 이건 흔히들 창에 꽂아 쓰는 거랑은 전혀 다르다. 쇠사슬에 걸어 맸기 때문에 내가 원하는 대로 몇 번이든지 네 머리를 찍을 수 있단 말이다."

사내가 사록이라는 자신의 이름을 밝히며 허리에 찬 세 갈래의 뾰족한 갈고리를 자랑스레 내보였다. 보통 갈고리는 장대에 꽂아 극戟:갈고리 창)이란 무기로 쓰는데, 사록의 갈고리는 특이하게도 목봉木棒 대신 사슬과 가죽으로 엮은 끈에 묶여 있었다. 그 긴 쇠사슬을 휘두르면 갈고리가 낙하하는 힘이 커져 단번에 머리통을 깨는 것도 가능할 것 같았다. 그러나 고개를 들어 흥미롭게 쇠사슬 갈고리를 관찰하며 반문하는 청년에게 두려워하는 기색이라곤 없었다.

"순순히 밝히면?"

"네 머리통을 가루로 만들 테다."

"뭐야, 이러나저러나 똑같잖아. 그럼 내가 순순히 일어나 당신이 찾는 밀이 아니라고 밝히면 그냥 돌아가겠소?"

청년이 웃으며 부스스 일어나는 것과 동시에 사록이 쇠사슬 한쪽을 슬그머니 움켜잡았다.

"네가 밀이란 놈이 확실한 것 같으니 그 머리통을 깨 주겠다. 또 설령 네가 밀이란 놈이 아니더라도 깨 주겠다, 이 주제도 모르는 거란 놈아!"

"키탄(거란족이 스스로를 일컫는 명칭)과 같이 다녀도 밀은 고구려 사람이다. 키탄이 눈에 거슬린다면 밀이 아니라 내게 덤벼!"

사록의 한마디에 울컥한 거란인이 별안간 담을 박차고 뛰어올랐고, 원숭이가 '캬악!' 뾰족한 이빨을 보이며 성난 표정을 지었다. 날렵하고도 매서운 거란인의 기세에 사록이 순간 주춤하며 움츠러들었다. 찰나의 움직임이었지만 거란인이 보통내기가 아님을 깨달았던 것이다. 그런데 그 보통내기가 아닐 것 같은 거란인을 옆에 있던 청년, 밀이 재빨리 멱살을 낚아채 잡아말렸다.

"손대지 마, 굴가窟哥!"

밀이 굴가라는 거란인을 벽에 밀어붙이고 꼼짝 못하도록 옷깃을 틀어쥔 덕분에 사록은 굴가의 손에 들린 날카로운 도끼를 뒤늦게 볼 수 있었다. 도끼를 꺼내는 동작을 보기는커녕 그런 무기가 상대에게 있는 줄도 몰랐던 사록으로서는 다시 한 번 움찔하지 않을 수가 없었다. 그런 사록을 힐끗 곁눈질한 밀이 굴가에게 낮게 속삭였다.

"우린 바보들이랑 싸움질이나 하러 여기 온 게 아니다. 소란을 피우면 사냥엔 참가조차 못 해."

"하지만 밀, 저놈이 먼저 시비를……."

"성안에서 거란인이 고구려인을 때려눕히면 그 이유가 무엇이든 결국은 네 잘못이 된다. 누가 유인(流人:고구려 내에서 부족 생활을 하며 떠돌아다니는 말갈족, 거란족 등 예속민)의 편을 들어주겠니?"

굴가는 낯을 일그러뜨렸지만 도끼를 쥔 손의 힘을 풀었다. 실력도 없는 주제에 입만 살아 있는 눈앞의 덩치야 무섭지 않았지만 관리의 편파적인 추궁은 당할 도리가 없는 것이다. 체념의 의미로 굴가가 도끼를 등 뒤에 도로 걸고 침을 퉤 뱉자 밀이 그의 어깨를 가볍게 토닥였다. 사록을 돌아본 밀은 장난기 어린 웃음을 거두고 얼굴빛을 진지하게 고쳤다.

"당신이 찾는 밀이란 놈이 나인지는 모르겠으나 내 이름이 밀인 건 맞소. 그렇지만 나와 내 친구는 여기 국내성에 온 지 며칠 되지도 않았고, 일면식도 없는 당신은 물론 이곳 누구에게도 머리통이 박살 날 정도로 원한을 산 일 역시 없소. 무슨 오해가 있는 모양인데, 그 갈고리 휘두르기 전에 먼저 밀이란 사람의 머리를 왜 부숴야 하는지 까닭이나 좀 압시다."

밀이 점잖게 나오자 오그라들었던 사록의 목이 다시 뻣뻣하니 섰다.

"오해는 무슨! 어디서 왔는지도 모를 개뼈다귀 같은 놈이 남문골 애노愛瑙를 건드려? 그 애가 냄새나는 거란 놈과 붙어 다니는 촌뜨기랑 어울릴 성싶으냐?"

"애노? 그게 누구지?"

영 기억에 없는 듯 밀이 한쪽 눈썹을 와락 구겼다. 그는 '너 알아?'라고 묻듯 동무의 옆구리를 쿡 찔렀지만 굴가도, 굴가에게 매달린 원숭이도 어깨를 으쓱했다. 굴가가 심드렁하니 말했다.

"네가 국내성에 들어설 때부터 싸움질한 바보들 중 하나겠지, 밀. 한두 놈도 아니고 하루에도 몇 명씩이나 피떡으로 만들었으니 다 합하면 서른은 넘겠다. 그중 한 놈이 저 작자한테 널 좀 손봐 달라고 했나 보지."

"하지만 시비를 먼저 건 쪽은 그놈들인데? 관에 일러바치면 나중에 틀림없이 숨통을 끊어 놓겠다고 똑똑히 경고도 했건만……."

"그러고 보니 밀, 넌 머리통이 박살 날 정도로 원한을 확실히 샀구나."

굴가가 절레절레 머리를 흔들자 아하, 밀이 작게 탄성을 냈다. 그는 그제야 납득이 된다는 표정으로 사록과 다시 눈을 맞췄다.

"나와 사소한 다툼이 있었던 몇 사람 중 하나가 당신과 아는 사이인가 보구려. 그러나 그 일들은 죄다 내가 사과를 받으면서 끝냈고, 이제 와 다시 시비를 가릴 필요도 없는 시시한 일들이었소. 애노라는 자가 뭐라고 했는지는 모르겠지만……."

"밀이란 놈과 이미 혼약을 맺어 서옥(婿屋:사위가 머물도록 신부 집 뒤꼍에 짓는 건물)을 짓기 시작했다더라! 사과니 시비니 그 무슨 허튼소리냐?"

"혼약? 나랑?"

어리둥절하여 눈을 동그랗게 뜬 밀을 보고 사록이 격분해 거품을 물었다.

"국내성을 주름잡는 이 몸이 10년이 넘도록 쫓아다녀도 손 한번 못 잡아 봤는데, 이곳에 온 지 며칠도 안 된 촌놈이랑 입을 맞추고 혼약까지 해? 도대체 애노에게 무슨 짓을 어떻게 한 거냐, 네놈은!"

"잠깐. 당신이 말하는 애노가 여자란 말이지? 그 여자가 나랑 혼약했다고 말했다고?"

"입까지 맞췄다고 했다! 남문 사내들이 그렇게 갖고 싶어 하는 입술인데……. 혼인 같은 건 절대 하기 싫다고, 사내 같은 건 다 꼴같잖다고 했는데……. 그 말괄량이가 순순히 남자에게 들러붙을 리가 없다! 네놈이 힘으로 몸을 빼앗지 않은 이상에야……."

"닥쳐라! 내가 부녀자를 겁탈하는 오사리잡놈이란 말이냐? 나, 밀은 여자 따위엔 아예 관심이 없다. 그러니 싫다는 여자를 쫓아다니며 괴롭히는 좀생이 같은 짓은 절대 하지 않는다!"

"널 쫓아다니는 여자를 싫다고도 안 하지."

굴가가 불쑥 끼어들자 밀은 일순 당황했다.

"물론 싫다고는 안 하지만……, 그래도 국내성에 와서 여자랑 어울려 놀았던 기억은 없다."

"시장에서 여자들이 술을 주면서 안겼잖아."

"그건 여자들이 달라붙어 매달린 거고……, 내가 안은 적은
한 번도 없다."

"뿌리치지도 않았지."

굴가가 약 올리듯 빈정거리자 원숭이가 박수를 쳤다. 밀이
그 둘을 확 째렸다.

"너 지금 누구 편을 드는 거냐? 내가 알지도 못하는 여자랑
입 맞추고 혼약까지 했다고 증언이라도 할 셈이냐?"

"기억이 났거든, 밀. 사흘 전인가, 남문 근처에서 여자 하나
를 붙잡고 희롱하던 불량배들 있었잖아. 졸본(卒本:고구려의 시
조 동명성왕의 도읍)에서 왔다며 잘난 척하던 녀석들. 그놈들 살짝
주물러 줬더니 여자가 네게 이름을 물었잖아. 그 여자 이름이
애노였던 거 같아. 너더러 남문 자작나무 아래에서 기다릴 테
니 나오라고 했잖아. 네 뺨에 입 맞추고 얼굴 빨개져서 도망간
처녀, 생각 안 나?"

"뺨에……, 입을?"

듣고 있던 사록이 창백해져 이를 아득 물었다.

"얼굴 빨개져서 도망갔다니……, 애노가 그랬을 리 없어. 사
내의 뺨을 후려치고 다리 사이를 걷어차는 일은 있어도, 얼굴
붉히며 도망갈 여자는 아니란 말이다. 역시 네가 무슨 짓을 한
게 틀림없어!"

"바보 같은 소리 집어치워!"

짜증이 났는지 밀도 고른 이를 드러내며 으르렁거렸다.

"무슨 짓을 한 건 내가 아니라 그 여자야. 그 여자가 가만히 있던 나한테 덤벼들어 목을 껴안고 입을 들이댔다고. 난 영문도 모르고 당했어!"

"충분히 피할 수 있었지만 굳이 피하지 않았지."

"너도 닥쳐, 굴가!"

동무의 멱살을 거세게 틀어잡으며 밀은 사록을 향해 화난 목소리를 애써 누그러뜨렸다.

"난 태자님이 여는 사냥 대회에 참가하기 위해 멀리서 왔다. 당신과 싸워서 사냥 대회 동안 감옥에 갇힐 생각은 추호도 없어. 당신의 여자와는 아무 일도 없었으니 그만 오해를 풀어. 혼인이란 말은 더더욱 말이 안 돼. 세상의 절반이 여자고 마음에 들면 아무 때나 골라잡을 수 있는데, 내가 왜 이름도 얼굴도 기억 안 나는 여자와 평생을 살겠어?"

"애노는 흔하디흔한 여자들과 달라! 누구든 한번 보면 눈알 속에 그 얼굴이 단단히 박혀서 절대 잊을 수 없을 정도로 예쁜 애란 말이다!"

"그건 당신 눈알 얘기지. 그렇게 예뻤으면 기껏 사흘 전에 봤는데 기억이 안 날 리가 없잖아."

"그러니까 네놈이 지금 둘러댄 말은 다 거짓부렁이란 뜻이지!"

사록이 더 이상 참지 못하고 쇠사슬을 휘두르기 시작했다. 굴가를 멀리 밀치고 허공을 마구 베어 내는 갈고리를 피해 폴짝 뛰어오르며 밀이 가늘게 한숨을 쉬었다.

"정말 말귀를 못 알아듣는 작자일세. 그렇게 차근히 설명을 했건만."

그는 활을 버리고 허리에서 칼을 뽑아 들어 좌우로 가볍게 돌렸다. 손목의 동작이 느긋해 보였는데도 어느새 환도의 몸체에 쇠사슬이 칭칭 감기며 그와 사록의 거리가 바짝 좁아졌다. 쇠사슬과 갈고리가 모두 밀의 칼에 묶여 버린 사록은 입이라도 맞출 듯 가까이 다가온 밀의 얼굴에 긴장하여 뜨거워진 콧바람을 뿜으며 짧아진 쇠사슬을 힘껏 잡아당겼다.

"내, 내 갈고리를 묶었으니 네 칼도 쓰지 못한다, 이 촌뜨기야!"

"넌 갈고리가 아니면 안 되는 모양이지만 난 칼이 아니라도 괜찮거든."

밀이 생긋 웃으며 칼을 놓아 버렸다. 그 바람에 용쓰며 버티던 사록이 발라당 뒤로 넘어갔다. 쿵, 땅에 부딪힌 커다란 몸뚱이에 올라탄 밀이 한 손으로 사록의 굵은 목을 졸랐다.

"난 정말 웬만하면 싸움을 피하고 싶은데 말이야……."

밀이 단단히 말아 쥔 다른 한 손을 높이 치켜들었다.

"……피할 도리가 없으면 반은 죽여 놓지. 내가 얼마나 평화롭게 해결하려고 노력했는지는 너도 봤겠지? 나중에 고발하려고 들면 나머지 반도 죽여 주겠다."

"잠깐, 잠깐!"

사록이 캑캑거리며 눈알을 희번덕였다. 그러나 밀은 그의 목을 더욱 세게 짓누르며 싱긋 웃었다.

"내 주먹은 네 갈고리만큼이나 확실하게 머리통을 바수어 준단다."

휙, 밀의 주먹이 아래로 곧장 내리달리자 사록의 벌어진 입에서 제대로 된 고함이 아니라 '끄억!' 하는 불분명한 소리가 났다. 밀의 자신만만한 미소는 그의 말이 거짓이 아니라는 증거였다. 사록은 눈앞이 캄캄해졌다. 그러나 밀의 주먹이 그의 인중을 가격하기 직전, 그들과 떨어져 있던 굴가가 달려와 멈칫거리는 밀의 어깨를 잡았다.

"밀, 관리다."

굴가가 거란말로 속삭이기 전에 밀도 다가오는 일단의 무리를 보았다.

"그냥 관리가 아니야. 5부의 대가다."

밀도 낮게 속삭였다. 무리 중 말을 탄 사람은 둘뿐이고 나머지는 보병인 단출한 행차였지만 그는 흰 수염을 휘날리는 노인이 그저 그런 귀족이 아님을 한눈에 알아보았다. 말단 관리 앞에서도 행동을 삼가야 할 판에 대귀족 앞이라면 더 말할 것도 없다. 밀은 잽싸게 사록의 앞섶을 쥐고 끌어당겨 그를 세우고는 등과 머리칼에 묻은 흙먼지를 떨어 주며 큰 소리로 말했다.

"어이, 괜찮아? 그러기에 살살 하라니까. 사냥 대회 연습도 좋지만 의욕이 너무 넘치는 거 아냐? 자칫하면 크게 다칠 뻔했잖아, 사……록."

"뭐가 어째?"

겨우 숨통이 트인 사록이 입술을 까뒤집어 송곳니를 보였지만 밀의 눈짓에 그들에게 접근하는 귀족의 무리를 알아채고 허허, 어색한 웃음으로 뒤집은 입술을 수습했다.

"그, 그러게. 내가 좀 흥분했지…… 연습은 다음에 계속하자고, 밀."

"하하, 다음에 정말 머리가 박살 나면 어쩌려고. 그냥 봐줄 때 고맙게 여겨, 사록."

"하하, 그 전에 네 머리통이 패일걸. 애노에게 한 짓을 갚아 주기 전까진 못 놔줘, 밀."

"이게 정말! 하하."

밀은 이를 갈았지만 가까이까지 다가온 귀족을 의식해 웃으며 사록의 등을 내리찍듯 털어 주었다. 흠, 흰 수염의 노인이 묵직한 헛기침을 뱉었다. 그 소리에 비로소 귀족의 존재를 알아챈 척 밀과 사록, 굴가 셋이 사이좋게 나란히 한쪽 무릎을 꿇고 머리를 숙였다. 원숭이도 굴가의 어깨 위에서 공손히 손을 모았다.

불해는 나란히 앉은 세 명의 청년을 물끄러미 내려다보았다. 그는 아까부터 이 불량스런 셋을 눈여겨보고 있었다. 그의 앞길을 가로질러 간 괘씸한 사록을 혼내 주기 위해서 여기까지 쫓아와 때를 보고 있었던 것은 아니었다. 그의 날카로운 눈빛은 줄곧 밀을 향했고 지금도 그가 내려다보는 인물은 밀 하나였다.

"너."

말을 몰아 밀의 바로 앞에 세운 불해가 들고 있던 말채찍으로 밀의 어깨를 찔렀다.

"고개를 들어라."

눈을 내리깐 밀의 얼굴이 온전히 드러나자 불해는 꼼꼼히 뜯어보았다. 노인의 두 눈이 흰 눈썹 아래 가늘어졌다.

"눈을 뜨고 나를 똑바로 보아라."

말이 떨어지기 무섭게 밀이 깔았던 눈을 반짝 떴다. 대귀족과 시선을 정면으로 부딪치면서도 청년의 눈동자엔 조금의 흔들림도 없었다. 흠, 불해의 신음 같은 헛기침이 흘러나왔다. 그는 여전히 말채찍으로 밀의 어깨를 찍으며 물었다.

"이름이 무엇인가?"

"밀이라 합니다."

"성은?"

"……없습니다. 천한 신분에 어찌 귀하신 분들이 쓰는 성을 가지겠습니까."

"국내성 사람이냐?"

"아닙니다. 이번에 열리는 사냥 대회에 참가하기 위해 난생 처음으로 국내성에 온 촌뜨기입니다."

"어디에서 왔는고?"

"안시(安市:안시성)의 동북쪽 은산銀山 근처에 있는 작은 마을입니다."

"부모나 조부모도 거기 은산 출신인가?"

"물론입니다. 조부의 조부도 그 근처를 벗어난 적이 없는 토박이입니다."

"조부도 은산 출신이라……."

불해가 수염 속으로 작게 중얼거리며 밀의 어깨에 꽂은 마편을 거뒀다. 문답이 오가는 중에도 내내 밀의 외모를 유심히 관찰하는 노인의 눈에 의심이 간간이 스쳤다. 머릿속으로 무언가를 골똘히 생각하는 듯 한참 말이 없던 불해는 훗, 실소를 흘렸다.

"살아남았을 리가 없지."

아무에게도 들리지 않는 노인의 혼잣말이었다. 무릎을 꿇고 앉은 청년에게 더 이상 흥미가 없어졌는지 불해가 말의 머리를 돌리며 손자에게 말했다.

"가자, 태루야."

"저들을 벌주지 않으십니까? 제 마음에 들지 않으면 힘으로 해결하려는 저런 난폭자들을 내버려두면 선량한 양민들이 다칠 수도 있습니다."

태루가 조부를 뒤쫓으며 물었다. 그가 슬쩍 뒤를 돌아보니, 세 명의 불량배가 안도의 숨을 쉬며 가슴을 쓸어내리기 무섭게 다시 멱살잡이를 하고 있었다. 그 꼴을 보고 안 되겠다 싶어 말을 돌려 세우려는 태루에게 불해가 그만두라는 손짓을 했다.

"아서라. 사냥 대회가 다가오면 으레 저런 놈들이 성중에 몰려들어 말썽을 피우고 난동을 부린다. 하나 그것도 잔치의 일부로, 사냥과 제사가 끝나고 술과 음악과 춤이 없어지면 절로 시들해진다. 또한 스스로 싸움을 그쳤는데 무엇을 두고 벌하겠느냐. 더 큰 소란이 있으면 관에서 해결할 일이다."

"그럼 어찌하여 이름과 출신까지 물어보며 관심을 두셨습니까?"

태루가 의아한 낯으로 다시 물었다. 그가 한 번 더 뒤를 돌아보았을 땐 이미 세 사람 모두 어디론가 사라지고 없었다.

"할아버님께선 그자를 꽤 오래 살펴보셨습니다."

"태루야, 불에 타고 목이 잘려도 살아남을 사람이 세상에 있겠느냐?"

손자의 질문에 대답하는 대신 불해가 불쑥 엉뚱하니 반문했다. 노인의 의도를 알 수 없어 태루는 조심스레 대답했다.

"신령이나 귀신이 아닌 이상에야 가능하겠지요. 그런 일을 겪고도 살았다면 그 사람은 필시 도사道士일 것이니 신선이 되었을 것입니다."

"신선이라."

킥, 불해의 잇새로 짧은 웃음이 비어져 나왔다. 킥, 킥킥, 크흑, 크흐흑. 노인이 물고 있던 웃음이 점점 커지며 구부린 등이 앞뒤로 심하게 흔들렸다. 마침내 파하, 입을 활짝 벌려 모아 두었던 웃음을 죄다 뱉은 노인이 우뚝 말을 세웠다. 당황스러워 어쩔 줄 몰라 하는 손자를 지그시 바라보는 그의 눈가에 미묘한 불안이 드리웠다.

"태루 너는 신통력을 가지고 불로불사하는 신선을 믿느냐?"

"실제로 신선이 있겠느냐는 물음이십니까? 믿지 못할 것도 없으나……, 유한한 인간의 바람일 뿐이라 생각합니다.”

“귀신이 살아 있는 몸을 가지고 우리 앞에 멀쩡한 모습으로 나타날 수 있겠느냐?”

“산 사람에게 귀신이 씌었다면 그는 제정신일 수 없으니 미치광이일 것입니다.”

“내 생각도 그러하다.”

불해는 근심의 기색이 뚜렷한 태루에게 빙그레 웃어 보였다.

“그리하여 나는 두려워하지 않는다.”

“소손이 불민하여 무슨 말씀인지 잘 모르겠습니다.”

“늙은이는 때때로 맥락 없는 생각이 불쑥불쑥 튀어나온다. 신경 쓰지 마라.”

조부의 머리가 오락가락하는건 아닌지 의심하는 듯한 태루의 시선을 슬그머니 피하며 불해는 어험, 엄숙하니 기침을 한 뒤 말을 돌렸다.

“태자께서 오시니 궁벽한 곳의 젊은이들까지 앞다퉈 성내로 들어와 공을 세울 생각에 격앙되었구나. 잔치의 흥을 돋우기는 좋으니 너무 몰아세우지 마라. 너 역시 속내는 그들과 같을 터.”

“예.”

태루가 얌전히 고개를 숙이더니 부끄러이 웃었다.

“그 말씀대로입니다. 태자님 앞에서 가진 기량을 모두 발휘하고 싶은 마음에 두근거려 요 며칠은 잠을 설치기까지 했습니다."

"고구려 방방곡곡 태자의 기예와 용맹을 능가하는 자가 없다고 그 명성이 드높으니 사내라면 당연하다."

"무장武將으로서도 걸출하지만 슬기롭고 지략도 뛰어나 증조부인 장수대왕께서 재래하였다고들 합니다. 장수대왕을 직접 섬기셨던 할아버님께서는 어떻게 보시는지요?"

"허허, 그런 말들을 하더냐? 글쎄, 내가 장수대왕을 섬겼을 때는 대왕의 머리칼이 이미 희었고, 국내성에 오신 태자께선 주름 하나 없는 홍안이시니 무어라 말할 수가 없구나."

불해의 입술이 수염 속에서 일그러졌다. 장수대왕의 재래라니, 끔찍한 소리. 거련(巨連:장수왕의 이름), 그 이름이 얼마나 무서운지 모르는 놈들이 한가하게 떠드는구나. 그가 다시 오면 언제 죽을지 몰라 벌벌 떨 것들이. 그러나 불해 역시 태자가 장수대왕과 꼭 닮았다는 말을 여러 번 들었고, 그 횟수는 태자가 성장함에 따라 더 잦았다. 그래서일까, 태자와 관련된 이야기가 나오면 그도 저절로 장수대왕을 떠올렸었다. 그리고 국내성에 온 태자를 맞이한 순간, 불해는 늙어 주름졌던 거련과 너무도 닮은 싱싱한 청년 홍안을 보고 크게 충격을 받았다. 수십 년 잊고 있었던 거련에 대한 두려움이 홍안을 대하면서 스멀스멀 살아나 버렸던 것이다. 이제 홍안을 보거나 그 이름만 들어도 자연스레 거련이 생각나 불쾌해지는 그의 속도 모르고 태루는 자신의 영웅을 그리느라 신이 난 모습이었다.

"장수대왕의 재래가 아니더라도 태자님은 천신의 가호를

받는 특별한 분이잖습니까. 갑자기 비가 쏟아졌지만 그분이 앉을 자리를 새들이 덮어 적시지 않았다는 이야기는 유명합니다."

"그래……, 그런 이야기를 들은 것도 같다."

"또한 형혹이 태백을 범해 불길하니 병란兵亂이 일어나리라 사무인 홀도가 점쳤으나, 형혹이 태자의 별이고 태백은 백잔이니 태자께서 백잔을 쳐 공을 세우리라 공주님께서 예언하자 과연 그대로 되기도 했습니다."

"뭐, 그렇게들 말하더구나. 공주는 신의 뜻을 읽고 태자는 그 뜻을 행하니 오누이로 말미암아 고구려가 더욱 융성하리라고."

불해가 떠름하니 동조하자 태루가 진심으로 즐거이 고개를 끄덕였다.

"그렇습니다. 태자님이 장수대왕의 재래라면 공주님은 신모神母 유화부인柳花夫人의 재래라고들 합니다. 별로써 천기를 알고 흉조를 길하게 바꾸며 독으로 약을 만든다고요. 수년 전 한 귀투鬼가 덮쳐 땅이 바싹 말라 홀도가 제를 지냈으나 소용없었을 때, 공주님이 하늘에 빌었더니 비가 내린 일은 지금도 사람들 입에 오르내리고 있습니다."

"한 번의 우연을 우인愚人들은 기적이라고 치켜세우지."

손자에게 들리지 않도록 노인이 입속으로 투덜댔다. 태자의 명망이 드높아진 배후에는 공주의 신통력도 단단히 한몫 차지하고 있었다. 평범한 사람들에게 공주의 신비로운 행적은 왕가가 천제의 후손임을 다시금 확인시켜 주었다. 그녀가 태자에게 유리한 예언을 함으로써 태자는 추모성왕이나 대무신왕, 호태성왕과 장수대왕처럼 성스러운 영웅으로 거듭났던 것이다.

이 비범한 남매의 소문은 진위를 의심할 사이도 없이 부풀려져 퍼지고 사람들을 열광케 했다. 단 한 번, 태자가 백잔을 깨부순 것도 한 번이고 공주가 비를 내리게 한 것도 한 번인데! 그러나 그 한 번이 무서운 것이다. 그 한 번에 태자는 불패의 전사로, 공주는 영험한 예지자로 속인들의 머릿속에 각인되었으니까. 사람들은 남매를 보지 않고도 사랑하고 흠모했고, 보는 즉시 묘술에 홀린 듯 남매를 떠받들었다. 그것은 불해 자신의 손자도 예외가 아니었다.

"소문에 공주님은 아름답기도 마치 선녀와 같다고 하던데, 그것이 사실이었습니다."

태루가 나직이 말했다. 며칠 전 태자 일행을 마중 나갔을 때 스쳐 본 공주를 머릿속에 그리는 것이 분명한 그의 눈매가 꿈꾸듯 부드러워졌다. 척 보기에도 사랑에 빠진 젊은이다. 불해는 쓴웃음을 머금었지만, 태자와 공주를 본 사람들 중 손자만이 딱히 유별난 것은 아니었다.

태자가 이번 국내성 일대를 순수巡狩하는 것은 표면적으로는 오랫동안 병마에 시달리고 있는 부왕을 대신해 왕경인 평양에서 멀리 떨어진 국내성의 제가와 공민을 두루 살피고 위로하기 위해서였다. 공주와 동행한 것도, 왕비가 없는 현 왕궁의 실질적인 안주인인 공주가 국내성을 방문하면 왕실이 이 지역을 각별히 배려하고 있음을 증명할 수 있기에 실행한 전시적인 성격의 것이었다. 어쨌거나 이 고귀한 신분의 오누이가 방문함으로써 국내성과 그 인근 사람들은 모두 태루처럼 한껏 들떠 왕실의 은혜에 감사하고 있으니 태자의 순수는 성공적이랄 수 있었다.

'하지만 그것은 겉으로 드러난 목적에 불과할 뿐이지.'

불해는 국내성을 방문하는 태자의 속셈을 간파하고 있었다. 은혜를 베풀기보다는 평양에서 멀리 떨어져 있는 귀족들이 딴마음을 품지 않도록 감시하고 단속하는 것이 진짜 목적일 터. 거기에 여신처럼 추앙받는 누이동생을 끼고 와 민심을 제 편으로 끌 작정인 것이다.

'나와 우리 가문에 쏠린 성내 중인의 호정好情은 물론이고 근방 촌것들의 마음과 충성까지 단번에 장악할 무언가를 계획하고 왔을 터. 장수대왕의 재래라면 분명히 그렇겠지.'

불해의 머릿속에 백발이 성성했음에도 날카로운 눈빛으로 제가들을 압도하던 장수대왕 거련이 그려졌다. '불해, 나는 다 알고 있다.' 얼음처럼 차가운 미소를 그리며 그렇게 말하던 늙은 왕의 앞에 섰을 때, 그는 파릇하니 젊었었다. 그때는 그 한마디가 얼마나 무서웠던가! 무엇을 알고 있지? 다 알고 있다니, 얼마나 알기에? 어떻게 알기에? 그러나 거련은 그 한마디를 끝으로 더 이상 아무 말도 하지 않았었다. 아마 그 한마디로도 충분하다는 것을 알았음이리라.

불해는 거련이 '다 알고 있을지도 모르는 그것'이 영영 묻히기를 간절히 소원하며 납작 엎드려 살았다. 절대 죽지 않을 것 같던 거련이 백 살이 되고 죽을 때까지. 이제 그의 비밀을 '다 알고 있었을' 때의 거련만큼이나 늙은 그가 당시의 그만큼 젊은 태자를 맞이하는 지금, 불해는 늙은 왕이 소름끼치게 웃으며 '다 알고 있다.'고 속삭이던 마음을 이해한다. 지금이라면 거련의 재래라는 태자를 향해 그도 거련처럼 웃을 수 있다.

'태자여, 네가 무엇을 계획하든 난 두렵지 않다. 내가 거련의 손안에서 꼼짝 못했듯, 너는 내 손아귀를 벗어나지 못할 테니.'

불해는 아직도 공주 생각에 푹 빠져 몽롱한 태루를 보았다.

'모든 것은 이 아이를 위해서.'

"공주님도 사냥 대회를 지켜보실까요?"

기대에 부푼 눈으로 혼잣말하듯 중얼거리는 손자가 어리석게 느껴진다. 그리고 귀엽게도.

'태루, 너는 그대로 있어도 괜찮다. 태자를 사랑하고 공주를 흠모해. 왕가에 충성하고 고구려를 지켜. 그 모습 그대로의 네게 고구려를 안겨 주겠다.'

불해는 태루에게 긍정의 대답으로 고개를 끄덕여 보였다. 발그레하니 흥분한 손자를 보며 쓰게 웃은 그는, 채찍을 높이 들며 호종하는 사병들이 모두 들을 정도로 목소리를 높였다.

"성내는 웬만큼 돌아보았으니 돌아가자. 태자께 국내성 공자들의 마사희(馬射戱:말을 타고 달리며 활을 쏘아 서 있는 여러 개의

과녁을 떨어뜨리는 고구려의 유희 중 하나)를 보여 드릴 준비를 해야
겠다.”

불해가 채찍을 휘둘렀다. 다시 걷기 시작한 말의 걸음걸이
가 경쾌했다.

전前 대대로였던 고추대가(古雛大加:왕이 왕족과 일부 대가에게 내
린 특별한 칭호) 우불해의 정원은 광대하다는 말이 어울릴 정도로
넓었다. 정원의 한쪽엔 다섯 개의 길쭉하고 가느다란 장대가
30~40보 간격으로 나란히 세워져 있었으며, 장대 끝에는 작
고 네모난 판자가 하나씩 붙어 있었다.

마상에서 그 판자들을 바라보며 태루는 약한 긴장을 느꼈
다. 머릿속에서 수없이 반복했던 연결 동작들을 다시 한 번 그
리며 그는 심호흡을 했다. 이윽고 태루는 말의 배를 걷어차 힘
차게 출발했다. 등자에 걸린 발등에 힘을 주어 허리와 다리에
균형을 잡는 동시에 전동의 화살을 뽑아 메긴 그는, 말이 첫
번째 과녁을 지나치기 전에 쏘았다. 보지 않아도 과녁이 떨어
지는 걸 알 수 있었다. 그는 활시위를 놓자마자 다음 화살을
재빨리 메겼다. 두 번째와 세 번째 과녁은 통과하면서 떨어뜨
렸다. 네 번째는 약간 지나쳤지만 상체를 살짝 틀어 명중시켰
다. 몸통을 완전히 뒤로 돌려 마지막 과녁마저 떨어뜨리고 고
삐를 잡아채 말을 세운 다음에야 태루는 긴장으로 굳었던 얼
굴 근육을 풀었다. 금으로 장식한 자줏빛 소골(蘇骨:귀인이 쓰던
절풍의 한 종류) 아래, 태루의 소년 같은 얼굴에 환한 미소가 자

랑스레 떠올랐다. 그는 멀리서 자신을 지켜보는 태자를 향해 고개를 숙였다.

"대단히 뛰어난 솜씨요. 과녁 다섯 개를 한 번에 모두 떨어뜨리다니. 특히 말이 달리는 방향과 정반대로 돌아 쏘는 기술이 일품이오."

흥안이 불해를 돌아보며 싱긋 웃었다. 불해는 손자가 기특하고 예뻐 입이 함박만큼 벌어졌으면서도 겸양을 심하게 떨었다.

"아직 갈고 다듬을 부분이 많은 서툰 아이입니다."

"무슨. 태루의 실력을 보니 내 차례가 오기 전에 마사희는 멈춰야 할 것 같소. 과녁을 하나라도 놓치면 망신이 아닌가."

"하이고, 태자님의 신묘한 궁술은 전 고구려가 다 아는 사실이거늘 어찌 그런 말씀을……."

불해가 문득 아차 하는 시늉을 했다.

"아니, 전 고려가 다 아는 사실이거늘……. 허허, 소신이 아직도 입에 고구려를 달고 있으니 송구합니다. 평양에서는 모르겠으나 이곳 국내에서는 고려라는 이름이 낯설어 태자님 존전에서 크게 실수를 하였습니다."

"괜찮소. 장수대왕께서 평양 천도와 더불어 국호 역시 고려로 바꾸셨으나, 관도 민도 고구려라는 이름을 잊지 않고 즐겨 쓰니 대단한 실수랄 것도 없소. 나 역시 고구려라는 이름에 정감을 느껴 그 이름을 더 많이 입에 올리는 편이오."

불해가 은근히 '평양과 다른 이곳 국내'를 강조하는데도 흥안은 대수롭지 않은 양 넘겼다. 그의 말투는 오히려 불해에게 동조하는 것처럼 느껴졌다.

"고구려라는 이름으로 5백 년 넘게 이어져 온 이 나라의 역사 대부분이 '이곳 국내'를 중심으로 이루어졌으니 그 깊은 애착에 매우 공감하오. 평양에서 나고 자란 내게도 국내는 마음의 고향처럼 느껴진다오."

"국내는 왕자王者의 땅이니까요."

불해가 대답하니 태자의 신경을 건드렸지만 이번에도 홍안은 여유롭게 웃으며 고개를 끄덕였다.

"그렇소. 국내야말로 고구려를 천하제일의 대국으로 일으킨 요람이며, 시조묘(始祖廟:동명성왕의 사당)를 지척에 두고 위대한 선대왕들의 묘를 품은 성지聖地요. 이곳은 평양과는 비교할 수도 없으리만큼 중후하고 예스러운 멋이 있소."

"수많은 외침과 위협에도 왕도로서 수백 년을 견뎌 낸 국내와 왕도가 된 지 불과 백 년도 되지 않은 평양을 어찌 비교할 수 있겠습니까."

한번 추어올리니 노인이 끝 간 데를 모르고 기고만장해졌다. 그래도 홍안은 그저 웃으며 맞장구를 쳤다.

"그 말도 맞소. 평양은 화려하고 세련되었으나 품위가 떨어져. 왕도가 나라의 중심이니 평양 외에는 모두 촌이라 은근히 업신여기는 이들도 있으나, 내가 국내에 와 보니 그곳이 오히려 촌구석처럼 여겨지는군."

"보는 이에 따라 다르게도 생각합니다. 평양의 사내들은 금

쭉을 뜯고 퉁소를 불며 긴 소매를 걸치고 너울거리는 춤을 멋스럽게 출 줄 알지만, 국내의 사내들은 오로지 말타기와 활쏘기에 전념하여 사냥하고 싸울 줄만 아니 촌뜨기라고 합니다."

"그렇다면 나는 촌뜨기가 좋소."

태루에 이어 차례로 말을 달려 활을 쏘는 기예를 선보이는 젊은이들을 흐뭇하게 바라보며 홍안이 진지한 어조로 말했다.

"평양 사람들은 양(梁:남북조시대 강남에 세워진 중국 왕조)과 왜국에서 들여온 물자로 화평과 사치를 누리고 있으나 그것은 국내의 촌뜨기 사내들이 든든히 국계를 지켜 주기 때문이오. 고구려의 서방과 북방에 맞닿아 있는 후위(後魏:선비(鮮卑)족이 중국 화북에 세운 나라로 북위(北魏)라고도 함)와 유연(柔然:몽골고원을 지배한 몽골계 유목민의 국가)을 국내가 철저히 경계하고 방비하기에 왕도가 온전한 거요. 무도한 거란과 물길(勿吉:쑹화[松花]강 유역에 살던 퉁구스계 민족)을 국내가 다스리기에 유인에 대한 근심이 없고, 귀중한 말들을 키우는 백두산의 목장을 국내가 경영하기에 바다 건너로 그 말들을 비싼 값에 팔아 큰 이득을 얻을 수 있소. 과거 고구려의 영광도 현재 고구려의 번영도 모두 국내가 뒷배를 책임지지 않았다면 불가능하다는 말이오."

불해의 마른 입술이 흰 수염 속에서 떠름하게 오므라들었다. 태자가 이렇게 나서서 국내성을 옹호하고 칭찬하는 발언을 하리라곤 예상하지 못했다. 국내의 귀족들이 자율적으로 조세를 걷고 군사를 훈련하며 평양 조정의 지휘에서 벗어나려는 움직임을 비난하리라고 생각했었는데 태자는 전혀 다른 소리를 늘어놓고 있는 것이다. 불해를 돌아보며 말을 계속하는 홍안의 눈빛은 온화하기 그지없었다.

"그러니 평양 조정은 공을 비롯하여 국내의 대가들이 그 모든 무거운 책무를 짐으로 여기지 않고 자신의 일이라 생각하여 헌신한 점에 감사해야 할 거요. 한데 그대들의 과중한 부담을 덜어 주기는커녕 홀대했으니 국내의 대가들이 몹시 서운해하는 것도 당연하오."

"서운해하다니요. 고려의 신하 된 자로서 어찌 불만을 품겠습니까."

불해가 황망하니 고개를 숙이자 홍안이 짐짓 안타까운 한숨을 쉬었다.

"알아주지 않아도 성내지 않으니 공은 진정 군자요. 그런데 조정에서는 그대들의 충심을 헤아리지 못하고 국내의 대가들이 군주의 일을 제 일인 양 처리한다고 오해하고 있으니 참 답답하오."

"무슨 말씀이신지?"

뜨끔해하는 불해에게 태자가 무척이나 미안하다는 얼굴로 말했다.

"국내에서 대대로 뿌리 내리고 번성한 대가들이 왕을 대신해 세금을 면제하여 민심을 얻고, 관병에 버금가는 사병을 키우며, 국고를 헐어 상을 주고 임의로 벌을 내리니 국내를 과연 왕토王土라 할 수 있겠는가, 그런 말들이 나오고 있소."

"태자님, 그것은……."

"심지어 하늘과 땅과 별에 제사를 지내는 것은 천제의 자손인 국왕만의 권한인데 일개 대가가 그 권위를 가로챘다고도 하고……."

"그것도 감히 변명을 하자면……."

"국왕이 파견한 관리가 왕에게 묻고 보고하는 게 아니라 대가에게 묻고 보고하며, 왕명을 받드는 것이 아니라 대가의 명령을 받들어 행하니 국내는 고려 내의 또 다른 고구려라는 비난까지 있는 형국이오."

이 말을 하려고 혀에 꿀을 바른 듯 달콤한 칭찬을 미리 했던 게로구나. 부드러운 태도를 잃지 않으면서도 또박또박 그의 잘못을 까발리는 홍안의 따스한 표정에서 불해는 불길함을 느꼈다. 얼굴은 시종 부드럽게 웃으면서도 불해가 변명을 꺼낼라치면 딱딱 끊어 내며 제 할 말을 다 하는 것이, 언뜻 보기에는 자애로운 부왕을 닮은 듯도 한데 누가 거련의 핏줄 아니랄까 봐 증조부를 연상시키는 은근한 무언가가 있었다. 젊은것이라고 쉽게 봤더니 정신 바짝 차려야겠어. 질질 끌려가다가는 뒤통수를 세게 한 방 얻어맞을 수도 있다! 불해는 속으로 긴장을 추슬렀다.

"물론 그것은 모르는 사람들의 오해일 뿐 대왕께서는 그리 생각하지 않으시오. 그리고 나 역시도 그렇고……."

홍안이 잠시 뜸을 들이더니 동의를 구하는 눈빛을 보냈다.

"……그러나 오해라고 해도 국론이 분열되고 평양과 국내라는 고구려의 두 기둥이 반목할 수 있으니 수습을 해야 하는 것 아니겠소."

그래, 네가 진짜 하고 싶었던 말은 이제부터렷다. 불해는 흰 수염 속으로 마른 입술을 와작 물었다. 결론이 무엇이냐!

"평양 조정의 비판에 근거가 전혀 없는 것도 아니니 일단 오해를 살 만한 빌미는 없애는 게 좋겠소. 원칙대로 국내 안팎의 일은 국왕이 파견한 욕살(褥薩:행정권과 군사권을 겸비한 지방 5부의 으뜸 관직)이 맡도록 하고, 귀족들은 각자의 집안을 다스리게 합시다. 그럼 국내의 귀족들이 대왕과 조정을 무시하고 사리를 챙긴다는 비난이 잦아들 거요. 또한 필요 이상의 사병들은 관으로 돌려보내고 변방의 순라군도 관에서 관리하면 국내 귀족이 참람한 마음을 품었다는 억측도 사라지겠지."

"태자님, 그것은 관의 재정이 부족하여 병력을 제대로 유지하지 못해 저희들이 사재를 털어 충당한 것입니다. 오해만으로도 억울한데 저희의 재산까지 모두 빼앗으려 하십니까?"

경고를 하러 온 줄 알았더니 온 김에 아예 밟아 주겠다는 심보로구나. 불해는 본격적으로 방어를 펼칠 준비를 했다. 그런데 태자의 눈이 순진하게 동그래졌다.

"빼앗다니 말도 안 되오. 나라를 위해 가진 것을 아낌없이 내놓은 그대들에게 상을 내리면 모를까. 나는 공의 일가를 비롯해 국내의 대귀족들이 국내를 현명하게 경영한 경험을 살려 대왕께서 고구려 전체를 올바르게 경영하는 데 힘이 되어 주길 바라오. 평양으로 갑시다."

뭐라? 불해의 늘어진 눈꺼풀 아래 작은 눈동자가 반짝였다.

안 그래도 곧 평양으로 진출해 차근차근 중앙을 휘어잡을 계획을 세워 놓은 터인데 태자가 먼저 제안을 해 오다니? 태자의 말이 이어졌다.

"평양의 귀족들은 의욕은 충만하나 아직 경험이 부족하기에 국내의 귀족들처럼 노련하고 시야가 넓은 인재들이 많이 필요하오. 더구나 장수대왕께서 일궈 놓은 화평이 지금까지 이어져 오는 동안 평양에서는 무武를 숭상하는 고구려의 기풍이 무뎌지고 있으니 국내의 귀족들이 들어와 고구려의 정신을 회복시켜 주길 간곡히 바라오. 또한 귀족들이 평양과 국내로 나뉘어 서로를 경계하는 바, 전 대대로이기도 했던 공이 양측을 아우르며 고구려를 위해 한마음으로 왕실에 충성하도록 제신제족을 이끌어 주길 바라오. 이는 대왕의 뜻이오."

이것은 삼켜도 되는 떡일까? 불해는 자신의 이해와 딱 맞아떨어지는 태자의 제안이 솔깃하면서도 미심쩍었다. 하지만 거절할 이유도 명분도 없는 상황.

"부여에서부터 추모왕을 모시고 이 땅에 와 수백 년을 고구려에 충성한 저희 일족입니다. 조상의 뼈와 혼이 있는 고토를 떠나자면 허전한 마음이 이루 말할 수 없이 크겠으나, 저희는 어디까지나 천손이신 대왕님의 노객(奴客:고구려에서 신하가 임금에 대해 자신을 낮추는 말). 미천한 힘이라도 보탬으로 삼으신다면 어디라도 달려가겠습니다."

썩 내키지는 않으나 마지못해 따르겠다는 노인의 말투에도 홍안은 반가운 웃음을 물었다.

"원하던 대답이오. 평양에서의 활약을 기대하겠소. 그리고 그대의 손자 태루도 뛰어난 인재라 들었고 내 눈으로도 확인한 만큼…….."

태루가 그들에게 가까이 다가오고 있었다. 모였던 젊은이들의 순서가 모두 끝나고 태자의 차례가 되었음을 알리러 온 것이다. 홍안은 태루를 턱으로 가리켰다.

"……조의두대형皁衣頭大兄으로 삼아 대신들과 함께 중책을 맡아 수행하도록 하겠소."

"아니, 아직 어린아이인데…….."

말은 그렇게 하면서도 불해의 얼굴이 활짝 퍼졌다. 조의두대형은 대대로와 태대형太大兄, 울절鬱折과 태대사자太大使者에 이은 고위직으로 이 다섯 가지의 벼슬을 맡은 관리들이 나라의 기밀과 정책, 법 개정, 징병과 관작의 수여 등을 취급한다. 중앙 정계에 이제 막 진출하는 젊은이가 차지하기엔 높은 자리였다. 할아버지 옆에 선 태루도 깜짝 놀랐다. 입을 딱 벌린 그를, 홍안은 불해가 손자를 대하듯 사랑스럽게 내려다보았다.

"곧 부마가 될 터인데 조의두대형이 대수인가."

"예?"

입이 얼어붙은 태루를 대신해 불해가 외마디소리를 질렀다. 이건 또 무슨 횡재인가! 노인의 호들갑에 홍안이 드러나지 않게 콧방귀를 뀌었다.

"공은 뭘 그리 놀라는 척하시오. 공이 먼저 부왕께 국혼을 넌지시 내비쳐 놓고선."

할아버님이 언제 그런 일을? 태루의 휘둥그레진 눈이 진정될 사이도 없이 이리저리 움직였다. 내게는 단 한마디도 그런 말씀이 없었는데! 불해는 그런 손자에겐 곁눈도 안 주고 태자에게만 집중했다.

"허허, 국내성이 변읍邊邑처럼 소홀히 다뤄지면 민인의 사기가 저하되고 북방이 흔들릴 수 있으니, 보연寶延왕자님이나 안학공주님이 오시어 북방 끝까지 왕실의 품에 안아 주십사 지나가듯 말씀 올렸을 따름인데……."

"어찌하여 내 동생들만을 원하시오? 나는 원하지 않소?"

홍안이 놀리듯 빙글거렸다. 쿵, 불해도 속으로 콧방귀를 뿜었다.

"태자님께서 국내 출신의 귀녀를 비로 맞으신다면 그만한 경사가 없겠지마는, 태자님께서는 대왕님께서 그토록 원하시는데도 혼인을 미루고 계시지 않습니까. 분명 태자님의 깊은 뜻이 있겠으나 신이 그 까닭을 짐작하지 못하니 감히 말을 꺼내지 못했습니다."

"나의 혼사는 평양과 국내를 더욱 갈라놓을 위험이 있어 양 세력이 화목해지길 기다릴 뿐. 어쨌든 대왕께서는 공의 의견이 일리가 있으니 날더러 태루를 직접 보고 왕실의 사윗감으로 적당한지 알아본 후 안학공주의 혼사를 결정짓도록 이르셨소. 비록 며칠 안 되는 짧은 시간이나 태루의 인품과 재주가 출중함을 족히 보았으니 사랑하는 누이를 맡겨도 되겠다는 생각이 듭니다. 하나 국혼이란 그리 간단히 정할 수만은 없는 법. 태루를 평양에 데려가 좀 더 지켜보고 싶소. 태루, 그대는 어떤가? 설마 안학공주를 마다하지는 않겠지?"

"그런 일을……, 어떻게 제가 감히……. 저, 저는 그저……."

순진한 청년은 대답도 제대로 못 하고 얼굴이 빨개졌다. 태루의 가슴이 무섭게 쿵쾅거렸다. 스치듯 잠깐 인사만 하고 말았을 뿐이지만 공주의 자태는 그의 머릿속에 황홀하니 새겨진 터였다. 공주의 신비로운 소문을 들었을 때부터 그가 상상해 오던 선녀의 모습과 똑같았던 그 얼굴, 그 목소리, 그 맵시. 태루는 단숨에 그녀에게 빠졌다. 어떻게든 그녀를 다시 보고 싶었지만 태자의 엄명으로 감히 공주가 머무는 궁에 얼씬거릴 수가 없었다. 공주가 타고 온 수레까지도 철저히 지켜져 사람들의 접근이 엄금되었다. 신성한 공주에게 부정이 타면 안 되니 당연한 처사겠지만 젊은이에게는 엄청난 형벌이었다. 보지 못하니 더 보고 싶은 마음이 바작바작 타던 참인데 혼사라니. 부마라니! 태루는 머리가 희게 비어 어지럼증까지 느꼈다. 정신을 못 차리는 손자와 반대로 불해는 정신이 번쩍 났다.

'평양에 데려가 지켜보겠다니, 태루를 인질로 삼겠다는 말이렷다. 부마라는 미끼를 던져 주고 이쪽이 해이해지길 기다려 단박에 깨부수겠다는 속셈인가?'

하지만 나 역시 평양으로 간다. 불해는 수염 뒤로 웃음을 히죽 감췄다. 네가 뭘 계획하든 난 내 방식으로 밀고 나가겠다. 평양을 장악하고 국내를 기반으로 새로운 고구려를 세워 태루에게 주겠다. 난 다 알고 있어. 뭐든지! 네가 국내의 대귀족들을 거세시키고 싶어 도모하는 모든 시도를 나는 역으로 이용할 것이다. 넌 내 적수가 안 돼. 넌 거련이 아니야! 불해는 즐거운 마음으로 손자를 변명했다.

"이 아이가 너무나 황송하여 말문조차 막혔나 봅니다. 이 나라 젊은이라면 공주님을 연모하지 않는 자가 없을 터. 때문에 그만 혼이 빠져 버린 것 같습니다. 허허."

"내 누이가 꽤 예쁘긴 하지. 그 애를 보고 피가 뜨거워지지 않을 사내는 없다고 생각하지만……, 그대에겐 안학공주를 제대로 볼 시간도 없었다. 그래도 사랑한다고 말할 수 있느냐?"

은근히 비웃는 흥안에게 태루는 붉어진 뺨을 더욱 붉게 물들이며 단호히 대답했다.

"그렇습니다!"

"자신을 사랑해 주는 남편을 만나는 것이 여자의 행복이다. 그대의 낯빛을 보니 내 누이는 행복하겠구나. 하하!"

흥안은 어깨가 들썩이도록 껄껄거리더니 곧 진중하니 목소리를 가다듬었다.

"그러나 부마는 단순히 한 여자의 남편이 아니다. 나라와 왕실을 위해 무엇이든 할 수 있는 충신이어야 한다. 그대는 그런 마음의 준비가 되어 있는가?"

"물론입니다. 그러기 위해 이제껏 글을 읽고 무예를 익혔습니다. 저의 몸과 마음은 모두 고구려와 왕실의 것입니다. 단지 부마여서가 아니라 고구려의 전사이기 때문입니다."

"좋아. 기대하겠다."

홍안이 태루의 어깨를 세게 한번 잡더니 곧 놓았다. 그는 시종에게서 활과 전동을 건네받고 널찍한 정원의 한쪽 끝으로 천천히 말을 몰았다. 그의 곧은 등을 지켜보는 불해의 고개가 저절로 비스듬히 기울었다. 태자는 정말 태루를 부마로 삼고 싶어 하는 걸까? 누이를 주겠다는 것은 측근으로 삼아 힘을 실어 주겠다는 뜻일 텐데…….

'뭐, 태자의 속내가 무어라도 좋다. 그게 내 계획을 돕는다면 더욱 좋고!'

불해는 태자가 활을 들고 출발 자세를 갖추는 것을 물끄러미 보았다. 곧게 편 태자의 옆모습에 얼핏 거련의 환영이 겹쳐진다. 그리고 환영은 곧 사라진다. 저건 거련이 아니야. 불해는 쓴웃음을 물었다. 깡그리 잊고 싶은 두려운 그 이름을 그는 왜 자꾸 끄집어내는 걸까? 마치 거련이 증손자의 몸으로 환생하여 돌아오기를 바라는 것처럼. 마치 그리운 옛사랑처럼.

'망령된 생각이다! 거련을 그리워하다니, 내가 왜!'

태자의 말이 달리기 시작했다. 바람처럼 빠르게 내달리는 말 위에서 거침없이 활을 쏘는 젊은 왕자가 불해의 느릿한 심장을 두근거리게 해 노인은 눈을 내리깔았다. 왜? 불해의 거련은 저렇게 젊지 않았다. 그의 거련은 흰 갈기의 사자, 백발의 주름투성이 노장, 공포를 몰고 오는 귀신 아니었던가. 거련은 불해가 태어났을 때부터 이미 늙어 있었다. 그래도 말을 타고 달리는 늙은 왕은 아름다웠고, 젊은 불해와 불해의 절친한 벗을 매료시켰었다. 왕의 웅장한 위엄과 고상한 품위라는 게 있어서 그랬을지도 모른다. 지금 태루가 태자를 보는 것과 똑같은 눈으로 거련을 보았던 불해는 실소하지 않을 수가 없었다.

'늙으니 오락가락하는군. 저건 아직 새파란 애송이야!'

불해가 다시 눈을 들었을 땐 그 새파란 애송이가 이미 말을 멈춘 뒤였다. 과녁들이 모두 떨어져 땅 위에 흐트러져 있었다.

성중 곳곳에 잔치가 벌어지는 밤. 밀은 객점 방에 들어와 팔베개를 하고 벌러덩 드러누웠다. 아직 덜 마른 머리칼이 손가락에 찰싹 감겼다. 그는 멍하니 천장을 올려다보았다. 신기하게도 또 그 얼굴이 그려졌다. 사슴을 가리며 사슴의 것처럼 큰 눈을 사슴보다 더 크게 뜨고 사슴만큼이나 두려움에 젖어 그를 마주 보던 그 얼굴. 빛깔이 사슴의 털처럼 하얬다. 사슴 가죽보다 더 부드러울 것 같은 그 야들한 피부와 핏빛의 촉촉한 입술. 그것이 과연 이 세상의 생물이었을까?

'천녀天女야, 그건.'

증거는 여러 개 있었다. 우선 백록. 흰 사슴은 옛이야기를 통해서 들은 적은 있어도 실제로 본 적은 없다. 봤다는 사람을 본 적도 없다. 몸뚱이가 온통 흰 사슴이라니, 신선의 세계에서나 뛰어다닐 짐승이다. 그런 백록을 제 것이라고 했으니 하늘에서 내려온 천녀가 아니고 무엇이겠는가.

'옷도 특이했어.'

바지 위에 치마저고리와 두루마기를 갖추고 허리띠를 둘렀으니 모양은 흔한 고구려 여인의 차림새였지만, 오로지 흰 비단으로만 옷을 만들어 입고 다니는 사람은 없다. 고구려 사람들은 남녀를 불문하고 색깔이 곱고 무늬가 다양한 옷을 즐겨 입는다. 여자가 입었던 담백한 빛깔의 옷은 비록 날개도 없고 깃털로 만든 것도 아니었지만 선인들이나 걸칠 만한 것이었다.

'무엇보다도 그 눈.'

밀은 특히 그의 벗은 몸을 대담하게 관찰하던 여자의 눈을 잊을 수가 없었다. 보통 여자라면 목욕하는 남자를 보자마자 '어머나!' 비명을 지르며 얼른 달아났을 것이다. 달아나진 않더라도 최소한 눈을 가리는 시늉이라도 했을 것이다. 하지만 그녀는 얼굴을 조금도 붉히지 않고 마치 시장에서 우수한 말을 고르기 위해 한 군데도 빠짐없이 짐승을 세밀히 살피는 사람처럼 그를 찬찬히 뜯어봤었다. 세상에 처음 내려와 인간을 보는 천녀이기에 그토록 순진하고도 동시에 뻔뻔스런 눈을 가질 수 있었던 것 아니겠는가.

'벗고만 있지 않았어도 쫓아가서 잡는 건데.'

천녀라는 게 정말 어떤 존재인지 확인할 기회를 날린 것이 아쉬웠다. 하지만 그가 벗고 있지 않았어도 쫓아가서 잡을 수 있었을지는 사실 모른다. 그녀가 사라지자마자 그가 후다닥 옷을 걸치고 뛰었더라면 하늘로 날아오르지 않은 이상 아마 그 여자를 잡았을 것이다. 밀은 자신의 민첩함에 언제나 자신이 있었다. 그러나 그는 천녀가 사라지고도 한참이 지나도록 폭포 아래서 멍하니 얼이 빠져 있었다. 아니, 천녀와 눈이 마주치는 순간부터 그랬다. 한마디도 못 하고 망연하니 바라보기만 하다가 시키는 대로 겨누었던 활도 거뒀다. 몸이 의지와 분리되어 따로 노는 느낌이었다.

'그런 게 홀렸다는 건가?'

밀은 눈알 속에 박힌 듯 선명하게 그려지는 천녀를 지우기 위해 눈을 깜박이며 푸르르 머리를 흔들었다. 아직까지 생각나는 걸 보면 진짜 홀렸던 것이 틀림없다.

"참 나, 천녀 따위가 문제가 아니야!"

그는 벌떡 일어나 제 뺨을 찰싹 때렸다. 머리칼 몇 가닥을 묶은 흰 가죽 끈이 흔들리면서 덩달아 그의 뺨을 때렸다. 밀은 그 가죽 끈을 가만히 만졌다.

"사냥 대회가 내일인데."

나지막이 중얼거리는 그의 눈이 천녀를 떠올릴 때와 딴판으로 신중하니 가늘어졌다. 별안간 방문이 벌컥 열렸다.

"밀! 너 또 어디 갔다 왔냐?"

어쩐지 지친 듯한 굴가의 목소리에 약한 짜증이 배어 있었다. 굴가보다 먼저 방 안으로 들어온 황색 원숭이 구요九謠가 밀에게 달려들어 그를 나무라듯 머리칼을 쥐어흔들었다. 아얏, 비명을 짧게 지른 밀이 원숭이의 목덜미를 잡아채 냅다 굴가에게 던져 버렸다.

"머리가 젖은 걸 보니 또 씻으러 갔었구나?"

꺅꺅거리는 구요를 달래며 굴가가 머리를 설레설레 흔들었다.

"또 거기까지 간 거냐? 국내성에 들어올 때 목욕하러 갔다던 그 폭포에? 봄이라고는 해도 아직 바람이 매운데 그 차가운 폭포수를 맞다니, 아무리 고구려인들이 목욕을 좋아한다지만 넌 더한 것 같다. 요 며칠 부쩍 더 그래. 은산에서는 이 정도까진 아니었잖아. 산에 뭐라도 숨겨 놨니?"

"사냥 대회를 대비해서 지형을 외우러 가는 거야."

"너답지 않게 뭘 초조해해? 너보다 짐승을 많이 잡을 사람이 어디 있겠냐? 더구나 내가 도와서 짐승을 몰아 줄 건데. 네가 달리는 길을 따라서 짐승이 산처럼 쌓일 거다. 태자 눈에 띄지 않을 수가 없어."

낙관적인 굴가에게 밀은 어깨를 으쓱 치켜들어 보였다.

"내 목표는 관원이 되는 거야. 그것도 평양의 궁궐에 들어갈 수 있는. 눈에 띈다고 해도 평민에 불과한 나를 태자가 평양까지 데려가겠어? 남들보다 많이 잡는 게 문제가 아니라 남들이 못 하는 걸 보여 줘야 해."

"남들이 못 하는 어떤 것?"

"그게 생각이 안 나서 머리를 식히러 폭포에 갔던 거라고."

밀이 고개를 뒤로 젖히면서 답답한 마음을 토하듯 푸, 크게 숨을 뱉었다. 굴가가 시무룩해졌다.

"밀, 네가 소원대로 평양 궁궐에 들어가면 좋겠지만……, 그럼 우린 영영 헤어지잖아."

"그게 무슨 소리야? 너도 함께 평양에 가야지."

"하지만 난 키탄인걸. 지금도 나랑 같이 다니면 네게 시비를 거는 사람이 많잖아. 평민과 거란인이 어울리는 것도 못마땅해

들 하는데 네가 관원이 되면……. 관원과 유인은 결코 친구가 될 수 없어."

"내가 정말 바라는 건 관원이 아니야, 굴가."

밀은 친구의 뺨을 꼬집어 당겨 얼굴을 가까이 맞댔다.

"내가 누구인지 그 근본을 알고 싶을 뿐이야. 진짜 나를 찾는 거라고."

"진짜 너는 누군데? 너는 밀이잖아."

"아버지도 어머니도 모르고 어디서 어떻게 태어났는지, 왜 버려졌는지도 모르는 떠돌이지. 그게 나야. 성이 없는 밀."

"낳아 준 부모는 몰라도 은산엔 널 키워 준 할아버지와 할머니가 있어! 돌아갈 곳이 있는데 왜 떠돌이야? 성이 없어도 지금의 너 역시 진짜야, 밀!"

"그 말도 맞아. 지금의 나도 진짜 밀이야. 하지만 여기에 또 하나의 밀이 있다."

밀이 머리칼에 묶은 흰 가죽을 흔들어 보였다. 구요가 살그머니 손을 뻗어 가죽을 만졌다.

"그 내가 어떤 나인지 알고 싶어. 성이 없는 밀이 아니라 을밀乙密을."

"성을 가진 평민은 없어. 그건 귀족이야. 밀은 귀족이 아니지만 을밀은 귀족이야. 난 밀에겐 친구지만 을밀에겐 아니야."

"밀이건 을밀이건 네 친구인 것엔 변함이 없어, 굴가. 내 마음은 그대로니까."

밀이 굴가의 뺨을 놓아주고 몸을 뒤로 물렸다. 꼬집혔던 굴가의 볼을 살살 문질러 주는 원숭이를 바라보며 밀은 쓸쓸하게 웃었다.

"그리고 그런 걱정은 미리 할 게 못 돼. 내가 버려진 아이라는 걸 잊었니?"

"버려진 게 아니라 맡겨진 거지. 할아버지에게 갓 태어난 너를 데려가 달라고 애원했다던 그 여자가 네 어머니일 거야. 분명 피치 못할 사정이 있었던 거야."

"어떤 사정으로 아이를 낯선 사람에게 맡겼을까? 맡긴 후에 그 여자는 어떻게 됐을까? 그런 생각을 하면 잠이 안 와."

"알아보면 되지! 그러려고 은산을 떠나왔잖아."

"그래, 그러려고 궁에도 들어가려는 거고."

"아, 그렇지."

굴가가 떨떠름하니 입을 다물었다. 밀이 말했다.

"그러려고 관원이 되려는 거고, 그러려고 사냥 대회에 나가는 거고, 그러려고 남들과 다른 특별한 뭔가를 해야 하는 거고."

진지한 밀을 보고 흠, 굴가가 심각한 얼굴로 팔짱을 꼈다. 친구가 궁에 들어가는 것이 내키지 않으면서도 돕겠다는 마음은 절실한 모습이다. 그의 어깨에 쪼그려 앉은 구요도 팔짱을 꼈다.

"집채만 한 호랑이나 멧돼지를 잡으면? 남들 것보다 두세 배나 되는 짐승을 보면 깜짝 놀랄 텐데."

곧 굴가는 고개를 홰홰 젓는 구요를 힐끔 보고 말을 고쳤다.

"아니면 아주 희귀한 짐승이나. 사람들이 이제껏 보지도 못했던."

그래, 그 백록처럼. 밀은 생각했다. 그런 짐승이라면 태자가 사냥꾼을 주목하지 않을 수가 없어. 친히 말을 걸어 줄지도 몰라. 하지만…….

"그런 짐승이 나와 줘야 잡든 말든 하지."

밀과 굴가가 합창을 했다. 그들은 약속이나 한 듯 동시에 벌러덩 드러누워 팔베개를 하고 말없이 천장을 올려다보았다. 구요도 그들 사이에 누워 다리를 꼬았다. 밖에서 경쾌한 음악 소리가 희미하게 흘러들었다. 음악에 귀를 기울이던 굴가가 중얼거렸다.

"고구려 사람들은 정말 놀기를 좋아해. 밤마다 술 마시고 노래하고 춤추는 게 일이니."

"놔둬라. 밭일하고 길쌈하고 성 쌓고 길 닦고……, 해도 해도 끝이 없는 일을 더 하라고 재촉하니 노래하고 춤이라도 춰야 고단함이 풀리지."

"놀기를 좋아하니 부끄러움도 없어. 남자는 여자 만나는 재미로, 여자는 남자 만나는 재미로 모닥불 주위로 부나비 떼처럼 모여들지. 어울려 춤추다 눈이 맞으면 곧장 손을 잡고 으슥한 곳으로 들어가. 그렇게 부부가 되니 고구려인들은 참 뜨거운 족속이다."

"사랑을 해야 아이를 낳고 아이를 낳아야 집안과 나라가 이어진다. 남녀가 뜨거워지는 게 곧 나라를 융성케 하는 것인데 부끄러운 일이 아니지.”

“어라? 그럼 너도 나라를 융성케 하는 일을 마다하지 않겠네? 잘됐다.”

굴가가 기묘한 웃음을 물고 몸을 일으켜 세웠다.

“애노가 오늘 밤 보잔다.”

“애노라니?”

멀뚱히 묻는 밀을 굴가가 어이없다는 낯으로 내려다보았다.

“기억 안 나? 남문에서 네 뺨에 입 맞췄던 여자! 그 여자가 너랑 혼약했다고 떠들어서 사록인가 하는 괴상한 갈고리를 휘두르는 놈이 네게 덤볐었잖아.”

“아아, 그 덩치만 큰 녀석? 정 싸우고 싶으면 찾아오라고 객점까지 가르쳐 줬건만 결국 오지 않았지.”

“지금 그놈을 얘기하는 게 아냐. 그놈이 좋아한다던 여자를 얘기하는 거라니까! 그 여자가 여기까지 찾아왔다고, 너를!”

답답하여 버럭 소리 지르는 굴가 대신 구요가 가슴을 통통 쳤다. 밀의 미간이 구겨졌다.

“그 여자가 여길 어떻게 알고?”

“원숭이를 달고 다니는 거란인을 달고 다니는 고구려인이 묵는 객점을 찾는 게 그리 어렵겠니.”

“날 왜 찾는데?”

“남문 자작나무 아래서 며칠을 기다렸다더라. 그동안 안 나온 건 용서해 줄 테니 오늘은 꼭 나와서 보자고.”

“그러니까 왜 보자는데?”

"그걸 일일이 말해 줘야 아냐! 오늘 밤 같이 뜨거워지자는 거지."

"일없다."

심드렁하니 대꾸한 밀이 한쪽 팔로 뺨을 괴고 모로 돌아누웠다. 굴가가 그의 곁에 바싹 다가와 어깨를 쥐고 흔들었다.

"나가 봐라, 밀."

"싫어. 귀찮아."

"제법 예쁘게 생겼어. 사록 말대로 한번 보면 눈알에 박히겠더라. 가슴도 크고."

"그렇게 괜찮으면 네가 가라."

"안 돼. 그러면 날 죽일지도 몰라. 굉장히 무서운 여자야."

"뭐?"

굴가를 흉내 내 그의 어깨를 흔드는 구요의 덜미를 잡아 구석으로 내던진 밀이 팔꿈치를 바닥에 대고 상체를 일으켰다. 굴가가 난처하니 윗니로 아랫입술을 뜯었다. 밀은 의아하다는 듯 고개를 갸웃했다. 친구가 방에 들어올 때부터 뭔가 기운이 없어 보였던 이유가 있을 텐데.

"너처럼 날래고 강한 녀석을 기죽일 만큼 세? 그런 여자도 있어?"

"밀, 남자와 여자는 힘만으로 우위가 결정되는 게 아니야. 싸우면 한주먹감도 안 되겠지만……."

"그럼 뭐가 무섭단 말이냐? 호랑이도 고양이 보듯 하는 녀석이."

"그 눈이. 째려보면 가슴이 철렁해서 오그라들어. 그리고 거침없는 입이. 대꾸할 틈도 안 주고 막 몰아세워. 우리 어머니보다 더 무서워."

"그렇다면 갈 이유가 더 없지. 일찍 잠이나 자자."

도로 드러눕는 밀을 굴가가 잡았다.

"네가 오지 않으면 객점으로 다시 찾아오겠다고 했어. 지금 당장 들이닥칠지도 몰라."

"아니, 남자를 찾아 방까지 온단 말이냐? 무슨 여자가 부끄러운 것도 없어?"

"사랑은 부끄러운 일이 아니라고 방금 네 입으로 말했잖니."

"젠장!"

밀이 일어나 곧장 문을 열고 밖으로 나갔다. 성큼성큼 걸어 대로로 접어든 그의 옆에, 어깨에 구요를 얹은 굴가가 따라와 붙었다.

"남문 자작나무로 가니? 뭣하면 같이 가 줄까?"

"내가 왜 거길 가!"

"그럼 왜 나왔어?"

"그 여자랑 부딪치기 싫어서 나왔다. 중요한 일을 앞두고 여자랑 노닥거릴 마음 없어."

"하지만 밀, 네게 있어 사냥 대회가 중요한 만큼이나 애노한테는 오늘 밤이 중요할지도 모르잖아. 오늘 밤이 정 안 되겠으면 대회가 끝난 뒤에 보자고 하면 어때?"

"사냥이 끝난 후가 더 중요해. 여자 따위에 신경 쓸 겨를이 어디 있어?"

"그래도 밀……."

"굴가!"

굴가가 끈덕지게 달라붙자 밀이 그만 폭발하고 말았다.

"너 왜 이래? 언제부터 나한테 여자를 못 붙여 줘서 안달했어?"

굴가는 겸연쩍어 머리에 슬그머니 손을 올렸다. 구요가 그를 대신해 머리 가죽을 박박 긁어 주었다. 밀은 때때로 눈치코치도 모르는 곰탱이 둔물이다. 동무가 안달하는 상대가 밀 자신이 아니라 여자일 수도 있다는 생각을 모기 다리의 피만큼도 못 한다. 째려보면 가슴을 옥죄는 눈을 가진 애노지만, 그 눈에 실망이 깃드는 건 왠지 보고 싶지 않은 굴가였다. 그는 밀이 여자를 특별히 꺼리거나 싫어하지는 않지만 그다지 다정하거나 친절하지도 않은 부류인 줄 알면서도 부득부득 동무의 소매를 잡았다. '내가 기다리는 걸 밀한테 제대로 전하지 않으면 너 죽을 줄 알아!' 표독스레 쏘아붙이던 애노가 정말 무서워서는 아니었다. 그녀가 지금도 남문 자작나무 아래서 차가운 밤공기 속에 발을 동동 구를 것을 생각하니 가여운 마음이 들었던 것이다.

"밀, 애노랑 뜨거워지지 않아도 좋으니 그냥 만나기만이라도……."

밀이 갑자기 우뚝 서는 바람에 굴가의 말이 끊겼다. 돌아보니 밀의 눈이 저 멀리 어딘가에 고정되어 있다. 그 시선을 따라간 굴가의 눈에 몇몇 사람들이 모닥불을 둘러싸고 모여 있는 것이 들어왔다. 그 속에서 굴가는 낯익은 사내 하나를 발견했다. 며칠 전 서로 머리통을 깨겠다고 다투던 사록이다. 그러나 밀이 사록을 보고 멈춘 게 아님을 굴가는 안다. 겨룰 만한 상대가 아닌 남자에게 관심을 둘 리 없는 밀이 아닌가. 그리고 굴가에게도 사록보다 더 눈에 확 들어오는 사람이 있었다. 사록 옆에 있는 여자였다.

"천녀가……."

밀이 들릴 듯 말 듯 중얼거렸다. 천녀라고? 저 여자가? 굴가는 밀이 그 여자를 보고 있음을 확신했다. 무리 중엔 여자가 그녀 하나밖에 없었으니까. 스물이 채 안 되어 보이는 앳된 얼굴에 머리를 양쪽으로 갈라 귀 옆에 길게 사리어 붉은 천으로 묶은 여자는 확실히 눈부셨다. 특이하게도 점이나 작은 꽃이 아닌 구름과 넝쿨무늬가 수놓인 두루마기도 그렇고, 도련까지 색색으로 주름 잡은 폭이 넓은 치마도 그렇고, 이곳 사람이 아닌 것은 분명했다. 국내의 여자라면 저런 복잡한 무늬와 화려한 색의 옷이 아니라 간결한 무늬와 밝고 단순한 색의 옷을 걸칠 테니 말이다. 하지만 천녀라기엔 뭔가 어색했다. 사내들 틈에서 그들이 춤추는 걸 구경하고 그들이 따라 주는 술을 마시며 웃는 천녀는 어쩐지 상상하기 힘들었다.

진짜 천녀가 아니고 천녀처럼 곱다는 뜻으로 한 말이겠지. 굴가는 구요와 더불어 가만히 고개를 끄덕끄덕했다. 그런 의미라면 굴가도 충분히 공감했기 때문이다. 감겨드는 여자를 굳이 밀어내지는 않지만 제가 먼저 여자에게 다가가는 법이라곤 전혀 없던 밀이 우두망찰하니 얼이 빠진 것도 이해할 수 있었다. 저 정도는 돼야 넘어가는 놈이었어, 밀은.

그의 눈 높은 친구가 그 모양이니 여자의 옆에 있는 놈들은 말 다했다. 노래하는 놈, 춤추는 놈, 술을 바치고 말을 거는 놈, 어느 놈 하나 빠질 것 없이 죄다 여자 쪽으로 고개를 빼고 눈을 박았는데 눈빛이 어룽어룽 흐릿하고 입이 칠칠맞게 헤벌어졌다. 여자와 거의 붙을 듯 서 있는 사록이 특히 더 심했다. 놈은 겨우 공 세 개를 엇갈려 던지는 하찮은 재주에도 즐거이 웃고 있는 여자에게 끈끈한 목소리로 말을 걸었다.

"마실 만큼 마셨고 놀 만큼 놀았으니, 이제 우리 그만 가 볼까?"

여자가 해맑은 눈으로 사록을 돌아보았다. 그가 무슨 소릴 하는지 전혀 못 알아들은 천진한 낯이다. 사록이 혀를 내밀어 제 입술에 침을 듬뿍 묻혔다.

"그 왜, 있잖아. 노래 부르고 춤추고 나서 으레 하는 거."

"난 노래를 듣고 춤을 구경하는 게 좋아요."

여자가 말했다. 맑은 목소리가 단호한 말투를 부드럽게 눅였다. 명령을 하는 것도 소리를 지르는 것도 아니었지만 저절로 그 말에 따르고 싶은 마음이 들게 하는 음색에, 굴가는 그녀가 진짜 천녀 같다고 생각했다. 그럼 계속 듣고 구경하세요. 멀리서 보던 굴가는 속으로 말했지만 사록은 달랐다. 가뜩이나 얼마 없는 인내심이 몸이 달아오르면서 죄 증발해 버렸던 것이다.

"언제까지 듣고 볼 건데? 물리지도 않아? 이제 끝낼 때도 됐잖아."

덩치에 맞지 않게 사록이 투정을 부리자 여자가 아쉬워했다.

"끝날 때라고요? 그럼 이제 돌아가야겠군요."

"어허, 가긴 어딜 가? 이제부터가 진짠데."

정말로 가 버릴 듯한 여자의 기세에 사록이 두 팔을 쫙 벌려 막는 시늉을 했다. 여자의 초롱초롱한 눈이 반가운 빛을 반짝 발했다.

"이제부터 뭘 하는데요? 노래나 춤이나 재주 말고 또 뭐가 있나요?"

"에이, 다 알면서. 그럼 이제 할까?"

"그래요, 보여 줘요. 어떤 놀이인지 보고 싶어요."

여자가 대담하게 나오자 사록은 그만 얼굴을 붉혔다. 주위의 사내들도 서로서로 흘깃거리며 침을 삼켰다.

"여기선 좀 그렇지. 저기 숲이나 연못가로 가자. 바깥이 추우면 어디 들어가도 좋고, 응?"

"어째서? 숲이나 연못가는 모닥불이 없어 제대로 볼 수가 없을 텐데."

고개를 갸웃거리는 여자의 모습에 굴가는 문득 불안했다. 저 여잔 사록이 무슨 말을 하고 있는지 전혀 모르는 거야. 잔치의 흥이 올라갈 대로 올라가면 남녀가 짝지어 은밀한 장소를 찾아드는 것도, 그 이유도. 저 순진한 눈망울을 봐! 정말 하늘에서 내려온 천녀라 인간사를 모르는 게 아닐까? 그러나 사록은 이상하다고 생각하기보다 때가 무르익었다고 판단했는지 성급하게 손을 뻗어 여자를 잡으려 했다.

"캄캄해야 좋지, 남세스럽게 어떻게 사람들 다 보는 밝은데서?"

"무슨 짓이오!"

여자가 소스라치며 파드닥 물러났다. 분위기가 잘 잡혔다고 여겼던 사록으로서는 어리둥절하면서도 괘씸한 노릇이다.

"좋다고 할 때는 언제고 이제 와서 빼려 들어? 나랑 짝이 되겠다는 게 아니면 뭘 두고 좋다고 앙실방실 웃었어?"

"짝이 된다고요?"

깨끗한 이마에 주름을 잡은 여자가 당혹스러워하며 큰 눈을 깜박였다. 재미있게 구경 잘하고 있는 자신에게 사내가 실실거리며 치근댄 까닭을 그제야 헤아리는가 보다. 아, 곧 깨달음의 탄성을 뱉은 그녀는 온화한 미소를 띠고 사록에게 물었다.

"그 짝은 배필을 말하는 건가요?"

"그 짝 말고 딴 짝도 있나?"

"군자의 도는 부부에서 시작되는 것이니 그 짝은 서로 공경해야 합니다. 그렇지요?"

"……?"

"짝이 되려면 서로 강압이 없어야 한다는 말입니다. 그렇지요?"

"누, 누가 억지로 하자고 했나? 좋으면 하는 거지."

"그럼 한쪽이 좋다고 해도 다른 한쪽이 싫다고 하면 짝이 될 수 없습니다. 그렇지요?"

"그, 그래서?"

"나는 당신과 짝이 되고 싶지 않습니다. 내가 좋아서 웃었다는 건 당신의 오해입니다."

공손하면서도 잘라 말하는 여자 앞에서 사록은 어리뻥뻥하여 얼른 맞받아치지 못하고 어어, 혀가 굳은 소리를 냈다.

여자의 선택을 숨죽이고 지켜보던 주위의 다른 사내들이 옳다구나, 우수수 덤벼들어 여자를 빙 둘러쌌다. 사록에게 선수를 빼앗겼던 것일 뿐 모두 사록과 똑같은 마음으로 여자 앞에서 노래도 부르고 춤도 추고 재주도 부렸던 그들이었다. 본래는 남녀가 은근히 신호를 주고받아 남들 몰래 살짝 빠져나가 인연을 맺지만, 사록이 나서서 희생됨으로써 너도나도 선택을 받기 위해 노골적으로 구애를 하기 시작했다. 서로 자신이 제일 낫다며 제각기 목소리를 높이는 사내들 사이에서, 잔치의 끝이 이럴 줄 꿈에도 생각 못 했던 여자가 당황하여 빠져나갈 길을 찾아 두리번거렸다. 사방을 훑던 여자의 눈이 딱 멈췄다.

도와 달라는 걸까? 굴가가 생각하는데 밀이 먼저 걸음을 뗐다. 밀은 여자만 보면서 여자 쪽으로 곧장 걸어갔다. 여자도 빠른 속도로 그녀에게 다가오는 밀만을 보았다. 주변 사람들을 죄다 무시하고 세상에 둘만 남은 것처럼 서로를 바라보는 밀과 여자를 번갈아 보며 굴가는 속으로 혀를 쯧쯧 찼다. 불쌍한 애노! 밀은 안 되겠다. 천녀에게 홀려 버렸어. 네가 밤새 자작나무 아래서 기다린대도 밀이 갈 일은 없을 거야.

사내들 중에 여자의 시선을 좇아 밀을 처음 본 사람은 사록이었다. 마침 그는 여러 사람들 앞에서 공개적으로 여자에게 자빡 맞아 창피하기도 하고 노엽기도 해 속이 부글거리는 참이었다. 밀에게 애노를 빼앗긴 원한도 아직 못 풀었는데 놈이 낯선 여자의 눈길까지 독차지하니 분노에 설움이 겹쳐 사록은 앞뒤 가릴 것 없이 갈고리부터 꺼냈다.

"너 이 자식, 밀! 내 앞에 나타나면 죽을 목숨인 걸 잊었냐!"

"어이, 너한텐 지금 볼일이 없다."

사록의 손목을 잡아 비틀며 밀이 무심하게 대꾸했다. 밀은 사록을 꼼짝 못하도록 틀어쥐면서도 여자에게서 눈을 떼지 않았다. 기연미연 미심쩍어하던 그의 눈빛이 여자를 가까이서 보면서 뭔가 확신이 선 듯 맑아졌다. 그는 사록을 짐짝처럼 밀어 버리고 여자에게 한발 더 가깝게 다가갔다. 그런데 밀에게 원한을 품은 사람은 사록만이 아니었던 모양이다.

"밀이다!"

"밀! 시장에서 내 이를 부러뜨린 걸 기억하겠지? 오늘 기어코 갚아 주겠다!"

"내 동무는 네가 다리를 꺾어 사냥에도 나서지 못하게 됐다!"

다양한 사연의 사내들이 저마다 분통을 터뜨리며 무기를 꺼내 밀에게 덤벼드는 바람에 밀은 여자에게 말 붙일 기회를 잃었다. 사내들은 모두 적어도 한 차례씩 밀에게 당한 경험이 있는 자들이었다. 당해도 호되게 당한 터라 감히 일대일로는 맞설 용기가 없었지만 지금은 동지들이 많아 기세가 등등했다. 모닥불 주위는 삽시간에 아수라장이 됐고, 밀은 사방에서 달려드는 공격을 받아 내느라 잠시 주춤했다. 그사이 여자가 후다닥 달아나기 시작했다. 밀이 사내들을 후두두 떨쳐 내면서 다급히 굴가를 불렀다.

"굴가, 이놈들을 맡아 줘!"

쳇, 여자한테 신경 쓸 겨를 따위 없다더니. 굴가는 번쩍이는 칼날들 아래 자신을 버려두고 홀쩍 멀어지는 친구를 얼핏 흘기며 속으로 투덜댔다. 그러나 굴가도 싸움이라면 자다가도 벌떡 일어나는 타고난 싸움꾼. 곧 등 뒤에서 도끼를 뽑아 양손에 들고 칼을 휘두르는 사내들에게로 마주 달려갔다. 그의 머리 위에서 구요가 털을 세우고 '캬악!' 날카로이 소리를 질렀다.

안학은 시끄러운 싸움터에서 벗어나자 얼마 안 가 멈추고 뒤로 돌았다. 그 남자가 쫓아올 거라 생각했다. 짐작대로 그 남자는 쫓아왔다. 그녀가 아무리 날래게 도망쳐도 언제든지 붙잡을 자신이 있는 것처럼 슬슬 뛰면서.

그녀가 선 것을 본 남자의 발걸음이 부쩍 느려졌다. 그도 그녀가 더 이상 도망가지 않을 줄 안 것이다. 안학은 헉헉 차오르는 숨을 잔잔히 가라앉히며 남자를 기다렸다. 다가오는 남자는 숲 속의 웅덩이에서 벌거벗고 있던 그때처럼 얼빠진 모습이 아니었다. 당당하고 여유로운 눈빛은 그녀의 오빠의 것과 닮아 있었다. 그러나 그녀가 은은히 웃으며 입을 열자 남자의 눈동자가 흔들렸다.

"왜 나를 쫓아오나요, 밀?"

밀은 사내들 틈에서 웃고 있는 여자를 보면서도 처음엔 그녀를 숲에서 본 천녀라고 생각하지 못했다. 머리 모양도 딴판인데다 옷차림도 선계의 것으로 보기 힘들었기 때문이다. 다만 천녀와 너무 닮은 얼굴에 발이 땅에 못 박혔던 것이다. 보면 볼수록 천녀와 겹치는 얼굴이었다. 하지만 술잔을 들고 사내들을 구경하며 웃는 걸 보면 천녀일 리가 없었다. 흰 사슴을 감싸던 숲 속 천녀는 뭔가 애잔하고 애틋하고 아스라한 신비감이 있었으니까.

그러나 다르게 생각하면, 남자의 알몸을 아무렇지도 않게 관찰하는 천녀에겐 술 마시고 노는 것쯤이야 대수롭지 않을 수도 있다. 또 그녀에게 침 흘리며 음심을 돋우는 사록을 올려다본 순진무구한 눈은 그의 맨살을 더듬어 보던 그 눈과 똑같았다. 결국 가까이 다가가 더 자세히 살펴본 밀은 그녀와 천녀가 동일인이라는 결론을 내렸다. 그리고 그녀가 자신을 기다리는 것을 보고 확신했다.

날아서 도망가지 않는 걸 보면 그냥 보통 사람이리란 생각도 들었다. 천녀면 어떻고 보통 사람이면 어떠랴. 그는 그녀에게서 단 한 가지, 백록의 소재만을 알아내고 싶을 뿐이다. 뜻대로 안 되면 무섭게 으를 작정까지 했던 밀은 여자가 두려워하는 기색이 전혀 없는데다 말도 먼저 꺼내 주춤했다. 덧붙여 그의 이름을 알고 있다니! 천녀는 아닐지 몰라도 보통 사람도 아니다! 밀은 여태껏 여자들을 대할 때와는 달리, 여자가 저보다 어려 보였음에도 하대를 하지 않았다.

"당신은 보통 사람입니까?"

누구냐고 물을 줄은 알았지만 보통 사람이냐는 질문은 예상하지 못했다. 보통 여자들과 어딘가 달라 보인다는 뜻인가? 안학은 어쩐지 기분이 묘했다.

"그걸……, 왜 묻나요?"

"그때 숲 속에서 보았던 백록에 대해 알고 싶소."

응? 내가 아니라 백록에 대해? 짐작이 틀려 멋쩍었지만 안학은 남자가 계속 얘기하도록 고개를 살짝 끄덕였다. 그날 백록과 그녀를 말없이 놓아준 그에게 작은 보답이라도 하고 싶은 마음이었다. 밀이 빠르게 말을 이었다.

"당신은 그 사슴이 당신 거라고 했소. 백록은 진귀해서 예부터 목격한 사람이 드물고 성군聖君의 출현을 뜻하는 대표적인 서상이라 알고 있소. 그런 신령스런 짐승을 가진 당신이 천녀나 허깨비가 아니라 보통 사람이라면 그 백록 역시 내 눈의 착각이 아니고 잡을 수 있는 짐승이겠지. 정말 그 백록이 당신 거요?"

"그렇다면요?"

"백록을 내게 넘겨줄 수 없겠소?"

안학이 눈썹을 미세하게 찡그렸다.

"그날 당신이 우리를 놓아준 걸 고맙게 생각하고 있어요. 원하는 게 있다면 힘이 닿는 한 들어주고 싶지만, 지금 막 당신이 말한 대로 백록은 성군의 출현을 뜻하는 서상인데 그걸 갖고 싶다는 의도가 의심스럽군요."

"그건 오해요."

안학의 말뜻을 알아들은 밀이 당황해 손을 저었다.

"서상을 내 것으로 만들기 위해 달라는 게 아니오. 영물靈物을 마땅히 가져야 할 분에게 바치려고 하는 거지."

"누구……? 설마 고추대가에게?"

"그럴 리가. 태자님 말고 또 누가 있겠소."

안학의 입술이 저절로 즐거이 둥글게 휘어졌다. 평양에서 그녀가 들은 소문들은 국내의 사람들은 모두 우불해와 그 일가를 왕가처럼, 아니, 왕가 이상으로 사랑하고 떠받든다는 고약한 것들이었다. 우불해가 그것을 은근히 부추긴다는 얘기도 있었다. 그런 중에 국내에서 오빠를 지극히 생각하는 사람을 만났으니 기쁘지 않을 수가 없었다. 하필 오빠의 사냥감이라 어차피 백록을 주지는 못하겠지만 남자의 충성심이 기특했다. 그녀는 다정하게 미소했다.

"그 사슴이 정말로 하늘이 태자님께 내려 주는 서상이라면 당신이 애쓰지 않아도 그렇게 될 거예요."

"아니, 난 내일 사냥 대회에서 태자님께 그 사슴을 바치고 싶소."

안학은 의아히 남자를 올려다보았다.

"태자님을 위해 백록을 구하는 것이 아닌가요?"

"물론 태자님을 위해 구하는 거요. 그리고 또 나를 위해."

"영물을 바쳐 상을 받기를 바라나요? 어떤 상을 원하나요? 황금? 땅? 내가 들어주겠어요."

안학은 실망감을 감추며 쓰게 말했다. 밀이 고개를 저었다.

"내가 원하는 상은 황금이나 땅이 아니라 태자님의 충성스런 전사가 되어 그분과 함께 고구려를 위해 싸우는 거요. 태자님의 것이 되어야 할 백록을 태자님께 드리고 더불어 나 자신도 태자님께 바치려고 하오. 그러니 백록을 구하는 것도, 또 상을 바라는 것도 모두 태자님을 위해서지."

"내일 태자님의 눈에 들어 벼슬을 하고 싶다는 말이군요."

따스하던 안학의 목소리가 싸늘히 식었다. 밀은 어쩐지 당황스러웠다.

"귀족과 평민을 불문하고 사냥 대회에 참가하는 모든 이들의 바람이 그거요. 뭐가 잘못됐소?"

"잘못됐어요, 밀. 아주 잘못됐어요."

안학의 표정이 엄격해졌다.

"사냥 대회는 참가자들이 가진 모든 기량과 재주를 발휘해 그 실력을 인정받는 자리. 남들보다 더 많은 짐승을 잡기 위해 노력하지 않고 희귀한 짐승을 바쳐 눈에 띄려고 함은 실력에 자신 없어 편법을 쓰는 비겁한 짓이에요. 그런 사람이 태자님의 전사로 어울린다고 생각하나요?"

"내 실력이 남들보다 못하다고 생각하지 않소. 누구보다도 더 많은 짐승을 잡을 자신도 있소. 하지만 사람들이 말하길 하급 귀족이면 몰라도 평민은 아무리 우수한 성적을 거둬도 군관까지 되지는 못한다고……. 이제껏 국내에서 열렸던 사냥 대회를 통해 관원이 된 평민이 없다고 들었소. 그러니 내가 대단한 활약을 해도 태자님을 따라 평양성까지 가기는 어려울 테지. 가장 많은 짐승을 사냥하고 백록까지 잡는다면 몰라도……."

"그래서 당신의 것도 아닌 백록을 바쳐 벼슬을 얻겠다는 건가요? 그럼 백록을 가진 자를 알지 못하는 나머지 사람들의 노력과 수고는 어떻게 되지요? 그건 공평하지 않아요."

"……."

"그리고 참가자의 진짜 기량보다 백록에 혹해 벼슬을 내리는 태자님이 과연 전사를 고르는 안목이 있다고 생각해요? 그런 태자님이 당신이 생각하는 '영물을 마땅히 가져야 할 분'이며 서상에 걸맞은 성군인가요? 그런 분께 당신은 평생토록 충성하고 싶단 말인가요?"

"……."

"충이란 가슴 깊은 곳에서 진실로 우러나는 것. 스스로 참되길 힘쓰는 데서 비롯하는데, 당신의 충은 단지 벼슬을 하고 싶다는 욕심을 감춘 껍데기에 불과해요."

밀은 정말이지 할 말을 잃었다. 어떤 여자도 그에게 이런 식으로 훈계를 한 적이 없었다. 마치 경당(扃堂:지방에 설치된 서민 교육 기관)의 선생이 학생을 다루는 것 같았다. 보통 사람인지는 몰라도 보통 여자는 아니다. 선량해 보이는 그윽한 눈과 조곤조곤한 말투가 독살스런 눈초리나 거친 혓바닥보다 더 위력적이었다. 말보다는 주먹으로 세상을 헤쳐 왔던 그에겐 영 껄끄러운 상대였다. 한주먹감도 안 될 게 빤한데도 도저히 이길 수 없을 것만 같았다. 왜냐면 여자가 하는 말이 다 맞는 것처럼 들리니까!

밀은 백록을 얻어 태자의 환심을 사겠다는 생각이 몹시 부끄러워졌다. 이 여자 말이 맞아! 아무리 궁궐에 들어가는 게 목적이라도 여자에게 백록을 구걸하다니, 그런 옹졸한 방법을 쓰는 건 나답지 않아! 젠장! 밀은 난생처음으로 여자 앞에서 얼굴을 붉혔다.

"당신 말이 맞소. 내가 잘못 생각했소. 평양성에 꼭 들어가고 싶은 마음에 초조해져서 그만⋯⋯. 내가 백록에 관해 얘기를 꺼낸 사실 자체를 잊어 주시오."

다소곳해진 그를 보고 안학이 부드럽게 말했다.

"당신의 실력에 자신이 있다면, 밀, 당신은 걱정하지 않아도 돼요. 태자님은 정말로 공정하고 훌륭한 분. 신분을 가리지 않고 뛰어난 재능을 높이 평가하세요. 내일의 사냥 대회는 근래 국내에서 열렸던 귀족들의 사냥 대회와 다를 거예요. 고구려에 있어서 사냥 대회란 본래부터 인재를 뽑는 시험장이니, 당신은 그저 당신의 최선을 다하도록 해요."

"말해 주지 않아도 그럴 거요."

밀은 다소 퉁명스레 대꾸했다. 그는 충분히 무안을 당했고 더 이상은 싫었다.

"내가 마음만 먹으면 국내성 삼면을 둘러싼 산에 있는 모든 짐승을 다 잡을 수도 있소."

묵직하고 점잖은 목소리였지만 내용은 어린애처럼 뻐기는 말이라 안학은 빙그레 웃었다. 아까는 좀 가혹하게 말했지만 자신의 잘못을 즉각 인정하고 반성한 그가 벼슬자리나 탐내는 사내로 여겨지지는 않았다. 보통의 고구려 젊은이라면 누구나 태자 앞에서 공을 세우고 능력을 인정받아 왕경으로 가기를 꿈꾼다. 그곳에서 고구려와 왕실을 위해 목숨을 바치기를 희망한다. 이 남자도 오빠의 충성스런 전사가 되어 고구려를 위해 싸우고 싶다고 하지 않았던가. 백록을 이용해서라도 태자의 눈에 들겠다고 덤빈 것은 아마도 젊은이의 열정과 의욕이 지나쳤던 탓이리라. 잘잘못을 따지기 이전에 나라와 왕가를 사랑하는 순수한 열정이, 공주로서 안학은 고마웠다.

"그래요, 사냥 대회에서 크게 활약하여 원하는 대로 태자님과 함께 평양성에 가길 바랄게요. 그럼 잘 가요."

살포시 웃어 보인 그녀가 밀에게서 사뿐히 멀어지기 시작했다. 남자의 용건이 끝났으니 이제 헤어질 시간이 된 것이다. 그런데 그가 계속 따라왔다.

"또 왜 나를 쫓아오나요?"

"나도 쫓아가고 싶진 않지만……."

밀이 정말 내키지 않는다는 듯한 얼굴로 말했다.

"······그쪽 길은 좀 전 소란을 피웠던 녀석들이 있는 곳으로 이어져 있소."

"못다 한 싸움을 하러 가나요?"

"누굴 싸움꾼으로 아시오? 그 녀석들이 당신을 보면 또 함부로 덤벼들며 귀찮게 굴까 봐 따라가는 거요."

"나는 괜찮아요. 이쪽이 위험하다면 여기 옆길로 가겠어요."

안학이 재빨리 가장 가까운 골목으로 꺾어져 들어갔다. 밀도 그녀를 좇아 방향을 꺾었다. 그녀의 뒤에 가깝게 따라붙은 그가 못마땅하다는 듯 중얼거렸다.

"괜찮기는. 이쪽으로 계속 가면 캄캄한 숲이오."

"그럼 밝은 빛이 보이는 저쪽을 향해 가겠어요."

되돌아 골목에서 나온 안학은 밀을 떨치기 위해 걸음을 빨리했지만 그녀보다 키가 훨씬 큰 그는 아주 쉽게 따라왔다.

"국내에 온 지 며칠 안 된 나보다도 더 길을 모르면서 어찌 그리 마구 헤매고 다니는 거요? 밤이 늦었으니 그만 집으로 돌아가요. 데려다 주겠소."

"난 성중 잔치를 구경하러 나왔어요. 아까 본 걸로는 부족하니 조금 더 놀다가 갈 거예요."

아스라하니 들리는 요고(腰鼓:장고) 소리를 좇아 재게 걸으며 안학이 얼른 둘러댔다. 남자가 옆에 있는 한 궁으로 곧장 갈 수 없어 꺼낸 핑계였지만 그녀의 진심이기도 했다. 조금 전 난동을 피웠던 사내들의 노래와 춤만으로는 구경거리로 만족스럽지 못했다. 이런 밤나들이는 공주에게 전혀 허락될 수 없는 것으로서, 그녀는 이 단 한 번의 무모한 외출을 위해 시녀를 황금 팔찌로 매수까지 했다. 옷과 머리 모양을 바꿨지만 혹시나 호위병들에게 들킬까 봐 그녀만의 비약秘藥으로 병사들을 살짝 잠재우기까지 했다. 그렇게 고생스럽게 나왔는데 쉽게 돌아가기는 싫었다. 그러나 놀고 싶다는 그녀의 천진스런 낯을 마뜩찮은 눈으로 힐끔 할긴 밀이 픽 비웃었다.

"아까로는 부족하다? 무서운 걸 모르는 처자로군. 아까 그 놈들이 여자에게 완력을 쓰는 잡놈들이 아닌 걸 다행으로 생각하시오. 지금 성중은 사냥 대회를 앞두고 온갖 어중이떠중이들로 가득 차 있소. 그중에는 추잡한 욕심을 채우려고 거리를 어슬렁거리는 녀석들도 적지만 분명히 있소. 여자 혼자 돌아다니다가 어떤 봉변을 당할지도 모른단 말이오."

"내 걱정을 해 주는 건가요? 그 마음은 고맙지만 난 그런 사람들은 무섭지 않아요. 그런 사람들은 원하는 것을 꾸미지 않고 곧이곧대로 털어놓아, 내가 들어줄지 거절할지 판단하기 쉬우니까요."

"당신의 판단 같은 건 아무래도 상관없소. 좀 전의 사록이란 놈은 맹하고 어수룩해서 당신 말 몇 마디에 꼬리를 내렸지만, 모든 사내들이 그렇게 고분고분하리라고 생각하고 우습게 여기면 큰코다칠 거요."

"우습게 여기지 않아요. 당신도 내 말을 좇아 백록을 포기했지만, 그건 당신이 맹하고 어수룩해서가 아니라 정직하고 바른 성품을 가졌기 때문이에요. 그 사록이란 남자도 여자를 강압하는 것이 바르지 않다는 걸 깨달았기 때문에 순응했던 거고요."

"터무니없는 소리. 사내란 길들여지지 않는 짐승의 속성을 가졌소. 몇 마디 말로 간단히 주무를 수 있는 동물이 아니란 말이오."

"짐승의 속성을 가졌으니 무섭지 않아요. 거칠고 우악스러워도 단순하고 솔직하니 진심을 쉽게 헤아릴 수 있어요. 정말 무서운 사람은 진심을 감출 줄 아는 사람, 원하는 것을 밝히지 않고도 그걸 얻어 내고 얻어 낸 것조차 다른 이들이 알지 못하도록 덮을 수 있는 교활한 사람이에요. 저길 봐요! 사람들이 노래를 하고 있어요."

안학이 커다란 모닥불 주위에 모여 있는 수십 명의 무리를 발견하고 날듯이 뛰어갔다. 그 가벼운 몸짓이 날개처럼 팔랑거리는 두루마기와 비단 치마와 더불어 그녀를 곧 비상할 천녀처럼 보이게 했다. 물 만난 고기처럼 무리 속에 쏙 들어가는 그녀의 뒷모습을 바라보며 밀은 쯧, 혀를 찼다. 이제껏 험한 꼴을 당해 보지 않았으니 저런 멋모르는 소리를 지껄여 대지. 거칠고 우악스러운 짐승들이 두렵지 않다고? 확 그냥, 어떤 잡놈에게 채이든 말든 내버려두고 가 버릴까 보다. 생각해 보면 그렇다. 오빠도 아니고 애인도 아니고 하다못해 같은 동네 사는 이웃도 아닌데 그가 그녀를 따라다니며 잡놈들이 꼬일까 걱정해 줄 의무 따윈 없다. 더구나 그는 여자 꽁무니를 따라다니는 체면 사나운 짓은 하지 않는 밀이 아닌가. 굴가가 만약 지금 그를 본다면 배꼽을 잡고 데굴데굴 뒹굴 것이다.

하지만 밀은 모닥불에 둘러앉은 사람들 사이에 슬그머니 끼어 앉았다. 사록을 올려다보던 여자의 눈이 불현듯 떠올랐던 것이다. 짐승의 것과 다를 바 없는 사내의 욕망을 천연스레 직시하던, 의심도 두려움도 없고 오직 말간 믿음만이 고여 있던 티 없는 검은 눈. 여자는 지금도 그런 눈으로 제 손을 잡아끄는 노파를 마주 보며 요고 소리에 맞춰 춤을 추기 시작했다. 그 눈은 그를 보지 않는데도 밀은 그 눈에서 시선을 돌리지 못했다. 어쩐지 그런 눈을 가진 여자를 밤거리에 놔두고 객점으로 돌아가면 편하게 잠을 이루지 못할 것만 같았다.

그녀가 노파와 빙글빙글 돌면서 춤을 추다가 자리를 잡고 앉은 그를 발견하고 생긋 웃었다. 밀은 얼떨결에 얼굴 가죽만 꿈틀하는 어색한 웃음을 지었다.

"색시인가? 오늘 만났어?"

그의 옆에 있던 노인이 두 젊은이가 교환하는 미소를 용하게 알아보고 말을 걸었다. 이 빠진 잇몸을 드러내며 음흉하게 히죽 웃는 것이, 두 남녀가 손잡고 원래 있던 무리에서 빠져나와 자리를 옮겨 왔나 보다고 짐작하는 모양새다. 밀은 굳이 색시가 아니라고 밝히지 않았다. 어차피 자신과는 아무 관계도 없는 여자. 오늘 밤이 지나면 더욱 확실히 그렇게 될 것인데 그와 일면식도 없는 남들의 일시적인 오해를 일일이 해명할 만큼 밀은 부지런하지 않았다. 오히려 그의 눈치를 보아 사내들이 그녀에게 함부로 접근하지 못한다면 그게 낫다고 생각했다. 그는 그녀가 정말 마음에 맞는 사내를 만나 오늘 밤 뜨거워질 수도 있다는 생각은 전혀 못 하고 있었다.

사실 그들이 합류한 무리는 젊은 남녀들이 이미 쌍쌍을 이뤄 빠져나가고 남은 노인들이 주류를 이루고 있었다. 외부에서 들어온 사냥 대회 참가자도 없었다. 그 동네에서 서로서로 이웃인 노인들이 잔치는 파했지만 그냥 집으로 들어가기 아쉬워 요고 하나에 덩실거리던 참이었던 것. 조촐한 자리였지만 안학은 놀 기회를 다시 찾아 좋았고 밀은 싸움 날 일이 없어 괜찮다고 여겼다. 노인들은 노인들대로 매일 보는 얼굴들만 남아 흥이 점점 시들해지는 차에 신선한 눈요깃감이 제 발로 들어와 어울려 주니 기뻐하는 상황.

"젊은이들은 젊은이들끼리만 놀면서 늙은이들은 상대도 안 하는데 자네 색시는 특이하네. 할아범들은 말할 것도 없고 할멈들까지 아주 신났어."

노인의 말대로 이제 그만 돌아갈까 생각하던 사람들이 걸음은 사뿐사뿐 깃털처럼 가벼웠지만 춤이 어색한 안학을 보고 재미있어 하며 너도나도 자리에서 일어나 그녀 주위를 돌며 춤을 췄다. 노파들은 그녀의 손을 붙잡고 즉석에서 춤을 가르쳤다. 그 모양을 물끄러미 보고 있는 밀에게 옆자리의 노인이 술병을 내밀었다. 다른 사람들이 색시를 차지한 탓에 구경만 하고 있는 밀이 언짢아 역정이라도 낼까 술을 안긴 것이다.

밀은 말없이 꿀꺽꿀꺽 술병을 비웠다. 노인들 틈에서 안학은 진심으로 즐거워 보였다. 손끝 발끝의 놀림이 우아하니 춤을 아는 게 분명한데 노파들의 어깨춤과는 영 사위가 달랐다.

움직임의 끝이 정교하고 단아한 그녀의 춤은 너무 느렸기 때문에 박자가 번번이 어긋나 노파들의 교정을 받아야 했다. 노인들의 지시대로 어깨를 추어올리는 그녀는 자신의 서투름마저 재미있는지 끊임없이 웃었다.

"아이고, 예쁘기도 참 예쁘다. 선녀가 따로 없네. 자네는 복 받았어. 도대체 어느 동네 처녀인고?"

노인이 밀의 옆구리를 쿡 찔렀다. 밀은 그저 술을 마셨다. 눈은 여전히 그녀에게 고정된 채였다. 그는 마지막 한 방울까지 탈탈 털어 술병을 싹 비웠지만 모자랐다. 갑자기 혀와 목이 많이 말랐다. 노인처럼 그 역시 그녀가 어디에서 온 사람인지 궁금했다. 모닥불의 어른거리는 불빛에 온통 붉게 물든 그녀는 그가 숲 속에서 천녀라고 착각했을 때 느꼈던 아슴아슴한 신비감으로 여전히 감싸여 있었다.

불현듯 그녀와 그녀를 둘러싼 모든 것이 아주 느릿하게 움직이는 듯했다. 웃고 있는 그녀의 주위에서 방정을 떠는 노인들의 춤이 지루할 정도로 느려졌다. 타닥타닥 세차게 타오르던 불길이 너울거리며 느려지더니 한창 신명을 돋우던 요고 소리도 늘어지며 아득해졌다. 보이는 것도 들리는 것도 차츰 뭉개져 형체가 희미해지는 가운데 천천히 춤을 추는 그녀만이 똑똑하게 눈에 들어왔다. 벌써 취했나? 밀은 눈살을 찌푸리며 빈 술병을 흔들었다. 말술을 마셔도 끄떡없는 그가 취하기엔 턱없이 적은 양이었다.

"술이 부족한가?"

짜증스레 술병을 거꾸로 세워 터는 밀을 보고 노인이 흠칫하니 주변에 손짓으로 술을 요청했다. 흥을 돋워 주는 색시가 고맙고 기특하고 예뻐 노인들이 앞다투어 춤을 추는 그녀에게 술을 권하는 바람에 술병들이 안학 쪽으로 몰려 있었다.

"술, 술을 보내, 이쪽으로!"

"술, 술!"

노인이 재촉하자 옆에서 옆으로 전달을 한다. 그 전달은 밀려드는 잔과 병을 사양하지 않고 넙죽넙죽 받아 마시던 안학에게까지 이르렀다. 그녀는 대부분의 노인들이 일어난 가운데 쓸쓸히 앉아 있는 밀을 새삼 발견하고 그에게 다가갔다. 당연히 술병을 건네겠거니 생각한 그의 앞에서 그녀는 병째로 술을 마셨다. 밀은 기가 막혀 허, 헛웃음을 냈다. 천녀를 연상시키는 신비스런 여자가 사내처럼 거침없이 술을 들이켜다니. 그렇게 생각하면서도 밀은 쭉 뒤로 젖혀 뽀얗게 드러난 여자의 목선에서 눈을 떼지 못했다.

"술맛이 좋소?"

그가 묻자 술병에서 입술을 뗀 안학이 어깨를 으쓱했다.

"싱거워요. 맛도 향도 깊지 않아 맹물처럼 밍밍해요."

그녀는 병을 세워 술을 몇 모금 더 마셨다. 싱겁다더니 그렇게 달게 마실 수가 없다.

"하지만 혀끝으로만 술맛을 느끼는 건 아니죠."

그녀의 목소리가 은은하게 그의 한쪽 귀로 스몄다가 다른 쪽 귀로 빠져나갔다. 그는 물기를 담뿍 머금은 입술을 살짝 스치듯 핥는 말랑한 붉은 혀에 신경이 쏠려 있었다.

"사람들과 어울려 웃고 춤추며 마시는 술은 그 맛이 각별하니 일품이죠. 마시겠어요?"

"말하는 걸 보니 대단한 술꾼 같구려."

밀은 안학이 살포시 웃으며 내민 술병을 받아 들며 일어났다. 어딘가 그녀의 입술이 닿았을 아가리를 잠시 내려다본 그는 곧 얼마 남지 않은 술을 단숨에 삼켰다. 그녀의 말대로 맛도 향도 그저 그런 싸구려 술이다.

"하지만 조심하시오. 이런 술이라도 그렇게 마구 마시면 금방 취해 버리니까."

"나는 아무리 많이 마셔도 취하지 않아요."

자신감 넘치는 안학의 말에 밀은 허, 또 한 번 헛웃음을 쳤지만 그녀의 또박또박한 어조에서 취기를 찾기는 힘들었다. 그녀의 입술에서 그다지 멀지 않은 그의 코도 술내를 감지하지 못했다. 그녀의 가느다란 숨결에 묻어나는 냄새는 향긋하면서도 쌉싸래한 것이 술보다는 찻잎이나 약초를 떠올리게 했다. 그녀가 이미 사록 등이 권하는 술을 꽤 마셨던 것이나, 이곳의 노인들이 귀엽다며 연방 따라 준 술도 거절하지 않았음은 그가 직접 눈으로 본 상황. 그런데도 눈이 반짝반짝 총기를 잃지 않는 걸 보면 그녀는 정말 대단한 술꾼일지도 모른다. 오히려 주량에 훨씬 못 미치는 술을 마신 그가 더 취한 기분이었다.

"물어보고 싶은 게 있소."

노인들의 부름에 다시 춤을 추러 가려는 그녀의 앞을 밀이 가로막았다. '뭔데요?' 하듯 안학이 눈을 크게 떴다. 벌써 그녀는 자신의 등을 스치며 어깨를 들썩이는 노파를 따라 춤추기 위해 팔을 들어 올리고 있었다. 몸을 비틀어 돌리는 그녀의 앞에 밀이 쫓아가 섰다.

"내 이름을 어떻게 알고 있소?"

"아까 소란을 피우던 사람들이 모두 당신을 그렇게 부르더군요."

안학이 대수롭지 않게 대답했다. 뭐야, 별거 아니었잖아! 그녀가 신통하게 그의 이름을 알아맞힌 게 아니란 걸 알게 되니 무슨 특별한 기대를 한 것도 아닌데 밀은 문득 가슴이 허전해졌다. 그녀의 눈초리가 그를 부드럽게 나무라듯 가늘어졌다.

"여기서 아주 유명한 사람인가 봐요? 모두 당신에게 빚진 게 많아 보였어요."

"놈들은 사냥 대회를 빌미로 성중을 휘젓고 다니며 여자들을 희롱하고 물건을 빼앗거나 힘없는 사내들에게 시비나 거는 변변찮은 놈들이오. 싸움을 피하고 싶어도 기어코 겨루겠다고 덤벼 어쩔 수 없이 손 좀 봐 준 거요."

"정말 강한 사람은 자기보다 약한 사람이 들쑤신다고 해서 왈칵 성을 내고 힘으로 다스리지 않을 거예요. 태자님의 전사가 될 사람이 어째서 변변찮은 그 사람들을 상대로 재능을 낭비하나요?"

"이봐요, 당신도 지금 날 훈계할 처지는 아닌 듯한데……."

밀은 나붓나붓 춤추며 움직이는 여자를 쫓아 계속 그 앞을 지켜 서서 그녀와 눈을 맞췄다. 자신보다 어린 여자가 번번이 가르치려 드는 것에 자존심이 상한 그가 불뚝했다.

"아무리 젊은 여자들도 마음껏 즐기는 잔치라지만, 남자들에게 둘러싸여 시시덕거리며 끝 간 데 없이 술을 들이켜는 걸로도 모자라, 밤늦도록 집에 돌아갈 생각조차 하지 않는 걸 보니 당신은 절제란 게 뭔지 모르는 것 같소. 마치 오늘이 아니면 안 되는 사람처럼 굴고 있어."

"맞아요, 오늘이 아니면 안 돼요."

입술 가에 옅게 그려진 안학의 미소에 아쉬움이 진하게 배어 있었다.

"사실 오늘 하루도 허락된 건 아니죠. 동맹(東盟:매년 10월에 열리는 제천의식) 때도 이런 밤의 잔치엔 참석할 수 없어요. 평생을 나오지 못한다고 해도 끝내 참아야 하는데 집에서 멀리 떠나온 것을 기회로 삼아 함부로 거리에 나섰으니, 당신 말대로 나는 본분을 저버린 무절제하고 어리석은 사람이에요."

그의 지적을 순순히 인정하는데다 웃는 얼굴이 애틋해 밀은 찔끔하니 더 이상 뭐라고 타이를 마음이 안 났다. 왠지 이번에도 그가 뭔가 잘못한 느낌이 들었던 것이다. 그녀의 짙은 눈동자가 쓸쓸한 빛을 띠고 더욱 어두워졌다.

"곧 성문이 닫히는 시간을 알리는 북소리가 나면 나는 돌아가야 해요. 벌써 돌아갔어야 하지만, 처음이자 마지막인 이 밤이 조금만 더 지속되길 바라는 마음으로 머뭇거렸어요. 두 번 다시 맛볼 수 없는 이 밤을 오래도록 기억에 남기고 싶어서. 하지만 이제…….”

둥. 그녀의 말이 채 끝나기도 전에 멀리서 북소리가 울렸다. 어둠을 가르고 흔들리는 그 묵중한 소리가 밀의 가슴을 진동시켰다. 그의 눈 아래 있던 그녀의 눈이 빙그르 돌아 먼 허공을 더듬었다.

“……가야 돼요.”

“잠깐만.”

뒤로 물러나는 안학에게 그가 손을 뻗었다. 그녀의 비단 옷자락이 바람에 나부꼈다. 마치 옷에서 날개가 돋아나 그녀를 하늘로 둥실 띄울 듯이.

“평생을 나오지 못한다니, 집에서 멀리 떠나왔다니, 당신은 어디에 사는 누구요? 정말 이 세상 사람이 아닌 거요?”

몇 발짝 물러서지 않은 그녀는 아직 그의 가까이 있었고, 그 정도의 민첩한 남자가 놓칠 리도 없었으나 밀은 섣불리 그녀에게 손을 대지 못했다. 망설이는 그의 손이 그녀를 미소 짓게 했다.

“내일 태자님 앞에서 온 힘을 다해 당신의 능력을 보이세요, 밀. 당신에게 그럴 자격이 있다면 선인仙人이 되어 날아오르도록 학이 되어 주겠어요.”

“그건 무슨 뜻…….”

“밀! 여기 있었네!”

밀은 질문을 마무리하지 못했다. 안학의 대답을 듣지 못한 것은 물론이다. 갑자기 뛰어들어 그의 목을 끌어안은 누군가가 둘 사이를 단박에 갈라놓았던 것이다. 밀은 가까이서 확 풍기는 머릿기름과 분 냄새에 질색하여 목을 옆으로 길게 빼고 어깨를 냅다 휘둘렀지만 찰싹 달라붙은 여자는 거머리처럼 떨어지지 않았다. 앙칼진 목소리가 그의 귀 바로 옆에서 쨍쨍하게 울렸다.

"그 거란인이 제대로 전하지 않은 거야? 내가 얼마나 기다렸는데 여기서 뭐 하고 있었던 거야? 세상에, 이런 구석진 곳에 있는 줄도 모르고 온 국내성을 다 헤매고 다녔잖아!"

"이거 놔! 도대체 넌 뭐야?"

밀은 목을 칭칭 감은 여자의 팔을 쥐어뜯어 내려 애썼지만, 여자가 얼마나 악착같은지 부러뜨리지 않고는 벗어나기 힘들 것 같았다. 마침 그를 피해 궁으로 돌아가려던 안학이 지그시 웃었다. 그녀의 매끈한 이마에 보일 듯 말 듯 희미한 주름이 졌다.

"당신이 집까지 데려다 줄 여자가 왔네요."

"누굴 얘기하는 거요? 난 모르는 여자야!"

밀이 당황해서 소리치는데 목에 매달린 여자가 그의 얼굴에 자신의 얼굴을 바짝 들이대며 그보다 더 크게 소리를 질렀다.

"무슨 말이에요. 그날 나랑 입 맞춘 거 잊었어? 나야, 애노!"

"난 그런 기억이 없어!"

밀이 애노의 얼굴을 거칠게 밀어내며 주위를 두리번거렸다. 방금까지 있었던 안학이 보이질 않았다. 춤추는 노인들의 저편으로 간 걸까? 노인들을 밀치며 앞으로 나가려고 했지만 애노가 아직도 굳세게 매달려 있어 여의치 않았다. 차마 여자의 팔을 부러뜨릴 순 없었기에 밀은 체념하고 그 자리에 우뚝 섰다. 날개옷을 입은 천녀는 이미 멀리 가 버렸으리라. 그는 팔꿈치를 들어 뺨을 향해 돌진해 오는 애노의 입술을 재빨리 막았다.

2. 호적수

"나랑 혼인하면 이렇게 사냥을 하지 않아도 남부럽지 않게 살 수 있어."

애노는 흘러내리는 절풍을 밀어 올렸다. 머리에 천이라도 칭칭 감고 쓸걸. 아버지의 모자는 너무 헐렁해서 거추장스러웠다. 그런 가운데 몇 번 타 보긴 했으나 그다지 익숙하지 않은 말을 몰자니 쉽지가 않았다. 그녀는 말 등에서 자꾸 미끄러지는 엉덩이를 추스르는 한편 절풍을 바로잡느라 바쁜 사이사이에도 입을 쉬지 않았다.

"우리 집은 조(租:호별로 부과하는 토지세)를 한 섬이나 내는 상호(上戶:민호를 나눈 세 등급 중 첫째 등급)란 말이야. 부경(桴京:창고)에는 보리랑 조랑 수수가 가득해. 소금이랑 간장도 많고. 끼니마다 쌀도 많이 섞어 먹는다고. 고깃간엔 갈고리마다 고기도 잔뜩 걸어 말려 두지.”

그녀는 저만치 앞서 가는 밀이 아무 반응도 없자 목소리를 좀 더 높였다.

“그뿐이 아냐. 사위집도 이제 막 짓기 시작한 게 아니라 이미 다 지었다고. 그것도 아주 크게! 아이를 낳고 나서도 떠나지 않고 그대로 눌러앉아도 돼. 난 남자 형제도 없고 외동딸이거든. 나랑 혼인하면 우리 집 재산은 다 네 거라고!”

“애노, 그런 말들은 밀에게 별로 소용없을 거야.”

그녀의 옆으로 다가온 굴가가 조심스럽게 말렸다.

“저 녀석은 재산엔 관심이 없어. 게다가 어제 천녀에게 홀렸거든. 그 여자가 너무 예뻐서…….”

애노가 눈으로 할퀼 듯 찌릿 째리자 굴가는 ‘……너는 상대가 안 돼.’라고 말할 뻔한 입을 합 다물었다. 그는 어깨 위에서 애노를 향해 손을 내저어 보이는 구요를 슬그머니 끌어내리고 쭈뼛이 말을 돌렸다.

“……물론 너도 예쁘지만.”

“그 여자, 나도 설핏 봤어. 얼굴이 희멀겋게 떠 가지고 피죽도 못 먹었는지 흐느적흐느적하던데 천녀는 무슨! 그런 여자는 허벅지에 힘이 없어서 디딜방아도 못 찧는다고. 낮에는 농사일해야지, 밤에는 길쌈해야지, 밤새워 옷 지어야지, 밥 해야지, 애 키워야지, 빨래해야지, 청소해야지, 가축 먹여 키워야지……. 여자들 일이 얼마나 많고 고된데 그 흐물흐물한 여자가 제대로 할 수 있을 거 같아? 조금만 일하고도 죽는다고 앓

아누워서 남편더러 수발을 들라고 시킬걸!"

애노가 굴가를 노려보며 소리를 질렀다. 보기엔 굴가에게 말하는 것이지만 실상은 밀더러 들으라고 하는 얘기다. 그녀는 힘을 주어 마지막 한마디를 덧붙였다.

"게다가 나랑 살면 농사를 짓지 않아도 돼. 내가 다 할 거니까!"

"왜 네가 그렇게까지 해야 돼? 저런 녀석 때문에, 왜!"

참다못한 사록이 애노의 뒤에서 분통을 터뜨렸다. 그는 사냥 대회에 나온 본래의 목적도 잊고 밀에게 따라붙은 애노를 뒤따르는 중이다.

"넌 세련되고 맵시 좋은 국내 여자야. 국내 여자에겐 국내 여자의 품격이란 게 있어. 사내 차림까지 하고 저런 촌뜨기를 졸졸 쫓아다니다니, 자존심도 없냐? 사내들은 하찮아 상대를 못 하겠다며 이 사록까지도 괄시하던 콧대 높은 남문골 애노는 어디 간 거야?"

"사내들이 하찮아 상대를 못 하는 게 아니라 하찮은 사내는 상대를 않겠다는 말이었다. 비 오는 날 소꼬리도 아니고, 따라오지 말라는데 왜 자꾸 들러붙어서 치근치근 성가시게 치대는 거야? 퇴박맞았으면 곱게 물러날 일이지, 백날을 따라다녀도 소용없을 것을 허구한 날 졸졸 쫓아다니다니 자존심도 없냐?"

그건 너도 마찬가지잖아. 사록은 절풍을 고쳐 쓰며 눈알을 부라리는 애노가 측은하여 차마 그 말은 하지 못했다. 이렇게 예쁘고 강단지고 매력적인 처녀를 한번 돌아보지도 않는 밀의 꼿꼿한 등이 얄밉다. 이토록 뒤에서 와자하니 떠들어 대는데, 제가 무슨 짹짹거리는 참새들 거들떠도 안 보는 구렁이나 된 것처럼 거만하게 앞만 보고 가는 건지. 사록의 입이 불퉁하게 나왔다.

"저런 놈이 뭐가 좋냐? 넌 알맹이가 비어 비실거리는 사내는 딱 질색이라고 했잖아. 키만 컸지 덩치도 나보다 작고, 생긴 것도 얄팍하니 겉보기만 그럴싸할 뿐 정작 밤에 힘도 제대로 못 쓸 놈이다, 저놈."

"너처럼 우락부락하지 않고 섬세한데다 품위 있어 보여 좋다."

"품위는 개뿔, 실제로는 싸움이라면 사족을 못 쓰는 날건달이다. 넌 싸움질이나 일삼는 사내는 철없는 코흘리개랑 동격이랬잖아. 어린애는 유치해서 상대 안 한다며? 저놈이 그런 놈이다. 저놈한테 당한 애들이 한둘인 줄 아니?"

"덤비는 적수 앞에서 물러서지 않는 기상이 씩씩하고 늠름하니 좋다."

"너, 여자라면 강아지처럼 혀 빼물고 게게 침 흘리는 사내는 눈꼴사납다고 했지? 저놈, 지금 너한테 등 돌리고 고고한 척하지만 여자를 후리는 데도 타고난 놈이다. 시장 여자들이 술 주고 떡 주며 가슴팍에 파고들어도 저놈이 떼치지 않았다는 거 모르니?"

"내가 여자인데 여자를 좋아하는 남자여야 좋지, 여자를 싫어하는 남자가 무슨 소용이냐? 예의 찾는 노남자(魯男子:하루 재워 줄 것을 청한 과부를 거절한 노나라의 청년, 여색을 꺼리는 남자)보다는 색을 적당히 아는 남자가 좋다."

"애노, 너 정말!"

폭발한 사록이 시뻘게진 낯으로 씨근벌떡 분한 숨을 폭폭 내질렀다.

"날더러는 이것도 싫고 저것도 싫다더니, 왜 저놈은 이것도 좋고 저것도 좋냐? 싫으면 싫고 좋으면 좋지 왜 사람 따라 달라?"

"미운 사람 고운 데 없고 고운 사람 미운 데 없는 법이다. 내 마음이 그런 걸 어쩌겠니?"

그의 가슴을 푹 후벼 내는 대답을 아무렇지도 않게 이죽거리며 내놓는 애노였지만 사록은 그녀가 야속하지 않았다. 대신 그녀의 마음을 홀라당 앗아 가 버린 밀이란 놈이 괘씸하고 미웠다. 그는 근 10년이나 그녀를 사모해 왔다. 사랑하는 마음만큼은 내가 저놈보다 백배는 더 큰데! 사록은 애노에게 결연히 선언했다.

"네가 아직 남자를 볼 줄 몰라 저놈을 끼고도는데, 애노야, 오늘 확실히 보여 주겠다. 누가 네게 정말 어울리는 사내인지!"

사록은 말을 몰아 앞서 가던 밀의 오른편에 나란히 붙었다.

"너 인마, 밀! 오늘 나랑 한번 팔 걷고 겨뤄 보자. 오늘 사냥에서 누가 더 짐승을 많이 잡는지 내기해서 지는 놈은 깨끗이 애노를 포기하는 거다!"

"넌 어제 나한테도 졌잖아. 그 실력으로 밀보다 짐승을 더 많이 잡긴 글렀다."

밀의 왼편에 나란히 붙은 굴가가 짓궂게 폭로하자 뒤에서 들은 애노가 반색했다.

"둘이서 나를 놓고 승부를 가리는 거야?"

애노도 앞으로 달려가 밀과 사록 사이를 비집고 들어갔다.

"네가 꼭 이길 거야, 밀. 내가 도와줄 테니까!"

"안 돼, 애노. 오늘은 밀한테 엄청 중요한 날이니까 방해될 일은 제발 하지 말아 줘. 승부라면 이미 끝난 데다 내가 밀을 도울 거니까……."

굴가가 구요와 함께 화급히 손사래를 치니 사록이 외롭게 이를 바득 갈았다.

"누가 돕든지 내가 이긴다! 난 절대 애노를 포기하지 않아!"

"네가 포기하든 안 하든 내가 싫다잖아! 밀이 지더라도 난 너한테 안 가, 사록!"

"밀이 지다니! 나, 굴가가 돕는데 일등은 못 할망정 사록 따위에게 질 것 같아?"

"시끄러워, 이것들아!"

경쟁하듯 목소리를 높이는 세 사람에게서 벗어나 말을 우뚝 세운 밀이 기어코 입을 열었다. 아침부터 신경이 예민하게 곤두서 있던 그는 사냥에만 집중하기 위해 마음을 애써 가다듬었지만 끝까지 참아 내지 못했던 것이다.

"너희들 모두 당장 꺼져! 더 이상 내 주위를 돌며 앵앵거리면서 사냥에 훼방을 놓으면 손발을 묶어 나무에 매달아 버릴 테다."

"밀, 그래도 애노는 여자인데 묶어서 매달다니……."

"너도 마찬가지야, 굴가! 저 여자가 신경 쓰여서 같이 다니고 싶거든 그렇게 해. 대신 오늘은 내 눈앞에 얼씬도 하지 마. 거치적거리니까!"

크게 고함을 지르지는 않았지만 밀의 눈에 살얼음처럼 얇게 낀 살기가 세 사람의 가슴을 선득하게 내려앉혔다. 그 순간 부우, 나각(螺角:소라의 뾰족한 부분에 구멍을 뚫거나 그 구멍에 취구를 만들어 꽂아 부는 악기) 소리가 봄의 맑은 하늘에 울려 퍼졌다. 밀과 굴가 등의 눈이 동시에 한곳으로 쏠렸다. 그들 네 명 외에 산자락 이곳저곳에 흩어져 서성이던 사냥꾼들도 마찬가지였다.

다른 구릉들보다 약간 높으면서도 윗부분이 평평한 언덕에 설치한 붉은색 천막 앞에 백마가 한 마리 등장했다. 백마 위, 한 남자가 사냥 대회 참가자들을 내려다보았다.

"태자님이다!"

감격에 겨운 애노의 뾰족한 목소리가 밀의 옆에서 울렸다. 밀은 고개 숙이는 것을 잠시 잊고 감히 태자를 쳐다보았다. 그 또래이거나 몇 살 위일 왕자는 날카로운 눈매와 온화한 입매를 동시에 가졌는데, 젊은 나이임에도 중인을 압도하는 엄숙한 무게감이 느껴졌다. 저 사람이 태자! 밀의 긴장한 가슴이 두근거렸다. 그가 사냥 대회에 참가한 일차적인 목표는 물론 태자의 눈에 띄어 평양성의 관원이 되는 것이지만, 그를 심사할 고위 인사를 봤다고 긴장할 밀은 아니었다. 그 역시 불패의 전사이자 용맹한 미래의 태왕에 열광하는 고구려의 젊은이들 중 하나였다. 그가 안학에게 태자의 충성스런 전사가 되겠다고 말한 것은 단지 백록을 빼앗기 위해 지어낸 거짓이 아니라 솔직한 바람이었던 것이다.

소문으로만 듣던 영웅을 직접 본다는 사실만으로도 순수하고 담백한 청년의 심장이 거세게 뛰었다. 왕자의 시야에 들어가고 싶은 욕망이 가슴 깊은 곳에서 뭉클뭉클 솟구쳤다. 내가 저이를 보는 것처럼 저이도 나를 보게 만들겠다. 오늘, 기필코! 밀이 입술을 힘주어 깨물며 결의를 다지는데 문득 태자가 그를 향해 눈을 돌렸다. 날 쳐다본 것인가? 밀은 눈을 내리깔 생각을 미처 못 하고 주제넘게 태자를 마주 보았다. 그의 착각인지는 모르겠지만 태자가 한쪽 눈을 찌그리더니 싱긋 웃었다. 그리고 곧 고개를 돌려 버렸다. 밀은 그제야 태자 주변의 귀족들을 비롯해 모든 사람들이 머리를 숙였다는 걸 깨닫고 황급히 목을 꺾었다.

"저기 공주님도 계신다."

사록이 흥분한 목소리로 애노에게 작게 속삭였다. 모두 코는 땅을 향했지만 눈동자들은 힐끔힐끔 언덕 위 천막 쪽을 연방 탐색하고 있었다.

"신묘한 분이라기에 뭔가 특별할 줄 알았더니 여기 여자들이랑 똑같이 입었네, 뭐. 얼굴도 선녀처럼 엄청스레 예쁘다더니 왜 가렸대? 소문이랑은 영 다른가?"

애노가 종알거렸다. 그녀는 본래 다른 평범한 사람들처럼 공주를 한 번이라도 보기를 갈망했었다. 살아 있는 여신으로 추앙받는 실물이 몹시도 궁금했던 것이다. 평양 여자들은 모두 대단한 멋쟁이들이고 그중 귀족 여자들은 더하다고 들었는데, 고구려에서 제일 높은 여자이자 유행을 선도할 공주라면 그보다 더, 더, 더할 것이 아닌가. 그런데 기대와 달리 국내의 귀족 여자들과 구별이 안 되는 차림새에 애노는 시큰둥해졌다. 밀이 사록과 똑같이 천막 쪽을 힐끔거리는 것도 기분 나빴다.

"공주님은 그야말로 하늘의 별이다. 천녀보다 더 먼 분인데 언감생심 쳐다보면 돌아봐 주기라도 할까 봐?"

애노가 툴툴거렸지만 사실 밀은 공주를 보고 있지 않았을뿐더러 관심도 없었다. 그의 눈에 비치는 사람은 오직 한 명, 태자뿐이었다. 태자를 제외하곤 공주건 누구건 그에겐 모두 풀이나 나무나 천막이나 매한가지인 배경이다. 그런데……

"공주님 옆에 태루님이다. 오늘 대회에서 일등을 하면 공주님께서 상을 내리실 거라던데 벌써부터 일등을 한 모양새네. 하긴 태루공자가 일등을 하지 않는다면 그게 더 이상하지."

사록의 말이 밀의 귀에 거슬렸다. 일등을 하지 않으면 그게 더 이상해? 이번엔 전혀 귀에 안 들어오던 애노의 안타까운 탄식이 들렸다.

"아이, 참. 태루공자님만 참가하지 않았으면 밀이 일등을 할 텐데. 내가 도와줄 거니까!"

"어디 저런 촌놈이랑 국내 제일의 사내를 비교해? 이제껏 대회 때마다 태루공자가 일등을 놓친 적이 있어?"

아직 시작도 하지 않은 대회의 빤한 끝을 내다보는 두 사람의 대화가 아니꼽기만 한 밀이었다. 밀의 눈이 태자가 아닌 다른 이들도 훑기 시작했다. 얇은 천으로 얼굴을 가린 여자가 공주일 테고, 그 옆에서 수줍게 웃고 있는 젊은이를 가리키는 건가 보군. 호리호리하니 예쁘장하게 생긴 게 별로 강해 보이지 않는데 국내 제일의 사냥꾼이라고? 태자가 그 젊은 공자에게 미소하며 말을 거는 모습을 딱 포착한 밀의 눈이 가늘어졌다. 꾹 다문 입술의 한쪽 끝을 살며시 올리며 그는 흥, 약한 비소를 뿌렸다.

부우. 다시 나각 소리가 공중에 퍼졌다. 동시에 북이 둥둥 울렸다. 대회의 시작을 알리는 신호였다. 밀은 쏜살같이 언덕을 내려오는 태루를 보고 말고삐를 불끈 움켜쥐었다. 빠르다! 밀의 입가에 머물던 미소가 더욱 짙어졌다. 순식간에 내려온 태루가 그의 옆을 지나치기를 기다렸다가 밀은 말의 머리를 틀고 배를 세게 걷어찼다. 밀의 말이 태루의 말을 쫓아 바람처럼 질주했다.

"밀! 같이 가야지!"

밀이 당연히 자신과 함께 출발할 줄 알았던 굴가는 신호도 없이 그가 방향을 바꾸자 엇, 놀랐다. 허겁지겁 말을 모는 굴가의 눈에 맞지 않는 절풍을 추스르고 있는 애노가 걸렸다. 말타기가 서투른 그녀가 따로 떨어지는 것이 불안했던 굴가가 주춤하는 사이, 사록이 고래고래 고함을 지르며 출발했다.

"밀, 이 비겁한 자식! 나랑 정면으로 붙기 무서워서 다른 쪽으로 가는 거냐!"

모든 사냥꾼들이 산의 가장 아래 부분, 완만한 비탈이 거의 평지를 이룬 벌을 다투어 달렸다. 산 위에서부터 훑어 내려온 몰이꾼들이 외치는 소리가 벌써부터 들판의 공기를 뒤흔들었다. 작은 짐승들이 뛰어나와 방향을 잃고 이리저리 내닫는 가운데 수많은 화살들이 허공을 갈랐다.

밀은 바로 앞에서 태루가 측면으로 달려오는 노루를 향해 활을 드는 것을 보고 더 빠르게 말을 몰았다. 단숨에 태루를 앞지른 그는 몸을 비틀어 번개처럼 화살을 날렸다. 핑 날아간 화살이 정확하게 노루의 목에 꽂혔다.

'하나 잡았고!'

밀은 계속 앞으로 내달리며 슬쩍 뒤를 돌아보았다. 눈을 동그랗게 뜬 태루의 얼굴에 당황한 빛이 뚜렷했다. 킥, 짧은 웃음을 삼키고 밀은 산비탈을 성급하게 오르는 대신 산자락을 따라 옆으로 돌았다. 태자가 보는 곳에서 최대한 많이 잡아 보일 생각이었던 것이다. 요란한 말발굽 소리를 피해 달아나는 멧돼지가 밀의 시야에 딱 걸렸다.

'두 번째!'

밀이 시위를 당기는 찰나 멧돼지가 꽥, 요란한 비명을 질렀다. 멧돼지의 뒤로 달려가는 태루가 보였다. 산비탈을 조금 거슬러 올라갔다가 다시 내려오면서 짐승을 쏜 것이다. 태루가 밀을 돌아보며 턱을 스윽 치켜들었다. 봤지? 그렇게 묻듯 의기양양하게 올라간 그의 갸름한 턱 선이 밀을 자극했다.

'이놈 봐라?'

하, 밀은 실소하는 동시에 눈빛을 새롭게 갈았다. 몸속 혈관들이 팽팽하게 부풀어 오르는 느낌이 심장으로 생생히 전해졌다. 여태껏 자신과 동등하게 견줄 상대를 만난 적 없었던 그는 신명과도 같은 야릇한 흥분을 느꼈다. 그의 말이 태루의 말을 바짝 쫓았다. 어디 한번 보자, 국내 제일의 실력을!

앞서거니 뒤서거니 산자락을 누비는 밀과 태루의 속도를 따라오는 사람은 아무도 없었다. 그들이 잡는 짐승의 수도 압도적이었다. 태루가 놓친 짐승은 밀이 잡았고 밀이 미처 쏘기 전에 태루가 명중시켰다. 사냥꾼들 중에는 짐승을 쫓기보다 둘의 경쟁이 어디까지 이어질 것인가 보고 싶어 따라다니는 이들마저 생겨났다. 그러나 기슭을 종횡무진 돌아다니는 둘을 쫓기는 쉽지가 않았다. 밀과 항상 동행하던 굴가마저도 벅찰 지경이었다.

"오늘따라 더 날뛰네, 저 녀석!"

애노에게 신경을 쓰느라 산의 깊숙한 골짜기로 들어가는 밀을 결국 놓치고 만 굴가가 혀를 내둘렀다.

완만하던 산줄기는 눈에 띄게 급격히 가팔라졌다. 우거진 수풀로 가려진 크고 작은 낭떠러지들을 피해 빽빽이 솟아오른

큰키나무들 사이를 말을 타고 빠른 속도로 누비는 것은 늘 말 달리는 훈련을 하는 고구려 남자들에게도 결코 쉽지 않은 일. 밀은 자신에게 뒤지지 않고 악착스레 따라붙는 태루가 감탄스러웠다.

'자식, 곱게 자란 녀석이 제법이잖아.'

밀은 좀 더 험준한 지형을 선택했다. 태루를 따돌리기 위해서라기보다는 몰이꾼들이 함부로 들쑤시지 못한 짐승들, 붉은 표범이나 호랑이, 겨울잠에서 깨어난 지 얼마 안 되는 곰 등 큼직한 사냥감들을 노릴 참이었다. 태루 같은 놈들이 있기에 노루나 사슴, 토끼나 꿩 같은 소소한 짐승들로는 아무래도 부족하다는 느낌이었다. 혼자서 잡기에 벅찬 짐승들을 잡아야 태자에게 확실히 그의 존재를 각인시킬 수 있을 것이다. 조금씩 깊이, 더 깊이 산을 파고들던 밀은 어느 순간부터인가 태루가 눈에 띄지 않는다는 걸 깨달았다.

'녀석도 뭔가 큰 걸 노리는 거야.'

그리고 아마도 큰 걸 노리는 건 그나 태루만은 아닐 것이다. 드넓은 백두산의 거대한 영역 속에, 사냥 대회에 참가한 청년들이 본격적으로 목숨을 걸고 숲을 헤매며 눈을 형형하게 빛내고 있을 터다.

밀은 말을 세우고 내려 조심스럽게 땅에 발을 디뎠다. 무언가 그의 촉각을 건드린 것이다. 그것은 말로 설명할 수 없는 어떤 것, 능숙한 사냥꾼들의 예민한 본능이 만들어 낸 보이지 않는 더듬이가 감지하는 자연의 신호였다. 관목이 무성한 골짜기의 어둑한 수풀 저편을 주의 깊게 살피던 밀은 약하게 흔들리는 가지 사이로 작은 횃불처럼 반짝이는 노란 불빛을 발견했다. 크르릉, 길고도 뾰족한 송곳니 사이로 흘러나오는 음산한 소리가 들렸다. 감히 제 구역을 침범한 인간을 경계하는 짐승의 성난 소리였다. 호랑이일까? 아니면 표범?

'뭐든 좋다. 크기만 엄청 커 다오.'

시위에 팽팽히 걸린 화살을 수풀 가운데로 겨냥하며 밀은 조금씩 발을 앞으로 미끄러뜨려 전진했다. 우수수, 수풀이 크게 흔들렸다. 그때였다.

"야 인마, 밀! 너 혼자 잘난 척하지 마!"

헉헉, 거친 숨소리와 함께 산통을 깨는 걸걸한 목소리가 밀의 뒤통수를 때렸다.

"나랑 한 내기를 잊진 않았겠지! 네 사냥감은 모두 내 거야!"

사록이 밀의 옆에 있는 바위를 박차고 뛰어오르며 쇠사슬을 휘둘러 댔다. 쇠사슬 끝에 달린 갈고리가 위험스럽게 산의 신선한 공기를 함부로 베었다. 밀은 수풀이 움직이는 방향이 갑자기 바뀐 것을 보고 급히 소리쳤다.

"이 멍청아, 갈고리는 쓰지 마!"

사록이 밀의 명령을 따를 리도 없겠지만 이미 늦었다. 호기롭게 원을 그리던 갈고리가 자작나무 하나에 걸리면서 쇠사슬이 딸려 감겨 버린 것이다. 어어, 예상치 못한 상황에 허둥거리는 사록의 옆 관목들이 공포에 질린 듯 마구 떨어 댔다. 핑, 밀의 화살이 관목들 사이를 관통했다.

"쇠사슬을 놔! 뒤로 물러서!"

아직 상황 판단이 안 된 사록이 눈알을 굴리는 사이, 밀이 그를 향해 돌진했다. 사록의 머리 위로 솟아오른 커다란 그림자가 밀의 눈에 똑똑히 들어왔다. 젠장, 엄청나게 크다! 바라던 대로, 아니, 그 이상으로 큰 호랑이였지만 밀은 난감하니 이를 악물었다. 화살 한두 개로는 어림도 없는 짐승이 사록의 머리통을 한입에 삼킬 듯 아가리를 활짝 벌렸다. 퍽, 재빨리 날린 밀의 화살이 호랑이의 왼쪽 눈에 적중했다. 곧이어 고막을 찢는 짐승의 비명이 쩌렁쩌렁 울렸다. 그러나 호랑이는 멧돼지나 노루와는 달랐다. 치명적인 부상에 일순 물러나긴 했지만 그 부상 때문에 더 흉포해진 것이다. 밀과 사록을 합쳐도 짐승의 반쪽이 될까 싶을 정도로 거대한 호랑이는 눈이 뚫리고도 용맹하게 돌격해 왔다. 밀은 사록을 가리고 뒤로 넘어가면서 전통의 남은 화살 서너 개를 모두 뽑아 한꺼번에 날렸다.

"꺄악! 호랑이가! 밀이!"

호랑이의 포효에 지지 않을 날 선 비명이 울렸다. 가슴과 다리에 화살을 거푸 맞은 호랑이의 외눈에 두 사람이 더 등장했다. 사냥과는 관계없이 오직 밀만을 쫓아온 애노와 그녀를 보호하기 위해 굼뜨게 나타난 굴가였다. 구요는 호랑이를 보더니 어느새 사라졌다. 원숭이가 퍽 현명했던 것이, 호랑이가 공격 대상을 바꿔 애노 쪽으로 달리기 시작했다.

"애노야!"

"굴가, 여자를 데리고 피해!"

밀에게 깔려 땅을 구르던 사록이 짐승만큼이나 날렵하게 일어나 뛰었다. 밀이 그를 앞질렀음은 물론이다. 굴가는 등에 매단 도끼를 뽑을 여유도 없었다. 소스라치게 놀란 애노가 그만 중심을 잃고 말 등에서 미끄러졌기 때문이다. 낙마하는 애노를 안고 굴가가 바닥에 쿵, 등을 부딪쳤다. 그래도 다행히 뼈가 상하지는 않은 듯 굴가는 애노와 함께 데굴데굴 굴러 얕은 비탈 아래로 떨어졌다. 그 바람에 눈에서 애노를 놓친 사록이 그녀가 벼랑에서 떨어진 줄 알고 경악하여 울부짖으며 그쪽으로 내달렸다. 마침 호랑이가 고개를 틀고 아가리를 쫙 벌린 쪽이다. 달리면서 칼을 빼든 밀이 화가 나서 고함쳤다.

"멍청아, 정말 죽고 싶냐!"

밀은 팔꿈치로 사록의 턱을 날리는 한편 호랑이를 향해 칼을 휘둘렀다. 싸악, 베긴 했지만 사록을 한 팔로 밀쳐야 했기에 힘이 분산되어 날이 호랑이의 가죽을 깊이 뚫고 들어가지 못했다. 이런 망할! 밀의 눈앞에서 호랑이의 송곳니가 번쩍했다. 그 날카로운 이빨은 목표물을 한번 물면 미늘창처럼 살에 박혀 살덩이를 통째로 들어낼 것이다. 밀은 칼날을 비스듬히 눕혀 세워 그를 덮치는 호랑이의 목 아래를 찔렀다. 무시무시한 단말마적 외마디소리와 함께 팟, 뜨끈한 피가 밀의 얼굴을 덮었다. 눈으로 흘러드는 피 때문에 안 그래도 좁은 그의 시야를 호랑이의 목구멍이 커다란 동굴처럼 캄캄하게 막았다. 호랑이에게 단단히 박힌 칼을 뽑아낼 수 없어 땅바닥을 더듬어 돌덩어리를 하나 잡은 순간, 호랑이가 털퍼덕 쓰러지면서 밀은 그의 몸을 짓누르는 엄청난 무게에 헉, 숨이 막혔다.

"괜찮은가?"

낭랑한 목소리에 밀은 눈꺼풀을 힘겹게 들어올렸다. 피가 엉긴 속눈썹 너머로 마주친 진지한 눈. 그와 사냥감들을 놓고 겨루던 곱게 자란 공자였다. 예쁘장한 얼굴이 밀의 그것처럼 피범벅이다. 밀은 가슴이 빠개질 것 같은 압박감에 이를 물고 호랑이에 깔린 몸을 빼내려 어깨를 틀었다.

"기다려라. 짐승을 치울 테니."

태루가 그를 도와 호랑이를 힘껏 밀었다. 땅에 엎어졌던 사록도 매달려 힘을 썼고, 비탈을 기어 올라온 굴가와 애노도 달려왔다. 언제 다시 나타났는지 구요도 굴가의 땋은 머리를 고삐처럼 쥐고 매달려 있었다.

보통 크기의 배가 넘는 호랑이였지만 여럿이 달려들자 밀은 오래지 않아 빠져나올 수 있었다. 얼얼한 가슴을 문지르며 일어난 그는 칼을 주워 드는 태루를 물끄러미 보았다. 피를 뒤집어쓴 데다 칼날에서도 피가 뚝뚝 듣는 걸 보니 그가 호랑이의 뒤를 칼로 내리쳤음을 쉽게 알겠다. 밀은 쓴웃음을 물었다.

"태루공자님! 공자님이 우리 밀을 살려 주셨어요! 어쩌면, 세상에나!"

감격에 겨워 두 팔을 벌리고 그의 가슴에 뛰어드는 애노를 밀어내며 밀이 무뚝뚝하게 말했다.

"도와주셔서 감사합니다."

"아니다."

칼을 닦아 칼집에 넣은 태루가 밀을 흘깃 보더니 고개를 저었다. 그는 호랑이 시체에서 뿔처럼 솟아오른 칼날의 끝을 가리켰다.

"내가 내리쳤을 땐 이미 호랑이가 치명상을 입은 뒤였다. 턱 아래부터 목뒤로 관통한 이 칼이 호랑이를 죽인 것이다. 내가 도운 일은 짐승을 치우려고 거든 것밖에 없어."

눈을 들어 밀을 똑바로 보는 태루의 눈가가 부드러워졌다.

"그 짧은 순간에 그렇게 침착하게 대처할 수 있는 사람은 드물 것이다. 정말 멋진 솜씨였다."

태루가 턱으로 가볍게 사록을 가리키며 눈을 짜긋했다.

"무엇보다도 다른 이를 구하려 몸을 내던진 것이 감탄스러웠다. 진정한 무인이야."

태루의 꾸밈없는 칭찬에 수긍할 수밖에 없는 사록이 입을 쩝 다셨다. 밀이 태루와 눈을 맞추며 멋쩍게 웃었다. 자식, 말하는 본새를 보니 그럭저럭 괜찮은 녀석일세. 밀의 어조가 보다 공손해졌다.

"공자님이 칼로 내리친 것이 조금만 늦었어도 호랑이에게 제 어깨가 뜯겼을 겁니다. 짐승의 숨통을 끊은 마지막 일격은 공자님이 가했으니 호랑이는 공자님의 것입니다."

"그렇지 않아. 누가 보더라도 자네가 잡은 짐승이야. 호랑이에게 꽂힌 칼이 그 증거일세."

태루가 설핏 웃었다.

"거리에서 봤을 땐 쓸데없는 싸움이나 일삼는 무뢰한인 줄만 알았는데, 실상은 아니었군. 실력도 마음가짐도 출중한 인재였어."

"저를 아십니까?"

태루를 기억 못 하는 밀이 의아하여 물었다. 서민이 귀족을 기억하긴 쉬워도 귀족이 서민을 기억하긴 어려운데, 거꾸로 된 상황에서도 태루는 괘씸해하지 않고 솔직하게 말했다.

"한번 보면 쉬 잊히지가 않는 얼굴이어서."

밀은 약간 미안해졌다. 눈앞 귀족 도련님의 얼굴도 흔해 빠진 축은 아닌 것 같은데 어디서 스쳤는지 도통 생각나지 않았던 것이다. 어쨌든 태루의 담백한 태도에 밀은 호감을 느꼈다. 국내 제일의 사내라는 칭찬을 은근히 인정해 주고 싶었다. 그래도 태루가 합세해 잡은 호랑이를 혼자 차지하는 건 개운치 않은 일. 마침 굴가가 끌고 온 자신의 말의 고삐를 잡으며 밀이 태루에게 말했다.

"호랑이를 가지십시오. 저는 온전히 제 힘으로 사냥합니다."

"마찬가지야. 자네가 이 호랑이를 가져간다고 해도 내가 오늘 사냥에서 질 거라 생각하지 않으니 걱정 말게. 난 지금부터가 시작이니까."

밀보다 먼저 말에 훌쩍 올라탄 태루가 자존심을 세웠다. 아, 그러셔? 밀은 드러나지 않게 코웃음을 치며 말 등에 앉았다. 나도 지금까지는 몸을 데우는 거였고 이제부터 본격적으로 힘을 쓸 참이거든? 귀족 청년에게 함부로 대거리를 할 수 없는 그는 입을 꾹 다문 채 말에 달아 둔 화살 묶음을 풀어 빈 전동을 채우며 곧 출발할 준비를 했다. 태루가 그의 옆을 지나가며 낮게 속삭였다.

"사냥의 결과에 관계없이 자네를 기억하겠다. 대회가 끝나면 고향으로 가지 말고 나를 찾아와. 나는 우씨 집안의 장손 태루다."

태루. 밀은 입속으로 이름을 되뇌었다. 그를 찾아갈 일은 아마 없겠으나 그의 이름과 얼굴을 다시 잊어버릴 일도 없을 것이다. 밀에게 우호적인 웃음을 살짝 비친 태루가 곧 말을 몰아 쌩하니 가 버렸다. 밀도 새로운 사냥감을 찾아 나서기 위해 말고삐를 힘껏 챘다. 굴가가 다급히 그의 팔을 잡았다.

"밀! 호랑이는?"

"내버려둬. 내 것이 아니다."

"뭐? 제정신이냐? 저 호랑이만으로도 넌 일등을 할 수 있어!"

굴가가 황망하여 구요와 더불어 입을 쫙 벌렸다. 그들의 옆에선 어마어마한 짐승의 크기에 혹한 사록과 애노가 호랑이를 감 찌르듯 콕콕 쑤시고 있었다. 밀은 미련 없이 호랑이를 뒤로하고 건조하게 말했다.

"남의 칼이나 살이 박혔던 짐승은 안 돼."

"바보! 저건 네가 잡은 거야. 아까 그 공자도 말했잖아. 그리고 너, 그 공자처럼 잘난 척할 때가 아니야. 그 사람은 그 집안에서 나온 사냥꾼들이 도와주고 있어. 솜씨가 좋은 사내들을 은근히 방해하고 있다고. 널 아직 건드리지 못한 건 네가 너무 빨라서야!"

"공자 측 사냥꾼들이?"

밀이 못 믿겠다는 듯 눈썹을 찡그렸다.

"왜 그런 짓을 하겠어? 남부럽지 않은 실력을 가진 사람인데. 그리고 그 공자, 그런 비열한 짓을 할 사람이 아니야."

"그 이유야 낸들 알겠냐만, 어쨌든 좀 괜찮다 싶은 놈들은 모두 견제를 받고 있어. 그 공자와 호각을 이루는 사람은 너밖에 없으니 이제 다들 너한테 덤벼들지도……. 그러니 실속 없는 자존심은 버리고 호랑이를 끌고 가자. 나랑 사록이 같이 끌면 될 거야. 저 호랑이만큼 태자의 눈을 휘둥그레 뜨게 만들 짐승은 아마 없……."

굴가의 열띤 설득을 자르는 우는살 소리가 날카로이 울렸다. 보통 때의 소리와 다른 신호가 숲 속을 돌아다니는 사내들의 경각심을 일깨웠다. 밀과 굴가는 물론 호랑이를 붙들고 앉은 사록과 애노도 귀를 쫑긋 세웠다.

"뭐지?"

굴가의 의문에 답하듯 멀리서 희미한 외침이 들렸다.

"흰 사슴이다!"

"백록이다! 백록이 나왔다!"

산의 차갑고 건조한 공기를 타고 전해지는 그 소리에 굴가가 환한 낯으로 밀을 돌아보았다.

"백록이란다, 밀! 잡자! 백록만큼 태자의 눈을 번쩍 뜨게 만들 짐승은 없을 거야!"

밀이 이미 말의 배를 힘차게 걷어찬 뒤였다. 백록을 발견한 사람들의 외침을 좇아 방향을 잡은 그는 굴가가 쫓아올 수 없을 정도로 빠르게 나무 사이를 누볐다. 여기저기서 그와 같은 목적으로 말을 달리는 사내들이 눈에 띄기 시작했다. 백록이 어떤 의미의 짐승인지 모두들 알고 있는 것이다.

'역시 그 여자는 천녀였어!'

숱한 사냥꾼들을 따돌리며 밀은 그렇게 생각하지 않을 수가 없었다. 천녀는 오늘 사냥 대회를 위해 백록을 준비한 거였다. 그에게 잡을 기회를 주기 위해! 어제 천녀가 여러 가지로 잔소리를 했던 건 그가 백록을 잡을 자격이 있는지 알아보는 일종의 시험이었을지도 모른다. 태자에 대한 그의 충성심이 진실하다고 판단했기에 오늘 백록을 보내 준 게 아닐까? 정상적인 천녀라기엔 엉뚱한 구석이 많았지만 그녀가 천녀가 아니라면 어떻게 이런 우연이 연속되겠는가. 밀은 바람처럼 달리는 말의 옆구리를 연신 걷어찼다.

'반드시 태자께 성군의 서상을 바치겠다, 나 밀이!'

그는 이미 잡았던 짐승들과 호랑이를 잊었다. 오직 백록을 찾기 위해 깊고도 조용한 숲 한가운데로 진입한 그의 모든 감각들이 곤두섰다. 먼저 온 사냥꾼들이 있는지 인기척이 있었다. 밀은 조용히 말을 세우고 땀에 젖은 말의 목을 가만히 문질렀다.

"백록이 이쪽으로 왔어. 여기서 멀지 않은 곳에 있는 게 분명해."

한 사내의 목소리가 아주 작게 들렸다. 여럿이 무리를 지어 백록을 쫓는 모양이다. 또 다른 목소리가 말했다.

"태루님은 지금 어디 계신 거지? 빨리 모셔 와야 하는데. 태자가 수신(隧神:고구려의 토지신)의 동굴에서 출발해서 산을 뒤지고 있어."

"그럼 태루님이 오기 전에 태자가 백록을 먼저 발견할 수도 있잖아! 그럼 어떻게 해?"

"그때는 무조건 태자보다 먼저 백록을 쏘라고 하셨어. 백록이 태자에게 돌아가더라도 태자가 직접 사냥하지는 못하도록. 하지만 지금은 무슨 수를 써서라도 태루님 앞으로 사슴을 몰아가는 게 중요해. 태루님이 백록을 잡도록 돕는 사람에겐 그 사람의 절풍에 황금을 가득 채워 준다고 했다니까!"

"허허 참, 태루님을 찾으러 간 놈들도 애가 타겠군……."

속닥이는 사내들의 소리가 차츰 멀어졌다. 밀의 짙은 두 눈썹 사이에 깊은 골이 생겼다. 저것들이 지금 무슨 소리를 지껄이는 거야?

'태자가 직접 사냥하는 걸 방해하고 태루에게 백록을 몰고 간다고? 누가 백록을 잡든 태자께 바치는 것이 당연한데 왜 그런 짓을? 백록을 잡은 사람이 바로 미래의 성군이라 소문내겠다는 뜻인가?'

그건 반역이다! 밀은 아랫입술을 와작 씹었다. 조금 전 그를 도왔던 태루의 해맑은 얼굴이 떠올라 밀은 당혹스러웠다. 그 공자가 아랫것들을 시켜 솜씨 좋은 사냥꾼들을 방해한다더니, 태자를 제치고 백록의 주인이 되겠다고 한다? 그 녀석은 그럴 놈이 아니야! 그저 한순간의 짧은 만남이었지만 밀은 태루의 됨됨이를 믿었다. 그러나 지금은 태루의 진심 따위는 중요하지 않다.

'이렇게 되면 내가 백록을 잡는 게 문제가 아니다. 태자가 백록을 명중시키도록 해야 돼!'

하지만 어떻게? 밀은 수풀을 방패 삼아 사냥꾼들이 백록을 포위하는 쪽으로 소리 죽여 살그머니 전진했다. 그는 곧 두 명의 사냥꾼을 발견했다.

"저기 있다!"

한 사냥꾼이 탄성을 올리듯 속살거렸다. 밀도 보았다. 우거진 숲 중앙의 높은 바위 위에 서 있는 백록을. 나뭇잎들 사이로 흘러드는 햇빛에 우윳빛 흰 털을 반짝이며 미동도 않고 선 그 모습은 '나를 원하는 사람은 잡아가세요.'라고 말하는 듯 다소곳했다. 그러나 아무나 잡으면 안 될 것 같은 순결한 우아함이 후광처럼 감싸고 있어 과연 영물다웠다. 말을 탄 사람들이 다가가는 걸 모르는 걸까? 바위에 붙은 사슴의 발은 움직일 줄 몰랐다.

"젠장, 태자가 왔어!"

사냥꾼의 허둥거리는 목소리가 밀에겐 무척이나 반가웠다. 나무들이 조금 성긴 틈으로 멀리서부터 흰빛의 물체가 깃발처럼 희끗희끗 보였다 사라졌다를 반복하며 점점 가까워졌다. 태자의 백마가 대단히 빠른 속도로 다가오고 있었다. 다급해진 사냥꾼들이 화살을 시위에 걸었다.

"빠르다! 태루님이 올 때까지 기다리긴 틀렸어."

"할 수 없지. 태자가 화살을 메기기 전에 먼저 쏴!"

그렇게는 안 되지. 밀은 한꺼번에 화살 두 개를 걸고 시위를 힘차게 당겼다. 조각상처럼 꼼짝 않던 백록이 별안간 휙 긴 목을 돌렸다. 달려오는 백마를 맞이하듯 사슴이 앞발을 높이 치켜들었다. 태자가 말 위에서 이미 활시위를 당기고 있었다.

"쏴!"

한 사냥꾼의 속삭임과 함께 그와 그 옆의 동료가 시위를 놓았다. 핑. 밀의 화살들도 날아갔다. 태자의 활은 이미 빈 상태였다.

쉭쉭. 신선한 나무 냄새 가득한 공기를 가르며 백록을 중심으로 세 방향에서 동시에 화살이 날아들었다.

"그 천은 뭐냐?"

흥안은 바로 옆에서 말을 모는 누이를 보며 웃음을 깨물었다. 하늘거리는 얇은 연자줏빛 사라(紗羅:성기게 짠 비단)를 장방형으로 잘라 두 모서리를 양쪽 귀에 건 안학의 눈 아랫부분이 보이지 않았다. 코와 입을 가린 모습이 은은하니 신비롭고 아름다워 보이기도 했지만, 풍속이 아니어서 한편으로는 우습기도 했다.

"넘어져서 코가 깨지기라도 했니?"

"서역에서 온 무희가 말하길 그곳에서는 여자들이 이런 가리개를 쓴대요. 보기에 멋스러워 한번 해 봤어요."

안학이 새침하게 대답하자 가까이 있던 불해가 실속 없이 끼어들었다.

"아주 잘하셨습니다. 공주님의 두 눈만 보아도 이리 눈부신데, 비단으로 가리지 않으셨다면 젊은이들이 그 광채를 어찌 견디겠습니까. 모두 넋을 잃고 사냥하는 것마저 잊어버릴 것입니다."

"뭐, 그럴 수도 있겠군."

불해의 아첨에 피식 웃은 흥안이 태루를 넌지시 보며 말했다.

"공주를 보느라 조의두대형부터 사냥은 안중에도 없는 듯하니……."

"아, 그것이……. 송구합니다."

안학의 뒤에서 태루가 얼굴을 붉혔다. 그는 정말로 황홀하니 공주에게서 눈을 떼지 못하던 참이었다. 태자의 지적에 당황한 태루는 더 이상 공주를 보지 못하고 눈을 내리깔았다. 청년은 공주에게서 말을 한참 뒤로 물리기까지 했다. 멀어져 가는 그를 돌아보고 흥안이 실소하며 말했다.

"농담이다. 도망가지 마라."

아니라고 잡아떼는 것이 보통일 텐데 단박 인정해 버리다니. 게다가 어쩌면 저렇게 부끄럼을 잘 타는지, 순진하다 못해 어수룩하다. 저런 아이에게 이 노회하고 간교한 늙은이와 같은 피가 흐른단 말이지. 손자에게 얼른 오라고 눈짓으로 재촉하는 불해를 보며 홍안은 속으로 혀를 찼다. 인간은 정말 불가사의해서 태생과 환경만으로는 그 성품을 온전히 파악하기 어렵다. 그건 자신과 나란히 말을 걸리는 누이도 마찬가지. 지금 그가 던진 농담을 못 알아들은 건지, 아니면 못 들은 척하는 건지 무심하게 앞만 보는 안학에게선 냉랭한 기품이 서렸지만, 어젯밤의 그녀는 지금과 또 달랐을 터. 홍안은 누이동생 쪽으로 말을 더욱 가까이 붙여 나직이 속삭였다.

"그저 멋을 내고 싶었단 말이지? 나는 네가 어젯밤 궁의 담을 넘다가 발을 헛디뎌 코가 깨진 줄 알았다."

"제가 왜 담을 넘지요, 오라버니?"

태연스레 대답했지만 안학의 목소리가 미세하게 흔들렸다. 홍안이 어깨를 으쓱했다.

"아니면 얼굴을 감춰야 할 이유가 있다거나."

"제가 왜 얼굴을 감추려고 하겠습니까?"

"이 사냥 대회에 참가한 사내들 중 다수는 어제 성중 잔치를 즐겼겠지. 그중 오늘 공주의 얼굴을 보면 어젯밤 만난 처녀와 닮았다고 의아해하는 자가 적어도 하나는 있지 않겠니?"

그제야 안학은 오빠 쪽을 돌아보았지만 정면으로 눈을 맞추지는 못했다.

"어떻게……, 똑같이 생긴 사람이 세상에 둘이나 있겠습니까?"

"안학."

그녀의 오빠가 엄격히 불렀다.

"어젯밤 네 궁을 지키던 호위병들이 졸며 근무를 태만히 하였다. 나는 군인답지 않은 군인을 가장 싫어한다."

"오, 오라버니!"

안학의 낯빛이 파랗게 질렸다.

"제 잘못입니다. 그들은 제가 내린 밤참을 거절할 수가 없었습니다. 제가 거기에……."

"그래, 호위병들에게 약을 먹여 재운 것은 지나쳤다."

"네, 정말 어리석은 짓이었습니다. 하지만 잠시 성내 구경을 하고 싶다는 제 청을 오라버니가 들어주었더라면 그렇게까지 하지는 않았을 거예요."

"그래서 허락도 없이 궁을 나갔느냐? 평민들의 놀이를 구경하기 위해서?"

"귀족 처녀들도 그 정도는 합니다. 오라버니는 제게 이젠 신통력 따위와는 무관하게 여느 처녀들처럼 살게 해 주겠다고 하셨어요."

"여느 공주들처럼 살게 해 주겠다고 했다. 공주는 여느 처녀가 아니야! 비녀婢女 하나 거느리지 않고 밤늦게 거리를 쏘다니는 공주가 있을 수 있느냐? 네겐 공주로서 지켜야 할 법도와 책무가 있다. 그걸 제대로 다하지 않고서는 공주랍시고 민인이 바치는 곡식을 먹고 비단을 걸칠 자격이 없어. 네가 민가의 처녀들처럼 제멋대로 행동하고 싶다면 아예 궁을 나가 그들처럼 사는 게 마땅하다. 너는 내게 성현의 말씀을 들먹여 옳고 그름을 가르치지 않았느냐. 네 스스로에게는 어떠하냐?"

"잘못했습니다."

안학은 진심으로 고개를 숙였다. 흥안이 한숨을 길게 내쉬었다. 지난밤 내내 비어 있는 궁에서 그가 얼마나 불안하고 초조한 시간을 보냈는지 누이가 알까? 혼담이 오고갈 만큼 자랐지만 속은 아직 어린애다.

"그렇게 애써서 본 평민들의 잔치는 재미있었니?"

서릿발이 섰던 그의 목소리가 부드럽게 녹았다. 안학이 눈을 들어 보니 비록 어이없어 뱉는 헛웃음이었지만 오빠가 웃고 있었다. 그녀가 가만가만 고개를 끄덕이자 흥안이 짐짓 유쾌하게 말했다.

"다음엔 같이 가자. 너 혼자는 안 돼."

"오라버니……."

놀랍기도 하고 기쁘기도 해 안학은 말을 잇지 못했다. 오빠가 이렇게 관대하게 나올 줄은 몰랐다. 아니, 오라버니는 원래 이런 사람이야. 겉으로는 냉정하고 엄격하고 교활해 보이지만 사실은 따뜻하고 다정한. 어릴 적, 그녀를 누구보다도 아껴 주고 사랑해 주던 오빠가 아닌가. 그녀가 누구보다도 존경하고 사랑하던 오빠가 아닌가. 그랬기에 오빠가 부탁하는 모든 것을 순순히 들어주었던 것이다. 다음엔 같이 놀러 가자며 장난스런 웃음을 머금은 오빠를 보며, 안학은 어떤 의혹이나 갈등도 없이 그저 신뢰와 애정만으로 가득했던 어린 시절로 되돌아간 듯

한 행복을 느꼈다. 그녀의 밝아진 눈빛에 오빠도 만족스레 미소했다.

"그래, 신분을 숨기고 야행해서 겪어 본 국내의 사람들은 어떻더냐?"

"국내의 사람들은 물론이고 외부에서 온 젊은이들 모두 오늘 사냥에 크게 기대를 걸고 있었어요. 태자님 앞에서 갖은 재주를 다해 인정을 받고 싶다는 의욕으로 가득 차 있었죠."

"……그래?"

어쩐지 별로 달가워하지 않는 홍안의 어조에 안학이 한층 진지해졌다.

"사냥 대회는 훌륭한 군관과 병사를 뽑기 위한 시험장이잖아요. 그들이 들뜬 게 당연하죠. 오라버니에게도 유능한 전사를 발굴할 좋은 기회일 텐데, 기대되지 않나요?"

"글쎄."

"무슨 뜻입니까? 여기 참가한 수많은 사람들의 희망 따윈 염두에 없다는 뜻입니까? 오라버닌 오직 백록만 잡으면 끝인 건가요?"

시큰둥한 오빠에게 화가 난 안학이 목소리를 낮춰 따지고 들자 홍안이 눈살을 찌푸렸다. 그는 불해 등에게 들리지 않도록 속삭이듯 작게 말했다.

"그렇다. 이 사냥 대회는 그 외의 의미가 없어."

"어째서요?"

"알아본 바에 의하면, 국내에서 열리는 사냥 대회는 수년 동안 한 명이 일등을 차지했고 나머지는 성적이 형편없었다. 평민 중에서 재능을 인정받아 발탁된 예도 없어. 조작이 있다는 얘기다. 본래는 우수한 전사를 뽑는 목적으로 실시되는 대회가 맞지만 여기선 몇몇 귀족들의 여흥으로 전락해 버렸다. 오늘도 예외가 아닐 터. 공정하지 않은 시험에 기대가 없는 건 당연하지."

"모든 사람들이 미리 짜고 사냥에 임한다는 말인가요? 어떻게 그럴 수가 있겠어요. 제가 어제 본 사람들은……."

"그들은 재주를 발휘할 기회가 아예 없을 것이다."

"누가 그런 짓을? 그걸 그냥 내버려둘 작정이세요?"

"사냥 대회는 군인들의 시험장이기도 하지만 천신과 지신께 바치는 잔치이자 의식이기도 하다. 이곳 민인들을 위로하러 온 우리들이 그걸 망칠 수 있겠니? 그리고 국내의 대귀족들과 이런 대수롭지 않은 일로 다투며 내 심중을 드러내고 싶지 않다. 그들에겐 그들에게 걸맞은 대접이 따로 있어."

"그럼 오늘 온 사람들은요? 오라버니가 말하는 이런 대수롭지 않은 일에 자신의 전부를 건 사람들은 어떻게 하죠? 그 사람들은 누구에게 억울함을 호소합니까?"

"이곳도 머지않아 대왕의 정대한 다스림이 미칠 것이고, 그러면 이전의 기상을 회복할 거다. 그때까지는 작은 희생이 불가피하다."

"오라버니, 어떻게 그런……."

안타까워 작게 부르짖는 안학에게 흥안이 눈을 지그시 한

번 끔적해 보였다. 그 얘기는 그만두라는 뜻이다. 마침 더 가까이 다가온 불해와 태루 때문에라도 남매의 대화는 계속 이어질 수가 없었다. 그들은 다른 귀족들과 더불어 언덕 위에 미리 쳐 놓은 붉은색 천막 쪽으로 향했다. 곧 부우, 나각 소리가 울렸다. 흥안이 천막 앞으로 나서자 안학을 비롯한 귀족들이 그 뒤에 병풍처럼 늘어섰다. 그들은 언덕 아래 흩어져 있는 청년들을 위엄 어린 눈길로 내려다보았다. 말을 탄 사냥꾼들은 태자의 신호만 기다리며 당장이라도 출발할 자세를 갖췄다.

"오늘따라 참가자들이 무척이나 많습니다. 태자님과 더불어 사냥할 수 있는 기회인데, 그 황공스러운 은혜를 입고 싶지 않은 자가 어디 있겠습니까."

불해가 또 살살거리며 나서자 그 뒤에 선 귀족 하나가 금방 배워 불해에게 눈웃음쳤다.

"아무리 참가자들이 많다 한들 태루님 한 명을 당하겠습니까. 열다섯이 넘으면서부터는 단 한 차례도 일등을 놓친 적이 없는 태루님인걸요."

그 말을 들은 것일까, 안학이 처음으로 태루에게 눈길을 돌렸다. 겸손한 태루는 다른 이들의 칭찬에 늘 멋쩍은데 공주가 돌아보니 더욱 쑥스러웠는지 그의 낯에 다시 열이 올랐다. 부끄러운 한편으로 그는 공주의 신랑감으로서 일정한 자격을 갖춘 것을 다행스럽게 여겼다. 공주가 자신을 그녀에게 어울릴 남자로 보아 줄까? 비록 공주의 얼굴을 마주 보지는 못하지만 자신을 바라보는 그녀의 눈길을 똑똑히 느끼는 태루의 가슴이 일렁일렁 설렜다. 오늘은 그녀의 눈앞에서 최고의 모습을 보일 테다! 말고삐를 쥔 그의 손에 힘이 들어갔다.

이 남자 때문에 무고한 청년들이 수년 간 공정하지 못한 시험을 치렀구나. 안학의 눈동자에서 냉기 어린 불꽃이 일었다. 지난밤 그녀를 둘러싸고 즐겁게 해 주겠다며 경쟁적으로 노래를 부르고 춤을 추던 젊은이들이 생각났다. 그들은 모두 사냥대회에서 자신들이 단연 두각을 보이리라 호언했었다. 과장된 장담이었겠지만 열정만은 한 명도 예외 없이 일등감이었다. 그리고 국내성 삼면을 둘러싼 산의 짐승을 죄다 잡겠다던 밀. 태자의 전사가 되기 위해 손꼽아 이날을 기다렸을 그를 생각하면 안학은 그저 마음이 아프다.

'불쌍한 사람들!'

그녀는 사냥꾼들을 주욱 훑어보는 오빠에게 살며시 속삭였다.

"오라버니는 부정한 의도로 참가한 자들과 그렇지 않은 자들을 구별할 수 있을 테지요. 또한 훼방을 받아 제 기량을 다 발휘하지 못하더라도 재주가 있는 자를 식별할 수 있을 거예요. 오늘 저들 중에서 그런 사람을 발견하면 오라버니의 군관으로 삼아 주세요."

"나는 신이 아니다, 안학."

그녀의 오빠가 실소했다.

"아무리 노련한 사냥꾼이라도 짐승을 놓칠 수 있고, 뜻하지 않게 다른 이의 길을 막을 수 있다. 설사 구별을 한다고 해도……, 저자들은 대개가 농사일을 겸하는 평민들이다. 공자들은 말할 것도 없고 귀족 가문에서 훈련된 사병들과 겨루기에도 벅차지."

"그래도 눈에 띄는 사람이 있을지도 몰라요. 미리 단정하고 허술히 관람하지 말아 주세요."

"눈에 띄는 사람이라……. 저런 사내 말인가?"

오빠의 시선을 좇아 언덕 아래를 훑어보던 안학의 눈이 확 커졌다.

'밀!'

오빠가 손가락으로 가리킨 것도 아니었지만 그녀는 홍안이 밀을 보고 있음을 대번에 알아챘다. 그녀의 눈에도 밀만큼 눈에 띄는 사람이 없었으니까. 아는 얼굴이어서만이 아니었다. 모두가 고개를 숙이는 데 반해 혼자서 빳빳이 목을 세우고 있어서만도 아니었다. 그에겐 누구에게라도 눈에 띌 만한 무언가가 있었다. 안학이 연하게 웃으며 중얼거렸다.

"네, 이를테면 저런 사람이요."

"쉽게 잊힐 얼굴은 아니군. 게다가 무례할 정도로 간이 크고."

홍안의 한쪽 눈이 일그러졌다. 입에 걸린 미소를 보면 화가 난 것은 아니다. 안학이 밀을 위해 살짝 변명했다.

"태자님에게 반해 잠시 예의를 잊은 거예요. 너그러이 용서하세요."

"그 정도에 발끈하지 않는다."

흥안이 담담하니 고개를 돌렸다.

"저런 사람들도 꼭 보아 주세요, 오라버니."

밀에 대한 오빠의 관심이 삽시간에 사라져 버리자 안학은 다시 한 번 다짐을 두었다. 그러나 그녀의 말은 불해의 카랑카랑한 목소리에 덮였다.

"태자님, 이제 시작을 알릴 시간이 되었습니다."

흥안이 고개를 끄덕였다. 싱글거리는 불해의 눈짓에 그는 태루를 격려하는 것을 잊지 않았다.

"태루, 알고 있겠지? 오늘은 일등 한 이에게 안학공주가 상을 내린다."

"예⋯⋯, 예!"

안학이란 이름에 고무된 것인지 아니면 위축된 것인지, 청년이 수줍어하며 짧은 대답마저 더듬었다. 흥안은 그를 딱하게 건너다보았다. 알고 있다. 이 청년이 비록 조작을 통해 국내 제일의 사내라는 명성을 얻은 장본인이지만, 그 자신은 조작을 꾀하지도 그런 조작을 용납하지도 않을 위인이라는 것을. 그런 조작이 없더라도 우승할 만큼 충분히 훌륭한 재능을 소유하고 있다는 것을. 심지어는 그런 조작이 제 뒤에서 일어나는 줄도 모르고 앞으로만 달려왔다는 것을. 그를 영웅으로 만들기 위해 물밑에서 온갖 부정을 마다않는 조부의 실체를 모르고 진심으로 사랑하고 존경한다는 것을. 의심할 줄 모르는 자여, 순결하고 아름다우나 어리석다. 무지는 공모와 같은 배에서 태어난 쌍둥이. 너도 모르는 사이 넌 네 조부에게 동조하고 있다.

'너는 왜 네 할아비와 다른 족속인 것이냐? 왜 하필이면 우씨 가문에서 태어난 것이냐?'

흥안이 손을 치켜들었다. 나각과 북이 대회의 시작을 알리자 태루가 단숨에 언덕 아래로 질주했다. 그를 쫓아가는 귀족 청년들은 대번에 뒤로 처졌다. 흥안은 쓰게 입을 다셨다.

'네가 네 할아비의 손자가 아니었다면 참으로 좋았을 것을.'

흥안은 벌판을 질주하여 아래에 있던 사냥꾼들마저 제치고 선두에 선 태루를 눈으로 쫓았다. 그리고 곧 그의 눈에 태루와 더불어 또 한 사람이 들어왔다.

"보세요, 오라버니! 아까 그 사람이에요!"

"보고 있다."

누이동생의 환성에 짧게 대답한 흥안은 누이보다 더 흥미롭게 태루를 앞지른 사내를 지켜보았다. 그리고 태루가 노리던 노루를 보란 듯이 먼저 명중시킨 사내의 민첩한 솜씨에 감탄했다. 누구지, 저자는?

'그는 밀이에요, 오라버니.'

안학은 밀을 눈여겨보는 오빠가 기꺼워 속으로 말했다.

'저런 사람을 오라버니의 사람으로 뽑으세요. 가문이나 지위에 구속되지 말고요.'

그녀는 태루와의 대결에서 먼저 이긴 밀이 자랑스러웠다. 그에게 특별한 호감을 품은 건 아니지만, 불공정한 대회에서 승자가 될 수밖에 없는 고추대가의 손자를 제친 그를 저절로 응원하게 된 것이다. 그가 잡으려던 멧돼지를 태루가 선수 쳐 쓰러뜨리자 그녀는 저도 모르게 불끈 주먹을 쥐기도 했다. 엎 치락뒤치락 선뜻 우세를 점칠 수 없는 두 사람의 치열한 경합 을 숨죽이며 관찰하는 그녀의 손바닥에 땀이 고였다. 달려요, 밀, 달려! 오라버니 앞에서 국내 사람들도 깨끗한 승부를 한다 는 걸, 평민도 귀족을 이길 수 있다는 걸 증명해요! 그녀는 두 손을 꼭 맞잡고 밀을 열렬히 성원했다.

저놈은 도대체 뭐지? 불해의 흰 눈썹이 신경질적으로 휘어 졌다. 그의 손자는 평소만큼, 아니, 평소보다 훨씬 잘하고 있 다. 모든 이의 주목을 받기에 부족함이 없다. 그런데 어디서 솟았는지 모를 사내가 마땅히 손자에게 쏠릴 시선들을 가로 채 버렸다. 실력이 엇비슷하면 본래의 강자强者보다 새로운 도 전자에 사람들이 집중하는 법이다. 그 도전자가 별 볼 일 없는 무명의 평민이라면 더욱더. 밀을 노려보는 불해의 눈이 가늘 어졌다.

'그놈이다.'

불해는 길거리에서 그의 가슴을 선뜩하게 내려앉혔던 밀을 기억하고 있었다. 반백 년이 넘도록 잊지 못할 그 얼굴과 너무 도 닮은 얼굴을. 밀이 태루를 추월하는 것을 보고 불해는 헉, 그만 숨이 막혔다. 순간적으로 시간이 몇십 년을 거꾸로 흘러 백두산 남쪽 기슭을 내달리던 젊은 시절의 자신이 보였다. 그 리고 그를 쉽게 따라잡고 앞질러 버린 그 얼굴이 보였다. '이기 고 싶니? 그럼 이겨 봐!'라고 말하는 것처럼 한쪽 눈을 찡긋하며 밝게 웃던 그 얼굴. 맙소사, 내가 어떻게 된 거야! 불해는 머릿속을 채우는 옛 동무의 얼굴을 털어 내듯 고개를 푸르르 흔들었다.

'그런 일은 있을 수 없다. 그 핏줄은 내 손으로 끊었어!'

달갑지 않은 기억이 살아난 것은 순전히 태루가 무명의 촌놈에게 밀리기 시작했기 때문이다. 누구 못지않게 잘났던 불해를 밀어내고 칭찬과 주목을 받았던 그의 동무처럼 국내 제일의 사내인 손자보다 더 많은 관심을 한순간에 끌어낸 저놈 때문이다. 태자와 공주는 물론 불해의 세력권 아래 있는 군소 귀족들까지 그놈을 보며 연방 '호!' 감탄사를 내뱉고 있었다. 불해는 흠, 헛기침으로 사냥에 쏠려 있는 태자의 주의를 환기시켰다.

"태자님, 이제 수신의 동굴로 가실까요?"

"그럽시다."

불해의 예상보다 훨씬 선선하게 홍안이 대답했다. 밀에 대한 흥미를 벌써 잃어버린 듯 가뿐하게 말 머리를 돌려 언덕을 내려가는 오빠를 안학이 쫓아갔다.

"좀 더 보세요, 오라버니."

"볼 만큼 봤다."

"저 정도 실력이라면 오라버니의 군관이 될 수 있지 않은가요?"

"흠."

긍정인지 부정인지 알쏭한 콧소리가 났다. 그러나 안학은 무심해 보이는 오빠의 옆얼굴에서 지극한 만족감을 읽었다. 내 느낌이 틀림없어. 오라버니는 밀을 기억한 거야. 얇은 비단 아래로 그녀가 소리 없이 웃었다.

호위들이 앞뒤로 둘러싼 태자와 공주의 뒤를 불해를 비롯한 귀족들이 따랐고, 그보다 많이 떨어져서 일반 평민들이 느릿느릿 쫓아갔다.

태자 일행이 향한 곳은 수신의 동굴, 곧 고구려의 고유한 토지신을 모신 곳이다. 압록강에서 멀지 않은 이 동굴은 높이가 어른 키의 세 배가 훨씬 넘고 폭은 그 세 배가 넘었는데, 평탄한 내부와 궁형의 지붕이 웅장하여 신의 거주지다웠다. 동굴 안에는 나무로 만든 신상을 두었는데 동굴의 신, 즉 수신이라 불렀다. 동굴의 앞에는 넓은 평지가 있어 그곳에서 때마다 제사를 지낸다. 동굴을 찾아가는 길에 홍안은 수많은 봉우리로 이루어진 백두산의 산세를 아득한 눈으로 올려다보았다.

"안학, 백두산이다. 모든 산들이 시작되는 성지지."

"말로만 듣던 영산이로군요. 저 흰 꼭대기에 큰 호수가 있어 기기묘묘한 봉우리들이 병풍처럼 감싸고 있다 합니다. 저곳에서 별을 보는 것이 어릴 적 소망이었습니다. 고구려에서 가장 높은 곳에서 보는 별은 얼마나 크고 아름다울까요."

그를 따라 산을 바라보는 누이가 꿈꾸듯 중얼거려 홍안은 입을 비죽였다.

"별이라. 너다운 바람이다. 넌 항상 높고 멀고 잡히지 않을 것에 마음을 빼앗기지. 나는 저기에서 환상이 아닌 현실을 본다."

"현실이라니, 어떤 것입니까?"

"북방의 유연에서 들여오는 말들을 저곳에서 훈련시키는 것을 알고 있니?"

"그럼요. 북방의 말들을 차츰 남쪽으로 옮기면서 땅과 물에 익숙해지도록 훈련하여 강남까지 보내지 않습니까. 그 목장들 중 가장 큰 곳이 저곳이라는 것 정도는 저도 압니다. 처음 이 땅엔 말이 없었는데, 추모성왕께서 부여에서 이곳으로 와 백두산에 올랐을 때 수혈(隧穴:수신의 동굴)에서 말이 쏟아져 나왔다고 해서 여기 사람들이 백두산을 마다산馬多山이라고도 부른다지요. 그 이름에 걸맞은 목장이라고 들었습니다."

"맞다. 장수대왕의 치세 이래로 유연에게 곡물을 주고 사들인 말들을 여기서 전마戰馬로 훈련시켜 강남에 수백 마리씩 비싸게 팔고 있다. 그 대가로 고구려의 물자가 풍족해진 것이다. 그러니 이곳의 말들은 소중한 고구려의 재산이며 왕실의 든든한 재원이다. 그 말들로 민인들을 먹이고 군사를 키운다. 그런데 많은 말들이 중도에서 사라지고 있다. 새로운 땅에 적응하지 못하거나 훈련을 제대로 따라가지 못하는 말들은 먹이를 축내지 않도록 도살하는데, 그 수효가 너무 많아졌어. 누군가가 착복한다는 의미지."

"국내의 귀족들이?"

"아마도."

144

안학의 가느다란 한숨에 얼굴을 두른 연자줏빛 사라가 팔랑거렸다. 홍안이 웃으며 누이에게 속삭였다.

"한숨 쉴 것 없다. 그런 현실을 바꾸려고 내가 여기 온 거니까."

"현실을 바꾸려는 첫 번째 시도가 서상을 보여 주는 거라니, 그다지 현실적이지 못하네요."

'글쎄.' 하듯 홍안이 콧잔등을 찡긋했다.

"사람들은 천신을 믿고 계시를 받들며 구징(咎徵:하늘이 내리는 재앙이 있을 징조)을 두려워하고 서상에 기뻐한다. 그들에게 맞춰 민심을 조종하는 것이 진정으로 현실적인 것 아닐까?"

"왜 아니겠습니까?"

오빠를 이길 수 없는 안학이 쌀쌀맞게 반문했다. 홍안이 빙그레 웃으며 물었다.

"네 친구 사슴이 불쌍하니?"

"제겐 공주로서 지켜야 할 법도와 책무가 있으니, 제물이 될 짐승을 가엾이 여겨 태자님께 반발한다면 공주랍시고 궁에 살 자격이 없을 거예요."

"안학."

빈정거리는 누이를 홍안이 다정하게 불렀다.

"약속하마. 네 사슴은 죽지 않을 것이다. 치명적인 상처는 결코 입히지 않으마. 제물로도 쓰지 않고, 네가 공주궁의 정원에서 치료하며 기르도록 해 주겠다."

'정말이요?'라고 묻듯 안학의 눈이 동그래졌다. 오늘 그녀의 오빠는 몇 번이나 그녀를 놀라게 하는지! 홍안이 고개를 끄덕였다.

"너는 백록을 놓아주고 싶었지만, 그리고 놓아줄 수 있었지만 그러지 않았다. 지금도 내 계획에 찬동하지 않으면서도 거역하지 않고 나를 돕고 있다. 그 마음에 어찌 깊이 감사하지 않을 수 있겠니? 정직하지 못한 방법까지 쓰는 나를 이해해 달라고 하지는 않겠다. 그저 네 마음의 상처를 조금이나마 위로하고 싶을 뿐이다."

"오라버니, 저는……."

안학의 눈가가 붉어졌다.

"……죄송하게도 평양을 떠나온 후로 내내 오라버니를 원망했습니다. 그래서 번번이 심술을 부렸습니다. 망령되이 혼자 궁을 빠져나가 야행을 했습니다. 아무래도 제가 너무 어렸습니다……."

"당연한 일 아니겠니. 너는 늙어 죽을 때까지 나보다 어릴 테니까."

온화하게 웃는 오빠에게 거듭 감동하여 안학은 가슴이 뭉클했다. 얼굴을 온통 가려 표정이 보이지 않았지만 홍안은 누이의 마음을 다 짐작할 수 있었다. 여자란 참 쉽게도 감격하는구나. 그는 누이의 새까만 눈동자에 깃든 감사와 사랑과 존경이 섞인 따뜻한 빛에서 그만 시선을 돌렸다. 우불해와 그의 일가, 그들에게 동조하는 귀족들을 일소하는 데에 그가 그녀를 정략적으로 이용할 계획을 세우고 있다는 것을 알면, 그녀는 지금과 똑같은 눈으로 오빠를 볼까? 그럴 리가 없지. 흥안은 속으로 쓴웃음을 삼켰다.

'안학, 지금 마음껏 감사하고 즐거워해라. 오라비의 사랑을 느끼고 행복해해. 얼마 안 가 나는 널 실망시키고 분노케 하겠지만 그건 내가 널 아끼지 않아서가 아니다. 하지만 내가 널 아낀다고 해서 내 계획을 철회할 수도 없어. 나는 네 오빠이기 이전에 고구려의 태자이니까. 그리고 넌 마땅히 내 계획에 따라야 한다. 네가 내 누이여서가 아니라 공주이기 때문이다.'

그럼에도 누이에게 미움받고 싶지 않은 이 마음은 뭘까? 흥안은 태루와의 혼담이 안학의 귀에 들어가지 않도록 궁인들에게 각별히 주의를 준 자신의 조바심이 우스웠다.

'군왕은 사랑받고자 그 자리에 있는 것이 아니다. 미움과 증오를 살까 두려워 제 의지를 관철시키지 못한다면 어찌 남의 위에 설 수 있겠는가? 군왕은 형제의 우애를 위해 자신을 굽히지 않는다. 복종하는 형제에게 우애로이 대하는 것이 군왕이다. 그러니 안학, 내가 널 계속 사랑하고 아낄지를 결정하는 사람은 내가 아니고 바로 너다.'

흥안의 눈빛이 냉정하게 가라앉았다. 오빠의 속마음을 읽지 못하는 안학이 환하게 웃으며 전방을 가리켰다.

"보세요, 오라버니. 수신의 동굴이에요!"

신의 보금자리가 장엄한 입구를 크게 벌리고 그들을 맞이했다. 내부에 천 명이 들어가고도 남는다는 그 동굴은, 매년 10월 동맹 때 국왕이 친제(親祭:임금이 몸소 제사를 지냄)했던 성스러운 장소로 고구려인들에게 의미가 각별했다. 이제는 사무가 섭사(攝祀:대신하여 제사를 지냄)하지만, 사무가 국왕의 대리라는 점에서 수신에 대한 신앙은 여전히 견고했다.

수신은 고구려의 시조모 유화부인으로, 중국의 사직(社稷)과는 다른 고구려의 토지신이다. 중국에서는 고구려가 그들을 모방해 제사를 지내되 유교적 예제(禮制)에 어긋나니 음사(淫祀:부정한 신에게 제사를 지냄)라 깎아내리지만, 고구려는 자신들의 고유한 신을 고유한 방식으로 모시는 것에 무한한 긍지를 가지고 있었다. 수신의 동굴은 그런 고구려인들의 긍지가 오롯이 모인 고구려인의 정신적인 고향이었다. 그 고구려인의 성지를 말로만 듣다가 직접 눈으로 보았으니, 안학이 기쁜 탄성을 낸 것도 무리는 아니었다.

홍안은 맥궁의 끄트머리를 손가락으로 쓱 훑었다. 흥분한 누이와 달리 그는 착 가라앉은 눈으로 동굴의 어둑한 입구를 응시했다. 잠시 후면 동굴의 반대편에서 그의 부하들이 백록을 이편으로 몰아 보낼 것이다. 그를 따라온 귀족들과 평민들 앞에서 신성한 동굴에서 뛰쳐나온 신성한 사슴을 잡으면 오늘의 사냥은 정점을 찍고 마무리될 것이다. 그와 안학을 제외한 사람들이 모두 말에서 내리기 시작했다. 다들 각각의 자리를 잡아 경건하게 옷매무시를 가다듬고, 흩어진 사냥꾼들이 신호에 맞춰 속속들이 집결하기를 기다리던 바로 그때였다.

삐익, 우는살이 다급하니 허공을 찢는 소리가 났다. 동굴 안에서 짐승이 뛰쳐나오는 대신 산 저편에서 어수선한 소음이 들렸다.

"흰 사슴이다!"

"백록이 나왔다!"

동굴 앞에 서 있던 사람들뿐 아니라 산 전체가 술렁였다. 뜻
밖에 출현한 상서로운 짐승이 백두산에 모여든 사람들을 단박
에 흥분시켰던 것이다. 물론 그 백록은 하늘에서 내려온 게 아
니라 흥안의 부하들 손에서 탈출한 것이다. 태자의 유능한 수
하들도 드물지만 실수를 할 때가 있다. 그것도 아주 중요한 순
간에. 그들은 누구의 눈에도 띄지 않도록 조심스럽게 백록을
옮기다가 목적지에 거의 다다를 무렵 짐승을 놓쳤다. 태자의
품으로 곧장 뛰어들어야 할 백록이 사냥꾼들이 우글거리는 산
속으로 도망가 버린 것이다.

"오라버니."

안학이 당황스런 얼굴로 오빠를 돌아보았다. 눈이 약간 가
늘어지긴 했지만 흥안의 표정엔 별다른 변화가 없었다. 오히려
그는 누이동생의 걱정 어린 시선을 마주하고 안심하라는 듯 희
미하게 웃었다.

"괜찮다, 안학. 나도 사냥을 좀 할 줄 안단다."

그는 지체 없이 백마의 배를 걷어찼다. 수신의 동굴을 우회
하는 좁은 길의 우거진 나무들 사이로 태자가 사라지자 사람들
이 저마다 크게 떠들어 댔다.

"훌륭한 임금님이 오실 징조다. 장수대왕께서도 흰 노루를
잡으신 적이 있다지!"

"태자님이 가셨어!"

"장수대왕의 재래라더니, 태자님이 잡으시겠구먼."

"누가 잡더라도 태자님께 바쳐야 하지 않아?"

"그래도 백록이 누구 앞으로 가느냐는 중요하지. 그 사람이 남다르니까 백록이 잡혀 주는 거라고."

불해는 긴급히 손짓을 했다. 태루를 도우러 대회에 참가한 사병들 외에 그를 지키려고 남은 이들 중 제일 높은 자가 다가 왔다.

"백록을 태루 쪽으로 몰아서 반드시 태루가 잡도록 도와라. 짐승이 태자의 손에 들어가지 못하도록 막고, 혹여 태자가 쏠 것 같거든 태자보다 먼저 짐승을 쓰러뜨려. 절대 태자가 직접 백록을 잡지 못하도록! 공을 세운 자에게는 절풍 가득 황금을 담아 주겠다. 다른 애들에게도 그렇게 전해, 어서!"

불해의 지시를 받은 이가 은밀하게 우씨 가문의 병사들을 불러 모았다. 그들은 소란스러운 무리의 틈에서 가만히 빠져나와 재빨리 숲 속으로 사라졌다. 그들은 자기들끼리 신호를 교환하는 한편 태자와 다른 사냥꾼들을 교란시키기 위해 여러 방향에서 우는살을 쏘아 댔다.

동굴의 뒤편에서 달려오는 수하들과 만난 홍안은 그들을 질책하지 않았다. 백록이 달아난 방향만을 묻고 대답을 들은 뒤 그는 곧장 말을 달려 사슴을 쫓았다. 나무들 틈새로 얼핏얼핏 사냥꾼들이 보였다. 사냥꾼들 모두가 잡아 놓은 짐승들을 내버려둔 채 서두르고 있었다. 그들이 무엇을 찾아 달리는지는 묻

지 않아도 명백했다. 모두 흥안과 같은 목표물을 향해 질주하
는 중이었다. 흥안은 단숨에 그들을 따돌리고 우는살의 소리를
더듬어 산속 깊이 파고들었다. 향전(響箭:우는살)이 여기저기서
남발되고 있었다. 그 의미를 깨달은 흥안의 입가에 비릿한 미
소가 퍼졌다.

"늙은이가 손자에게 백록까지 안겨 주려 하는구나. 오늘을
진정 태루의 날로 만들고 싶겠지만……."

그는 잠시 숨을 고르고 주변 사냥꾼들의 움직임에 귀를 기
울였다. 몇몇이 한곳에서 부산스레 나와 뿔뿔이 흩어졌다. 그
들이 불해의 사병들임을 알아챈 흥안은 곧 가야 할 방향을 잡
았다.

"……네가 무엇을 꾀하든 나는 다 알고 있다, 불해."

흥안은 말의 달리는 속도를 습보襲步로 올렸다. 멀리 불뚝
솟은 기암괴석 위에 흰 꽃처럼 피어난 백록이 보였다. 다행이
짐승은 아직 누구의 화살도 더럽히지 못한 청정한 상태였다.
흥안은 속도를 조금도 늦추지 않은 채 맥궁을 들었다. 백록이
갑자기 그를 향해 고개를 돌렸다. 그가 올 줄 알았던 것일까?
사슴이 인사라도 하듯 깨끗한 앞발을 들었다. 흥안이 겨냥한
곳이 바로 그곳이었다. 그곳이라면 백록을 잡는 데는 문제가
없되 죽이지 않을 수 있었다. 그가 비좁은 과녁을 향해 활시위
를 놓는데 바위 밑 무성한 나뭇가지 사이에서 무언가가 반짝였
다. 숨겨진 화살촉이 가늘게 스며든 햇빛을 반사한 것이다. 흥
안은 자신과 마찬가지로 백록을 노리는 불순한 두 사람을 알아

보았다.

저놈들이! 홍안의 눈동자에 처음으로 당혹감이 번졌다. 그들의 위치에서 그가 보이지 않을 리 없으니 감히 태자의 사냥을 고의로 방해하는 죄를 물어 엄하게 다스려야겠지만 홍안의 머릿속을 스친 생각은 전혀 다른 것이었다.

'나는 백록을 죽이지 않겠다고 안학에게 약속했었다!'

그는 사냥꾼들의 화살이 사슴을 향해 곧장 날아가는 것을 보면서도 손쓸 도리가 없었다. 급한 마음에 비수를 뽑았지만 늦었다. 앞다리에 그의 화살을 맞아 펄쩍 솟아오른 사슴의 목, 혹은 몸뚱이에 또 다른 화살들이 연이어 꽂힐 것이다. 그러면 짐승의 목숨은! 이미 그의 재량에서 벗어난 문제였다. 부질없는 줄 알면서도 홍안은 비수를 날렸다. 그는 벌써부터 누이의 원망을 사고 싶지 않았다. 그런데…….

탁, 탁. 공중에서 두 번 둔탁한 마찰음이 났다. 그와 함께 사슴을 겨냥한 사냥꾼들의 화살이 힘을 잃고 투둑 땅바닥에 떨어져 내렸다. 떨어진 화살은 모두 넷. 홍안의 비수보다 먼저 사냥꾼들의 화살을 걷어 낸 화살들이 제3의 방향에서 날아왔던 것이다. 그 화살들은 사슴을 노린 게 아니라 태자를 방해하는 사냥꾼들의 화살을 받아치기 위해 쏜 것임에 틀림없었다. 태자의 비수가 빈 공간을 헤매다 뒤늦게 수풀 속으로 빨려 들어갔다.

'나를 도운 누군가가 있다!'

홍안의 날카로운 시선이 숲을 훑었다. 그는 수풀 속에서 부스스 일어나는 미지의 조력자를 금방 찾았다. 그 조력자는 아주 낯설지 않았다. 두 눈을 똑바로 뜨고 태자를 쳐다볼 정도로 간이 큰 그자의 얼굴은 쉽게 잊힐 얼굴이 아니었다. 게다가 지금도 무례하게 그와 마주 보고 서 있었다. 하루에 두 번이나 그의 눈에 띄는 사내라니! 그 사내가 태루를 앞질렀을 때 느꼈던 홍안의 흥미가 고스란히 되살아났다. 그가 밀에게 다가오라고 손짓을 하는데 갑자기 환호성이 쩌렁하니 울렸다.

"백록이 쓰러졌다! 밀, 해냈구나!"

"난 밀이 잡을 줄 알고 있었어! 밀은 국내 제일이 아니라 이젠 고구려 제일이니까!"

"쳇, 운도 좋은 녀석! 호랑이에 이어서 백록까지?"

밀에 못지않게 무례한 굴가와 애노, 그리고 사록이 태자의 목전에 툭 튀어나와 경쟁하듯 목에 핏대를 세웠다. 태자의 손짓에 수풀을 헤쳐 나오던 밀이 황급히 두 팔을 번쩍 들며 외쳤다.

"태자께서 백록을 잡으셨다! 만세!"

어라? 바위 위에서 파닥거리는 백록에게 성급히 다가가려던 굴가가 태자라는 말에 헉하고 멈춰 섰다. 백마를 탄 청라관靑羅冠의 왕자가 멀지 않은 곳에서 고개를 비스듬히 갸울이고 그들을 내려다보고 있었다. 사록이 눈치 빠르게 밀의 말을 복창했다.

"만세! 태자님께서 백록을 잡으셨다! 만세!"

사록은 팔을 번쩍 치켜들고 껑충껑충 뛰며 말을 덧붙이기까지 했다.

"장수대왕께서 백장을 잡으신 것처럼 태자님께서 백록을 잡으셨다! 만세!"

굴가와 애노가 만세를 따라 부르자 구요도 펄쩍펄쩍 뛰어오르며 고함을 질렀고, 한쪽에서 움츠리고 있던 사냥꾼 두 명도 합세했다. 만세를 불러 용서를 구하려 했음인지 마지막 두 명의 목소리가 제일 컸다. 그들의 함성이 달려오는 사람들에게 전해진 듯 곧이어 멀리서도 만세 소리가 들렸다. 대회 참가자들과 몰이꾼들이 속속들이 태자의 주변에 도착해 생포된 백록을 눈으로 확인하고 거듭 환성을 올렸다.

몇 명의 사냥꾼들과 더불어 뒤늦게 달려온 태루가 진심으로 기쁜 얼굴로 모두와 더불어 만세를 불렀다. 태루는 태자 가까이에 있는 밀을 보고 반갑게 다가가 그의 어깨에 손을 얹었다. 홍안에게 고하는 태루의 목소리가 꾸밈없이 밝았다.

"태자님, 이자가 오늘 대회의 일등입니다."

"내가 보기엔 그대도 나쁘지 않았다."

"아닙니다. 이자는 동료들을 구하고자 집채만 한 호랑이에게 몸을 던져 단칼에 그 큰 짐승을 해치웠습니다. 오늘 제가 잡은 사냥감을 모두 합해도 그에 미치지 못합니다."

'그래?'라고 묻듯 홍안이 밀을 바라보자 그가 단연히 고개를 저었다.

"저 혼자 잡은 짐승이 아닙니다. 여기 공자의 도움을 받았습니다."

"그렇지 않습니다. 도움이라고 할 정도는 아니었습니다. 순전히 이자의 힘으로……."

"아니, 여기 공자가 아니었더라면 제 목에 호랑이의 이빨이 박혔을 겁니다."

"둘 다 됐다."

흥안이 손을 들어 제지했다. 그는 귀여운 어린애를 보듯 서로 공을 돌리는 두 청년을 흐뭇하게 바라보았다. 그들은 흥안이 전혀 기대하지 않았던 이번 사냥 대회에서 건져 올린 의외의 보석이었다. 네 말이 맞았다, 안학. 흥안은 이 대회가 그의 유능한 전사를 뽑을 좋은 기회라고 했던 누이의 말을 늦게나마 인정했다.

마침 그의 누이가 귀족들과 함께 말을 몰아 그의 곁으로 왔다. 젊은이들이 공공연히 장수대왕의 재래라고 떠드는 가운데 불해를 비롯한 소수의 늙은 귀족들의 낯빛이 무겁게 가라앉아 있었다. 특히 불해는 손자 옆에 나란히 선 젊은이를 보고 불편한 기색을 감추지 못했다.

"안학, 혹 저자를 기억하겠니? 아까 네가 날더러 자세히 보라던 바로 그자다."

흥안은 다가온 안학에게 턱으로 밀을 가리키며 귀엣말로 속삭였다.

"저자가 네 사슴을 살렸다."

아아, 기억하고말고요. 얇은 비단에 감춰진 안학의 입가에 미소가 번졌다. 당신은 내 도움이 필요 없는 사람이었군요, 밀.

당신 스스로도 오라버니의 장수가 될 자격을 갖춘 사람이었어요. 안학은 공주에겐 일말의 관심도 없이 오직 태자에게 정신이 팔려 있는 밀을 뿌듯하니 바라보았다.

3. 재회

"여기가 우리 집! 정말 멋져요, 선인(仙人:고구려 관료 중 가장 낮은 관등)님!"

마당에 서서 집을 대강 둘러본 애노가 두 손을 맞잡고 서서 제자리에서 빙그르르 한 바퀴 돌았다. 감격에 겨운 그녀와 달리, 두 채의 작은 건물로 나뉜 집에 달린 모든 문들을 일일이 열어 보던 사록은 못마땅하니 눈알을 뒤룩뒤룩 굴렸다.

"뭐가 이렇게 작아! 사람이 넷인데 방이 두 개밖에 없잖아. 어쩌자고 이런 집을 구한 거람?"

밀을 할끗거리며 작게 투덜거리는 사록을 굴가가 점잖게 타일렀다.

"어허, 사록! 고향에서 멀리 떠나와 얹혀사는 주제에 네가 집이 크니 작니 트집 잡을 처지가 되냐? 국내 같은 촌구석이라면 몰라도, 뭐든지 비싼 평양에서는 집값도 엄청난 걸 몰라서 입을 너덧 발이나 내밀고 찡얼대고 있어? 이만한 집도 우리 선인님이 아니었으면 그나마 구할 수가 없었다. 선인님이 사냥 대회에서 일등을 차지해서 받은 황금이 없었으면 우리 모두 길바닥에서 자야 하는 거 모르겠어? 집이 작은 게 싫으면 당장 나가서 대문 밖에 쪼그려 자, 인마."

굴가의 머리 위에서 구요가 사록더러 나가라는 듯 손을 휘이휘이 저었다. 사람보다 더 얄미운 원숭이에게 사록이 눈을 부라리며 주먹을 휘두르자 구요가 잡아 보란 듯 잽싸게 마당의 나무들 사이를 훌쩍훌쩍 날아다녔다. 사록이 구요를 쫓고 애노가 부엌을 보러 들어간 사이, 어깨에 멨던 짐을 잠자코 내려놓는 밀을 돌아보며 굴가가 속삭였다.

"근데 밀, 정말 그 황금 안 받았으면 큰일 날 뻔했다. 난 사냥 대회 그날, 네가 태자님께 황금 같은 건 필요 없고 태자님의 군관이 되기만 바랄 뿐이라고 해서 가슴이 쪼끔은 철렁했걸랑. 그런데 태자님이 널 즉석에서 선인으로 삼은 데다 사냥 대회에서 일등 했다고 황금까지 내려 주셨으니 그 얼마나 다행이냐. 안 그랬으면 애노가 처마 밑에서 이슬 맞으며 자게 됐을지도 모르잖아."

그 와중에 여자 걱정을 하는 굴가에게 밀이 콧방귀를 핑 날렸다.

"태자님께선 정말 큰 상도 주시고 큰 벌도 주셨다. 평양까지 널 데리고 오도록 허락해 주신 건 감사하지만, 저 쓸모없는 두 녀석까지 붙여 주시다니."

"사록이랑 애노도 다 널 도와 사냥에 나선 줄 아신 거지, 뭐. 더구나 애노는 여자의 몸으로 남자들도 힘겨워하는 사냥 대회에 뛰어들었으니 칭찬할 만하잖니. 사실 사록이나 애노가 따라붙지 않았으면 일등까지는 못 했을지도 몰라, 밀. 쟤네들을 구하려고 목숨까지 무릅썼다는 증언을 태루공자가 해 줬기 때문에 태자님이 크게 감탄하셔서 널 일등으로 인정하신 거라고. 안 그래?"

"너, 굉장히 기분 좋아 보인다, 굴가?"

소리를 내지는 않았지만 연방 벙싯거리며 크게 벌어지는 굴가의 찢어진 입을 보고 밀은 어이없는 웃음을 뿜어내지 않을 수가 없었다.

"평양에 오는 게 영 떠름한 것 같더니 애노랑 함께라니까 기운이 막 솟아나냐? 같은 집에 살게 된 데다 같은 목장에서 일하게 돼서 두근두근해?"

"아냐, 밀. 사실 네 밑에 들어가서 군인이 되면 그것보다 더 좋은 일은 없겠지만……."

굴가가 당황스러운 얼굴에 홍조를 띠며 양손의 손가락들을 마주 대고 배배 꼬았다.

"……키탄은 변방에 있는 유인 부대에 보내는 게 보통이잖아. 네가 간청한 덕에 태자님이 날 특별히 국마國馬를 기르는 목장에서 일하도록 해 주신 게 어디냐. 네가 평양성의 군관이 되었어도 우리가 함께 살 수 있게 됐으니 그 이상으로 바랄 게 없지. 난 너랑 같이 있으려고 평양까지 쫓아온 거야. 태자님께 서 애노를 내가 일하는 목장에 넣어 주신 건 정말 그냥 우연일 뿐이지……."

굴가의 얼굴이 불현듯 복잡해졌다.

"그리고 애노는 널 좋아해서 여기까지 온 거야, 밀. 그걸 잊 지 마."

"그러니 네가 잘해 봐! 네가 그 여자 마음을 돌려놓으면 너 도 좋고 나도 좋잖아."

"밀, 제발 애노 앞에서는 그런 말 좀 삼가 줘."

밀이 어깨를 으쓱하고선 내려놓았던 짐을 다시 들어 한쪽 방으로 들어갔다. 친구의 뒷모습을 바라보는 굴가의 입술이 난 처하면서도 씁쓸하게 찌그러졌다.

그와 가장 절친한 친구를 좋아하는 여자를 좋아하게 되면서 굴가는 감정이 수시로 변하는 울렁증을 겪게 되었다. 애노가 밀을 향한 소득 없는 연심을 버리고 그에게로 돌아선다면 그보 다 좋을 수는 없겠지만, 거란인을 좋아할 고구려 여자를 찾기 란 하늘에서 별을 따기만큼 어렵다. 밀이 애노를 좋아하게 된 다면 속이야 너무 쓰려 대동강 절벽에서 뛰어내리고 싶겠지만, 그녀의 행복을 위해서라면 굴가는 바다 같은 넓은 마음으로 꿋 꿋이 견뎌 내고 그 둘을 축복할 것이다. 그의 마음에서 애노가 차지하는 비중은 그만큼 컸던 것이다.

그러나 어렸을 때부터 보아 온 밀은 쇳덩이에 머리를 호되 게 맞아 핵 돌아 버리지 않는 한 결코 애노에게 반하지 않을 것

이 분명했다. 굴가는 밀에게 달라붙었던 수많은 여자들을 물리
도록 보아 왔고, 그 여자들에게 밀이 어떤 식으로 대했는지도
다 안다. 밀은 여자의 마음 따위는 안중에도 없는 놈이다. 성격
이 모질고 냉혹해서가 아니라 아직 철이 덜 든 어린애여서 그
렇다.

밀이 여자에게 특이한 반응을 보인 건 국내성에서 천녀를
봤을 때 단 한 번뿐이다. 그리고 밀은 그날 이후로 그 천녀에
대해 굴가에게 무엇 하나 말해 주지 않았다. 굴가가 은근히 떠
보았지만, 그에게 숨기는 것이 거의 없는 밀이 천녀에 대해서
만은 묵묵부답으로 일관했다. 그것만으로도 천녀가 밀에게 얼
마나 특별한지 짐작할 수 있는 굴가였다.

'하지만 천녀가 평양까지 쫓아와 주리라고 기대하긴 어렵지.
아마도 밀이 그녀에 대해 아무 말도 하지 않는 건, 앞으로 두
번 다시 볼 수 없을 게 빤하기 때문일 거야.'

국내성 쪽 하늘에 있을 천녀를 뒤로하고 밀과 굴가, 사록과
애노는 태자를 따라 평양성에 왔다. 태자가 백록 잡는 것을 도
운 데다 태루의 증언으로 사냥 대회에서 일등까지 차지한 밀은
공주가 손수 내리는 황금을 받는 대신 태자의 군관이 되고 싶
다고 청했다. 태자는 밀의 청을 흔쾌하게 받아들여 그를 선인
으로 삼았을 뿐 아니라 인심 좋게 황금도 주었다. 또한 굴가와
사록, 애노를 밀과 한무리로 여겨 함께 평양으로 가도 좋다고
허락했다.

밀은 스물다섯 명의 군인을 통솔하여 궁내의 번番을 서는 말

단 군관이 되었고, 굴가는 나라에서 운영하는 목장에 들어가 국마의 훈련을 맡았다. 사록은 밀의 휘하에 속한 병사로 근무하게 되었고, 애노는 여자인데다 기술이 없어 굴가가 일하는 목장에서 일꾼들의 뒤치다꺼리를 하게 됐다. 국내에서 온 네 명의 촌뜨기들은 밀이 받은 상금으로 작고 낡은 집을 하나 사서 본격적으로 평양 생활을 하게 된 것이다.

밀의 말대로 애노와 같은 목장에서 일하고 한집에서 살게까지 된 굴가의 가슴이 두근두근했다. 하지만 한편으로는 그의 일방적인 사랑이 반향 없이 냉정한 마음의 벽에 부딪치는 것이 힘겹고 속상했다. 그를 더욱 힘들게 하는 것은 애노의 사랑 역시 그의 것과 마찬가지 대접을 받고 있다는 것이다. 그가 애노를 보고 행복하면서도 절망스러운 감정을 반복해서 느끼는 것처럼 애노도 밀을 보며 그렇게 느끼리라고 생각하니, 굴가는 여자가 마냥 불쌍하고 안타까웠다. '잘해 봐!'라며 밀이 나름대로 굴가에게 용기를 북돋아 준 말은, 애노 입장에선 매우 상심할 만한 것이었지만 밀은 그것조차도 몰랐다. 그것이 굴가의 마음을 더욱 곤혹스럽게 만들었다.

'여자 마음을 휘어잡기가 그렇게 쉬운 줄 아나? 그것도 다른 남자에게 이미 빼앗겨 버린 마음을?'

밀이 그토록 대수롭지 않게 말했던 것은 여자의 섬세한 감정을 모르는 무지 때문이기도 했지만, 워낙 많은 여자들이 밀을 잘못 길들였기 때문이라고 굴가는 생각했다. 제가 애태우며 노력하지 않는데도 여자들이 모든 것을 갖다 바치니 여자가 우스워 보이는 것 아니겠는가.

'난 네가 아니라고, 밀.'

굴가는 밀이 들어가 사라진 방의 닫힌 문을 보고 쓰게 입을 다셨다. 유인들을 멸시하는 그 잘난 고구려인도 아니고, 여자들이 '어머머!' 하며 넘어가는 매끈한 얼굴도 타고나질 못했다. 자신 있는 재능은 싸움인데 그것도 밀에게 다소 뒤졌다. 밀보다 훨씬 여자에게 상냥했지만 그 점이 덜 매력적인지 여자들이 돌아봐 주지 않았다. 돌아보기는커녕 무시하는 경향까지 있었다. 무엇 하나 밀에게서 애노의 마음을 돌려놓을 수 있을 만한 능력이 자신에겐 없는 것 같은 굴가다. 거기다 하나 더.

"얀마, 냄새나는 거란 놈아! 이따위 짐승을 방 안에 들여놓을 생각은 꿈에도 하지 마라!"

구요를 쫓다 지친 사록이 굴가를 향해 버럭 고함을 질렀다.

'연적이 밀 하나가 아닌걸.'

굴가는 꽥꽥거리는 사록을 외면하며 한숨을 쉬었다. 밀에 비교하자면 어처구니없을 정도로 대적하기 쉬운 연적일지도 모르지만 사록은 적어도 고구려인이다. 실력으로 따지면 사록 대신 밀의 병사로 발탁되는 것이 마땅한 굴가였지만, 어쩔 수 없는 거란인이라 결국 말을 훈련시키는 일을 맡지 않았던가. 별 볼 일 없는 사록에게까지 밀린다고 생각하니 굴가는 말할 수 없이 우울했다. 그가 고개를 돌리자 사록도 부아가 돋았는지 목청을 더욱 올렸다. 거란인에게마저 무시당한다는 열등감이 폭발했기 때문이다.

"내 말 못 들었냐, 이 자식아! 너, 저 원숭이 새끼랑 자려면 대문 밖에서 쪼그려 자, 인마! 방도 두 개밖에 없겠다, 네가 잘 만한 곳은 이 집 안 어디에도 없거덩!"

"방이 두 개니까 두 사람이 하나씩 쓰면 되지 않아?"

부엌에서 나오며 애노가 묘한 콧소리를 섞어 말했다.

"너희들이 집 안에서 자든 대문 밖에서 자든 상관할 바는 아니지만, 우리 방엔 함부로 들어오지 마. 알았어?"

"우리 방……이라니, 애노야?"

사록이 불안 반 기대 반으로 혀를 내밀어 입술을 축였다.

"선인님이야 이 집의 주인이고 왕성에서 벼슬을 하시니 방을 따로 하나 써야겠고, 저 거란 놈은 원숭이랑 자니 방이 따로 필요 없고. 남은 사람이 너랑 난데 남는 방은 하나네?"

"아니 아니, 뭐가 어째? 이 빠진 강아지가 언 똥에 덤빈다고, 어디 주제넘게 누구랑 같은 방을 쓰자고? 하도 같잖아서 배꼽이 웃겠다, 이 덩치만 컸지 머릿속 텅 빈 멍청아!"

"그럼 어떻게 방을 나눠 쓰잔 말이냐?"

"우선 네 말대로 선인님의 방이 하나 있어야겠다. 집주인이시고 태자님의 선인이시니까. 그리고 그 방에서 선인님의 시중을 드는 사람이 하나 있어야겠지. 그렇게 정해지면 남은 둘은 나머지 방을 쓰면 된다, 이 말이다. 둘이 같이 있기 싫으면 하나는 밖에서 자든지."

"저기, 애노. 근데 너, 설마 선인님 시중을 네가 들겠다고 하는 건……."

"왜? 무슨 문제라도 있니?"

애노가 눈에서 섬광을 번쩍 쏘았다.

"시자侍者 중에 너희처럼 시커먼 남자들이 있던? 다 귀여운 사내아이거나 아리따운 여자들이지. 여자는 눈치도 빠르니 선인님도 너희들 시중을 받는 것보다 내 시중을 받는 게 훨씬 편할걸? 그리고 낮에 쌓인 피로를 밤에 풀어 주는 덴 남자가 여자를 못 따라오지."

"안 된다, 애노야! 그러면 안 돼!"

사록이 공포에 휩싸여 사람 소리 같지 않은 괴성을 질렀다.

"넌 반드시 후회하게 될 거야. 선인님이 한방에 있는 여자를 가만둘 리가 없어!"

"어머, 남의 일에 웬 훙야항야 참견? 가만두지 말라고 한방에 있는 거다."

"그런다고 선인님이 너랑 혼인할 것 같냐? 몸 섞었다고 혼인할 것 같았으면 벌써 골백번은 혼인했어야 할 인간이야, 선인님은!"

"야야, 사록. 암만 그래도 밀이 그 정도는 아니다."

"이것들아, 정말 조용히들 못 해?"

방 안에서 조용히 짐을 정리하던 밀이 기어코 방문을 왈칵 열어젖히며 역정을 냈다.

"너희가 개구리냐? 매미야? 어째 모였다 하면 그 방정맞은 입들이 쉴 틈이 없냐? 셋 다 대문 밖으로 꺼져 버려!"

"저기, 밀. 사람은 넷인데 방이 두 개니 아무래도 문제가 되지 않겠니. 거기다 애노는 여자인데…….”

“문제 될 게 뭐야. 방 하나에 둘씩 들어가면 간단한걸.”

별것도 아니라는 듯 밀이 말하자 애노의 눈이 기대로 반짝였다. 반면 사록의 얼굴은 잘 삭힌 두엄 빛깔로 물들었다. 의심스레 고개를 갸웃하는 구요를 어깨에 얹고 굴가도 떠름하게 눈살을 찌푸렸다. 아무래도 밀이 엉뚱하게 둘씩 나눌까 걱정됐다. 방 문제에 대해 전혀 숙고해 보지 않은 표정으로 밀이 예사롭게 말했다.

“사록이 내 대隊에 속해 있으니 집에서도 내 시중을 들 겸 한방을 쓰면 돼. 그러면 남는 사람은 당연히 너랑 여자…….”

“밀! 애노는 혼자 여자니까 당연히 방도 혼자 써야지!”

굴가가 밀에게 와락 달려들어 입을 틀어막았다. 그가 염려했던 대로였다. 제 딴에는 친구를 위한답시고 여자를 굴가와 한방으로 밀어 넣으려는 밀의 단순한 사고로는 그 말이 애노의 가슴에 생채기를 낼 몹쓸 소리란 생각까지는 못 하는 것이다. 이런 머리와 이런 입을 가진 놈인데도 여자들은 그저 좋단다. 밀보다 훨씬 섬세하고 다정하다고 자평하는 굴가가 눈을 째긋거려 눈치를 주었다.

“너랑 나, 그리고 사록이 한방을 쓰면 되는 거야. 그렇지?”

“굴가 너, 정말 그래도 괜찮겠어?”

굴가의 손을 얼굴에서 떼어 내며 밀이 의아하니 물었다. 남이 모처럼 인심을 쓰는데 주는 떡도 못 받아먹느냐고 핀잔주는 빛이 슬쩍 묻어나는 표정이다. 구요가 고개를 저었지만 굴가는 크게 끄덕였다.

"그럼, 괜찮고말고. 난 꼭 셋이서 자고 싶어."

"뭐, 네가 정 그렇게 하겠다면야."

'별수 없네.' 하듯 밀이 한쪽 입술 끝을 비죽였다. 그는 얼굴빛이 원래대로 돌아온 사록에게도 물었다.

"너도 괜찮겠어, 사록? 냄새나는 거란인이랑 원숭이 새끼까지 같은 방에서 자도?"

"아이고, 예, 물론입죠! 아무리 그래도 인정이란 게 있지, 제가 어떻게 굴가나 구요를 대문 밖으로 쫓아내겠어요?"

밀이든 굴가든 애노가 사내와 방을 함께 쓰지 않게 됐다고 생각하니 사록의 두 팔이 저절로 하늘을 향해 솟구쳐 올랐다. 안도하는 사록을 보고 밀이 건조하게 말했다.

"이 집은 나와 굴가가 쓰기 위해 마련한 거다. 그러니 방 두 개의 주인은 원래 나와 굴가다. 너희가 맘대로 평양까지 날 쫓아와선 잘 곳이 없다고 하니 불쌍해서 받아 주는 거야. 그러니 애노는 방을 양보한 굴가에게 고맙게 여기고 사록은 셋이서 한방을 쓴다고 비좁다느니 냄새난다느니 불평하지 마라. 알겠냐?"

"불평이라뇨? 제가 원래 형제가 많은 집에서 나고 자란 터라 한방에서 복닥거리는 걸 아주 좋아합니다요."

예전 같았으면 네가 뭔데 해라 마라 하느냐고 밀에게 눈알을 부라렸을 테지만, 한집에 살 정도로 벼슬아치를 가까이한 적이 처음인지라 사록은 뱃놈이 배 둘러대듯 얼른 말을 바꿔 굽실거렸다.

애노도 크게 불만은 없었다. 그녀를 가까이하지 않는 밀이 서운했지만, 방 하나를 혼자서 온전히 쓴다는 게 이 집의 안주인이나 다름없이 느껴져 일단 삼삼하니 괜찮았다. 그리고 방을 따로 쓰더라도 같은 집에 사니 어떤 여자보다도 밀에게 가까이 있는 여자는 바로 그녀 자신 아니겠는가. 아무리 무심하더라도 그의 마음을 휘어잡는 것은 시간문제. 애노는 천천히 공을 들여 개미 메 나르듯 밀을 정복할 생각을 했다. 이 집에서 그녀에게 이미 반한 남자가 반절이 넘는데 밀이라고 다르랴. 코가 하늘로 뾰족 솟은 것이, 그녀는 벌써 군관 아내가 된 듯 우쭐했다. 그런 애노의 마음을 아는지 모르는지 밀이 못 미더운 듯 콧등을 찡그리며 그녀에게 물었다.

"그런데 너, 음식은 좀 하냐?"

"어머. 선인님, 제가 좀 하는 정도가 아니거든요? 제가 요 맛깔손 하나만으로도 일등 신붓감으로 꼽힐 만하다고 온 동네 칭찬을 한 몸에 받았거든요? 인물 고운 여자는 소박맞아도 음식 솜씨 좋은 여자는 귀염을 받는다는 말 아시죠?"

애노가 손끝으로 제 볼을 콕 찌르며 애교스럽게 눈을 깜빡깜빡해 보였다.

"그런데 이 손에 이 얼굴까지 갖췄으니……."

"그거 잘됐다."

밀이 애노의 말을 가차 없이 잘랐다.

"나는 굴가랑 방을 좀 치울 테니, 사록은 술을 사 오고 애노는 안주를 만들어. 오늘 귀한 손님이 오시기로 했으니 당장 준비해라."

"손님? 우리 모두 평양성에 아는 사람이 아무도 없는데 무슨 손님?"

눈치 빠르게 빗자루를 끌고 온 구요에게서 청소 도구를 건네받으며 굴가가 어리둥절하니 묻는데 밖에서 대문 두드리는 소리가 났다. 사록이 냉큼 달려가 문틈으로 바깥을 슬쩍 내다보더니 얼른 문을 열었다. 방문한 손님을 눈으로 확인한 밀과 굴가, 애노가 우르르 대문 쪽으로 뛰었다.

"내가 좀 일찍 왔는가?"

태루가 밀을 보고 겸연쩍은 미소를 지었다.

"술 마실 시간이 줄어드는 게 안타까워서 그만……."

"일찍 만나 일찍부터 마시면 되니 더 좋습니다만……."

밀이 반기는 웃음을 머금으면서도 눈썹을 살짝 찡그렸다.

"……무얼 저렇게 바리바리 싸 오셨습니까?"

밀은 태루의 뒤에 있는 작은 수레에서 하인 하나가 내리는 짐들을 보며 질린 듯 물었다. 가는 대오리로 엮은 바구니와 검은 칠을 한 항아리가 여럿이었다. 고소한 음식 냄새와 향긋한 술 냄새가 어울려 콧속을 기분 좋게 자극했다. 킁킁거리는 밀을 보며 태루가 흐뭇하게 웃었다.

"우리가 오늘 마실 것들이지."

"저걸 다?"

말투는 놀라는 것 같아도 밀은 태루를 따라 즐거이 웃었다.

술 대여섯 동이쯤은 문제없다는 자신만만한 눈빛이다.

밀이 안쪽으로 태루를 안내하고 굴가와 사록, 하인이 바구니의 음식과 술동이들을 날랐다. 애노가 나란히 걸어가는 밀과 태루의 뒷모습을 보며 두 손을 맞잡아 가슴 위로 모으고 감격하여 중얼거렸다.

"태루님이 여길 오시다니! 그리고 선인님이랑 저렇게 나란히……. 아이, 어쩌면 좋아?"

"어쩌긴 뭘 어째? 소반이랑 그릇은 어디에 있니?"

굴가가 부엌으로 걸음을 옮기며 물었지만 애노는 심각하게 고민하느라 듣지 못했는지 혼잣말만 계속 내뱉었다.

"난 선인님밖에 없는데……. 그런데도 태루님을 뵈니까 막 마음이 흔들리고……. 그래도 난 선인님을……. 하지만 태루님도……. 그래도……."

"애, 애, 앞집에서 떡 치는 소리도 안 났는데 김칫국을 몇 사발이나 들이켜려고?"

술동이를 지고 나르던 사록이 애노를 스쳐 지나가며 못마땅하니 한마디 했다.

"암만 밀 옆에 있어도 그렇지, 태루님이 쉬워 보이냐? 태루님은 나중에 대대로가 될 분이라더라. 왕자님이랑 거의 동급이라던데 평민 여자가 넘본다는 게 말이 돼?"

"오랫동안 흠모해 왔던 분이라 가까이서 뵈니 마음이 산란하다 이거지, 누가 분수에 넘치는 꿈이나 꾼대? 난 선인님뿐이라니까!"

혀를 날름 내미는 애노를 돌아보며 사록이 어휴, 안타까운 한숨을 쉬었다.

"봐라, 애노야. 밀도, 아니, 선인님도 네 처지에서 쉽겠니? 이젠 떠돌이 촌뜨기가 아니라 어엿이 나라에서 주는 녹을 받는 관원이란 말이야. 저와 비슷한 짝을 만나야 행복하지 한쪽이 기울면 마음고생은 물론 결국 몸까지 고생한다, 너."

"선인님도 우리랑 마찬가지로 출신이 평민이다. 그건 선인님을 행복하게 해 줄 짝은 나처럼 평민 출신이란 뜻이야. 관원이 됐다고 괜히 눈 높였다가는 잘난 척하며 서방 무시하는 여자를 만나 마음도 몸도 고생할 게 빤해. 그러니 선인님한텐 다른 누구도 아니고 내가 딱 맞는다. 그렇지 않니?"

애노가 부엌에서 나오는 굴가에게 대뜸 물었다. 갑작스런 질문에 어, 굴가는 제대로 대답을 못 했지만 그에게 매달린 구요가 고개를 가로저으며 대신해 줬다. 굴가와 구요를 싸잡아 노려보며 애노가 굴가의 손에 들린 소반을 획 빼앗았다.

"이리 내! 너처럼 시커멓고 칙칙한 사내가 술상을 들이면 두 나리께서 술맛이 나겠니? 예쁜 여자가 남실남실 잔을 채워 줘야 술맛이 살지."

그러나 방 안에 앉은 두 나리는 둘이서만 마셔야 술맛이 나는지 소반을 들고 들어간 애노가 술병을 들기도 전에 그녀를 내보냈다. 방에 두 사람만 남자 밀은 태루가 가져온 술을 맛나게 삼키며 놀리듯 말했다.

"저는 또, 수레 가득 뭔가를 실어 오셨기에 조의두대형 나리께서 말단 군관 선인에게 뇌물을 주시나 했습니다."

"내가 뇌물을?"

태루가 잔을 비우며 하하 웃었다. 그에게 술을 치며 밀이 고개를 끄덕였다.

"예. 모든 것을 다 가진 나리가 몸뚱이 하나 외엔 아무것도 없는 이놈에게 무슨 이득을 바라고 뇌물을 주시는가 의아했습니다."

"뇌물 맞네."

"예?"

농으로 지껄인 말인데 태루가 착실하게 대답하여 밀은 깜짝 놀랐다. 태루가 환하게 웃었다.

"뇌물이야. 날 동무로 삼아 달라는 뇌물."

"저를 동무로? 천하의 우씨 가문 장손의?"

"난 사냥 대회에서 자넬 봤을 때부터 친구로 삼고 싶었거든. 내 이득을 바라고 주는 뇌물이니 자네가 싫으면 거절해도 괜찮아. 안 받겠나?"

태루가 잔을 내밀며 묻자 밀이 씩 웃으며 잔을 부딪쳤다.

"아뇨. 기꺼이 받겠습니다, 그 뇌물."

둘은 친구가 되기로 맹세라도 하듯 동시에 술잔을 비웠다. 스물을 넘긴 지 얼마 되지 않은 젊은이들이라 술 몇 잔에도 금방 친해졌다. 둘 다 주량이 보통이 아닌지 커다란 항아리 두 개가 순식간에 바닥을 드러냈다. 주거니 받거니 술독들이 거의 비어 취기가 알큰히 돌자 그들은 아예 반말을 주고받는 지경에까지 이르렀다. 진짜 동무라면 직위가 아닌 이름으로 부르라며 태루가 허락하자 밀이 겁도 없이 그 이름을 입에 대뜸 올렸다.

"이봐, 태루. 자넨 궁궐 안쪽까지 다 가 봤겠지?"

밀이 혀 꼬부라진 소리로 묻자 태루가 스르르 감기는 눈에 힘을 주며 대답했다.

"자네처럼 나도 이제 막 평양에 도착했을 뿐인걸. 관청들과 대전에는 가 봤어도 내전과 그 안쪽은 전혀 몰라. 함부로 돌아다닐 수 있는 곳이 아니잖나. 규모도 어마어마하고. 자네야말로 태자님의 부름을 받아 침전 동편의 동궁까지 갔을 것 아닌가."

"아니, 태자님께선 바깥심부름을 시키시는 일은 있어도 궁 안으로는 좀처럼 불러 주시지 않아. 궁문을 지키는 말단 관원이 들어가 봤자 길이나 잃겠지, 뭐. 번을 설 때 얼핏 살펴봤는데, 전각이며 문이며 왜 그리 많은지 멀리서 보는데도 눈이 뱅글뱅글 돌더군."

"전각이 쉰 채가 넘고 전각마다 궁이 여러 개 연결되어 있으니 몇 번 드나들지 않은 우리로서는 어지러울 만도 하지. 나 역시 내가 책임지는 전각들의 구조를 익히느라 다른 건물들은 구경조차 할 틈이 없었네."

"조의두대형 나리는 뭘 맡고 계셔?"

건들건들 고개를 흔드는 밀이 술잔을 비우며 물었다. 그의 빈 잔에 술을 따라 주며 대답하는 태루의 머리도 흔들렸다.

"이것저것. 현재 제일 중요한 직무는 서류 관리랄까, 문서고를 책임지는 관원들을 감독하고 있지."

"문서고?"

별안간 밀이 술기운이 가신 듯 눈을 반짝 떴다.

"문서고라면, 고구려 전역에서 올라온 장적(帳籍:호적)을 보관
한다는 그곳?"

"그래. 왕성의 5부와 지방의 5부, 읍락별로 분류해서 정리한
장적들이 있지. 가장 작은 촌락의 사람 수와 마소의 수, 논밭의
넓이와 중요한 수목들의 수까지 다 기록돼. 정남(丁男:부역과 군
역에 소집되는 성인 남자)과 정녀(丁女:부역과 과세의 대상이 되는 성인 여
자), 어린이, 노인들, 심지어는 죽은 사람들까지 세세히 기록해
조와 공물을 철저히 거둘 자료로 쓰는 그 장적들 말이야."

"죽은 사람들까지……."

입속으로 혼잣말을 중얼거리던 밀이 태루와 잔을 부딪치며
지나가듯 말을 흘렸다.

"은산 것도 있겠지? 내가 자란 마을 것도? 평양에 와서 내
마을의 장적을 보면 기분 이상하겠는데?"

"그럴 수도 있겠다만, 밀, 넌 그 서류들을 못 봐."

"어? 왜?"

"문서고엔 관등이 대형大兄 이상인 관원들만 출입할 수 있거
든. 그들조차도 출입할 때마다 허가를 받아야 하지."

"대형 이상이어야 한다고?"

밀의 눈가에 실망스런 그늘이 옅게 드리웠다. 술을 또 한 잔
비운 태루가 어질한 머리를 간신히 가누며 느릿하니 물었다.

"자네가 살던 마을은 자그마하니 이웃끼리 모르는 사람도 없을 것 아닌가. 장적의 기록이나 자네의 기억이나 매한가지일 텐데 못 보면 어때?"

"뭐, 그렇긴 하지만……. 평양의 관원이라도 다 같은 관원이 아니구면요, 조의두대형 나리."

씁쓸하게 입을 다시는 밀을 보며 태루가 힘주어 말했다.

"자네는 대형뿐 아니라 그 이상까지도 올라갈 수 있는 사람이다. 태자님께서 발탁하신 사람이니 앞으로 어떤 중요한 일을 하게 될지 몰라. 그런 작은 차별에 마음 두지 말고 지금 맡은 일에 성실하도록 해."

"대형이라니, 태루! 나 같은 평민이 선인이 된 것만으로도 큰 사건이야. 늙어 죽을 때까지 대형은 꿈도 못 꾼다고."

"그렇지 않아. 고구려가 가장 필요로 하는 관원은 용감한 무장이다. 넌 그 누구보다도 고구려에 크게 기여할 인재야. 두고 봐! 곧 네가 활약할 때가 올 거다. 그때가 오면 널 내 휘하에 끌어들여서라도 공을 세우게 할 거야. 난 네게 진심으로 반했거든……."

툭, 태루의 머리가 탁자 위로 떨어졌다. 곯아떨어진 태루를 내려다보며 밀은 희미하게 웃었다. 반했다니, 계집애처럼 예쁘게 생긴 자식이 그런 말을 하면 위험하잖아. 그는 비틀거리며 일어나 얇은 이불을 가져와 태루의 어깨를 덮어 주었다. 다시 자리에 앉은 그는 병을 기울여 남은 술을 모조리 잔에 부었다. 조금 전까지는 제정신이 아닐 정도로 취했지만 지금은 머릿속 한가운데가 말개지는 느낌이었다.

"대형 이상만 들어갈 수 있는 전각이라……."

짜증이 살짝 깃든 목소리로 낮게 중얼거린 밀은 마지막 잔을 단숨에 마셨다.

"어이, 어이. 이 시간에 어딜 나가냐?"

방 한쪽에 길게 놓인 구들 위에 앉아 가죽신을 벗던 사록이 눈알을 부라렸다. 잠자리에 들기 위해 의자에서 일어난 줄 알았던 밀과 굴가가 방문을 열었던 것이다.

"오늘은 번을 설 차례가 아닐 텐데?"

"야 인마, 사록! 선인님이 함께 계신데 은근히 나랑 싸잡아서 낮춰 부른다, 너? 나는 그렇다고 쳐도 우리 선인님은 제대로 불러야지. 졸병 주제에 네가 선인님 친구냐?"

문을 열고 나가려다 돌아선 굴가가 마치 제가 선인인 양 으스대자 사록의 도끼눈에 날이 더욱 섰다. 굴가 머리 위에서 혀를 날름 내미는 구요 때문에도 열이 팍 뻗친다.

"이 거란 놈이! 졸병도 못 되고 목장에서 말이나 키우는 주제에 넌 왜 날 이름으로 불러? 병사님이라고 해라, 자식아. 어딜 싸돌아다니려고 나가냐니까?"

"병사님은 몰라도 되니 잠이나 퍼 자시우."

"잠깐 들를 곳이 있어서 그래. 별일 아니니 사록은 먼저 자도록 해라."

이기죽거리는 굴가에게 위협적인 눈짓을 준 밀이 사록에게는 비교적 온화하게 말했다. 사록이 예뻐서가 아니라 공연한 다툼과 시간 낭비를 피하기 위해서다. 그러나 같은 방에서 생활하는 사이에 따돌림을 당한 사록은 볼멘소리를 했다.

"선인님 부대에 속한 사람도 나고 이 집에서 선인님 시중드는 사람도 난데, 정작 데리고 다니는 놈은 어째 굴가요? 그 녀석이랑 어딜 가려는지 내 다 아는데, 이거 정말 섭섭하우."

"뭐? 알다니, 네가 뭘?"

짐짓 당황스러워하는 밀에게 사록은 픽, 콧방귀를 뿜었다.

"빤한 일 아니우. 평양에 온 지 한 달 정도 됐으니 이제 좀 놀러 다닐 여유가 생긴 거지. 그래도 머리에 원숭이를 얹고 다니는 거란 놈이랑 밤거리를 기웃거려 봐야 돌아봐 줄 은근짜 하나 없을 거외다."

갑자기 사록이 밀에게 다정히 붙었다.

"하지만 나랑 가면 다르죠. 벌써 평양성 내외 괜찮은 집들을 다 알아 놨답니다."

"허, 잘 알지도 못하면서 생소리하고 있네. 우리가 무슨 색줏집……."

"그래, 사록 네가 우리 속내를 꿰뚫고 있구나."

굴가가 어이없어 입을 나불거리자 밀이 얼른 막았다.

"그런데 오늘은 거란인도 환영한다는 유녀와 선약이 되어 있어서 말이지. 나야 언제든지 너랑 좋은 곳에 갈 수 있지만, 여기 굴가에겐 드문 기회라. 오늘은 네가 양보해라. 넌 다음에 나랑 가자꾸나, 네가 추천하는 곳으로. 술도 여자도 다 내가 살

테니.”

“어마나, 밀! 아니, 선인님, 진짜예요?”

순박하게 굴가가 눈을 동그랗게 뜨고 반겼다. 조용히 웃기만 하는 밀을 보고 굴가는 어리둥절하면서도 설렜다. 진심으로 좋아하는 굴가의 반응에 사록은 밀의 말을 믿지 않을 수 없었다. 비록 나중의 일이지만 상관이 대접해 준다고 약속하니 그도 설렜다.

“아이, 뭐 선인님이 그렇게 말씀하신다면야…….”

위아래 이를 스무 개나 보이며 씩 웃은 사록이 밀을 따라 발걸음도 가볍게 문지방을 넘는 굴가의 뒤통수에 대고 스산하니 한마디 했다.

“애노가 알면 퍽 좋아하겠다, 이 거란 놈아.”

굴가가 일순 움찔했다가 흘낏 뒤돌아보며 얄밉게 빈정거렸다.

“넌 한 달 새에 무슨 재주로 평양 색주가를 다 알아봤니? 내, 애노에게 다 말해 줄 테다. 내가 애노랑 같은 목장에서 일하는 거 모르니?”

“뭐야? 네놈이 암만 침을 흘려도 애노는 일편단심 선인님이다, 자식아.”

“그 말, 너한테 똑같이 돌려주마. 넌 사나흘에 한 번 애노를 볼까 말까 애태우지만 난 맨날 보면서 선인님 얘기를 같이 한다. 침만 흘리는 건 마찬가지라도 더 가까운 사람이 누구겠니?”

"저, 저……, 어른 없는 데서 자란 후레자식 거란 놈이……."

주먹을 불끈 쥔 사록이 말을 맺기도 전에 굴가는 그의 눈앞에서 탕, 문을 세게 닫아 버렸다.

"혼자 침상에서 뒹굴려니 서럽지? 목침이라도 껴안고 있으면 나중에 구요라도 보내 주리다, 병사님."

"너야말로 고약한 냄새 때문에 바지춤도 못 내려 보고 계집한테 쫓겨날걸!"

숙소에서 재빨리 멀어진 밀과 굴가의 귓가에 사록의 악담이 아스라이 맴돌다 사그라졌다. 어떤 흉한 말도 이미 기분이 붕붕 들뜬 굴가에겐 달았다. 입이 저절로 웃는 그는 옆에서 입술을 꾹 아물린 채 날카로이 주변을 살피며 재게 걷는 밀의 팔을 툭 쳤다.

"네가 그런 생각을 하는 줄 몰랐지 뭐냐, 밀. 난 네가 그저 '오늘 간다.'고 하기에 '오늘 궁에 들어간다.'고 그러는 줄 알았지. 그런데 정말 키탄도 좋대? 구요를 데려가도 돼?"

"네 말이 맞아. 오늘 궁에 들어간다."

"에?"

밀의 나직한 대답에 굴가는 외마디소리를 냈으나 더 묻지 않았다. 그 한마디에 모든 게 다 이해되는 동시에 기운이 쪽 빠져 토를 달 의욕을 잃었던 것이다. 그는 빠르게 걷는 밀에게 뒤처지지 않기 위해 부지런히 걸었다.

그들이 태자를 따라 평양성에 와 정착한 지 한 달이 되어 가는 지금, 밀은 거대한 궁궐의 내부 지리를 대강 탐색했다. 수많은 전각들의 위치와 기능, 크고 작은 많은 문들을 다 외울 수는 없었지만 그가 찾는 것이 있을 법한 건물과 그 주변의 경비 상태는 파악했다. 그러나 하급 관원의 출입이 허락된 전각은 극히 제한된 탓에 밀은 떳떳하게 건물 내로 들어가 찾고 싶은 것을 찾아볼 수가 없다. 그러니 남들 다 잠잘 시간에 궁에 들어가겠다는 밀의 말은 감히 궁궐에 잠입하겠다는 뜻이었다.

밀과 굴가가 순라를 교묘하게 피하며 궁성의 해자垓字를 따라 가다가 멈춘 곳은 경계가 가장 삼엄한 내전에서 제일 멀리 떨어진 전각들, 즉 관리들이 업무를 보는 관청들의 바로 바깥쪽이었다.

"구요, 이리 오렴."

밀이 평소와 달리 상냥하게 원숭이를 불렀다. 그러나 그에게 그동안 좋은 대접을 받지 못한 데다 굴가 외의 사람에게 더없이 사나운 구요는 털을 빳빳이 세우고 밀이 내민 손을 물어뜯을 듯이 카악, 이빨을 드러냈다.

"망할 놈의 원숭이, 빨리 오란 말이야. 시간이 없다고!"

참을성이 금방 바닥난 밀이 굴가의 머리칼에 매달린 구요의 목덜미를 잡아 뜯어냈다. 밀의 손아귀에서 벗어나기 위해 발광하듯 몸부림을 치면서도 영리한 원숭이는 소리를 내지 않았다. 굴가가 다정하게 작은 짐승의 머리를 쓰다듬었다.

"착하지. 너도 알잖아, 구요. 오늘은 네 역할이 중요해. 밀이 문서들을 뒤지는 동안 네가 망을 봐야 돼. 사람이 두 명이나 들어가는 건 너무 위험하거든. 난 여기서 기다릴 테니까 네가 내 대신 밀을 잘 돌봐 줘. 까딱하면 밀이 잡혀 죽을 수도 있으니까 조심하고, 응?"

"그렇게 말하면 이놈은 내가 잡혀 죽길 바라는 마음에 엉뚱한 짓을 할지도 몰라."

투덜대는 밀의 어깨에 얌전해진 구요를 올려놓으며 굴가가 자랑스레 속삭였다.

"이것 봐, 밀. 벌써 알아듣고 진지해졌잖아. 구요는 웬만한 사람들보다 훨씬 똑똑하다고."

"다행이군."

밀이 탐탁지 않게 곁눈질하자 원숭이는 새침하게 고개를 돌렸다.

"서둘러, 밀."

굴가가 갖옷 속에 숨겨 온 갈고리를 꺼냈다.

"사록한테 빌렸지. 빌린다고 말은 안 했지만."

휙휙, 쇠사슬을 따라 허공을 몇 번 돈 갈고리가 해자 저편 성벽의 위쪽에 탁 걸렸다. 쇠사슬의 길이가 짧을 것을 염려한 굴가가 밧줄을 덧달았는데, 그게 참 잘한 일이었다. 해자에 어른 키의 두 배가 넘는 성벽까지, 넘어야 할 거리가 상당했던 것이다. 밀은 줄을 톡톡 당겨 갈고리가 제대로 걸린 것을 확인하고는 힘차게 발을 굴러 단번에 해자를 건너 성벽에 발을 붙였다. 그다음은 쉬웠다. 그는 원숭이처럼 빠르게 밧줄과 쇠사슬을 붙잡고 성벽을 올랐다가 다시 타고 내려가 소리 나지 않도록 궁성 안 바닥에 조심스레 내려섰다.

갈고리를 회수하여 허리춤에 두른 밀은 구요와 더불어 자세를 최대한 낮추고 사방을 살폈다. 관리들이 남아 늦게까지 일하는 전각도 더러 있었으나 많지 않았고, 그가 목표로 한 건물은 불이 꺼져 있었다. 그에게 다행스럽게도, 숙직이 가끔 이상이 없음을 확인하러 오는 외에는 인적이 없는 건물이었다. 바로 5부와 읍락별로 장적을 비롯해 거의 모든 고구려인의 인적 사항을 작성한 문서들이 보관된 문서고다. 천직이 도둑인 양 천연스레 전각 안으로 스며든 밀은 안에 비치된 등잔을 천으로 가리고 심지에 불을 붙였다.

"어이, 난 이쪽에 볼일이 있으니까 넌 문 뒤에서 누가 오나 잘 듣고 있어라."

마치 사람에게 말하듯 밀이 작게 말하니 구요가 사람처럼 턱을 까딱하고 종이를 바른 문 저편으로 귀를 쫑긋 세웠다.

책자와 두루마리들이 빼곡히 꽂힌 서가書架들이 사람 하나가 지나갈 정도의 간격만 두고 촘촘히 서 있는 방에서 밀은 그가 원하는 종류의 문서들을 찾아 헤매기 시작했다. 표식을 위해 각 문서마다 매달아 놓은 작은 목간들을 차례차례 뒤집어 보며 서가의 한 칸 한 칸을 정복해 나가던 밀은 자신이 너무 쉽게 생각하고 들어왔음을 절감하지 않을 수 없었다. 장적의 수가 어마어마했던 것이다. 선반들을 가득 메운 얇은 책들과 무수한 두루마리들을 하룻밤 사이에 다 열람하기는 고등신(高登神:동명성왕을 신격화하여 부르는 명칭)이 강림한대도 불가능한 분량이었던 것. 그나마 동부東部 하나로 범위가 한정된 게 다행이었다. 그러나 그것이 평양성의 동부인지 지방의 동부인지까지는 모르니 그 분량도 상당하다. 밀이 초조하게 목간들을 들추는 사이에 시간이 많이도 흘렀다. 이런 식으로 찾기는 틀렸어. 그의 어깨에 힘이 빠지는 순간 밀의 눈이 번쩍 뜨였다.

"여기 있다!"

그가 짚은 서가는 지방 동부의 서류들 중에서도 대소 귀족들의 세보世譜를 성씨별로 분류해 놓은 특별한 구역이었다. 수십여 개의 성씨들 사이에서 그가 찾는 성은 하나. 책자들을 차근히 더듬어 가던 밀의 손가락이 을乙 자에서 딱 멈췄다. 여기에, 드디어! 잠입한 첫날 찾아내다니, 밀은 자신의 억세게 좋은 운에 감탄했다. 그가 을씨 세보 한 권을 뽑아내려는 순간, 어깨 위로 갑자기 구요가 날아들었다.

밀보다도 원숭이가 먼저 입김을 혹 불어 등잔불을 껐다. 지나치게 똑똑해 그의 입까지 틀어막은 구요를 얼굴에서 살그머니 떼어 낸 밀은 등잔을 제자리에 갖다 놓고 서가들의 틈에서 납작하니 몸을 말았다. 그의 예상보다 빨리 숙직하는 관리가 왔던 것이다. 아니, 서류에 너무 정신이 팔려 시간 가는 줄 몰랐던 밀이었다. 그래도 수많은 선반들을 엄폐물 삼으면 숙직의 눈을 피하기는 그에게 일도 아니었다. 뭔가 이상한 낌새를 챘는지 문을 열고 들어온 관리는 잠시 기웃거리다가 곧 나가 버렸다. 쥐 죽은 듯 고요한 서가들 사이사이까지 꼼꼼하게 살필 이유를 못 찾았나 보다.

"잘했다, 구요. 한 번 더 수고해라."

원숭이의 머리를 툭툭 몇 번 가볍게 때려 칭찬하고 밀이 다시 등잔으로 손을 뻗으려 할 때였다. 이번에는 구요의 귀를 빌리지 않아도 밀 자신이 저벅저벅 다가오는 발걸음 소리를 똑똑히 들었다. 그것도 한 명이 아니라 세 명. 밀은 급히 구요의 등을 움켜쥐고 문서고에서 빠져나왔다.

"아무것도 없는데요?"

숙직이 데려온 두 명의 궁궐 수비대 병사 중 하나의 목소리가 전각 뒤편의 난간 아래 몸을 숨긴 밀에게 들렸다.

"이상하다, 도깨비불 같은 것이 분명 어른거렸는데……. 내가 오니까 별안간 사라졌단 말이오."

"반딧불이라도 보신 게 아닐까요?"

"아직 봄인데 반딧불이라니 말이 되는가."

좀 전엔 겁이 나서 안까지 못 들어오고, 군인들을 앞세우고서야 방 안을 샅샅이 살펴본 관리가 병사에게 오히려 핀잔을 주었다. 그들이 문서고 안에서 정신을 팔 때 밀은 살그머니 전각에서 멀어져 궁궐 내부의 얕은 담을 손쉽게 넘었다. 오늘은 텄군. 문서고의 내부에서 흘러나오는 불빛이 여간해서 꺼지지 않는 것을 담 너머로 바라보며 밀은 입을 쓰게 다셨다. 아직 찾는 것을 발견하지 못했지만 더 머뭇거리다가는 들킬 염려가 있었다. 이만 돌아가는 게 상책이라고 생각하여 바깥담을 막 넘으려던 밀은 문득 어깨가 비었음을 깨달았다.

'이 망할 놈의 원숭이가 어딜 간 거지?'

곳곳에 지핀 횃불들로 아슴푸레한 주변을 두리번거리는 밀의 두 눈에 곧 담을 따라 달려가는 구요가 보였다. 문제는 원숭이가 밖으로 넘어갈 수 있는 궁궐 외벽의 높은 바깥담이 아니라 내부를 구획 짓는 얕은 담을 내달린다는 것이다. 그쪽으로 가면 누군가의 눈에 금방 띌 거 아냐! 아까는 혼자 똑똑한 척 다 하더니 누가 짐승 아니랄까 봐 엉뚱한 곳에서 놀고 있다. 아니나 다를까, 곧 누군가의 목소리가 들렸다.

"엇, 저기 뭔가가 지나갑니다!"

마침 문서고에서 나온 병사가 눈 밝게도 구요를 발견했나 보다. 곧 그 옆에 있던 이들도 그 뭔가를 알아보았다.

"원숭이가 아닌가!"

"저것이 전각 안에 있었을까요?"

"원숭이가 도깨비불을? 말이 되는가? 어쨌든 쫓아내게. 지붕에 짐승이 앉으면 불길해."

숙직 관리의 말이 끝나자마자 즉각 원숭이 몰이가 시작됐다. 쫓는 사람이 적어 아직 소란이 크게 일지는 않았지만 주변에서 사람들이 달려오는 건 시간문제. 밀은 점점 멀어져 가는 구요를 안타깝게 눈으로 좇았다.

'바깥쪽으로 방향을 틀기만 하면 돼. 그래도 영리한 녀석인 건 사실이니까 알아서 주인에게로 돌아가겠지.'

밀은 구요의 행운을 빌며 도약을 했다가 어휴, 한숨을 쉬며 다시 안쪽으로 내려서 어둠에 몸을 숨겼다.

"빌어먹을 원숭이 녀석! 날 잡혀 죽게 만들 셈이냐?"

이를 바득 갈며 입속으로 투덜거린 밀은 등을 한껏 구부리고 궁궐 깊은 안쪽으로 향했다. 아무리 작고 귀찮은 짐승이지만 구요는 밀에게 가족이나 마찬가지인 굴가에게 가족이나 마찬가지인 존재. 도저히 버리고 갈 수가 없다. 발 빠른 원숭이를 쫓아가는 동시에 관원들에게도 들키지 않아야 하니 몇 배로 힘들었지만 밀은 용케도 구요를 따라갔다. 담을 넘지 않고 우회하여 문을 통과하는 병사들보다 눈앞에 담이 나오면 족족 넘는 밀이 훨씬 빨랐다. 드디어 원숭이가 호들갑스러운 달음질을 멈췄다. 궁내의 여러 정원들 중 하나인 그곳은 나무들이 우거져 밀이 몸을 숨기기에 좋았다. 정원으로 들어오는 중문 바깥에서 병사 둘의 두런거리는 소리가 났다.

"아아, 여기서 나온 짐승이었구먼. 어쩐지."

"제자리로 돌아가서 다행이네. 잘못해서 밖으로 몰아냈다면 큰일 날 뻔했잖아."

"저런 짐승은 우리에 가둬 두고 키우시면 좋은데. 공연히 궐 내에 소동을 일으키잖아."

"어서 돌아가세. 시위侍衛들이 영문도 모르고 몰려들면 골치 아파."

밀로서는 언뜻 이해하지 못할 대화였으나 병사들이 그대로 발걸음을 돌리니 일단 위기는 넘겼다. 나뭇가지 사이로 정원을 두루 둘러보고서야 밀은 그들이 주고받던 이야기의 의미를 알았다.

정원은 그다지 크지 않았지만 볼거리가 많았다. 정원의 규모에 비해 연못이 좀 컸다. 연못가에는 부들이나 창포 등이 무성했고, 조금 더 안쪽의 질퍽한 곳에는 미나리와 그 비슷한 풀들이, 물 위에는 수련과 물옥잠, 개구리밥 등이 가득했다. 연못을 중심으로 한쪽은 관목과 큰키나무들이 배치돼 있었고, 반대편은 얕은 풀들이 넓게 깔린 풀밭이 있었다. 다양한 지형을 골고루 짜임새 있게 갖췄는데, 그저 사람의 산책용이 아닌 듯 여기저기 각종 동물들이 한자리씩 차지하고 있었다. 주로 작고 온순한 초식동물들이었는데, 예민한 짐승들은 낯선 침입자를 대번에 인지하고 놀란 눈을 반짝이며 술렁이더니 한쪽으로 우르르 몰려갔다. 동물들이 모여든 중심부에 서 있는 한 사람을 발견하고 밀은 저도 모르게 나무 뒤에서 나와 토끼며 사슴처럼 그쪽으로 다가갔다. 구요가 그 사람의 어깨에 태연스레 앉아 있었지만 원숭이를 되찾아야겠다는 생각으로 접근한 것은 아니었다. 이미 날아가 버렸다고 생각했던 천녀가 다시 그의 앞에 나타났던 것이다.

"밀!"

안학이 대번에 그를 알아보고 작게 불렀다. 그녀의 치마폭에 고개를 묻는 짐승들의 겁에 질린 눈처럼 그녀의 눈도 휘둥그레졌다.

"어떻게 여기에……."

그녀가 맺지 못한 질문은 밀이 그녀에게 던지고 싶은 바로 그것이다. 천녀가 어떻게 평양성의 왕궁에서도 깊디깊은 내궁 정원 한가운데 있는 거지? 눈앞의 여자가 그가 만났던 천녀와 과연 동일인일까? 처음 만났을 때처럼 여자는 흰 비단으로 온통 감싼 학의 모습이다. 그 옆에는 한쪽 다리를 천으로 감은 백록이 있는 데다 여자가 그의 이름까지 부른 걸 보면 의심할 여지가 없다.

그녀의 어깨에 앉았던 구요가 꺅, 입을 쫙 벌려 밀에게 사납게 이빨을 보였다. 그에 퍼뜩 깬 밀이 안학에게 더욱 가깝게 다가섰다. 분명 실체가 있어 거기서 풍기는 게 틀림없는 연한 향기가 그의 코를 스쳤다. 놀란 짐승들이 더 이상 안학을 피신처로 삼지 못하고 후다닥 흩어졌다. 그녀가 나무라는 눈빛으로 곱게 흘겼다.

"그렇게 살기등등하게 다가오니 다들 무서워하잖아요."

"당신……, 당신 도대체 누구요? 여긴……."

"쉿."

안학이 손짓으로 그의 입을 다물게 했다. 고요한 밤이라 내궁의 전각들 중 어디선가 문 여는 소리가 또렷이 들렸다. 밀도 듣고 흠칫했다. 군관의 신분으로 궁에 몰래 침입한 자신의 처지를 비로소 깨달은 것처럼. 미친놈, 어쩌자고 왕후나 공주가 거처할 만한 내궁에서 아는 얼굴을 발견했다고 사방이 훤히 뚫려 몸을 가릴 어떤 것도 없는 형편에 뻔뻔스레 넋을 놓고 있는가. 한시라도 빨리 천녀의 어깨에 매달려 탐스러운 기다란 머리칼을 땋으며 장난치고 있는 저 원숭이를 뜯어내 밖으로 나가야 한다! 구요를 향해 뻗은 밀의 손을 안학이 붙잡았다. 따뜻하고 폭신하고 보들보들한 그 느낌이 너무나 생소해 밀은 순간 헉하고 굳었다.

"이쪽으로!"

사정을 일일이 들을 것도 없이 안학이 그를 끌고 정원에서 가장 가까운 전각으로 들어갔다. 아닌 밤중에 공주궁으로 난입한 선인이라니, 어떤 절박한 이유가 있든 들키면 참형 혹은 그에 준하는 엄벌이 그에게 내려질 것이다. 방 안으로 들어가 건물 바깥쪽의 기색을 살펴 안전을 확인한 안학이 어리둥절해 멍하니 서 있는 밀을 돌아보았다.

"안심해요. 여기 있으면 아무에게도 들키지 않을 테니."

"여기가 어디요?"

상황 파악이 안 되는 밀이 얼떨떨하니 물었다. 안학의 눈썹이 살짝 일그러졌다. 어디인 줄도 모르고 들어오다니? 그녀는 이미 불이 켜져 있던 등잔의 심지를 자르며 담담하게 대답했다.

"공주님의 궁이에요. 공주님이 공부하는 방이죠."

"공주님의?"

밀의 안색이 싹 변했다. 드넓은 궐내, 어디라고 그가 함부로 발을 들일 수 있겠냐마는 그래도 공주궁은 너무했다. 왕후가 없는 지금 공주는 고구려에서 가장 존귀한 여인이다. 국왕과 왕자들의 사랑을 독차지하는 금지옥엽의 거처에 들어온 하급 관원이라니, 그 자리에서 목이 날아간대도 변명할 말이 없다. 저런 망할 원숭이 자식, 가족의 가족은 무슨! 부릅뜬 밀의 눈이 내쏘는 형형한 빛이 구요에게로 곧장 뻗어 나가다가 안학의 흰 뺨에 머물러 그만 힘을 잃었다.

"당신은 그럼……, 공주님의 궁에 왜 있는 거요?"

공주니까. 안학은 얼핏 떠오른 정답을 삼켰다.

"난 공주님을 도와 천문을 살피고 짐승들을 돌보고 비약을 만드는 시녀예요."

미리 준비한 거짓말은 아니었지만 안학은 망설임 없이 대답했다. 왜 그에게 신분을 제대로 밝히지 않는지 그녀 자신도 잘 몰랐다. 깊은 산속 비밀스런 용소에서 보았던 그의 단단하고도 아름다운 가슴이 갖옷에 싸여 반듯하게 펴져 있는 지금이 좋아서, 라고 한다면 너무 우스울까? '내가 안학공주니까.'라고 솔직히 밝히면 넓은 저 어깨가 모여 그 가슴이 움츠러들고 빳빳하게 세운 목이 구부려져 서로의 눈과 눈이 마주치지 못하게 되는 게 싫어서, 라고 한다면 너무 어이없을까? 그래도 그게 현재로서는 그녀 스스로가 가장 납득할 수 있는 이유인 것을. 아직 의아한 표정을 풀지 못하는 밀에게 안학은 생긋 웃었다.

"공주님을 수행해 국내성으로 갔을 때 당신을 만난 거예요."

"하지만 백록은……, 당신 입으로 당신 거라고…….."

"그건……. 음, 사실 내 것이 아니라 산에서 잠깐 쉴 때 우연히 본 짐승이었어요. 당신이 백록을 겨눠서 급한 마음에 그만……. 그저 사슴이 죽지 않기를 바랐던 것뿐이에요."

"그럼 정말 사람이란 말이오? 천녀가 아니라?"

"보통 사람이에요. 당신과 똑같이."

"공주님의 시녀……. 천문을 살피고 짐승을 돌보고 비약을 만드는……. 그건 귀족 처녀가 하는 일이오?"

"아니……, 음, 당신처럼 평범한 출신이에요."

"다행이오."

"무엇이 다행이지요?"

꿈꾸듯 중얼거리던 밀이 문득 뱉은 말에 안학이 갸웃했다. 밀도 갸웃했다.

"글쎄, 뭐가 다행인지는 모르겠소. 그냥 마음이 탁 놓이면서 저절로 나온 말이라."

"내가 천녀가 아니어서 다행이란 건가요, 아니면 평민 출신이어서 다행이란 건가요?"

"둘 다일 듯싶소. 국내성에서 그 밤에 촛불이 바람에 꺼지듯 홀연히 사라져 이 세상 사람이 아닌가 보다 했었소. 그런데 나처럼 살이 있고 피가 흐르는 사람이라니 왠지 안심이 되어……. 그리고 귀족 처녀라면 내 태도가 너무 무례했지. 저자에서 채찍질을 당해도 할 말이 없을 거요. 하지만 당신이 내게 내내 공손했으니 비슷한 출신이리라 짐작하고는 있었소."

"내가 평민라 저자에서 채찍질을 당할 염려가 없어 다행이란 거예요?"

섭섭한 듯 샐쭉하니 올라가는 그녀의 말투에 밀은 이유 없이 당황했다.

"그건 절대로 아니오. 당신을 보면 어쩐지 함부로 대하면 안 될 것 같은 생각이 자꾸 들어서……. 자랑은 아니지만 내가 하대하지 않은 여자는 당신이 처음이오. 그래도 평민이 아니라면 그 정도로도 안 되지. 아마 다시 만나기도 어려울 거고."

"그건 다시 만날 수 있으니 다행이란 뜻?"

안학이 소리 없이 웃었다. 화사하면서도 어딘가 씁쓰레한 웃음이었다. 밀은 피가 얼굴로 쏠리는 느낌에 그녀에게서 두어 걸음 멀어졌다. 솔직하게 말했을 뿐인데 그녀에게 말려들어 놀림당하는 기분이었다. 뒷걸음질하는 그의 등이 한쪽 벽에 세워진 선반에 쿵 부딪혀 그 위에 나란히 길게 놓였던 작은 호리병들이 달칵달칵 진동했다.

"조심해요."

안학이 얼른 달려와 넘어지려는 병들을 수습했다.

"병을 쏟으면 안 돼요."

"공주님께 혼나는 거요?"

그저 병들이 조금 기우뚱했는데 안학이 당황한 듯 보여 밀은 미안해졌다. 그녀를 거들기 위해 밀이 쓰러진 병 하나를 집어 들자 안학이 손을 내저었다.

"건드리지 않는 게 좋아요."

"그렇게 귀한 약이라도 들었소?"

"그건 독미나리와 양귀비, 투구꽃 뿌리를 섞어서 만든 맹독이에요. 한 모금만 마셔도 그대로 즉사하죠. 오랫동안 고통을 당하며 죽고 싶다면 몇 방울로도 충분해요."

"이런 걸 왜 공주님의 궁에 잔뜩 놔뒀소?"

안학의 설명에 찜찜한 얼굴로 병을 내려놓은 밀이 손을 갖옷에 쓱쓱 문질렀다. 안학은 그가 잘못 놓은 병을 옮겨 처음 분류한 대로 가지런히 정리했다.

"공주님은 약초에 대해 공부하고 계세요. 약을 연구하는 건 독을 연구하는 것과 같아요."

"특이한 공주님이군. 신통하다는 얘기는 소문으로 얼핏 들었지만……. 당신이 이걸 다 공주님과 함께 만들었소? 한 모금 만으로도 사람을 즉사시킬 독을?"

"그래요."

"당신과 같이 있기가 무서워졌소."

밀이 다시 그녀에게서 멀어지려는 듯 몸을 뒤로 슬쩍 젖혔다. 그의 입가에 걸린 미소를 보고 안학도 웃었다.

"그 정도에 겁을 먹는 군관이 어떻게 한밤중에 공주궁에 들어왔나요? 번을 서다가 길을 잘못 들어 헤매던 중이었나요?"

"놀리지 마시오. 당신 어깨 위에 있는 그 녀석을 뒤쫓다가 그만 여기까지 이른 거요."

"이 꼬마 원숭이를? 이 아이, 당신 건가요?"

안학이 구요의 작은 손을 살살 쓰다듬으며 묻자 원숭이가 고개를 세차게 저었다.

"내 친구의 친구요. 쓸 일이 있어 잠시 빌렸는데 워낙 까부는 짐승이라 놓치고 말았소."

"저런! 밀, 궐내에 사사로이 짐승을 들이는 건 엄금하고 있어요. 그런데 선인인 당신이 왕궁을 수비하는 막중한 임무 중에 법을 어기고 짐승과 놀다니……."

안학이 엄숙하니 나무라듯 말하자 밀은 재빨리 변명했다.

"난 오늘 비번이오. 임무를 태만히 한 게 아니라 알아볼 것이 있어 잠깐 들어왔지만 곧 나갈 작정이었소."

"잠깐 왔다가 곧 나갈 작정이었다고요? 왕궁에? 태자님께서 불러 궁에 들어온 게 아니었나요?"

"⋯⋯."

"정식으로 허가를 받아 들어온 게 아니었어요? 어디로 들어 왔던 건가요? 어디로 나갈 작정이었죠?"

"⋯⋯."

"아, 밀! 당신은 정말 어리석군요."

그가 묵묵히 답을 않자 안학은 안타까이 꾸짖었다.

"태자님의 전사가 되겠다는 사람이 태자님의 은혜로 궁에서 일하게 되었는데 이런 어처구니없는 짓을 저지르다니! 당신이 도둑처럼 궁에 잠입했다 들키면 당신을 발탁한 태자님께 누를 끼친다는 걸 모르겠어요? 전사가 되기는커녕 목숨을 부지할 수도 없게 된다고요."

"난 들키지 않소. 당신은 믿지 못하겠지만⋯⋯."

"벌써 내게 들킨 걸 잊었나요?"

"당신이어서 모습을 드러낸 거요. 당신이 아니었다면⋯⋯."

"들키느냐 마느냐의 문제만이 아니에요. 당신은 관원으로서 해서는 안 될 짓을 했어요."

"국내성에서도 그랬지만 당신은 입바른 소리를 정말 잘하는 구려."

밀은 참았던 짜증을 터뜨렸다. 그의 성격으로는 이 정도 참 은 것도 용했다. 굴가였다면 뺨을 세게 꼬집혀 멍이 퍼렇게 들었을 것이다. 밀의 성격을 좀 아는 구요가 안학에게 경고하듯 그녀의 머리칼을 잡아당겼다. 그러나 밀은 그녀 앞에서 어쩌지 못하고 털썩 주저앉아 불만스레 입술만 일그러뜨렸다.

"사람마다 사정이란 게 있소. 나로서는 잡혀서 목이 베인다 해도 꼭 알고 싶은 것이 있단 말이오."

"그게⋯⋯, 뭔가요?"

그의 곁에 살포시 앉아 묻는 안학의 어조가 부드러워졌다. 그녀를 외면하는 밀의 팔을 구요가 대신 두드려 댔다.

"말해 봐요. 혹시 내가 도울 수 있는 거라면⋯⋯."

"당신 신분으로는 어림도 없소."

"그래도 모르니 말해 보세요. 목숨을 걸 만큼 중요한 사정을."

몇 번이고 안학이 간곡히 조르자 밀은 머리칼 몇 가닥을 땋아 묶었던 흰 가죽 끈을 만지작거렸다.

"여기에 내 근본이 있소."

"⋯⋯?"

"나는 은산에서 자랐소. 들어 본 적 있소?"

"물론 잘 알죠. 그곳에서 캐낸 은으로 모든 고구려인들이 물건을 사고파는걸요."

"그렇소, 그 은산이오. 거기서 난 마을에서 가장 괄괄스런 할아버지와 그보다 백배는 더 억센 할머니 밑에서 자랐소. 부모님은 없었소. 내가 태어날 무렵 부모님 두 분 모두 돌아가셨다기에 그런 줄만 알았었지. 할아버지께선 광산에서 사람들을 부리는 일을 해 조금 여유가 있었소. 내게 광산 일을 시키는 대신 활을 쏘거나 칼을 익히도록 했지. 근처에 사는 거란족에게 말을 자유자재로 다루는 법도 배우게 했소. 마을 사람들이 대장군이라도 키울 셈이냐며 손자를 모시고 산다고 비아냥거렸지만 할아버지께선 들은 척도 않았소."

"당신이 사냥 대회에서 그렇게 멋진 활약을 할 수 있었던 이유가 거기 있었군요."

"그날 날 봤소? 어디에서? 난 당신을 본 기억이 전혀 없는데……."

"어……, 공주님 뒤에서요. 시녀들이 꽤 많았는데 눈에 띌 리가 없죠."

안학이 둘러대는 말에 고개를 끄덕이면서도 이렇게 눈에 띄는 그녀를 못 봤다는 것이 의아한 밀이었다. 그는 황금을 받기 위해 공주의 바로 앞까지 갔었던 사람이다. 물론 공주와 그 수행인들을 자세히 뜯어볼 수는 없었지만. 어쨌든 그런가보다고 넘어간 밀은 말을 이어 갔다.

"할아버지와 할머니의 뒷바라지 덕분에 나는 농사를 짓고 은을 캐는 대신 무예를 익히고 글을 배웠소. 하지만 철이 덜 들어 싸움질도 좋아했지. 거란인들과 어울려 초지를 돌아다니면서 나나 친구들에게 시비를 거는 자들은 닥치는 대로 때려눕혔소. 나중엔 그런 짓이 참 부끄럽다고 느꼈지만……, 그때는 어린 마음에 아비 없는 후레자식이라고 손가락질 받으면 끓는 피를 억제하지 못했소."

"지금은 어떤 경우에도 냉정하고요?"

국내성에서 사록 등과 붙었던 밀이 생각나 안학이 설핏 웃었다. 그녀가 왜 웃는지 짐작한 밀이 멋쩍게 콧등을 찡그렸다.

"가끔은 냉정을 잃을 때도 있지, 사람이 어떻게 늘 평상심을 유지하겠소? 어쨌든 그러다가 내 친구 굴가, 그러니까 당신 어깨에 앉은 그 원숭이의 주인인데, 그 녀석이 거란인이오. 당신이 알지 모르겠소만 때때로 못된 고구려인들이 험하고 고된 일을 하는 거란인들을 예속민이고 유인이라 얕봐 함부로 대한다오. 어느 날 고구려인 몇 명이 거란인들이 일하는 목장에서 말을 빼돌리려다 굴가에게 들켰소. 목장에서 일하는 사람은 거란인이지만 주인은 고구려 왕실이나 귀족이오. 말을 잃어버리면 거란인이 책임을 져야 하는데 말이란 게 보통 비싼 짐승이 아니잖소. 굴가와 나는 그 고구려인들을 찾아가 말들을 되찾아왔소. 그게 문제가 되어……."

"도둑질한 걸 찾아왔는데 왜 문제가 되죠?"

안학이 의아하여 눈을 크게 키웠다. 밀이 난처하니 대답했다.

"우리가 그 고구려인들을 '약간' 손봤기 때문이오."

"죽였나요?"

그녀가 파랗게 질려 대뜸 이맛살을 찌푸리자 밀은 황급히 손을 내저었다.

"무슨! 그저 몇 달 누워 있도록 주물러 준 게 다요."

"호, 몇 달이나?"

"몇 달'밖에'죠. 그게 문제가 되어 관원들과도 붙었는데 먼저 잘못한 쪽이 말을 훔친 녀석들이고 할아버지께서 은을 바쳐 어찌어찌 무마가 되었소."

"불쌍한 할아버지!"

"나도 그렇게 생각해요. 그러니 굳이 말하지 마시오. 그 일이 있고 나서 할아버지께선 나를 불러 앉히고 이걸 보여 주셨소."

밀이 가죽 끈을 풀어 안학에게 내밀었다. 그녀가 세 겹으로 길게 접은 가죽을 펴 보니 그것은 머리끈이 아니라 짐승의 껍질을 벗겨 부드럽게 만든 고급스러운 허리띠였다. 고구려 남자들은 지위 고하를 막론하고 보통 흰 가죽으로 만든 허리띠를 사용했는데, 왕과 관리들은 그 위에 금은으로 장식을 하는 점이 달랐다. 밀이 내민 허리띠는 금속 장식은 없었지만 안쪽에 금실로 글자들이 수놓여 있었다. 안학이 작은 소리로 읽었다.

"동부 대가 태대사자 을류의 손자 을밀[東部大加太大使者乙留之孫乙密]."

안학이 놀라 밀을 돌아보았다.

"밀! 당신은 을씨 성을 가진 귀족이었군요?"

"아마도."

짤막하게 대답한 그는 그녀에게서 허리띠를 돌려받아 다시 세 겹으로 깔끔히 접었다.

"이걸 주시며 할아버지께선 어느 여인에게서 갓난아이를 맡게 된 얘기를 해 주셨소. 20년도 더 전, 안시성으로 은을 싣고 가던 길에서 만난 그 여인이 너무나 절박하게 아이를 부탁해 거절할 수가 없었노라고. 아이가 장성해 세상에 나갈 나이가 되거든 이 허리띠를 전해 달라고 했다는 거요. 아이의 이름은 밀이며 귀문貴門의 자손이니 잘 부탁한다는 말과 함께. 할아버지께서 그러겠다고 약속하자 여인은 곧 떠났다고 해요."

"그 여인분이……, 어머니셨을까요?"

"어쩌면."

밀은 잘 무두질한 흰 가죽을 손끝으로 문지르며 입술을 잘근잘근 씹었다.

"할아버지 말씀으로는 그 여인 역시 귀한 출신으로 보였다지만……, 짐작컨대 내 어머니는 귀족 가문에 정식으로 들어가지 못했을 것 같소. 이 허리띠에 수놓인 글귀에서 나는 누군가의 아들이 아니라 손자. 부모가 떳떳이 결합했다면 달리 썼을지도 모르지."

"하지만 당신에게 전해 달라고 한 건, 장성하면 가문을 찾아오라는 뜻이 아닐까요?"

"할아버지와 나의 추측도 그렇소. 태어날 때는 가문의 일원으로 인정받지 못할 이유가 있어 피신시킨 것이 아닌가 하고. 그리해서 할아버지께선 여인과의 약속을 지켜 나를 정성껏 키우셨고 할머니께서도 친손자처럼 돌봐 주셨소."

"두 분 다 참으로 훌륭하시네요. 당신은 정말 운이 좋았어요, 밀."

"맞소. 난 정말 그분들이 내 친조부모가 아닐 수도 있다는 생각을 단 한 번도 한 적이 없소. 마을 사람들도 그런 눈치를 보인 적이 없고. 그래서 더 철없이 날뛰었을지도 모르지. 결국 관원들에게도 대들 정도로 설치자 할아버지께선 내가 크고 작은 사고를 계속 치니 더 이상 두고 볼 수가 없다며 핏줄을 찾을 이 증표를 주셨소. 나는 시골 잡배들과 주먹다짐으로 소일할 사람이 아니라면서. 이제 을밀이란 내 진짜 이름을 찾을 때가 왔다고. 나는 그 길로 굴가와 함께 은산을 떠났소."

안학이 가만히 고개를 끄덕였다. 밀이 다시 머리에 묶은 가죽 끈에 그의 근본이 있다는 말을 잘 이해할 수 있었다. 그녀는 무릎을 모아 세우고 조용히 그의 다음 이야기를 기다렸다.

"처음엔 은산에서 가장 가까운 성인 안시로 갔소. 사람들에게 물어보니 몇몇 대귀족 가문은 소문이 자자해 들은 적이 있어도 나머지는 모른다는 거요. 그 가문이 뿌리 내린 곳을 찾아가야 알 수 있다고. 동부라고 해도 평양의 동부가 있고 지방 5부의 동부가 있는데 이전 순노부順奴部도 동부라고 불렸으니 그동안 뜨고 진 귀족 가문이 적지 않다고 했소. 또 장수대왕께서 천도할 무렵 많은 귀족들이 이주해, 동부에 살던 사람이라도 관직에 따라 황부黃部에도 가고 서부西部에도 가서 정착하는 경우가 많다고도 했소. 고구려 전역을 돌아다니며 조사를 해야 하나, 암담하던 차에 누군가가 평양성 왕궁 안에 문서고가 있다고 일러 줬소."

"귀족 가문의 세보와 관원들의 녹봉, 녹읍을 기록한 서류들이 보관되어 있죠. 몇 년마다 실시하는 호구조사에 의거해 작성한 장적도."

"그래요. 어디에 누가 사는지 알 수 있는 기록들이 거기 있다는 거였소. 굴가와 나는 왕궁에 들어가야겠다고 생각했지."

"오늘 밤처럼 몰래 담을 넘어서?"

안학이 놀리듯 묻자 밀이 씁쓰레하게 웃었다.

"아니오. 그때 마침 태자님께서 국내성으로 오셔서 사냥 대회를 연다는 소식을 들었소. 안시성의 젊은이들이 그 사냥 대회에 참가하려고 너도나도 길을 떠나는 참이었거든. 우리 역시 평양이나 국내 등 더 큰물로 나가 뜻을 세우고 이름을 떨치겠다는 희망을 품고 있었고. 그리하여 우린 사냥 대회에서 우승해 태자님의 군관이 되어 평양성으로 따라올 계획을 세웠고 국내로 들어갔소."

"그 계획대로 됐네요."

"하지만 내가 몰랐던 게 있었소. 그 문서고는 아무나 들어갈수 없는 곳이란 거요. 보관과 보존을 맡은 관원 외에는 대형 이상의 관등을 가진 자만 출입하여 열람이 가능하고, 출입할 때도 반드시 허가를 받아야 하오. 그렇게 절차가 까다로운 줄, 이전엔 궁내의 법도를 배운 적이 없어 전혀 몰랐지."

"당연한 거예요. 그 기록들은 나라의 근본이에요. 당신의 그 가죽 띠에 수놓인 글귀가 당신의 근본인 것처럼. 아무나 손대면 곤란하죠."

"뭐, 그렇겠지. 덕분에 난 내 핏줄에 대해 당당하게 조사할 기회가 없어졌소. 그렇다고 사람들을 붙잡고 을씨 가문을 아느냐고 묻기도 뭐하고. 내 조부가 어떤 사람인지, 우리 부모가 왜 나를 직접 키울 수 없었는지 나름대로 알아보지 않고서 내가 그 집 핏줄이노라 나설 수는 없는 노릇 아니오. 그래서 나는 옳지 못한 방법이라고 생각은 했지만 문서고에 잠입해 몰래 을씨 가문의 기록을 보려고 했소. 그런데 마침 동부 귀족들의 세보에서 을씨를 찾아낸 순간에 숙직이 순찰을 돌아 그만 나오고 말았소. 오늘은 이만 돌아가야겠다고 마음먹었는데 그 원숭이 녀석이 여기로 도망쳐 오는 바람에⋯⋯."

"그럼 당신은 다음에 또 문서고에 숨어들 건가요?"

안학이 걱정스레 눈썹을 찌푸렸다.

"달리 별스런 방법도 없잖소."

밀은 어깨를 으쓱했다가 안학의 흰 이마에 드리운 그늘을 보고 그녀가 언짢아하는 줄로 생각해 고개를 크게 저었다.

"오해하지 마시오. 내가 을씨 가문을 찾으려는 건 귀족이 되어 더 높은 관직이나 재산을 얻고자 해서가 아니오. 20년이 넘도록 몰랐던 내 뿌리를, 나 스스로가 몰랐던 내 자신을 알고 싶을 뿐. 비록 선인에 말단 군관이나 왕실과 고구려에 바치는 충심은 대대로에 비해도 부족하지 않다고 자부하오. 내가 평양성에 들어오길 갈망했던 건 '진정한 나'를 찾고 싶은 이유도 분명 있으나, 더 큰 이유는 어디까지나 고구려의 사내로서 나라에 힘을 보태는 거요. 이대로 성씨 없는 밀로 낮은 관위에 계속 머무른대도 괜찮소."

"알아요."

그녀가 부드럽게 대답했다. 은은한 미소가 그의 말을 믿는다는 증거였지만 그녀의 안색은 여전히 밝지 못했다.

"그렇지만 밀, 문서고에 숨어드는 건 안 돼요. 당신이 위험해질 뿐 아니라 당신을 아껴 군관으로 삼아 주신 태자님을 관원으로서 배반하는 거니까요. 하루라도 빨리 당신의 본래 이름을 찾고 싶은 마음은 알겠지만, 그런 무모한 짓은 그만둬야 해요."

"설마 날더러 출세하여 문서고에 출입할 수 있는 관위를 얻을 때까지 기다리라는 거요? 선인이 된 것도 평민에겐 엄청난 일이라는 걸 모르시오?"

"그것도 알아요."

다시 울컥한 밀을 달래듯 안학의 목소리가 따뜻했다.

"당신이 문서고를 뒤질 충분한 이유가 있다는 것도 잘 알았어요."

그녀는 잠시 생각에 잠겼다가 반짝 눈을 들었다. 표정이 환하게 밝은 것이, 좋은 생각이라도 떠오른 모양이다.

"내가 찾아 주겠어요."

"무슨 소리요?"

"내가 진정한 당신, '을씨 성을 가진 밀'을 찾아 주겠다고요. 내가 문서고에 들어가 조사를 하겠어요."

밀이 피식 실소했다.

"아까 말했잖소. 그곳은 아무나 드나드는 데가 아니라고. 허락받은 일부만 들어갈 수 있단 말이오."

"나도 그 허락받은 일부 중 하나거든요."

"당신이? 공주님의 시녀가 그만큼이나 대단한가?"

"내가 특별한 시녀이기 때문이죠."

의심스런 눈으로 그녀를 들여다보는 밀에게 안학은 자랑스레 턱을 위로 끌어올렸다. 그녀의 어깨 위에서 구요가 허리에 양손을 얹고 으스대며 거들었다. 그가 믿을 만한 거짓말을 꾸며 내기 위해 그녀는 재빨리 머리를 굴렸다.

"내가 공주님을 도와 천문과 약초를 공부한다고 말했었죠? 문서고에는 세보와 장적만 있는 게 아니에요. 많은 역사서와 경전들, 각 분야의 귀한 서책들과 자료들도 보관돼 있어요. 난 공주님 대신 언제든지 문서고에 출입하여 그 책들을 찾아 읽고 베낄 수 있어요."

"그렇다면 당신이 문서고에 출입할 때 동부 귀족들의 세보도 살펴서……."

"을씨 가문이 어느 지방의 세족世族인지 알아보겠어요. 전현직 관원들의 명부도 살펴 태대사자의 관직을 가진 당신 조부님도 찾아보고요. 그럼 당신이 위험을 감수하지 않아도 돼요."

이 여자는 역시 천녀였어. 밀의 표정도 환해졌다.

"그러니 다시는 비번일 때 원숭이를 데리고 궁의 담을 넘지 마요. 이제 당신은 은산의 싸움꾼이 아니라 평양성의 군관이니까요. 약속하는 거지요?"

아아, 이 입바른 잔소리꾼. 벌써 몇 번이나 같은 충고를 하는지. 은산에선 알아주는 드센 성격의 할아버지, 할머니도 잔소리를 못 하던 나인데. 그래도 밀은 고분고분하니 고개를 끄덕였다. 할아버지와 할머니 앞에선 꽤나 성질을 부렸던 그였지만 그녀에게는 정반대의 반응이 자연스럽게 나왔다. 안학과 마주 웃던 그의 눈이 퍼뜩 가늘어졌다.

"당신이 무언가를 알아낸다고 해도 어떻게 내게 전해 줄 수 있겠소? 내가 이 자리를 떠나면 우린 다시 만나지 못할지도 모르는데. 그렇다고 당신을 만나러 내가 다시 공주궁에 몰래 들어올 수도 없잖소."

"……그렇군요."

미처 그 생각을 못 한 듯 안학도 밀을 따라 시무룩해졌다. 그러나 그것도 잠시, 그녀는 또 다른 묘안을 떠올리고 산뜻하니 웃었다.

"밀, 우린 다시 만날 수 있어요."

"어떻게 말이오?"

"난 공주님을 모시고 자주 평양성 첨성대에 별을 관측하러 가요. 첨성대에서 멀지 않은 곳에 작은 숲을 꾸며 놓았으니, 거기서 날을 정해 만나면 돼요."

"공주님께서 별을 구경하러 친히 첨성대에 가신단 말이오? 정말 특이한 분이군."

"구경이 아니라 관측이라니까요. 특이한 분이 아니라 호기심이 많아 폭넓게 공부하시는 거라고요."

샐쭉하니 입아귀를 앙다무는 안학을 눈여겨보지 못한 채 밀은 근심스레 물었다.

"공주님을 모시는 중에 마음대로 빠져나올 수 있겠소? 혹여 공주님을 노엽게 해 당신이 벌이라도 받으면……."

"그건 내가 알아서 할 수 있으니 걱정 마요. 난 첨성대 밖에서도 자주 별을 보는걸요."

안학이 자신 있게 말했다. 밀은 고맙고도 미안했다. 얼굴 두어 번 본 사이에 불과한 그를 이토록 열심히 도와주려 하다니. 그녀를 와락 껴안고 감사를 표시하고 싶은 마음이 불현듯 일었으나 그건 적절한 방법이 아니다. 그는 이제껏 누구에게도 보인 적 없는 다정한 눈으로 그녀를 바라보았다.

"정말 고맙소. 당신의 친절한 마음은 평생토록 잊지 못할 거요. 어떻게 보답하면 좋겠소? 당신이 바라는 일은 무엇이든 하겠소."

"고구려의 사내로서 왕실과 나라를 위해 힘써 주세요. 그게 내가 당신에게 바라는 전부예요."

말도 참 예쁘게 하지. 안학을 바라보는 밀의 눈에 감탄이 깃들었다. 은산에서든 국내성에서든 밀이 본 여자들은 이렇지 않았다. 그의 할머니는 말할 것도 없거니와 같은 집에 있는 애노만 해도 그렇다. 애노가 입만 벌리면 굴가나 사록은 벌벌 떤다. 그런 여자들만 보다가 천녀 같은 여자를 만나니 꿈을 꾸고 있는 듯하다. 말투, 표정, 손짓, 뭐 하나 상냥하고 애틋하고 아리땁지 않은 게 없는 이 여자가 고작 평민 출신의 시녀라니, 평양성은 수준도 높다.

다음에 만날 약속을 정한 후, 그녀에게 달라붙어 떨어지지 않으려는 구요를 간신히 뜯어내 목덜미를 움켜쥐고 독약이 가득 진열된 방을 나서는 밀은, 오늘 밤 문서고에 잠입했던 목적을 이루지 못했음에도 기분이 썩 좋았다. 정원에 먼저 내려가 주변에 아무도 없음을 확인한 안학의 도움으로 무탈하게 공주궁의 담을 넘으려던 그가 문득 멈췄다.

"난 당신 이름도 모르고 있소."

"이름? 내 이름은, 그러니까⋯⋯."

척척 잘 나오던 거짓말이 거기서 막혔다. 어떤 이름을 대면 좋을까? 정직하게 안학이라고 말할 수 없어 망설이는 그녀는 마치 이름을 말해 주기 싫어 뜸 들이는 새침한 모습이다. 사내의 음흉한 수작이라고 생각하는 걸까 싶어 밀은 서둘러 덧붙였다.

"다른 뜻은 없소. 내게 호의를 베푸는 은인의 이름을 알고자 할 뿐. 나는 여자들에게 함부로 이름을 묻고 다니는 사람이 아니오."

"그렇겠지요. 그날 국내성에서 당신의 목을 껴안던 여자의 이름도 당신은 몰랐던 것 같으니까."

머릿속에 떠도는 여러 이름들 중 하나를 고를 시간을 벌기 위해 안학은 묵혀 둔 기억을 내놓았다. 밀이 펄쩍 뛰었다.

"그땐 정말 모르는 여자였소. 지금은 알지만⋯⋯."

"당신을 따라 사냥 대회에까지 참가하기 위해 남장까지 했던 열성적인 여인이었죠, 아마도."

"그 여자가 무슨 짓을 해도 관심 없소. 그리고 내 친구가 마음에 들어 하는 여자라 더욱 마음에 없소."

"안됐네요, 그 여인이."

안학은 여인이 진심으로 가엾다는 생각이 들었다. 그녀는 맞지 않는 절풍을 연방 고쳐 쓰며 태자와 자신 앞에 엎드려 밀을 따라가게 해 달라고 간청하던 애노를 똑똑히 기억하고 있었다. 그렇게 노력을 하는데도 사내에게 받아들여지지 않다니 딱하고 안쓰럽다. 한편으로는 밀에게 과감하게 매달려 입술을 들이대던 그 여자의 뻔뻔스러움이 꺼림칙하니 머릿속에 박혔던 터라 안학은 다행스럽게도 여겨졌다. 다행스럽다니, 무엇이? 시원한 대답을 할 수 없는 물음이다. 안학이 입을 다물고 말이 없자 밀은 금세 짜증이 났다. 그녀 앞에서 애노 얘기는 하기 싫다. 애노는 물론이고 다른 여자 얘기는 싫다.

"난 당신 이름을 물었소. 이름을 밝히기 싫으면 그렇다고 말하면 그만이지 왜 자꾸 다른 얘기를 하시오?"

"그런 게 아니에요, 밀. 내 이름은……."

그가 휙 돌아서서 금방이라도 담을 넘을 기세여서 안학은 더 고를 여유가 없었다.

"……별아예요."

"별아?"

"그래요, 별아. 공주님께서 지어 주셨어요. 별 보기를 좋아한다고."

나오는 대로 뱉은 말에 밀이 미소했다.

"당신에게 꼭 어울리는 이름이오."

그는 말을 마치자마자 눈 깜짝할 사이에 담을 넘어 사라졌다. 멍하니 서 있는 안학에게 백록이 다가와 몸을 비볐다. 그녀는 그 자리에 앉아 가만히 사슴을 안았다.

"……꼭 어울린다고?"

밀이 남긴 말을 곱씹던 그녀는 풋, 작은 웃음을 터뜨렸다.

"언제까지 기다리고 있을 참이냐?"

흥안은 바둑판을 사이에 두고 마주 앉아 침묵을 지키고 있는 아우 보연에게 말을 걸었다.

"여기서 중앙으로 뛰어나가지 않으면 이후의 싸움은 네가 밀린다. 인내심이 강한 것도 좋으나 지나치면 궁지에 몰린다. 이번 수는 잇지 말아야 했어."

"저라고 여기서 벗어나고 싶지 않은 게 아닙니다, 형님."

형의 뼈아픈 지적에 보연이 빙긋 웃었다. 그는 7척이 훨씬 넘는 큰 키와 건장한 체구에도 불구하고 온화한 인상과 조심스런 몸가짐으로 인해 위압적인 장수보다는 초연한 선비의 느낌을 풍기는 왕자였다. 형이나 여동생과 얼굴은 매우 닮았으나 그들에 비해 진하고 강렬한 맛이 덜한 담백한 풍모의 소유자다. 공격 일변도인 형과 달리 실리를 중시하는 온건한 바둑을 선호하는 보연이 더 고수였으나 오늘은 초반부터 고전하고 있었다. 그의 갸름한 손가락 사이에 끼워진 백돌이 아직 자리를 찾지 못해 허공에서 우물쭈물했다. 보연이 궁여지책으로 한 수 붙였으나 흥안이 곧 막으며 아우의 숨통을 졸랐다. 형의 막강한 공격에 보연이 아아, 가느다란 한숨을 뱉었다.

"제가 어느 쪽으로 가더라도 길이 없겠습니다."

"천만에. 백이 선수(先手:상대편보다 먼저 중요한 자리에 둠)인 곳이 둘이나 있다. 또 그 옆으로 한 칸 벌리면 압박에서 벗어난다. 그것이 내가 지금 공세를 더하고 싶으나 참은 이유다."

"형님께서는 실제 전투처럼 기반(棋盤)을 대하십니다. 그 무시무시한 투지에 온몸이 오싹합니다."

"전투지. 그리고 전투는 아무리 작은 것이라도 질 수 없다. 진다면 그건 더 큰 전투를 이기기 위한 포석일 뿐, 나는 지지 않는다."

"국내성에 다녀오신 후로 부쩍 온화해지셨다고 생각했는데 실상은 더 호전적이 되셨군요. 저는 형님께서 국내의 귀족들을 포섭하고자 여기 평양까지 데려오신 줄 알았습니다만……. 그들 앞에서 유하게 보이시는 건 또 하나의 계책입니까?"

딱. 형이 매섭게 바둑돌을 놓자 바둑판의 형세를 살피던 보연이 곤란해하는 웃음을 지었다.

"갑자기 중앙을 공략하시다니, 아직 귀를 더 파고들 여지가 있지 않습니까."

"지스러기에는 집착하지 않을 것이다. 국내계이건 평양계이건 왕실과 함께 가려는 자들은 그 입지를 빼앗지 않는다. 고구려보다, 왕실보다 제 가문을 앞세우는 대족들은 이 중앙에서 박살 낼 것이다. 내가 그들을 데려온 것은 비위를 맞춰 주기 위해서가 아니야."

"하지만 형님, 그들도 겉으로는 고구려와 왕실을 위해서라고 말합니다. 서로 속내를 숨기고 벌이는 싸움은 그 향방을 가늠하기 어렵습니다. 마치 이 중앙의 싸움처럼 안개 속으로 빠져 버릴 수 있습니다."

보연도 과감하게 중앙 깊숙이 들어갔다. 아우의 대응이 침착했지만 홍안의 흑집은 이미 모양을 크게 잡아 흔들릴 염려가 없어 보였다. 홍안이 여유롭게 대꾸했다.

"욕심이 과한 자는 그 마음을 끝내 숨기지 못해. 우불해처럼 그릇에 맞지 않는 야망을 품은 자는 특히나. 내가 친 덫에 제 발로 뛰어들 것이다. 지금 내가 중앙에서 벌인 싸움에 네가 어쩔 수 없이 발을 담근 것과 같이."

"우불해는 그렇다고 하더라도, 그 손자인 조의두대형 우태루는요? 형님께서 퍽 예뻐하신다고 저는 느꼈습니다만……. 그도 조부와 마찬가지로 박살 내 없애 버려 마땅한 자입니까?"

딱. 바둑돌을 무겁게 내려놓으며 보연이 나직하게 물었다. 홍안이 미간을 흠칫 구겼다. 방금 막 보연이 던진 승부수가 편편찮아서만은 아니었다. 홍안의 목소리가 음산하게 깔렸다.

"반역자의 핏줄을 살려 두면 화근이 된다. 후환거리는 그때그때 없애는 게 상책이지."

"그럼 안학은요? 정말 안학을 우씨 가문에 들여보내실 겁니까? 우태루를 죽이겠노라 이미 작정을 하시고서도요?"

"그것은 내 계략의 일부분이다. 안학이 태루와 혼인하기 전에 모든 게 정리될 것이다. 설령 안학이 혼인한 뒤라도 그 애만은 괜찮다. 그 애는 다시 우리 곁에 돌아올 거야. 안학이 슬 퍼하도록 놔두지 않는다. 그러니 안학에게 쓸데없는 말은 하 지 마."

딱! 홍안이 다시 강수를 두었다. 다 이겨 가는 바둑을 마무 리하지 않고 새롭게 싸움을 거는 수였다. 보연이 형을 딱하게 바라보았다.

"혼담이 안학의 귀에 들어가지 않기를 바라시는 것은, 이 혼 사가 그 애의 행복을 위해서가 아니라 형님의 말씀대로 정략의 일부이기 때문이겠지요."

"공주들이 사사로운 애정으로 혼인하는 경우가 있던가? 정 략혼도 공주의 의무다."

"하지만 반역자로 처형될 부마에게 시집보내는 경우도 없습 니다."

딱! 받아치는 보연의 수가 매서워졌다.

딱! 홍안도 공격의 고삐를 늦추지 않았다.

"우불해는 왕가와 혈연을 맺어 스스로 왕가가 될 조건을 갖 추려 한다. 그자가 제 본심을 스스로 까발리도록 하려면 혼담 이상의 미끼가 없어."

"그럼 제가 혼인을 하겠습니다."

"뭐?"

반문하는 홍안의 미간에 골이 더욱 깊이 패었다. 딱. 그의 실착으로 백대마가 갑자기 늘어났다. 딱. 역전의 기회를 놓치 지 않은 보연이 침착하게 되풀이해 말했다.

"제가 국내계의 처녀를 아내로 들이겠습니다."

"넌 내 대신 이미 평양계의 여자를 둘째 처로 들였다. 네 정처에게 미안하지도 않니?"

"정략혼은 공주만이 아니라 왕자의 의무도 됩니다."

딱! 흥안이 경쾌하게 한 점을 두었다. 그 한 점은 거의 확실했던 승리를 뭉개 버린 패착이었다. 흥안도 자신의 실수를 곧 깨달았지만 그는 오히려 옅게 미소 지었다.

"넌 아직도 그 꿈을 꾸고 있느냐? 평양계와 국내계 양쪽 모두와 연혼하여, 제 세력을 키우는 데 혈안이 된 귀족들을 너그러이 어르고 달래어 가며 왕실을 중심으로 조화를 이루겠다고? 그래서 평양계의 장인과 국내계의 장인이 네 앞에서 반가이 손잡고 고구려와 왕실에 헌신하도록 만들겠다고?"

"태자이신 형님이 하셔야 할 일입니다. 평화롭게 해결할 수 있는데 어찌 피를 흘릴 생각을 먼저 하십니까?"

딱. 돌을 놓고 흥안은 바둑판을 담담히 내려다보았다. 그가 공들여 이루어 놓은 거대한 흑의 성채가 무너져 가고 있었다.

"귀족들이 국왕만큼 커지는데 평화라. 말은 아름답다. 어느 현인이 그런 말을 했지. 천승지군(千乘之君:승(乘)은 전차를 세는 단위로 천승을 가진 군주는 곧 제후를 가리킴)이 대비를 하지 않으면 반드시 백승지신(百乘之臣:대부(大夫))이 일어나고, 만승지군(萬乘之君:천자)이 대비를 하지 않으면 반드시 천승지군이 일어나 나라를 기울게 한다고. 그리하여 현인은 군주에게 이런 충고를 했다. 제후들이 넓은 땅을 차지하면 천자에게 해롭고, 신하들이

지나치게 부유하면 군주가 패망하니 자신의 세를 불리는 자들을 내치라고. 우리가 화평을 바란다 해도 피를 흘릴 놈들은 우리의 의지나 바람과 별개로 이미 그들의 길을 걷고 있어. 우리는 그에 걸맞은 미래를 준비할 뿐이다. 우불해는 태루를 왕으로 올리고 싶어 해. 그래서 안학이 필요하다. 네가 태루와 연혼할 수는 없지 않니."

어느새 견고해 보였던 흑의 영역 여기저기에 파열이 생겨 안정감을 잃고 궁색해졌다. 딱. 보연이 마지막 일격을 가했다.

"형님, 고구려는 이미 숱한 전쟁에서 많은 피를 흘리고 희생을 치렀습니다. 귀족들도, 형님께서 내치려는 대가들까지 포함하여 그 희생에 동참하였습니다. 그 희생을 바탕으로 고구려는 온 세상이 두려워하고 부러워하는 강대국이 되었습니다. 풍부한 물자가 바다와 강을 오가는 부유한 나라가 되었습니다. 이제는 그 과일을 고생한 이들과 나누며 이처럼 강하고 부유한 고구려를 함께 유지해 나갈 때입니다. 부디 내분을 재촉하지 마시고 서로 화해할 수 있도록 먼저 베풀어 주십시오."

"말은 똑바로 해야지, 보연. 내분을 재촉하는 것이 아니라 저들의 내분 획책을 막으려는 것이다. 네 말대로 고구려는 많은 희생 위에 강하고 부유해졌다. 거기엔 왕실, 대가, 군소 귀족, 성도 없고 이름도 알려지지 않은 무수한 고구려인들이 동참했다. 모두의 것이다. 우리 모두의 것! 그 과일을 누군가가 독차지하라고 희생한 게 아니야. 평양계와 국내계로 나뉘어 서로 더 많은 과일을 먹겠노라고 다투는 저 몇몇을 위한 게 아니란 말이다. 그들의 내분이 고구려를 갉아 먹어 쇠약하게 하고 부를 마르게 할 것이다. 우리가 할 일은, 착한 아우야, 그들이 고구려를 패망의 길로 이끄는 것을 구경하는 게 아니라 막는 것이다."

딸깍. 흥안의 흑돌이 바둑판 위에 내려앉지 못하고 통 속으로 떨어졌다. 푸, 흥안이 웃음 섞인 한숨을 흘렸다.

"오늘도 졌다."

"그러게 다 이기신 것을 왜 그리 무모하게 계속 공격하시어……."

"천성이지 않느냐. 나는 너처럼 지키면서 두는 바둑은 못해."

아무리 작은 전투라도 지지 않겠다던 형이 아무렇지도 않게 졌다면서 달카닥달카닥 바둑알들을 수습하는 모습을 보며 보연은 작게 덧붙였다.

"지칠 줄 모르는 공격은 때로 이렇게 허망한 것입니다, 형님. 가진 것까지 모두 내주지 않았습니까."

"놀이는 놀이고 나랏일은 나랏일이다."

"때로는 놀이에서 나랏일의 교훈을 얻을 수도 있습니다."

"그렇지. 백잔의 경사(慶司:백제 제21대 왕인 개로왕(蓋鹵王)의 이름)가 바둑에 미쳐 패망을 자초했으니 큰 교훈이지."

"저는 그런 뜻으로 말씀을 드린 것이……."

"백잔 이야기가 나왔으니 말인데, 그쪽에서 별다른 소식은 없었느냐?”

바둑판을 깨끗이 치우자마자 흥안이 검은 돌 하나를 우상귀에 놓았다. 두 번째 전투가 시작된 것이다. 보연이 맞은편 귀에 두며 답했다.

“특별한 움직임은 없사오나 잔왕(殘王:고구려에서 백제왕을 하대하여 부르는 말)이 가야를 쳐서 강역을 넓히려는 모양입니다.”

“고구려는 이제 두렵지 않다는 말이군. 사마(斯摩:백제 제25대 왕인 무령왕(武寧王)의 이름)가 우리 군사를 맞아 몇 번 이기더니 자신감이 생겼는가?”

“형님께서 치신 이후로는 양쪽 모두 잠잠합니다. 사마의 이복동생 모대(牟大:백제 제24대 왕인 동성왕(東城王)의 이름)가 즉위한 이후로 백잔이 점점 힘을 키워 우리가 함부로 치기 어려워졌고, 백잔 역시 우리 고구려에 대항하기엔 아직 부족하다 여겨 그 힘을 비축하는 모양새입니다. 당분간은 전쟁 없이 이런 소강상태가 지속되지 않을까 생각합니다만……”

‘글쎄, 그럴까?’ 하듯 흥안이 미묘한 웃음과 함께 어깨를 으쓱했다. 빠르게 둔 포석은 양쪽 다 만족스러운 형태다. 돌을 놓는 그의 손길이 다소 느긋해졌다.

“백잔은 그렇고, 동이(東夷:신라)에서는 소식이 있었느냐?”

“얼마 전 즉위한 매금(寐錦:고구려에서 신라왕을 하대하여 부르는 말)이 미약했던 권세를 강화하고 있다고 합니다. 스스로를 마립간 대신 왕(신라에서는 왕을 매금왕(寐錦王)이라 불렀음)이라 칭하고, 병부를 세워 군제를 정비하는 등 여러모로 개혁을 추진하고 있으며, 불교에도 비상한 관심을 보인다 합니다. 백잔보다는 동이의 변화가 더 주목할 만합니다."

"매금이 왕이라……. 이름이 원종(原宗:신라 제23대 왕인 법흥왕(法興王)의 이름)이었던가? 그자에게 서상이 있었지?"

"그자가 신궁에 제사할 때 양산楊山 우물 속에 용이 나타났다고 합니다."

"본인 앞에 나타난 것도 아니군. 어쨌든 민심은 잡았으렷다."

"예. 벌써부터 성군이라 칭송이 자자하다고……."

"그래 봤자 동이는 동이다. 문제는 백잔이지."

딱. 홍안이 아우의 말을 끊는 동시에 그의 한 수가 백대마의 허리를 끊었다. 신라 이야기에 심드렁했던 그의 눈동자가 새삼 번쩍였다.

"백잔이 설치는 것은 대왕께서 너무 놓아주셨기 때문이다. 그냥 내버려두면 저희가 정말 고구려와 엇비슷한 줄 알고 우쭐해져 발칙스레 기어오를 것이다. 더 기고만장해지기 전에 손을 봐 두어야지."

"전쟁을……, 생각하십니까?"

보연이 걱정스레 묻자 홍안이 눈을 들어 싱긋 웃었다. '당연하지 않니?' 그의 눈이 그렇게 반문하는 것 같았다.

"대왕께서 불예(不豫:임금이 편치 않음)하신 이때 굳이 거병하심은……."

"당장 군사를 일으키지는 않는다. 내게도 시간이 필요해. 절대 지지 않는 전쟁을 위해 준비할 시간이."

"군대는 예전과 다름없이 훈련하고 있고 백잔 땅에서는 수많은 첩자들이 암약하고 있습니다. 군량미를 늘 넉넉히 갖추고 무기 손질도 게을리하지 않습니다. 달리 필요하신 것이 있습니까? 하명하시면 곧 준비하겠습니다."

돌연 홍안이 바둑판 위로 상체를 숙이더니 입가에 손을 가져갔다. 방 안에 두 형제밖에 없었음에도 그의 목소리는 퍽 낮았다.

"이번엔 내가 직접 백잔의 땅에 들어가 탐색할 작정이다."

"그건 말도 안 됩니다!"

보연이 펄쩍 뛰었다. 쉿, 홍안이 입술 위로 손가락을 갖다 댔다.

"조용히 해라, 보연. 모든 귀족들과 장수들에게 똑같이 정보를 제공하는 첩자들로는 부족해. 나만의 정보가 필요하다. 나만이 아는 그 땅의 허점이 필요해."

"그런 걸 위해서 태자께서 몸소 큰 위험을 감수할 수는 없습니다."

"보연, 나는 내게만 충성하는 백잔 내부의 동조자를 원한다. 이후 평양계와 국내계를 견제할 제3의 세력을 원해. 내게 아리수(阿利水:한강) 일대를 넘기고 고구려의 신흥 귀족으로 부상할 사람들을. 그들은 내가 아니면 포섭할 수 없다. 내가 가야 해. 나만이 적격자다."

보연이 바둑돌을 통에 버리고 형의 팔을 와락 잡았다.

"안 됩니다, 형님. 절대 안 됩니다. 대왕께서 병석에 계신데 형님마저 궁을 비우시면……. 참람한 생각을 가진 자들이 호기라 여겨 날뛸 겁니다."

"그거야."

보연의 말을 홍안이 오히려 반겼다.

"그놈들이 과연 누구누구일지 어디 한번 보자꾸나, 보연. 기대되지 않니? 두어라, 네 차례다."

"제발, 형님. 만에 하나 그곳에서 불미한 일이라도 당하시면 왕실은, 고구려는 어찌합니까? 그야말로 이 나라의 파멸입니다!"

"바보 같으니. 네가 있는데 무슨 걱정이냐? 그래서 왕자가 여럿이면 좋은 것이다."

"어떻게 그런……! 농으로 할 말이 아닙니다!"

대수롭지 않게 말하는 형에게 진정으로 화가 난 보연이 홍안의 팔을 움켜쥔 손에 저도 모르게 힘을 주었다. 아얏, 눈살을 찌푸리면서도 홍안은 웃음을 지우지 않았다. 그는 가만히 동생의 손가락을 하나씩 풀며 부드럽게 말했다.

"성실하고 착한 아우야, 나는 결코 적지에서 죽지 않는다. 염탐질하다 들켜 죽을 정도의 얼간이는 아니지. 네 형을 못 믿겠느냐?"

"못 믿어서가 아닙니다. 귀하신 몸으로 적지에 홀로 들어가는 것을 용납할 수 없을 뿐입니다."

"걱정 마라. 혼자 가진 않으마. 마침 이럴 때 써먹을 알맞은 녀석을 찾았거든."

"이럴 때 써먹을? 설마 태루는 아니겠지요?"

동생의 입에서 나온 이름에 홍안이 손사래를 쳤다.

"그 녀석을 데려가면 온 세상이 내가 어디 있는지 다 알게? 그 할아비가 당장 잔왕에게 사람을 보내 제발 내 목을 쳐 달라고 사정할 것이다."

"그럼 누구를……?"

"아주 귀여운 녀석이 있지. 사지死地에 혼자 버려둬도 끈질기게 살아남아 돌아올 잡초 같은 놈이. 학문은 얕지만 총명하고 재주가 많은 놈이다. 두라니까, 아까부터 뭘 그리 장고長考 중이냐? 하긴 내 이 수가 절묘했지?"

"이번에 국내에서 데려와 선인으로 삼은 그자입니까?"

"밀을 아느냐? 어떻게?"

"어쩐지 눈에 띄더군요. 범상한 용모가 아니어서인지, 아니면 권문세족의 공자들과 비교해도 손색이 없을 무인이라고 안학이 말을 해서인지……."

"안학이……. 그래, 그 애와 내 눈앞에서 단연 돋보였지, 그 녀석. 게다가……."

킥, 홍안이 잇새로 작은 웃음을 터뜨렸다.

"……내 곁에 평생 있고 싶다나? 날 끔찍이 사랑하나 보다."

"고구려 내에서 태자님을 사랑하지 않는 젊은이가 있겠습니까."

동생이 마주 웃자 홍안이 쩝, 입을 다셨다.

"어째서 사내들에게만 인기가 있느냐 말이다, 나는."

"형님이 무심하여 모르실 뿐이겠지요. 고구려의 처녀들은 모두 형님께서 돌아봐 주시길 바랍니다."

잔잔히 미소하던 보연이 문득 엄색했다. 깜빡 형에게 말려든 것이다.

"그 밀이란 아이와 단둘이서 잠입하시겠다는 말씀입니까? 그건 혼자 가시는 것과 크게 다르지 않습니다."

"그 녀석과 둘만 간다고 질투하지 마라. 거기서도 내내 네 생각을 할 테니."

"형님!"

동생을 외면하며 홍안이 바둑판의 돌들을 차르륵 한 손으로 밀었다.

"아아, 이번 판은 끝이다. 네가 시간을 너무 질질 끌어 도저히 못 참겠다. 사실 이번은 정말이지 내가 이긴 판이었어."

"홀로건 둘이건 안 됩니다. 고구려의 태자가 염탐이라니요."

"결정은 내가 한다. 거기서 내가 굶어 죽지 않도록 여비나 두둑이 마련해 놓아라."

홍안이 자리를 털고 일어나 곧장 방문을 열어젖히고 나섰다. 복도에 발을 내딛자마자 무슨 생각이 났는지 다시 돌아선 그는 황급히 쫓아 나오던 동생과 코를 부딪칠 뻔했다.

"한 가지 부탁할 것이 있다, 보연."

동생이 공손히 고개를 숙이자 홍안은 가까이 선 김에 동생의 귀에 대고 속삭였다.

"수십 년 전 국내 귀족들이 반란을 도모했다가 발각되어 대대적으로 처형된 사건을 너는 알겠지? 내가 없는 사이 그걸 좀 조사해 주렴."

"그 사건은……, 장수대왕께서 이후 일절 거론하지 말라고 엄명을 내리신 일입니다. 장수대왕께서는 그 일에 관련된 문건들은 누구도 접근하지 못하도록 모두 봉해 두셨다고 들었습니다. 그리하여 지금은 그 일을 모르는 사람이 대부분입니다. 그걸 왜 이제 와서……."

"먼 옛날 연나부의 대가였던 우씨 가문은 날로 쇠락하여 5부를 재편할 때는 그저 그런 군소 귀족에 불과했다. 그런데 그 사건 이후로 국내성 제일의 대가문으로 부상했는데 그 중심에 우불해가 있었어. 그 사건에서 우불해가 어떤 역할을 했는지 확인하고 싶다."

"당연히 역모를 다스리는 일에 공헌하여 가문을 중흥시키지 않았겠습니까?"

보연은 형의 호기심을 이해하지 못하여 난감하니 대꾸했다. 금지된 문건을 찾아 뒤지는 일은 아무리 왕자라 해도 쉽지 않다. 홍안이 부탁한다는 듯 한쪽 눈을 찡긋했다.

"장수대왕께서는 어떤 식으로 역모를 다스렸는지 알고 싶다. 난 그분의 판박이잖아."

"형님……."

"나와 다음번 바둑을 두기 전까지 더 연마하지 마라. 난 거기서 바둑 실력을 갈고닦을 여유가 없잖아."

동생에게 더 이상의 반론을 허락하지 않고서 홍안은 그대로 보연의 궁을 떠났다.

평양의 금강사金剛寺는 흥안이 태자로 책봉된 해에 지어진 대사찰로 궁성에서 그리 멀지 않은 반달 모양의 토성 안에 있다. 남쪽으로는 대동강大同江이, 동쪽으로는 합장강合掌江이, 그리고 북쪽으로는 합장강과 보통강普通江의 지류가 흘러들어 삼면이 물로 둘러싸인 비범한 지형은 이 토성이 단지 사찰을 위해서만 쌓은 성이 아님을 보여 준다. 대동강 기슭의 절벽을 기초로 삼아 돌을 쌓아올린 동쪽 성벽 위에서, 흥안은 팔짱을 끼고 서서 성의 내부를 내려다보고 있다. 그가 바라보는 것은 절이 아니라 대동강에서 성 동문을 거쳐 내부 운하로 들어오는 배들이다.

"보아라, 밀. 위(魏:북위)에서 돌아오는 배다."

흥안은 그의 뒤에 서 있는 밀을 돌아보지 않은 채 말했다.

"고구려는 위에 해마다 사신을 보내 황금과 흰 마노[珂], 그리고 특산물을 바친다. 때로는 달마다 보낸다. 겉으로는 조공이지만 실은 비싼 값으로 파는 거지. 우리가 보낸 물품의 몇 배를 위에서 보내니까. 그 물자가 바다를 건너 여기 왕도까지 오면, 심장에서 피를 뿜어 온몸에 보내듯 평양에서 고구려 각지로 골고루 흩어진다. 저 배들이 사랑스럽지 않느냐? 저 배들이 바쁘게 강과 바다를 오갈수록 고구려는 살찌고 부가 쌓인다. 나에겐 저 배들이 여인들보다 더 아름답고 사랑스럽다."

먼 바다를 항해할 수 있도록 두 개의 돛을 달고 뱃머리를 좁게 만들어 파도에 강한 고구려의 배들이 활짝 열린 갑문을 통과해 위풍당당하게 들어오고 있었다. 흥안은 그 배들을 흐뭇한 눈으로 좇았다.

"곧 양에서도 우리 배들이 돌아온다. 그 배들에 실린 곡물로 우리 군사들은 배를 채운다. 비단으로 여인들이 멋을 부리고 서적으로 학생들이 공부한다. 저 멀리 서역의 물자들을 우리가 평양에서 볼 수 있는 것도 저 배들 덕분이다. 그리고 드넓은 바다를 차지한 우리 고구려 수군들 덕분이지. 말을 달리는 땅만이 우리가 넓혀야 할 영토가 아니다. 바다를 제압하지 못하면 고구려는 세상의 중심이 될 수가 없다. 그 뜻을 아느냐, 밀?"

갑자기 흥안이 돌아섰다. 태자와 마주한 밀은 뭐라 대답을 해야 좋을지 몰라 묵묵히 고개를 숙였다. 흥안은 오른손에 말아 쥔 가느다란 두루마리로 왼손 손바닥을 가볍게 두드리며 빙그레 웃었다.

"넌 은산 출신이라고 했었지, 밀? 거기서 내내 자랐다고?"

"예, 때로는 거란인들과 다니기도 했지만 대부분은 은산에서 지냈습니다."

"사냥 대회 며칠 전에 국내성에 도착했었고?"

"예."

"대회를 준비하기 위해 국내성과 그 주변을 미리 살펴보았었니?"

"예, 포구와 산성도 가 보았으나 주로 산자락을 훑고 다녔습니다."

"그래……. 국내는 고구려를 4백 년도 넘게 지탱한 나라의 중심이었다. 지금도 삼경(三京:도성인 평양성과 부(副)수도로서 국내성, 한성(漢城)을 아울러 부른 말)의 하나다. 군인으로서 판단하기에 네가 대강 훑어본 국내는 어떻던가?"

"서쪽과 북쪽, 동쪽으로 준봉峻峰들이 즐비해 적을 방어하기에 좋고, 남쪽으로는 압록강이 흐르니 유사시 대피하기에도 유리한 천혜의 요새입니다. 또한 국내성을 방비하는 위나암성尉那巖城은 가파른 능선을 끼고 있고 적이 쳐들어올 때 공격로가 남문 한 군데뿐이라 수성守成하기에 좋은데다 국내성으로 접근하는 적을 쉽게 관찰할 수도 있습니다. 그러나 적이 압록강을 따라 들어와 배후를 공략하면 크게 당할 염려가 있습니다. 그래서 압록강 하구와 강의 좌우 언덕에 여러 성들과 초소들, 보루堡壘를 포진해 보완했습니다."

흥안은 살며시 입술을 물었다. 밀의 대답이 마음에 들었지만 내색하지 않기 위함이다. 그는 밀을 시험하듯 떠보았다.

"오호라, 국내성은 훌륭한 요충지로구나. 그런데 왜 장수대왕께서는 그 좋은 곳을 놔두고 평양을 도읍으로 삼았을까? 어떻게 생각하느냐?"

"천한 제가 어찌 대왕님의 높은 뜻을 헤아리겠습니까만, 여기 평양에 와서 보고 느낀 바가 있습니다."

"어떤 것을?"

"제가 은산 근처 작은 마을에서만 살던 촌것이라 국내성의 규모와 인근에 사는 사람들의 수효, 높은 생활수준을 보고 처음에 몹시 놀랐습니다. 과연 고구려의 심장이라 불릴 만했다고 감탄했었습니다. 그런데 평양에 오니 그 국내성이 오히려 상당히 협소해 보여 두 번 놀랐습니다. 국내성은 산악으로 둘러싸여 농지가 적은지라 전부터 인구에 비해 곡식이 부족하다는 말이 많았습니다. 그런 참에 호태성왕께서 강역을 동서와 남북으로 수천 리 넓히실 때 수많은 유인들과 한족들이 고구려에 복속되었고, 물자가 늘면서 고구려인 또한 크게 늘었으니 그 많은 인구를 도읍으로서 국내성이 감당하기에 어려웠으리라고 생각됩니다. 여기 평양은 대동강을 끼고 농지가 크게 펼쳐져 있는데다 먼 옛날부터 중국과 교류한 덕에 물자가 풍부하니 새로운 국도로서 적합하지 않았겠는가, 그것이 천도의 첫째 이유라고 생각했습니다."

"첫째가 있으면 그다음도 있겠구나?"

홍안이 흥미진진하니 눈을 반짝였다. 두루마리로 손바닥을 두드리는 속도가 다음을 재촉하듯 빨라졌다. 태자의 관심 어린 눈길에 밀은 더욱 목소리를 가다듬었다.

"다음 이유는 고구려 바깥 사정이 급격히 달라진 것이 아닐까 합니다. 화북에 들어선 위나라가 후연(後燕:5호 16국의 하나)과 송(宋:남북조시대 남조의 최초 왕조)을 압박하고 북연(北燕:5호 16국의 하나, 후연을 멸망시킴)을 깨며 최강의 군사력을 떨친 것이 우리 고구려에는 몹시 부담스러운 정세였습니다. 사실 국내성은 서북쪽의 국계와 가까워 예전에도 북방의 침입이 있으면 위험에 빠지곤 했습니다. 북위나 유연이 대규모 공격을 감행해 올 경우 대비할 시간이 부족한 국내성과 달리 평양성은 지리적으로 유리합니다. 압록강 이남의 산맥들과 강들로 곳곳에 방어선이 구축되어 있고, 거리상으로도 멀어 적의 도성 공격이 용이하지 않습니다."

"그런 점이 있지. 그럼 장수대왕께서는 위의 막강함에 눌려 남쪽으로 도망치신 게로군?"

"그렇지 않습니다. 위도 강하지만 고구려 역시 세상을 호령하는 대국입니다. 위나라가 세워진 지 백 년이 넘는 동안 고구려와 싸우지 않은 것은 큰 전쟁이 양쪽 모두를 약화시켜 주변국에 도움을 줄 뿐 서로에게 이득이 없기 때문입니다. 더구나 위나라는 우리 고구려뿐 아니라 북으로는 유연, 남으로는 양, 서로는 토욕혼(吐谷渾:선비족(鮮卑族) 일부가 현재 중국 칭하이[靑海] 지방에 세운 유목국가)이 둘러싸 견제를 받고 있는 형국입니다. 고구려는 위는 물론 유연과 양과도 긴밀하게 교류하여 이 상황을 잘 이용하여 북방의 안전을 백 년이나 이어 오고 있습니다. 이러한 다방면의 외교를 위해서도 평양은 중요하다고 생각합니다."

"어떤 점에서 중요하냐?"

"위나라의 통제에서 벗어나 강남의 양과 자유롭게 왕래하기에 국내성보다 평양이 훨씬 유리하다는 것은 너무나 명확합니다. 국내성을 출발하여 압록강 하구로 내려가 요서(遼西:랴오허[遼河]의 서쪽)의 연안을 따라 산동(山東:산둥반도)으로 가는 해로를 위가 장악하고 있어 그 길을 이용하자면 위험하고 시간도 많이 걸리지만, 더 남쪽인 대동강에서 조금만 남하해 황해를 건너면 양으로 가기 한층 수월하고 거리도 짧아 하루 이틀이면 갈 수 있습니다."

"그렇다. 장수대왕께서 평양을 고르신 가장 큰 이유가 바로 그것이다. 위와 양, 적대하는 두 세력의 어디에도 치우치지 않고 대등한 관계를 가질 수 있을 뿐 아니라 그곳의 물자들이 고구려로 들어와 다시 중국과 왜, 서역으로 나가는 세계의 중심으로 평양이 선택된 것이다. 전쟁의 시기에는 국도의 군사적인 이점이 특히 중요했으나, 지금처럼 외교로 균형을 유지하는 시기는 또 다르다. 각국의 사람과 물자가 안전하고 쉽게 드나들 수 있는 왕경이 필요해. 상인들이 들끓고 갖가지 물건이 모였다 퍼지는 나라의 중심이. 평양은 바로 그런 조건을 충족하는 이상적인 국도지."

"그렇기도 하지만 군사적으로도 역시 이상적인 국도라고 저는 생각합니다."

"말해라, 밀. 왜 그렇게 생각하는지 말해!"

홍안이 입술을 길게 늘여 웃었다. 그는 더 이상 흐뭇한 기분을 감추지 않았다. 밀이 침착하게 말을 이었다.

"고구려의 남쪽에 백잔과 동이, 그리고 크고 작은 가야들이 있기 때문입니다. 특히 걸핏하면 우리에게 항거했던 백잔이 강남과 교류하는 것을 막아 고립시키고, 함부로 난동을 피우지 못하게끔 압박하려면 남쪽으로 군사를 일으키기에 용이해야 합니다. 평양은 지리적으로도 백잔과 가까워 그 존재만으로도 충분한 위협이 됩니다. 또한 대동강과 황해의 가운데를 끼고 있어 수군을 활용하기 좋은 전략적 기지이기도 합니다. 복잡한 만이 있기 때문에 대규모 선단을 감출 수 있고, 적의 선단이 들어왔을 때도 만 깊숙이 끌어들여 사방에서 협공할 수 있습니다.”

“내지內地에서 군사나 군수품을 전선으로 이동시키기에도 좋지. 강의 수로를 통하면 내륙과 교통이 원활해지니 속민들에게 조공과 공납을 신속히 받을 수 있는데, 바로 그 경로를 이용하면 되니까. 그리고 대동강 하구에서 남쪽으로 내려가면 장산곶이라는 바다 쪽으로 아주 길게 튀어나온 곳이 있다. 먼 바다에서도 보이기 때문에 바다를 넓게 활용할 수 있는 장점이 있지. 그 아래로 몇 개의 만을 거치면 곧 백잔의 영역이다. 단시간에 백잔을 공략할 길이 있다는 얘기지. 내가 조금 전 바다를 제압해야 고구려가 세상의 중심이 된다고 한 말을 알겠느냐?”

“예.”

고개를 깊게 숙인 밀이 홍안은 너무나 기특하기만 했다. 괜찮은 답을 하리라 기대는 했지만 그 이상이었다.

“너, 정말 은산의 촌놈이 맞느냐? 내가 이제껏 보아 온 촌놈 중에 너 같은 녀석은 없었다.”

“평생 군인으로 살고자 하는 놈이라, 보고 들은 것이 순전히 싸움에 관한 것뿐이어서 그렇습니다. 하지만 평양에서는 역시 모든 것이 얼떨떨한 촌뜨기입니다.”

“나는 그런 촌뜨기를 바랐느니라.”

흥안이 손에 든 두루마리를 펴서 밀에게 보였다.

"이걸 기억하겠지, 밀?"

"제가 그려 올린 평양의……."

"……지도지. 나는 너를 비롯해 평양에 온 지 얼마 되지 않은 몇몇에게 평양 일대를 관찰하고 눈에 띄는 것들을 그리라고 했었다. 내가 오늘 이 자리에 너를 부른 건, 이 지도가 나를 감동시켰기 때문이다."

"황공합니다."

밀은 흥안이 내미는 지도를 받아 들며 고개를 더 깊이 숙였다. 표정은 무덤덤했으나 속으로는 펄쩍 뛰고 싶을 만큼 기뻤다. 태자님에게 칭찬을 받다니. 그것도 보이는 대로 그렸던 보잘것없는 지도 때문에! 역시 난 운이 좋은 놈이야. 입속에 웃음을 가득 문 밀에게서 등을 돌리고 흥안이 토성의 북문에서 쭉 뻗어 나가는 큰길을 손가락으로 가리켰다.

"네가 지도의 중앙에 그려 놓은 저 길은 대성산大城山의 남문까지 곧장 이어져 있다. 왕궁이 있던 국내성을 방어하기 위해 위나암성을 쌓았듯이 여기 평양 궁성에는 대성산성이 있다. 네가 산성과 그 지형을 무엇보다도 자세하게 그린 건 타고난 싸움꾼이어서 그렇겠지."

"평소 국도의 중심은 말할 것도 없이 왕성이오나 전시에는 산성이 그 역할을 대체하므로 더 자세히 보았습니다."

그 점이 마음에 들어. 흥안은 생각했다. 그저 '눈에 띄는 것을 그려 보라.'고 심상하게 말했을 따름인데 밀은 제가 알아서 군사작전을 세우기 위한 지도처럼 그려 놨다. 특히 수도 방어의 핵심인 대성산성은 지도가 적의 손에 넘어가면 절대 안 될 만큼 허실을 한눈에 알아보기 쉽게 그렸다. 대성산의 을지봉乙支峰과 소문봉蘇文峰, 장수봉長壽峰 등 산성이 연결된 여섯 개의 봉우리를 방위도 정확하게 그렸을 뿐 아니라 그 높이와 가장 낮은 계곡까지 표시를 했고, 산성을 감싼 대동강과 합장강, 장수천의 너비와 흐름도 기록해 두었다. 성안의 병영과 식량 창고, 무기고를 비롯해 그 주요 시설들에 가장 가까이 있는 문과 치(雉:성벽을 기어오르는 적을 쏘기 위해 쌓은 돌출부)까지도 빼놓지 않은 것은 물론이다. 산성만 꼼꼼히 그린 것도 아니다. 대동강 하구에 구축해 놓은 방어망부터 강의 흐름을 따라 공격과 수비의 경로를 표시했고, 조수를 이용한 운하의 운용까지 기록했다.

이제 갓 군관이 되어 평양에 온 촌놈치고는 대단하다. 시간을 더 주고 공들여 그리라 했으면 얼마나 더 자세히 만들어 바쳤을지 소름이 끼칠 정도였다. 홍안이 평양을 그리도록 명령을 내린 말단 장교들 중에서 밀만큼 그린 이는 하나도 없었다. 그들이 지형과 군사 기지를 일일이 탐색하도록 허락되지 않았기 때문이다. 밀도 마찬가지지만 그는 해냈다. 어떻게 해냈는지는 홍안도 알 길이 없다. 요소마다 배치된 군사들의 감시망을 피할 재주가 밀에겐 있었던 것이다. 군령을 위배했으니 목을 베어야겠지만 홍안의 판단은 그 반대였다.

"그 지도로써 네가 나와 함께할 만한 적임자라는 걸 알았다."

홍안의 목소리가 부드러우면서도 돌연 묵직하게 낮아졌다.

"묻겠다, 밀. 너는 고구려가 강하다고 생각하느냐?"

"……그렇습니다. 고구려는 강합니다."

"지금의 고구려가 호태성왕이나 장수대왕이 다스릴 때만큼 강하다고 생각하느냐?"

"……그때보다 크게 뒤지지 않는다고 생각합니다."

"크게 뒤지지 않는다……라. 대답할 때마다 망설인 것이 진정한 네 생각이겠지."

"태자님, 저는……."

"꾸짖는 게 아니다. 나 또한 너와 같은 생각이다. 고구려는 크고 강하다. 북위도 남조도 함부로 못 하고 유연도 머리를 숙이며, 백잔이나 동이는 말할 것도 없다. 그러나 상승세는 어느새 멈췄고 조금씩 조금씩 내리막길을 걷고 있다. 그 이유를 아느냐?"

"고구려는 정복으로 커진 나라인데 더 이상 큰 전쟁을 하지 않고 있습니다. 전쟁을 몸소 이끌어 승리를 거두셨던 대왕들의 위엄이 이제 먼 옛날의 희미한 추억이 되어 버린 것입니다. 호태성왕께서는 백제와 거란, 숙신(肅愼:만주, 연해주 등지에 살았던 퉁구스족)과 왜, 후연까지 치셨으며, 장수대왕께서는 친히 3만 군사를 지휘하여 백잔을 초토화시키고 지두우(地豆于:다싱안링[大興安嶺]산맥에서 몽골고원 쪽에 위치했던 유목국가)를 유연과 함께 나누어 다스리셨습니다. 그러나 지금 고구려는 전투를 수십 년이나 잊고 있고, 그나마 몇 번 백잔과 부딪쳤으나 태자님께서 이끈 전투 외에는 성과가 없었으며, 패배가 잦아 민인의 사기가 크게 떨어졌습니다. 그러다 보니 대왕님의 권위가 서서히 약해져 가고 있습니다."

"너, 입바른 소리도 곧잘 하는구나."

홍안이 킬킬 웃었다. 밀은 황망히 사죄했다.

"송구합니다. 소인이 아둔하고 생각이 짧아 입에서 나오는 대로 지껄였습니다."

"아냐, 내가 질문을 받았어도 너와 똑같이 대답했을 것이다."

태자의 입에서 한숨이 길게 흘러나왔다. 정박한 배들을 내려다보는 그의 눈에 흥이 시들고 수심이 차올랐다.

"왕의 권위가 약화되어 귀족들의 입김에 흔들리기 시작하고 있다. 과거 전쟁을 할 땐 너나없이 고구려를 위해 앞장서서 싸웠으나 이제는 너도나도 권력을 차지하기 위해 혈안이 되었다. 장수대왕께서 국내의 옛 귀족을 누르고 평양의 새 관료들을 등용해 고구려 전체를 그분의 뜻으로 다스리며 이룩한 절대적이고 막강한 왕권은 어디로 사라졌는가? 왜 고구려의 귀족들은 고구려가 커지는 것을 바라지 않고 제 땅이 커지기만을 바라는가? 이는 왕이 그들의 시선을 전쟁으로 돌리지 못하고 있기 때문이다. 그들은 지금 고구려 내부에만 관심을 가져 제 배만 살찌울 궁리를 한다."

"태자님께서 그리 생각하시면 해결책은 이미 나와 있지 않습니까. 태자님께서 호태성왕이 되시고 장수대왕이 되소서."

당돌하게 거침없이 말하는 밀이 귀여워 홍안은 그를 돌아보며 빙그레 웃었다. 무슨 말을 해도 마음에 쏙쏙 드는 가상스러운 놈이다.

"바로 그것이다, 밀. 나는 호태성왕처럼 강역을 넓히고 장수대왕처럼 교역을 발달시켜 세상의 중심으로서 고구려의 자리를 확고히 하고 싶다. 전쟁의 신이며 바다의 제왕으로 서고 싶다. 그 첫걸음을 너와 함께 떼려고 한다. 나와 같이 가겠느냐?"

밀은 그 자리에서 무릎을 꿇었다.

"제가 간절히 바라는 바입니다!"

"내가 시키는 일은 그게 어떤 것이라도 하겠느냐?"

"물론입니다."

"너의 모든 것을 바치겠느냐? 목숨까지도?"

"그것이 제 것이던가요? 국내성에서 저를 거두어 주셨던 그때부터 제 목숨은 태자님의 것이었습니다."

"그럼 나도 내 목숨을 네게 맡기겠다."

홍안이 밀의 손을 잡아 일으켜 세웠다. 황송한 가운데 밀은 태자의 말이 너무나 뜻밖이라 벙하다. 태자의 목숨이 달린 일이라니? 그러나 홍안은 밀의 궁금증을 풀어 주지 않고 딴소리를 했다.

"현재 바다를 완전히 제압하기 위해 가장 먼저 손에 넣어야 할 곳이 어디겠니?"

어디지? 밀은 눈을 굴리다가 더듬어 말했다.

"아, 아리수 하구……?"

"그렇지."

똑똑한 것. 홍안이 미소로 칭찬을 대신했다.

"아리수는 대동강처럼 황해로 나가는 길목이다. 더 남쪽이라 강남과도 더 가깝고 위가 전혀 건드릴 수 없다. 왜와 왕래하는 것도 안정적이다. 아리수 일대의 만들을 장악하면 백잔이 중국과 교역하는 것을 완전히 차단할 수 있다. 백잔이 웅천(熊川:금강) 하구에서 배를 띄우더라도 황해 가운데를 지날 때 우리 수군에게 저지당하기 때문이지. 백잔과 동이가 공공연히 서로 협력하며 우리에게 저항하는 이때, 철저히 고립시켜야 한다. 그러려면 아리수를 되찾는 것이 중요해. 예전 백잔은 아리수 하구를 통해 왜는 물론 요서와도 왕래하며 고구려를 위협했다. 그래서 호태성왕과 장수대왕께선 아리수 이남까지 치고 내려가 백잔의 목을 조른 것이다. 안타깝게도 근자에 잔왕 모대가 우리에게 복속했던 탐라(耽羅:제주도)를 가로채더니, 그를 이은 잔왕 사마가 아리수 주변을 탈취해 숨통을 틔우고 나아가 고구려의 강역을 넘보는 지경에 이르렀다. 그래서 나는 아리수 일대를 되찾을 전투를 계획하고 있다. 너는 그 일을 나와 함께 할 것이다."

"무슨 일이든 맡겨만 주십시오. 반드시 성사시킬 것입니다."

밀의 눈도 홍안의 것만큼이나 무섭게 번쩍였다. 태자가 그의 손을 꽉 잡아 주었다.

"나와 백잔의 땅으로 들어가자, 밀."

"그건……, 염탐을?"

"너는 백잔의 지형과 군세를 파악해라. 나는 그 지역의 호족들을 포섭한다."

"그리고 또 누가 갑니까?"

"지금은 우리 둘뿐이다."

"태자님께서 저 하나만을 데리고 적지에 들어가신단 말씀입니까?"

밀이 깜짝 놀라 입을 딱 벌리자 홍안이 눈을 가늘게 떴다.

"내 이번 백잔행은 고구려의 귀족들 누구도 짐작하지 못하는 철저한 밀행이어야 한다. 그리고 대왕께서 미령하신 터라 신속히 다녀와야 해. 그러려면 많은 수행원을 달고 갈 수도 없을뿐더러 평양계나 국내계 양쪽의 귀족들과 아무런 연고가 없는 호위가 필요하다. 적은 인원으로 위험한 지역에 잠입하는 만큼 확실한 실력을 가진 군인을 데려가지 않으면 안 돼. 적어도 내게 방해가 되지 않을 정도로는 뛰어나야 한다. 그런 조건을 두루 갖춘 사람이 너야. 지금은 그렇다. 난 너만으로도 충분하다고 생각했는데……, 내 생각이 틀렸는가?"

밀은 잠시 말문이 막혔으나 이내 씩 웃었다.

"아닙니다, 충분합니다. 제가 태자님을 무사히 모시겠습니다. 하지만 만일을 대비해 한 명을 더 데리고 가면 어떻겠습니까? 두 사람이 번갈아 태자님을 호위하면 일순간도 빠짐없이 밤낮으로 안전하실 겁니다. 마침 저에 못지않은 실력을 가지고 있고 귀족들과는 전혀 인연이 없어 태자님께서 말씀하신 조건에 딱 맞는 사내가 하나 있습니다."

"그런 자가 있어? 누구냐?"

인재에 목말라 있던 홍안이 반색을 하는데 밀이 약간 머뭇

236

거렸다.

"하지만……, 유인입니다."

"유인이면, 거란인? 말갈인?"

"거란인입니다. 비록 유인이긴 하지만 정직하고 진실한 놈이라 태자님을 모시는 데에 조금도 소홀함 없이 충성을 다할 것입니다. 제가 장담합니다."

"고구려에 복속한 유인은 곧 고구려인이다. 나는 재능과 품성을 고루 갖춘 훌륭한 군인을 유인이라 하여 마다하는 멍청이가 아니다. 좋아! 그를 데려오너라. 단, 너도 그 유인도 나와 함께 백잔으로 들어간다는 말을 누구에게도 발설해서는 안된다."

"물론입니다. 저희를 믿어 주십시오."

"믿는다."

홍안은 밀의 어깨를 툭툭 여러 번 두드리고 돌아섰다. 배들에서 사람들이 길게 열을 지으며 내리기 시작했다. 그들은 북위에서 가져온 물건들을 싣고 궁성으로 갈 것이다. 홍안은 궁에서 그들을 맞이하기 위해 성벽을 천천히 내려가 왕성으로 향했다. 밀이 조용히 그 뒤를 따랐다.

대성산 소문봉 남쪽 기슭에 있는 궁성의 서문에서 서쪽으로 조금만 가면 천문에 있어서 고구려 최고의 권위를 갖는 일관과 천문박사가 일월성신을 관측하는 장소, 첨성대가 나온다. 밀과 같은 선인급 말단 군관은 들어가지 못하는 곳이다. 다행히 밀은 그 안까지 들어가지 않아도 되어 근처의 숲에 조용조용 다가갔다. 숲 어귀에는 별아, 곧 안학이 그를 기다리고 있었다.

"아! 왔군요, 밀."

그를 맞이하는 안학은 어쩐지 미안해하는 기색이다.

"오늘도 좋은 소식을 가져오지 못했어요."

그녀가 양손을 맞잡고 안타깝게 말했다. 가문을 찾아 주겠다고 약속하고 몇 번 문서고를 드나들었지만 그녀는 밀의 백위대白韋帶에 새겨진 을류란 대신을 아직껏 못 찾았다. 밀의 조부라면 장수대왕 시절의 관료일 것이 분명하지만 당시의 명부에는 그 이름이 존재하지 않았다. '을류의 손孫'이란 표현이 손자가 아니라 후손일지도 모르겠다는 생각이 뒤늦게 들어 조사 대상을 모든 을씨로 넓히면서, 안학과 밀은 밀의 조부와 가문을 빨리 찾으려는 생각을 접어야 했다. 유리명왕 대의 기록부터 뒤져 국도와 지방의 동부는 물론 거기서 갈라져 나간 을씨들을 추적하는 작업은 시간이 많이 걸릴 수밖에 없었기 때문이다.

밀과 만날 때마다 이번에도 못 찾았다는 보고를 하는 안학은 그녀의 잘못이 아님에도 공연스레 미안해하곤 했다. 그때마다 밀은 고개를 저었다. 오히려 미안하고 고마워할 사람은 별아가 아니라 그 자신이라고 생각했던 것이다. 오늘도 마찬가지로, 그의 얼굴엔 섭섭한 빛이 조금도 없었다.

"괜찮아. 언젠가는 찾지 않겠소. 왜 그런 눈을 하는 거요? 이렇게 애써 주니 나로서는 감사할 따름인걸."

몇 번 만나는 사이 밀은 어느덧 반말을 섞어 가며 말하곤 했다. 신분도 다르지 않은데다 나이도 저보다 어린 여자라 당연하다고 생각한 것이다. 격식을 따지지 않음으로써 더욱 친밀감이 느껴진다고 여겨서일지도 몰랐다. 공주로서는 기가 막힌 일이지만, 그의 앞에서는 안학공주가 아니라 시녀 별아였기에 안학은 그 점을 한 번도 지적하지 않았고 되레 재미있어 했다. 맡은 일에 충실한 편인 안학은 비록 성과가 없었지만 보고는 확실히 했다.

"이제까지 살펴본 바로는, 을씨의 대부분은 국내성에 있었어요. 그 지방을 중심으로 차근히 찾아보면 머지않아 발견할 수 있을 거예요. 조금만 더 기다려 봐요."

"별아, 나는 사실……."

밤하늘의 별처럼 초롱초롱하니 큰 눈을 반짝이는 안학을 내려다보며 밀이 마른침을 삼켰다.

"……앞으로 계속 내 성씨를 찾지 못해도 괜찮소."

"어째서요?"

안학의 눈이 동그래졌다. 섭섭한 쪽은 이제 그녀다. 그의 성을 찾아 주기 위해 그녀가 탐독한 서류 뭉치가 얼만데.

"진정한 당신을 찾는 일이잖아요. 목숨을 걸 만큼 중요한 일이었잖아요."

"진정한 나는 지금의 나로도 족해. 내가 목숨을 걸어야 할 일은 따로 있어. 그걸 알았기 때문에 내 성씨를 찾아도 그만, 찾지 않아도 그만이란 거요."

"무슨 말을 하는 거예요? 그럼 내가 당신을 위해 하던 일을 그만두라는 건가요?"

"아니, 그건 곤란하고……."

밀이 겸연쩍게 말을 흐렸다. 뭐야, 정말. 그만두라는 거야, 말라는 거야? 안학은 고개를 갸웃하며 부루퉁하니 아랫입술을 조금 내밀었다. 그녀가 언짢아 보여 밀은 솔직하게 말하지 않을 수 없었다.

"당신이 그만두면 우리가 이렇게 만날 이유가 없어져 버리잖소. 그러면 난 곤란하다, 이 말이오."

"그게 왜 당신을 곤란하게 하죠?"

안학이 반대편으로 또 고개를 갸웃했다. 나왔던 입술은 들어갔지만 여전히 이해가 가지 않는 듯 크게 뜬 눈은 그대로였다. 그녀의 물음이 밀을 정말 곤란하게 했다. 만나지 못하면 곤란하다는데, 이것보다 더 직설적으로 마음을 얘기할 수 있을까? 진짜 눈치가 없어도 보통 없는 게 아니다. 어떤 때는 굉장히 영리하고 남의 속내도 잘 읽는 것 같은데, 또 어떤 때는 너무 순진하니 어수룩하다. 이 이상 더 솔직해질 수 없는 밀은 쩝, 쓴입을 다셨다. 안학이 재차 물었다.

"우리가 만나지 않으면 왜 곤란해지는데요?"

"……당신이 들려주는 별 이야기를 더는 못 듣게 되지 않소. 나는 때로 을씨 가문이 어디 있는지보다 사신四神이 주관하는 28수(二十八宿:천구의 적도를 따라 나 있는 스물여덟 개의 별자리)가 더 궁금하다오."

"밀, 당신은 정말 새로운 것 공부하기를 좋아하는군요."

.

밀은 구차하게 둘러댄다고 생각해 열없이 머리를 긁는데, 안학은 그의 말을 진짜로 믿고 흐뭇해했다.

"내가 한번 가르쳐 준 별 이름을 당신이 척척 외우는 걸 보고 그걸 알았어요. 내 주변 사람들은 기억하기 어려워 머리가 아프다고 투덜거렸는데 당신만은 달랐어요."

그건 당신이 가르쳐 줬기 때문이오. 밀은 생각했지만 차마 입 밖으로 내지 못하고 하늘을 올려다보았다. 검은 밤하늘에 유리구슬처럼 흩뿌려진 별들이 그들을 감싸는 나무들의 가지 사이로 보였다. 별아의 옆에서 보는 별들은 은산에서 봤던 별들과 똑같을 텐데도 완전히 달랐다.

"별아, 당신이 일러 주기 전까지 내가 알던 별자리는 고작 북두칠청(北斗七靑:북두칠성)과 좀생이별(묘성(昴星), 플레이아데스성단)이 다였소. 일곱 개의 푸른 별이야 워낙 눈에 잘 띄고, 좀생이별은 한 해의 풍흉을 알려 주니 모르는 사람이 없지만, 나머지는 아는 이가 얼마나 되겠소? 북두칠청에 별이 하나 더 있어 사실 여덟 개인 줄도 몰랐지."

"당신은 눈이 밝아 무곡성(武曲星:북두칠성의 여섯째 별) 옆의 보성輔星을 금방 찾은 거예요, 밀. 보통 사람들은 잘 못 알아보죠. 아주 작고 희미하니까요. 그런데 도교에서는 저 별자리를 칠성이나 팔성으로 부르지 않고 '북두9성' 또는 '북두구진北斗九辰'이라고 해요. 천제를 좌우에서 보필한다는 의미로 이름 붙여진 좌보성左輔星과 우필성右弼星까지 합해 별이 모두 아홉 개라는 거죠. 좌보성은 당신도 이제 찾을 수 있지만 우필성은 아무리 눈이 밝은 사람이라도 찾지 못해요. 그래서 우필성을 보는 사람은 장생하며 신성을 얻는다는 말도 있죠."

바위에 앉은 안학이 하늘을 가리키며 조곤조곤 설명했다. 하늘에 별이 한둘이 아닌데 그녀는 별마다 아는 얘기가 많기도 하다.

"도교에는 이런 얘기도 있어요. 별들의 어머니인 두모원군斗姆元君이 연꽃 아홉 가지에 감화되어 아들 아홉을 낳았는데 큰아들이 천황대제天皇大帝, 둘째가 자미대제紫微大帝, 나머지 일곱이 탐랑貪狼, 거문巨門, 녹존祿存, 문곡文曲, 염정廉貞, 무곡武曲, 파군破軍의 칠성이래요. 두모원군의 아들들이 북두구진인 거죠. 사람들은 다른 별보다 칠성을 유독 숭배하고 모시는데 당신은 그 이유를 아나요?"

"죽음과 사후 세계를 주재하기 때문이겠지. 사람을 묻을 때도 관에 일곱 개의 구멍을 뚫은 판자를 깔잖소. 그 구멍들은 칠성을 뜻하는 거고."

"맞았어요. 하지만 별을 관측하는 사람에게 칠성은 하늘의 중심인 천극(天極:북극성)을 찾는 길잡이예요. 우린 칠성으로 방위를 알고 계절과 시간을 짐작하죠. 천극을 안고 하루에 한 바퀴씩, 또 1년에 한 바퀴씩 어김없이 하늘길을 돌고 있으니까요."

고개를 크게 뒤로 젖히고 하늘을 올려다보는 그녀의 긴 목선이 가늘고 희었다. 그 부드러운 곡선을 따라 내려가던 밀의 시선이 옷섶에 이르러 황황히 그녀의 얼굴 쪽으로 도망갔다.

그녀는 그의 심란한 눈길을 의식하지 못하고 별들에만 정신이 팔려 있었다.

"별아, 당신은 정말 별을 좋아하는구려."

밀은 별에게 빼앗긴 그녀의 관심을 아쉬워하며 중얼거렸다.

"공주님을 도와 천문을 살피는 게 당신의 일이라지만, 천변天變의 징조가 있는지는 일관이 확인할 터. 당신은 서책에서 그 의미를 찾아 공주님께 고하면 그만일 텐데 왜 그리 열심히 하늘을 보는 거지?"

"밀, 나는 지금 고구려의 하늘을 보고 있어요."

"……?"

꿈꾸듯 속삭이는 안학의 말이 언뜻 이해되지 않아 눈썹을 모았던 밀이 어깨를 으쓱했다.

"하늘엔 경계도 없고 초병도 없는데 고구려의 하늘이 어찌 따로 있겠소?"

너무나 당연한 질문에 안학이 눈을 내려 그를 돌아보며 빙그레 웃었다.

"밀, 당신은 아까 칠성이 워낙 눈에 잘 띄는 별들이라 모르는 이가 없다고 했어요. 하지만 사람들이 밤하늘을 처음 올려다보자마자 칠성을 볼 수 있는 건 아니죠. 하늘의 별은 몇 개인지 세어도 세어도 끝이 없고 끊임없이 움직여요. 초저녁에 기억해 둔 별의 자리가 새벽이 되면 바뀌어 있죠. 여름에는 보였는데 겨울에는 안 보이는 별도 있어요. 우리가 저 무수한 별들 속에서 칠성을 금방 찾아내는 건, 일곱 개의 밝은 별을 차례로 이으면 국자 모양이 된다는 걸 배우고 기억하기 때문이에요. 다른 별들도 마찬가지예요. 별들을 이어 모양을 가지게 해 주고 그 별자리가 나타나는 계절과 방위를 따져 비로소 하늘 전체를 읽게 되는 거예요. 우리는 칠성의 탐랑과 거문을 잇는 선을 네 곱절 연장한 자리에 있는 별이 천극이란 걸 알아요. 여름에 남쪽 하늘을 보면서 칠성처럼 국자 모양으로 생긴 남두육성(南斗六星:궁수(弓手)자리의 일부에 해당하는 국자 모양의 여섯 개의 별)을 찾아요. 남두가 수명과 장수를 다스린다고 하지만, 그건 사실 원래 그 별이 그런 힘을 가져서가 아니라 북두에 대칭되는 별이어서 옛사람들이 의미를 부여했을 거예요. 당신이 재미있게 들었던 별자리들은 모두 그런 식으로 만들어진 거라고요."

"그걸 누가 모르나?"

아까는 그녀가 가르쳐 준 덕에 별을 볼 수 있게 되었노라고 말한 주제에 마치 처음부터 다 알고 있었던 것처럼 밀이 입을 비죽 내밀었다. 안학이 또 빙그레 웃었다. 그녀의 지금 발언이 음양오행에 따른 별의 움직임과 그와 관계된 천견(天譴:하늘이 군주의 잘못을 자연의 변이로 견책함) 사상을 부정하는 것이었음에도 밀은 깨닫지 못하고 대수롭지 않게 넘긴 것이다. 그녀도 그 점을 콕 찍어 강조하지는 않았다. 그녀가 하고 싶은 말이 따로 있었기 때문이다.

"그래요, 밀. 당신도 다 알겠지만, 수백 수천 년에 걸쳐 많은 사람들이 별을 관찰하고 별자리를 만들어 이름을 붙였어요. 28수도요. 그런데 밀, 28수는 원래부터 우리가 쓰던 별자리가 아니라 중국에서 들어왔어요. 물론 당신은 그것도 알겠지요."

"어……, 그래서 어떻단 말이오?"

열없어 얼버무리는 밀에게 안학은 손을 들어 하늘을 가리켜 보였다.

"저기 하늘을 보세요, 밀. 천극을 가운데 두고 북두칠성과 마주 보는 다섯 개의 밝은 별을 찾을 수 있나요? 별들을 한 줄로 이으면 마치 활처럼 생긴 별자리[카시오페이아자리]예요."

"음, 찾았소."

"저 다섯 개의 별로 이루어진 별자리는 중국에는 없어요. 중국에서는 각도성閣道星과 왕량성王良星, 책성策星, 이 세 별자리가 나눠 가졌기 때문에 저 별들을 하나로 묶어 보지 않아요. 그러니 저 활자리는 우리 고구려의 별자리예요."

"그렇소?"

이중으로 꺾인 별자리를 보는 밀의 눈에 감탄이 어렸다. 저렇게 눈에 띄는데 이제껏 왜 안 보였을까? 참 신기한 노릇이다. 그가 물었다.

"활만 있고 궁수는 없소? 활 쏘는 이가 있어야 이야기가 생기지."

"그렇고말고요. 당신은 역시 짐작하고 있었네요. 저 활은 추모성왕의 활이에요. 그러니 궁수는 마땅히……."

"……추모성왕이로군. 어디에 있지, 그분은?"

"활자리 가까이에 삿갓 모양으로 생긴 다섯 개의 별[케페우스자리]이 보이나요? 마치 사람이 서 있는 형상이죠."

"아아, 보여. 저 두 별자리를 합치니 화살을 쏘는 추모성왕처럼 보이는군."

"그래요. 추모성왕의 별자리도 중국에는 없어요. 활자리와 마찬가지로 우리 고구려만의 별자리인 거죠. 백 년 전까지만 해도 무덤에 별자리를 그릴 때 저 두 별자리를 넣었어요. 추모성왕의 별자리 밑에는 비어지상飛魚之像도 그렸죠. 추모왕이 부여에서 나올 적에 물고기들이 다리를 놓아 강을 건너게 해 준 얘기가 있잖아요. 그런데 우리 고구려의 별자리가 안타깝게도 점점 잊히고 있어요."

"어째서?"

"중국에서 들어온 별자리가 우리의 별자리들을 밀어냈기 때문이죠. 그건 우리의 하늘이 변하고 있다는 뜻이에요. 별의 운행으로써 천기를 읽는 데는 중국의 별자리가 꼭 필요해요. 홍범구주(洪範九疇:군주의 도덕 정치를 구현하는 아홉 가지 원칙)는 별에서 특히나 많이 나타나는데 그건 중국 경전에 나오는 얘기잖아요. 그리고 더 체계가 잘 짜여 있기 때문에 방위나 달력 계산에도 큰 도움이 되고요. 장수대왕 이후 지금까지 강남과 교류가 빈번해지면서, 3원(三垣:황도 안쪽 성좌들을 태미원(太微垣), 자미원(紫微垣), 천시원(天市垣)으로 나눈 세 구획)과 28수가 함께 들어와 고구려의 하늘에 완전히 정착하게 된 거예요."

"그럼 별아 당신이 고구려의 하늘을 본다는 건 우리 고구려만이 가진 별자리를 관찰하고 기억한다는 뜻이오?"

은은한 미소와 함께 안학이 고개를 살짝 끄덕였다.

"그거 알아요, 밀? 내가 당신에게 활자리라고 가르쳐 준 저 별자리는 사실 아주아주 오래전부터, 추모성왕이 고구려를 세우기 훨씬 전부터 이 땅에 살던 사람들이 보아 왔던 별자리예요. 조선(朝鮮:고조선)의 사람들이 그랬는지, 아니면 더 오래전에 살았던 사람들이 그랬는지 모르겠지만 몇몇 산속 계곡에 있는 바위들에 저 별자리가 아주 옛날부터 새겨져 있었어요. 그러니 저 별에는 추모왕의 활이 아니라 다른 이야기가 있었을 거예요. 하지만 지금 우리는 그게 어떤 이야기인지 몰라요. 그때 사람들이 왜 저 별을 기억했는지, 왜 단단한 바위에 애써 새겼는지 알지 못해요. 세상 일이 다 그렇듯 별자리도 변하고 사람들이 별자리에 지어 준 이름과 이야기도 변해요. 우리 고구려의 별자리도 마찬가지. 우리의 먼 후손들은 저 별들을 바라보며 다른 이야기를 떠올리겠지요."

그녀가 촉촉한 눈길을 내려 다시 밀을 마주 보았다. 그들이 헤아릴 수 없는 먼 과거와 먼 미래를 얘기해서인가, 밀에게 안학이 퍽 애틋해 보였다. 그녀가 말했다.

"밀, 고구려의 별자리엔 고구려의 이야기가 있어요. 고구려의 역사와 고구려 사람들의 바람과 긴 시간을 이어 온 고구려의 정신이 깃들어 있어요. 고구려의 하늘은 선인仙人들의 고향, 우리 고구려인들이 죽으면 돌아갈 세계예요. 나는 고구려인들이 그 하늘을 잊지 않도록 잘 기록해 두고 싶어요. 바위 위에 새긴 옛사람들의 별을 지금 우리가 보는 것처럼, 고구려의 하늘을 새겨 먼 훗날까지 남기고 싶어요. 내가 첨성대에 자주 오는 이유는 그 때문이에요."

"아, 좋은 생각이오. 나는 고구려의 하늘이 따로 있으리라곤 생각해 보지 못했소."

밀이 탄복하여 무릎을 탁 쳤다. 별아가 여느 여인들과 다르다고 느꼈는데 오늘 밤은 더 그랬다. 얼굴만 예쁜 게 아니라 마음속도 깊지. 밀은 가슴 깊이 파도가 잔잔히 일렁이는 듯한 감동마저 느꼈다.

"공주님께 말씀드려 보면 어떻겠소? 당신에게 특별히 별아란 이름까지 내리고 가까이 둘 정도로 천문에 관심이 많으시니 고구려의 천문도를 새기는 일도 기꺼워하시지 않겠소?"

"아, 공주님도……, 나와 같은 생각을 하고 계세요. 우리는 이미 천문박사와 함께 천문도를 제작하기 시작했어요. 좀 더 자세하고 방대한 별자리를 그리기 위해 열심히 관측하는 중이에요."

"그렇군. 당신도 공주님도 멋진 여인들이오. 여인들도 그런 생각을 하고 그런 일을 할 수 있다는 걸 당신을 만나고야 알게 되었소. 사내란 정말 저만 잘났다고 생각하는 족속이지."

"당신도 아주 잘하고 있다고 들었어요. 선인으로 놔두기엔 아까울 정도로."

경탄에 가까운 밀의 칭찬에 안학이 답례했다. 얼마 전 그녀 앞에서 큰오빠가 '국내에서 네가 눈여겨봐 달라고 했던 녀석을 기억하니? 대단한 물건이다.'라며 밀을 높이 평가했었다. 그 내막을 알지 못하는 밀은 어리둥절해했다.

"나는 궁성 바깥쪽을 지키고 당신은 내궁 가장 깊은 곳에 있는데 어떻게 나에 관해 들었소? 선인이 손에 꼽을 정도로 적은 것도 아닌데."

"음……, 간혹 마주치는 태자궁이나 다른 궁에 있는 시녀들에게 물어봤어요."

"나에 대해 궁금했었소?"

밀의 얼굴에 붉은 기가 설핏 돌았다.

"그런……, 거죠."

안학이 떠름하니 웃었다.

그녀는 그저 갑작스런 질문에 얼른 둘러댄 것이지만, 밀은 별아가 자신에게 깊이 관심한다고 생각하지 않을 수 없었다. 하긴 관심이 없으면 왜 그의 가문을 찾아 주겠노라고 발 벗고 나섰을 것이며, 공주를 비롯한 뭇사람들의 눈을 피해 가며 그를 만날 것인가. 대놓고 말은 안 해도 별아의 마음이 저의 마음과 같으려니, 밀은 혼자 멋쩍고 쑥스럽고 흐뭇하고 즐거워 슬며시 웃었다.

"무슨 생각을 해요?"

히죽거리는 걸 보이고 싶지 않아 머리를 숙인 밀을 안학이 들여다보려 고개를 갸울이며 물었다. 밀이 갑자기 얼굴을 들어 그녀는 흠칫 놀랐다. 하마터면 입술이 부딪칠 뻔했다. 그녀의 입술을 슬쩍 스쳐 간 그의 숨이 따스했다.

"별아."

그의 목소리가 긴장한 듯 부쩍 낮아졌다. 웃음기가 사라진 눈동자가 썩 진지했다.

"당신에게 하고 싶은 말이 있소."

"뭔데요?"

안학의 목소리도 그의 것을 따라 작아졌다. 그에게서 전달된 긴장감이 그녀의 몸을 뻣뻣하게 굳혔다. 오늘의 그는 어쩐지 이제껏 몇 번 만났을 때와 달랐다.

"난 다음 약속일에 나오지 못해. 곧 평양을 떠날 거요. 맡은 일이 있거든."

"언제 돌아오나요? 그때까진 반드시 당신 조부님을 찾아내겠어요."

"언제 돌아올지는 모르오."

쓸쓸하게 입가를 말아 올리는 그의 표정에서 안학은 문득 불길한 느낌을 받았다.

"맡은 일이라는 게……, 몹시 어렵고 위험한 임무인가요? 쉽게 돌아올 수 없는? 혹시라도 잘못하면……."

……죽을 수도 있는? 안학은 차마 덧붙이지 못했다. 밀이 일부러 활짝 얼굴을 폈다.

"아니, 꼭 돌아올 거요. 그게 언제가 될지 모르지만 기필코 여기로 다시 올 거요. 그러니 그렇게 불쌍한 짐승 보듯 날 쳐다보지 않아도 돼."

침착하고 묵직한 목소리는 확실히 믿음이 갔다. 하지만 그 어조로, 그가 큰 위험을 감수할 무언가를 하기 위해 평양을 떠난다는 것이 더욱 명백해졌다. 아마도 그 무언가가 그가 아까 말했던 '목숨을 걸어야 할 일'이리라. 어쩌면 그를 주목한 큰오빠가 비밀스럽고도 중요한 일을 맡겼을지도 모른다고 안학은 영리한 머리로 추측했다. 그녀는 그의 기운을 북돋우기 위해 다정하니 말했다.

"그래요, 당신은 꼭 돌아올 거예요. 내가 약속한 날마다 여기에서 당신이 평양으로 돌아오길 별들에게 기원할게요."

"내가 여기 돌아오도록? 당신 곁에?"

"그래요, 여기 이 자리에. 우리가 다시 저 하늘을 보면서 별 이야기를 할 수 있도록."

"당신은 앞으로도 나와 함께 별들을 보고 싶소?"

"아직 당신이 못 들은 별 이야기가 얼마나 많은 줄 알아요? 꼭 돌아와서 다 듣도록 해요."

밀은 가만히 입술을 깨물었다. 아아, 역시 별아는 나를……. 그의 가슴이 크게 들썩였다.

"별아."

크게 심호흡한 그가 더욱 간절히 그녀를 불렀다. 호기심 어린 큰 눈을 동그랗게 뜬 안학이 그의 말을 기다렸다.

"내가 돌아오면……."

어렵게 입을 뗀 밀이 머뭇거렸다. 평소 시원시원하니 거침없던 그답지 않아 안학의 궁금증이 커졌다. 안학이 부드럽게 재촉했다.

"돌아오면?"

"나와……."

"당신과……?"

"……."

밀이 핵심을 말하지 못하고 또 미적미적 끌었다. 여자들이 매달릴 땐 그토록 쉽고 간단하고 모질게 잘랐으면서 정작 제가 고백하는 처지가 되니 영 본모습이 나오지 않는 것이다. 이게 이렇게 어렵고 낯가죽이 근질근질한 짓이었구나! 차라리 호랑이를 잡는 것이 더 쉬울 듯하다.

잔뜩 긴장한 탓에 입술 끝을 잘근잘근 씹는 그를 보며 안학은 도대체 뭔가 싶어 순진한 눈망울을 초롱초롱 빛냈다. 어떤 중대사이기에 그가 이리도 망설이는 걸까? 그녀는 밀이 편하게 말문을 트도록 포근하니 상냥하게 웃어 주었다. 무슨 말이든지 해 봐요, 잘 들을 테니. 그런 의미로 순수한 호의를 드러내는 웃음이었다. 그런데 하고 싶은 말을 속 시원히 털어놓으라고 용기를 불어넣어 주려는 그 웃음이 밀에게 다른 방향으로 용기를 주었다.

그가 갑자기 그녀의 턱을 잡고 여느 때의 그다운 민첩함을 발휘해 그녀의 입술에 제 입술을 포개어 깊이 눌렀다. 비명을 지를 사이도 없이 밀에게 입을 막혀 버린 안학은 이루 말할 수 없는 충격에 아득해졌다. 그가 거푸 그녀의 숨을 빼앗는 바람에 호흡마저 곤란해진 안학은 밀이 오래 붙잡지도 않았는데 금세 축 늘어졌다.

"별아, 당신 괜찮소?"

그녀의 턱을 놓아준 밀이 걱정스레 물으며 그녀의 창백한 뺨을 부드럽게 쓸었다. 별아라니, 그게 누군데? 그녀는 뺨을 감싼 크고 따뜻한 손에 얼굴을 기대어 눈을 살며시 떴다. 한층 짙어진 눈으로 그녀를 내려다보는 밀의 얼굴이 그녀의 시야를 가득 채웠다. 아, 이 사람에게 나는 안학이 아니라 별아였지. 그 사실을 깨닫자 안학은 비로소 정신이 들었다. 퍼뜩 깨어난 그녀는 시위를 떠나는 살처럼 그의 품에서 튕겨 나왔다. 손가락 끝으로 자신의 입술을 살짝 건드려 보니, 축축하고 말랑한 무언가가 입술의 안팎에서 어른거리는 이질감이 아직도 느껴진다.

"세상에 밀, 당신……, 지금 나한테 무슨 짓을 한 거예요?"

놀람과 분노가 교차하는 얼떨떨한 기분으로 안학이 중얼거렸다. 어떻게 이런 기막힌 일이 벌어질 수가? 늘 침착하고 규칙적이던 그녀의 심장이 요란하게 펄떡대기 시작했다. 희게 질린 그녀가 부끄러워하는 줄로 착각한 밀은 조금 전 질질 끌던 태도를 버리고 단호해졌다. 이미 몸으로 속내를 다 드러내 보였으니 사내로서 더 이상 뺄 처지가 아니기도 했다.

"별아, 내가 돌아오면 나와 혼인해 주오."

"……!"

안학은 또 한 번 기가 막혔다. 지금 뭐라는 거야, 이 남자가? 혼인이라니? 평민 출신의 말단 군관이 고구려의 공주와? 설혹 그가 귀족의 핏줄이라고 밝혀진대도 명문대족이 아닌 이상 불가능에 가까운 일이다. 입을 쫙 벌린 그녀에게 밀이 다가서서 가만히 손을 잡았다.

"나는 내 목숨을 태자님과 고구려에 바쳤소. 이 길로 여기를 떠나면 온전히 고구려의 선인 밀로서 소임을 다할 뿐 다른 것들은 그게 무엇이든 머리와 마음에서 비워야 하지만, 돌아오겠다는 생각조차 잊어야 하지만, 마지막엔 반드시 당신 옆으로 돌아오고 싶소. 당신과 별을 보며 고구려의 하늘을 배우고 기억하고 싶소. 당신과 함께 천 년이, 만 년이 지나도 길이 남을 고구려의 별을 새기며 살고 싶소."

"그건 내가 알아서 할 거예요. 당신은 당신의 일을 충실히 해요."

안학이 잡힌 손을 빼내며 뒤로 물러섰다.

"나는 당신과 혼인하지 않아요. 할 수도 없고요. 왜냐하면 우린 신분이……."

그녀의 말끝이 흐려졌다. 그의 무례한 행동은 그녀의 경솔함이 부추긴 오해에서 출발했음을 문득 깨달았던 것이다. 처음부터 공주라고 밝혔으면 그가 감히 그녀에게 입 맞추는 지경까지 왔을까? 계곡의 웅덩이에서 눈이 마주쳤을 때, 국내성의 잔치에서 잠시 동행했을 때, 그가 공주궁의 담을 넘어 정원에 침입했을 때, 그리고 몇 번이나 되풀이된 첨성대 근처에서의 밀회 때까지 그녀가 자신의 신분을 밝힐 기회는 너무나 많았다. 왜 그 말을 진작 하지 않았지, 나는? 무엇 때문에 가짜 이름까지 대 가며 그를 만났을까? 별아라고 엉뚱한 이름으로 불리는 게 재밌었고, 공주인 그녀에게 그가 반말 비슷하게 함부로 말하는 게 재밌었고, 거친 야생마 같은 그가 그녀 앞에서 간혹 수줍어하는 게 재밌었다.

그의 앞에서 다른 사람인 척한 그녀의 진정한 속마음은 무엇인가? 그녀가 과연 허락하지 않은 이 입맞춤에 분통을 터뜨려 그를 나무랄 수 있을까? 할 말을 잃은 그녀 대신 밀이 한 걸음 다가서며 말을 이었다.

"난 신분 같은 건 상관없소."

그의 숨결이 그녀의 이마에 부딪혀 흩어졌다. 안학은 다시 불규칙하게 요동치는 심장을 안고서 그가 성큼 다가선 만큼 뒤로 물러났다. 소매 속 그녀의 손가락이 바르르 떨렸지만 그건 놀람이나 분노 때문이 아니었다. 그럼 무엇 때문에? 온몸의 감각이 뾰족하게 곤두서는 이 느낌은 불쾌감과는 분명 구별되는, 아슬아슬하고도 찌르르한 자극이었다. 자꾸 도망가려는 그녀를 밀이 안타깝게 쫓아왔다.

"난 을씨 성 따윈 필요 없소. 귀족이 되어 당신과 멀어지고 싶지 않아. 그러니 내 조부를 찾는 일은 그만둬. 나는 성이 없는 밀로서 성이 없는 별아를 아내로 맞고 싶어. 지금 내 모습 그대로, 지금 그대로의 당신과 살겠소."

"그럴 순 없어요, 밀."

그가 더 이상 다가오지 못하도록 막고자 치켜든 안학의 손이 밀에게 잡혔다. 그녀의 손을 자신의 가슴에 대고 밀이 간곡하니 말했다.

"내 마음을 믿지 못하겠소? 여자를 교묘한 말로 농락하는 색한으로 보이오? 을밀이 되면 파렴치하게 당신을 버릴 것 같소?"

"아니, 밀, 그런 게 아니에요. 나는……."

안학이 힘껏 손목을 비틀었다. 단단한 그의 가슴에 닿은 손바닥이 불붙은 듯 화끈거렸다. 국내의 계곡에서 훌훌 벗은 그의 맨가슴을 보고서도 아무렇지 않았는데, 지금 옷 위로 그 가슴에 닿은 손이 예민하게 가늘거려 그녀는 혼란스러웠다. 이제 와서 공주라고 밝혀 뜨겁게 고백하는 그를 당황스럽게 만들고 싶지 않지만, 그렇다고 그녀를 가두기 위해 뻗은 그의 팔 안으로 빨려 들어갈 생각도 없었다. 사실 그녀는 돌발적인 입맞춤 이후로 온전한 사고를 하기가 어려웠다. 그에게서 도망치고 싶은 한편으로 그와의 거리가 좁혀지는 게 싫지 않았다. 손끝을 스치는 작은 접촉이 불편하면서도 두근거렸다. 상반된 감각과 감정이 뒤죽박죽 얽혀 어지럽고 아뜩했다. 그의 팔이 등을 감아 와 다시 한 번 소스라친 안학은 있는 힘을 다해 그의 가슴을 떼밀었다.

"나는 당신의 마음을 받을 수가 없어요, 밀."

그녀 스스로도 놀랄 정도로 안학은 또렷하게 말했다. 그녀를 껴안으려던 밀이 주춤하며 그녀의 손목을 놓았다. 이제 그도 혼란스러워 보였다. 난 이 남자를 도와주려고 했을 뿐이야. 천천히 뒷걸음질하여 그에게서 멀어지며 안학은 생각했다. 그게 다야. 다른 뜻은 없었어. 그녀는 가만히 고개를 가로저었다.

"나는 당신의 성씨를 찾아 주기 위해 당신을 만난 거예요. 당신이 성이 없는 밀로 살겠다면 그렇게 해요. 난 당신 조부를 찾는 일을 그만둘 거고, 당신을 더 만나지 않을 거예요."

"별아……."

"하지만 당신이 을밀이 되길 여전히 원한다면 도와줄게요. 나는 한번 한 약속은 끝까지 지켜요."

"내가 원하는 건 성이 아니라 바로……."

"잘 가요, 밀."

안학이 황급히 그의 말을 토막 냈다.

"다음에 만나면 오늘 같은 일은……."

그녀는 저도 모르게 손가락으로 입술을 건드렸다가 확 뺨을 붉혔다.

"……절대 없도록 해요. 함부로 내게 손을 대면 다시는 당신을 보지 않겠어요!"

그녀는 나름대로 단호하게 말을 맺고 그대로 홱 돌아 숲을 뛰쳐나왔다. 첨성대로 달리는 길에 길게 자란 풀들이 치마를 쓸어 그녀는 균형을 잃고 순간 휘청했다. 손으로 바닥을 짚어 고꾸라지는 것을 간신히 면한 안학은 그 자리에 주저앉아 스스로를 비웃지 않을 수 없었다. '다음에 만나면'이라니! '함부로 손을 대면'이라니! 그와 계속 만나겠다고 선언한 것이나 다름 없지 않느냐 말이다.

'정말 다른 뜻이 없었던 거야? 그저 돕고만 싶었던 거야?'

그녀는 힐난하듯 속으로 물었지만 뭐라고 대답해야 할지 몰랐다. 때로는 자신의 마음이 그 무엇보다도 난해한 법이다.

'참, 밀은 곧 평양을 떠나 언제 돌아올지 모른다고 했는데!'

갑자기 심장이 쿵 내려앉았다. 마지막에 무사히 돌아오라는 말을 안 했어. 그녀는 불현듯 죄책감이 들었다. 자신 때문에 그가 평양을 떠나서 위험에 빠지거나 큰일을 당할 것만 같았다.

"밀……."

안학은 어둠 속에 묻힌 작은 숲을 돌아보았다. 사방이 조용했다. 귀를 기울이고 집중해 보았지만 아무 소리도 들리지 않았다. 그는 벌써 가 버린 게 틀림없다. 아아, 그녀는 작게 한숨을 내쉬며 하늘을 올려다보았다. 그와 얘기하며 보았을 땐 눈부시게 빛나던 별들이 지금은 하나같이 힘을 잃고 시들해져 있었다.

4. 구슬아씨

"초병의 수가 스물이 넘는다."

우거진 나무들을 엄폐물 삼아 숲 저편을 살피며 흥안이 자신의 좌우를 단단히 막아선 밀과 굴가에게 낮게 속삭였다. 그들은 고구려 남쪽 변경의 거의 끝까지 온 참이었다. 그런데 산하나만 넘으면 고구려와 백제의 중간 지대에 들어갈 수 있는 마지막 관문에서, 흥안은 국계를 충성스럽게 방어하는 일단의 고구려군과 만난 것이다. 스물이건 서른이건 숫자가 문제 될 것은 없지만 고구려의 초병들은 모두 그의 군인들. 흥안은 그들과 정면으로 부딪고 싶은 마음이 들지 않았다.

"여기서 들켜 태자가 백잔으로 밀탐하러 간다고 공공연히 알릴 필요는 없겠지. 그리고 임무에 충실한 저들이 다치는 것도 바람직하지 않다. 하여……."

흥안이 자신의 두 호위를 번갈아 보았다.

"……누구 하나가 저들을 유인하는 편이 소란이 덜할 듯싶구나."

태자의 시선을 차례로 받은 밀과 굴가가 마주 보고 눈빛을 교환했다. 곧 굴가가 흥안에게 고개를 숙였다.

"제가 가겠습니다. 제가 저들을 산 아래로 이끌어 낼 테니 태자님께선 그 틈을 타 선인과 함께 국계를 넘으십시오."

"지금 우리와 떨어지면 넌 더 이상 나를 수행하지 못한다. 이제까지 애써 순라와 초병의 눈을 피해 왔던 그 길을 너 혼자 돌아가야 해. 옆에서 도와주는 이가 없으니 목숨이 위험해질 수도 있다."

"그건 문제없습니다. 아무 일 없는 것보다는 도망 다니는 편이 재미가 있어 좋죠. 오히려 태자님을 모실 사람이 선인 하나뿐이니 그게 걱정됩니다만……."

굴가가 근심스런 낯으로 잠시 생각하다가 이내 씩 웃었다.

"……어쨌든 국계까지 온 지금은 어쩌면 그게 더 좋을지도 모르겠습니다. 암만 해도 거란인은 생김새가 좀 달라서 눈에 띄기 쉬우니까요. 고구려엔 유인들이 그래도 제법 있지만, 백잔에는 그나마도 없어 더 주목받을 것 아닙니까. 차라리 여기서 제가 떨어지는 게 태자님께 도움을 드리는 걸지도……. 또, 태자님을 위해 공다운 공을 한번 세워 볼 기회를 얻었으니 저로선 다행이죠."

"넌 이미 큰 공을 세웠다, 굴가."

태자가 친히 유인의 이름을 불러 주자 굴가는 황송해 고개를 더욱 깊이 숙였다. 홍안은 굴가의 손을 잡아 주기까지 했다.

"네가 어떤 피를 타고났든지, 또 생김새가 어떻든지 간에 너는 밀과 마찬가지로 내 신민이다. 평양에서 여기까지 용감하게 날 호위했던 공을 잊지 않으마. 부디 무사히 평양으로 돌아가 나와 밀을 기다려라. 내가 반드시 너를 기억할 것이다."

"예, 태자님께서도 부디 무사히 다녀오시길……."

굴가가 감격해 말끝을 흐렸다. 그는 홍안의 뒤에 선 밀을 보며 확신에 찬 어조로 말했다.

"밀이라면 태자님을 손끝 하나 다치지 않도록 보호할 겁니다."

'그렇지?' 하듯 굴가가 눈썹을 찡긋하니 밀이 대답이라도 하듯 똑같이 눈썹을 찡긋했다. 홍안이 미소하며 굴가의 팔을 두어 번 툭툭 두드렸다. 그것으로 작별인사는 끝이었다. 굴가는 재빨리 태자의 곁을 떠나 밀의 어깨를 스쳐 지나갔다.

"굴가."

모깃소리만큼 작게 밀이 부르며 굴가의 팔을 잡았다. 굴가는 손바닥에 보들보들한 촉감을 느끼고 눈길을 아래로 내렸다. 어느새 밀의 머리에 묶여 있던 흰 가죽 띠가 굴가의 손에 쥐어져 있었다.

"혹시 내가 많이 늦어지면……."

밀이 말을 온전히 끝맺지 않았지만 굴가는 고개를 끄덕였다. 어렸을 때부터 줄곧 붙어 다녔던 친구여선지 눈빛만 봐도 척하면 착, 밀이 무엇을 말하고 싶어 하는지 다 알 것 같은 굴가다. 밀의 경우엔 굴가가 말을 줄줄이 늘어놔도 속내를 못 헤아리는 경우가 많았지만, 굴가의 경우는 그 반대였다.

지금도 굴가는 밀이 왜 자신에게 백위대를 쥐어 주었는지 눈치 빠르게 짐작했다. 평양으로 돌아가는 게 늦어지면 첨성대 숲 근처에서 만나던 천녀의 근심이 깊어질 테니 이 백위대를 전해 주며 안심시키라는 뜻이리라. 밀에게 이미 들어, 국내성에서 보았던 천녀가 사실은 공주궁의 시녀이며 밀이 그녀와 재회한 이후로 내내 숲에서 밀회해 왔음을 굴가는 알고 있었다. 굴가에게만은 숨기는 것이 거의 없는 밀이 천녀와의 만남에 대해서 손은 언제 잡았는지, 입은 언제 맞췄는지, 다른 짓은 또 뭘 했는지 세세히 말해 주지 않는 걸 보면 정말 그 여자에게 진심으로 빠진 모양이다. 거기다 제 분신처럼 늘 머리에 묶고 다니던 백위대까지 풀어 건네다니 정성이 아주 뻗쳤다. 애노한테 이 반의반의 반만큼이라도 해 봐라, 자식아. 굴가는 속으로 타박하며 가죽 띠를 품속에 잘 간수했다. 그리고 돌아서서 박차고 나가려는데 밀이 굴가의 등 뒤에서 또 나지막이 속삭였다.

"몸조심해라. 창피하게 어디 부러지지나 말고. 평양에서 보자."

"너도. 백잔 병사들한테 코 깨져서 오면 두고두고 놀려 줄 테다."

잇몸까지 씩 드러내며 웃어 보인 굴가가 날쌔게 뛰쳐나갔다. 그를 발견한 초병들이 우르르 한쪽으로 몰리기 시작했다.

순식간에 병사들을 이끌고 산 아래로 달려 내려가는 굴가의 모습은 쫓긴다기보다는 부대의 맨 앞에 서서 지휘하는 것처럼 보였다. 덕분에 홍안과 밀은 누구의 눈치도 보지 않고 고구려군이 경계하는 영역을 손쉽게 넘었다. 하지만 얼마간의 중간 지대를 지나면 금방 백제의 영역이 나타날 터. 지금부터가 본격적으로 위험한 지역이라, 밀은 혼자서 태자를 모시는 처지로 바짝 긴장하지 않을 수 없었다.

"그렇게 예민해질 것 없다, 밀."

홍안이 밀을 툭 건드리며 웃었다. 살기등등한 부하의 기운을 피부로 느꼈던 것이다.

"나도 웬만큼은 하거든. 실제로 백잔 병사들과 맞닥뜨려 싸우게 되면 너보다 나을지도 몰라."

"제 일은 태자님께서 칼을 뽑으실 일을 결코 만들지 않는 겁니다. 저보다 더 잘 싸우시도록 내버려둘 순 없죠."

"글쎄……, 정말 그럴 수 있을까?"

홍안이 불신 섞인 미소를 머금고 지도를 펴 들었다. 한강 일대의 지형과 산세를 비롯해 곳곳에 포진한 초소와 보루들이 표시된 그 지도는 이 땅이 고구려에 속했던 시절에 그려진 것이다.

"많은 관문들이 옮겨지고 새로 설치됐을 거다. 지금만 해도 그래. 봐라, 밀. 지도에는 이곳에 관문이 없지만 우리 눈앞엔 백잔의 군사가 지키는 초소가 있다. 우리가 보낸 첩자가 파악하지 못한 진지로. 네가 이 지도에 세밀히 채워 넣어야 할 진지

이기도 하지. 앞으로 우리가 목적지에 이르는 동안 저런 초소들을 몇 개나 더 만날지 모른다."

"목적지는 변경에서 한참 멀리 있습니까?"

"그렇지도 않아. 남서쪽으로 산을 타고 가면 아리수 하구가 나온다. 그 일대는 기름진 땅이라 성읍이 많은데, 우리가 가는 곳은 개백현(皆伯縣:현재 경기도 고양시 행주)이란 곳이다. 바로 여기지."

흥안이 그림에서 읍성으로 표시된 현 하나를 손가락으로 짚어 보였다. 밀의 날카로운 시선이 개백현의 주변을 살펴 지도 위를 질주했다.

개백현은 백제의 이전 수도였던 위례성慰禮城과도 가까운데다 대외 교류의 길목이어서 백제나 고구려 양쪽 모두에게 요지인 곳이었다. 개백현과 그 주변의 성읍들은 본래 백제 땅이던 것을 광개토대왕과 장수대왕 시절 빼앗아 가라달(可邏達:현에 파견했던 지방관)을 보내 다스리고 있었으나, 백제가 다시 차지하여 지금은 백제 조정에서 보낸 태수가 관장하고 있다. 고구려 땅이었을 때와 달라진 군사 정보를 얻기 위해서 반드시 개백현부터 찾아갈 필요는 없었으나 흥안의 목적지는 처음부터 그곳이었다. 개백현의 이름난 거부인 한韓씨를 만나기 위해서였다. 한강 유역의 대규모 상권을 장악한 한씨 가문은 백제의 유수한 대가문들에 비견할 만한 막강한 집안으로, 남조는 물론 왜와의 교역에 큰 역할을 담당하며 주변의 거상들에게 상당한 영향력을 행사했기에 흥안이 포섭하고픈 백제 내의 협력자 중 가장 우선시되면서도 중요한 대상이었다.

"우린 백잔 군사들의 눈을 피해 개백현에서 한씨의 집을 찾아 들어가기만 하면 된다. 그 이후론 넌 내 안전에 신경 쓰지 않고 네 일만 하면 돼."

홍안이 대수롭지 않게 말하며 지도를 둘둘 말아 밀에게 건넸다. 밀이 두루마리를 받아 등에 멘 바랑에 집어넣고 주군보다 더 자신 있게 말했다.

"별것 아니군요. 백잔 군졸들에게 들키지 않고 초소 서너 개쯤 통과하는 건 어린아이 팔 꺾는 것보다 더 쉬운 일이고, 국계에서 내지內地로 조금 들어간 뒤엔 옷을 갈아입고 상인 행세를 하기로 했으니 그다지 위험할 일은 없겠습니다."

큰소리를 탕탕 치는 부하에게 홍안은 말없이 웃어 보였다. 몸뚱이 속에 피와 살보다 자신감이 더 많은 놈이야. 홍안은 생각했지만 밀이 교만하다거나 허풍스럽다고 여기지는 않았다. 밀은 평양의 궁성과 산성을 남몰래 탐색하면서도 수도를 방어하는 군사들의 감시에 걸린 적이 없는 사내 아니던가. 그를 데리고 다니면 적지에서 단둘이어도 문제없을 것 같았다. 과연 그들은 더할 나위 없이 민첩하게 산의 가장 험한 곳을 골라 타고·내려가며 백제군의 제법 촘촘한 수비망을 뚫었다. 이대로라면 개백현의 한씨 집이 차려놓은 밥상처럼 그들 앞에 떡 다가올 것 같았다. 그렇게 산을 내려와 백제의 영역으로 완전히 들어섰을 때였다.

말과 수레가 오가는 길이 나오자 홍안과 밀은 덤불 속에서 옷을 갈아입었다. 비단 장포 안에 긴 칼을 숨기고 수풀 밖으로 나오려던 두 사람은 약속이나 한 듯 동시에 몸을 낮춰 숨었다. 말을 탄 백제의 군관이 병졸 몇 명을 거느리고 그들의 앞을 지나갔던 것이다. 그들을 보지 못하고 지나쳐 간 백제 군사들이 흥안과 밀이 숨은 덤불에서 얼마 떨어지지 않은 곳에 여러 대의 수레를 세워 둔 채 쉬고 있던 일단의 무리에게 다가갔다. 군관이 수레를 지키고 서 있는 장정들 중 제일 괜찮게 차려입은 책임자처럼 보이는 사내에게 물었다.

"어디로 가는 수레인가?"

"개백현으로 갑니다. 한수(漢水:한강의 백제 측 이름) 어귀에서 내린 물건을 싣고 돌아가는 길입니다."

"수레 안을 살펴도 되겠지? 통행증과 물품 목록을 보여주게."

"예? 아니, 저, 그건 좀……."

"숨기는 것이 없다면 망설일 까닭이 없지 않은가. 어서 보여라."

"저는 그저 짐을 지키는 일꾼에 불과한지라……. 잠시만 기다리시지요."

뭔가 켕기는 구석이 있는 듯 머무적거리던 사내는 저 혼자 관리를 감당할 수 없었던지 뒤돌아 나무 그늘에서 자리를 깔고 앉아 있는 일행에게 가서 도움을 청했다. 그늘에는 검은 비단으로 만든 일산(日傘:큰 양산) 아래 한 여자가 쉬고 있었다. 사내가 수레 앞에 선 관리를 가리키며 얘기를 하자, 여인 옆에 있던 나이 지긋한 시녀가 일어나 관리 쪽으로 쪼르르 달려갔다.

"이 수레들은 백제의 으뜸가는 장자長者 개백현 한씨 어른의 것이오. 저기 구슬아씨께서 쉬고 계신 것이 보이지 않습니까? 한수 일대에선 구슬아씨가 곧 통행을 보증하는 표 그 자체인데 새삼스레 뭘 조사하겠다고 그러셔요?"

"구슬아씨? 아, 한씨 어른 따님의 수레였던가."

군관이 침을 꼴깍 삼키며 목을 빼고 수레들 너머 저편을 기웃거렸다. 시동이 든 커다란 일산에 가려 얼굴은 보이지 않았지만 아리따운 자태의 여인이 있는 것 정도는 보였다. 아무리 목을 늘여도 치맛자락 이상을 볼 수는 없어 한참 기웃거린 끝에 아쉬운 눈길을 돌린 군관이 한층 상냥한 어조로 말했다.

"그래도 내가 맡은 직무를 다하려는 것이니 조금만 도와주게. 구슬아씨가 있으니 통행증은 됐다고 쳐도 목록과 실제 물품을 대조하도록……."

"아이고머니나, 설마하니 우리 아씨께서 목록에 없는 물건을 몰래 들여왔을까! 장사하는 가문에서는 뭐니 뭐니 해도 신용만큼 중요한 덕목이 없는데, 우리 한씨 집안을 어찌 보고 그런 의심을 함부로 하실까?"

"의심해서 그러는 게 아닐세. 반입이 허락되지 않은 물건들이 시중에 자꾸 도니 좀 더 철저히 단속하려는 것이지. 한씨 가문의 떳떳함을 믿지 못하는 게 아니라 짐이 거의 없는 행상들의 속옷까지 털어 보는 형편이니 이해하시게. 한 번만 대강 훑어보고 나올 터이니."

"이 수레들에 실린 물건들은 워낙 값진 것들이라 함부로 뒤적이다 작은 흠집이라도 나면 우리 주인 나리께서 입는 손해가 이만저만이 아닙니다. 우리 나리가 어떤 분인지 들어서 아실 테지요? 손실이 나면 꼭 돌려받는 분이니 군관 나리께서 먼저 각서를 하나 써 주셔야겠습니다. 추후에 물건들에 흠결이 발견되면 책임을 지고 물어내겠다고요. 이 물건들, 모두 양나라와 왜국에서 들여온 귀중품들이라 운반하는 비용까지 붙이면 그 값이 장난이 아니거든요?"

협박에 가까운 시녀의 말에, 직무에 충실하고자 했으나 끝까지 관철시킬 의지가 부족했던 군관이 찔끔하여 물러섰다. 그 모습에 기세가 등등해진 시녀가 당돌하니 덧붙였다.

"북부에서 한씨 가문의 수레를 붙잡는 관인은 아무도 없는데, 군관 나리께서는 임관하신 지 얼마 되지 않은 모양입니다. 하인들마저도 한씨 집안에서 나왔다고 하면 아무 말 없이 통행하는데, 구슬아씨께서 직접 거느리고 돌아가는 수레를 조사하시겠다뇨? 우리 나리께서 아시면 불같이 화를 내며 당장 태수님께 항의를 넣을 것입니다."

"어허, 내가 수레 안으로 들어간 것도 아니지 않은가. 우리는 그만 가 볼 테니, 아씨에게 폐를 끼쳐 미안하다고 전해 주게."

신분이 낮은 여자가 방자하게 대거리를 했음에도 군관이 맥쩍게 자리를 피했다. 군사들을 보낸 시녀가 주인아씨에게 보고를 하러 재게 달려갔다.

"이거, 한씨 집안의 위세가 보통이 아닌걸?"

덤불 속에서 백제 군관이 망신당하는 일련의 과정을 지켜보던 홍안이 이맛살을 찌푸리며 중얼거렸다.

"관을 우습게 보는 장사꾼이라……. 그리고 그 장사꾼에게 관이 알아서 굽실거리다니."

"마침 잘됐습니다."

밀이 태자를 돌아보며 히죽 웃었다. 딴에는 괜찮은 생각이 난 것이다.

"듣고 보니 저 짐수레들이 우리가 가려는 바로 그 한씨의 집으로 가고 있는 것 아닙니까. 더구나 통행증이나 물품 목록도 필요 없고 관원들의 제지도 받지 않으니 저 수레들만큼 안전하고 편한 장소가 없겠습니다."

"수레 속에 숨어들어 한씨의 집까지 가자는 말이냐?"

"아까 관원이 하는 말을 들으셨잖습니까. 짐이 거의 없는 행상이라도 속옷 속까지 샅샅이 뒤진다고. 첩자로 의심해서가 아니라 비밀리에 금지 품목을 숨겼을까 봐 조사하는 것이라지만, 일단 걸리면 통행증도 없는 우리는 금방 의심받을 겁니다. 병졸들 몇 명을 해치우고 달아나기는 쉬우나, 소란이 없어야 이후에도 염탐을 하기 쉽지 않겠습니까."

"좋다. 수레 하나에 둘 다 타면 숨을 곳이 마땅치 않을 수도 있으니 하나씩 고르자. 나는 저 가운데 것으로 하지."

"그럼 저는 그 뒤에 있는 수레에 숨어들겠습니다."

홍안과 밀이 다시 민첩하게 움직였다. 성과 보루를 지키는 병사들에게도 들키지 않은 그들에게 수레를 지키는 장정들 몰래 수레 안으로 들어가는 것은 그다지 어렵지 않았다. 지키고 있다고는 해도 장정들이 수레마다 딱 달라붙어서 눈을 부릅뜨고 경계하는 게 아니라, 수레를 지켜볼 수 있는 곳에 모여 앉아 쉬며 놀며 여유를 부리고 있었기 때문이다. 밀이 수레 하나의 장막을 걷고 재빨리 스며드는 것을 확인한 뒤 홍안은 자신이 골라 두었던 가운데 수레로 들어갔다.

어라? 홍안은 눈을 크게 뜨지 않을 수 없었다. 크고 작은 짐으로 가득 차 있으리라고 생각했던 수레의 내부가 그의 예상과 너무 다른 모습을 갖추고 있었기 때문이다. 겉은 허름한 천으로 씌웠지만 안은 온통 비단으로 꾸며져 마치 어느 귀족 집의 화려한 내실 같은 느낌을 주었다. 물론 어디까지나 수레 안이고 내부를 꽉 채우진 않았지만 짐도 제법 있었기에 빈 공간이 좁았다. 그래도 색색으로 염색한 얇은 비단 장막을 양옆에 드리워 은은한 빛이 들어오는 내부에는 다리가 없는 커다란 평상이 비단 보료까지 갖추고 놓여 있어 한 사람이 편안히 쉬기엔 오히려 약간 넓었다. 평상 위 한구석엔 과자와 과일을 담은 은그릇이 놓여 있고, 보료 위엔 책까지 한 권 펼쳐져 있었다. 덜컹거리는 수레 안에서 편안한 여행을 즐길 수 있도록 자잘한 도구들이 잘 갖춰진 그곳은 이 수레를 이용하는 주인을 짐작케 하는 싱그럽고도 달콤한 향기가 배어 있었다.

'짐만 싣는 수레가 아니었어.'

홍안은 자신의 선택이 좋지 않았음을 직감했다. 수레들이 많았고 겉모양도 모두 똑같았지만, 아마 이 수레만큼은 특별한 내부를 가지고 있을 것이다. 평상 바깥에 쌓아 올린 물건들도 대단히 정성스레 포장을 한 것으로 미루어 특별히 관리하는 귀중품들일 듯싶었다. 어쩌면 관리가 말했던 '반입이 허락되지 않은 물건들'을 따로 모아 둔 것일지도. 그래서 아예 주인이 직접 수레 안에 타고 그 물건들을 철저히 지키는지도 모른다. 비단과 온갖 사치품으로 귀부인의 방처럼 꾸민 수레 내부가 그것을 말해 주었다. 시녀나 수레를 호위하는 장정들이 차지할 만한 공간은 아닌 것이다.

'여인이 머무는 곳에 숨어드는 건 도리가 아니지.'

홍안은 보료 위에 떨어진 기다란 머리칼을 발견하고 생각했다. 이 공간의 주인은 조금 전 시녀가 군관에게 구슬아씨라고 일컬었던 한씨의 딸일 것이다. 한씨와 직접 만나 담판을 짓기 전에 그 집안사람들에게 모습을 드러내는 것은 그다지 현명한 일은 못 되리라. 어디까지나 이곳은 백제의 땅이었고 한씨의 일족도 백제인으로 편입된 마당이니 말이다. 홍안은 수레를 바꿔 잠입하기로 마음먹고 평상에 들인 발을 거두어 뒤로 물러났다. 그러나 그 순간 비단 장막이 바깥쪽에서 젖혀지며 수레 안 규방의 진짜 주인이 들어오는 바람에 홍안은 구슬아씨라 불린 여인과 딱 마주치고 말았다.

뜻밖의 낯선 침입자를 발견하고 여인이 비명을 올리려 했지만 그녀의 입을 막은 홍안의 손이 워낙 빨랐다. 그녀를 꽉 붙들어 평상에 앉히려는데 여인이 저항하느라 몸부림을 쳐 홍안은 별수 없이 손에 힘을 좀 세게 주며 몸으로 그녀를 밀었다. 홍안에게 밀린 여인이 평상 위에 엉덩방아를 찧고 앉으며 온갖 호화로운 꾸미개로 장식한 머리를 수레의 벽에 쿵 부딪쳤다. 홍안이 아차 싶었는지 그녀의 뒤통수를 손으로 받치며 아주 작은 소리로 물었다.

"괜찮소?"

여인이 홍안을 향해 성난 눈을 휙 치켜뜨는데 수레 바깥쪽에서 시녀가 물었다.

"아씨, 무슨 일 있어요?"

여인이 넘어지는 소리가 들린 모양이다. 홍안의 손이 입에서 떨어진 터라 얼른 구원을 청하려던 여인은 턱 밑을 찔러 오는 뾰족하고 아찔한 촉감에 빳빳하니 얼어붙었다. 언제 꺼냈는지 홍안이 비수로 그녀의 얇은 피부를 지그시 눌렀던 것이다.

"낭자를 결코 해치고 싶지 않소. 하지만 낭자가 어떤 대답을 하느냐에 따라 그 생각을 바꿀 수도 있소."

바깥에 들리지 않도록 홍안이 여인의 귀에 입을 바짝 들이대고 속삭였다. 그의 숨결에 흠칫한 여인이 공포로 질린 미간에 깊은 주름을 잡았다. 파르르 긴 속눈썹을 떨며 홍안을 곁눈으로 살피는 여인의 눈에서 분노가 사라지고 두려움이 일렁였다. 밖에서 시녀가 재차 물었다.

"아씨, 무슨 소리가 나던데, 아무 일 없어요? 제가 들어가도 될까요?"

홍안이 눈짓을 슬쩍 하며 그녀의 턱에 닿은 비수를 조금 내렸다. 여인이 떨리는 목소리를 가다듬으며 밖에 대고 말했다.

"아니, 별일 없으니 어서 출발해."

홍안이 다시 그녀의 귀에 대고 속삭이자 여인이 덧붙여 명령했다.

"더 이상 쉬지 않고 집까지 갈 거야. 도착할 때까지 혼자서 푹 쉴 테니까 날 부르지도 말고 근처에서 발소리도 내지 마. 집에 거의 다다르면 그때 와서 알려 줘."

"예, 아씨."

시녀가 대답하고 수레에서 멀어지자 홍안은 여인의 귀에서 입을 떼지 않은 채 한마디 더 했다.

"잘했소. 낭자는 스스로의 목숨을 구했구려."

"그 칼……, 어서 치워요."

목소리가 떨렸지만 말투는 명령조에 가까웠다. 아마도 사람을 부리는 일에 익숙한 부잣집 아씨의 버릇이 진하게 밴 말투이리라.

"아니면 좀 떨어져서 겨누든가. 잘못해서 얼굴이라도 그으면 어쩌려고 이래요?"

"낭자가 엉뚱한 일만 벌이지 않으면 그럴 일은 없을 거요."

홍안은 그녀의 귀에서 얼굴을 물려 그의 품에 거의 안다시피 한 여인을 비로소 찬찬히 내려다보았다. 칼을 들이댄 낯선 사내에게 하는 첫마디로 얼굴을 그으면 곤란하다는 말을 꺼낸 여인은 과연 만사 제쳐 놓고 그 걱정부터 할 만한 얼굴을 가지고 있었다. 희고도 반듯한 이마와 날씬하게 휘어진 가늘면서도 짙은 눈썹을 가졌고, 그 아래 전혀 유순해 보이지 않는 큰 눈망울은 독기를 띠니 보석처럼 반짝여 상대의 시선을 사로잡았다. 유백색의 매끄러운 뺨은 은은한 화장으로 발그레하니 싱싱한 과일처럼 탐스럽고, 통통한 붉은 입술에선 사내를 질식시킬 다디단 향기가 솔솔 풍겼다. 누이 안학에게 익숙하여 웬만한 미녀를 봐도 별다른 감흥이 없는 홍안까지도 한눈에 퍽 아름답다고 느낄 얼굴이었다. 늘 누이만큼 예쁜 여자는 없다고 생각해 온 그였지만 구슬아씨의 남다른 미모는 인정하지 않을 수가 없었다. 누이와 느낌이 매우 다른 생김새였으나 누이에게 결코 뒤지지 않았다.

'하지만 안학이라면 얼굴에 상처가 날지도 모른다며 궁금하지 않을 것이다.'

정작 안학이 이 여인과 똑같은 일을 당하면 어떻게 나올지 장담할 수 없고, 그 자신도 누이의 얼굴에 바늘구멍만 한 흠이라도 내는 놈이 있다면 가만두지 않을 거면서 홍안은 여인에게 짐짓 건조하게 말했다.

"여인에게 칼을 겨누는 짓 따위 나도 하고 싶지 않지만 만일을 위해 지금은 어쩔 수가 없소. 무례를 용서하시오."

"당신 누구예요? 여기에 왜 숨어 있었죠? 내게서 바라는 게 뭐예요?"

비록 비수를 쥐고 있긴 했지만 홍안이 점잖게 말하니 그제야 여인이 침입자에게 물어볼 법한 질문을 우수수 던졌다. 홍안은 여인에게서 조금 떨어져 앉아 그녀에게 여전히 비수를 겨

눈 채 평상의 난간에 기대어 말했다.

"대충 상인이라고 해 둡시다."

"상인? 당신이?"

여인이 버들가지 같은 눈썹을 찡그렸다. 그녀는 커다란 눈동자를 굴려 물건을 감정하듯 흥안의 머리부터 꼼꼼하게 뜯어보았다. 눈썹을 꿈틀꿈틀하는 게 선뜻 믿기지 않는다는 눈치다. 여인이 또 물었다.

"그런데 상인이 왜 다른 상인의 짐수레에 숨어 있는 거죠?"

"이 수레가 개백현 한씨 장자의 소유라는 걸 알았소. 내가 물건을 팔고 싶은 사람은 오직 한씨 하나라, 그 집으로 수월하게 가기 위해 잠시 수레를 빌린 거요."

빌려? 적합한 표현이 아니라고 생각했지만 여인은 흥안이 쥔 칼을 힐끔 내려다보곤 입을 다물었다. 잠시 생각에 잠겼던 여인이 다시 말을 꺼냈다.

"비수로 날 위협해 수레를 빌린 것처럼 내 아버지를 위협해 재물을 빼앗을 셈인가요? 그렇다면 헛수고라고 말해 주겠어요. 내 아버지는 뼛속까지 철저한 상인으로 황금이 아니고선 무릎을 꿇지 않아요. 설사 아버지에게 칼을 들이대 강도짓을 하더라도 당신은 훔친 재물을 가지고 어디로도 도망가지 못해요. 백제 북부의 군사들을 모두 동원해서라도 당신을 찾아내 아주 끔찍하게 복수할 테니까. 지금이라도 늦지 않았으니 내게 겨눈 그 칼을 거두고 수레에서 내려요."

"한씨 집의 재물을 빼앗으러 가는 게 아니니 내릴 이유가 없소. 나는 낭자의 아버지가 무릎을 꿇고서라도 사고 싶어 할 것을 가지고 있으니 말이오."

"내 아버지가 사고 싶어 할 것? 도대체 뭘 파는 사람이죠?"

비수를 가까이 두고도 어느새 그녀의 목소리가 떨리지 않았다. 상인의 딸이어서인지 장사 얘기를 꺼내면 대담해지는 모양이다. 홍안이 픽, 헛웃음을 흘렸다. 그의 머릿속에 있는 계획은 거래 대상이 아닌 사람에게 떠벌릴 수 없는 종류의 것이다.

"세상에서 가장 큰 부자가 될 기회를 팔지."

"뭐라고요?"

여인이 눈을 휘둥그레 떴다가 흥, 예쁜 코로 비소를 뿌렸다.

"그래, 세상에서 가장 큰 부자가 되기 위해 내 아버지가 얼마를 지불해야 하죠?"

"내 바람을 몇 가지만 들어주면 되오."

"우리 집 재산을 몽땅 내놓으라는 바람 같은 걸 말하나요?"

"아니, 전혀 다른 부류의 바람이오. 한씨 집안의 재산이 축날 일은 결코 없으니 걱정 마시오."

"재물을 조금도 바라지 않는다고요? 내 아버지에게 세상에서 가장 큰 부자가 되는 방법을 일러 주면서?"

"그렇소."

여인이 기가 막힌다는 듯한 표정을 지었다.

"아무리 장사하는 사람이 거짓과 과장과 속임수를 일삼는다지만 그건 어디까지나 듣는 사람이 그럴듯하다고 여기는 한에서예요. 당신은 절대 상인이 아니에요. 사기꾼이면 몰라도."

"그럼 사기꾼이라고 합시다. 판단하는 건 낭자의 아버지 몫이니."

"사기꾼이라도 순 엉터리예요. 진짜 제대로 된 사기꾼이라면 자신이 사기 치는 걸 대놓고 드러내지 않을 테니까."

"그럼 엉터리 사기꾼이라고 불러도 좋소. 하지만 일단 낭자의 아버지와 만나게는 해 주시오."

"이것 보세요."

여인이 홍안을 찌릿 째렸다.

"지금 당신이 얼마나 어이없는 말을 했는지 알아요? 보통 세상에서 가장 큰 부자가 되는 방법을 안다면 남에게 가르쳐 주지 않고 스스로를 부자로 만들 거예요."

"그건 내가 원하는 것이 아니라서."

"당신이 원하는 게 무언지 이제야 알겠네요."

그녀는 별안간 의기양양하니 콧대를 뾰족하게 세웠다. 정말 뭔가 알아내기나 한 것처럼 우쭐하니 갸름한 턱을 치켜든 여인에게 홍안은 흥미를 느꼈다.

"정말 내가 무얼 원하는지 알았소?"

"그래요. 다른 남자들과 똑같은 '그거'겠죠."

"다른 남자들과 똑같은? 그게 뭐지?"

"이런 식으로 접근한 사람이 없어 도무지 갈피를 잡을 수 없었지만, 확실히 알았어요. 우리 집안의 재물을 바라는 게 아니라면 원할 만한 건 하나밖에 없으니까."

"그 하나가 뭔지 몹시 궁금해졌소."

"능청 떨지 마요. 숨기려 해도 이젠 소용없으니까. 하지만 왜 이런 식인 거죠? 강도 행세를 하면 더 기억에 잘 남을 거라고 생각했나요?"

여인의 꾸짖는 듯한 물음에 이번엔 흥안이 어이없다는 얼굴로 고개를 갸우뚱 기울였다. 그녀가 말하는 '다른 남자들과 똑같이 원하는 그것'이 흥안의 바람과는 전혀 다른 것이겠지만 한편으로는 정말 궁금하기도 했다. 한씨 집안엔 재물 말고도 뭔가가 있다? 흥안은 드러나지 않게 웃었다.

"그렇다면 보통은 이런 강도 행세가 아니라 어떤 방법을 택한단 말이오?"

"보통은 꾸미개죠. 머리 장식이라든가 귀걸이, 목걸이, 팔찌, 반지, 허리띠 드리개 등등. 하지만 싸구려는 안 돼요. 순금, 마노, 유리옥 같은 최고의 귀한 재료들로 최고의 솜씨를 가진 장인이 만든 게 아니면. 그래서 다들 왕경의 장인이 궁에 납품하기 위해 만든 걸 구하거나 중국에서 들어온 보석을 고르죠. 비단도 많이들 해요. 그것도 역시 가장 질 좋은 걸로. 때로는 말이나 무기를 바치는 경우도 있지만 그건 아버지의 입맛에만 맞는 선물이지 내게는 아니에요."

"낭자가 좋아할 만한 선물을 하는 게 그 방법이란 말이오?"

흥안이 한쪽 입가를 실그러뜨리자 여인이 재빨리 말을 돌렸다.

"보통은 그렇게 한다는 거지 내가 바란다는 말이 아니에요. 난 그렇게 쏟아져 들어오는 선물, 그다지 반갑지 않아요. 하지만 그 정도의 선물을 준비할 수 있는 사람이 아니고서는 바라는 걸 이룰 수 없죠. 그것도 내 뜻이 아니라 내 아버지의 뜻이라고요."

그녀가 아까처럼 홍안을 재빠르게 눈으로 훑었다.

"그리고 선물만으로도 안 돼요. 신분이 어느 정도 되지 않고서는……. 웬만한 사람들이 들으면 금방 알 수 있는 집안이어야 해요. 전에는 이름을 떨쳤지만 지금은 몰락한 집안도 안 돼요. 혈통이 좋아도 가산이 궁핍하면 안 되고, 집안이 좀 부유해도 작위가 없다면 안 돼요. 당신은 상인처럼 보이려고 꾸몄지만 말하는 걸로 미루어 장사에 소질이 없어 보이니……, 사실은 어느 댁의 공자님이신가요?"

"선물과 신분 외에 필요한 게 더 있소?"

여인에게 대답하는 대신 홍안이 반문했다. '다른 남자들과 똑같이 원하는 그것'을 어쩐지 알아낸 것 같았던 것이다.

"있다면 말해 주시오. 끝까지 들어 봅시다."

"용모가……, 단정하고 준수해야 해요."

여인이 또 홍안을 훑어보곤 눈을 사르르 내리깔며 답했다. 홍안이 참지 못하고 풋, 웃음을 뱉었다.

"왜 웃죠?"

여인이 골난 듯 큰 눈을 반짝 뜨고 그를 흘겼다.

"분명히 말하지만 그건 내 아버지가 내거는 조건들이에요. 우습다면 내 아버지에게 따지도록 하세요. 날 비웃지 말고."

"낭자를 비웃는 게 아니오."

홍안이 얼른 표정을 수습하며 손을 저었다.

"낭자는 보통 남자들이 택하는 방법을 얘기해 줬지만, 아니, 정확히 말하면 낭자의 아버지가 그 남자들에게 내건 요구를 얘기해 줬지만, 이제껏 그 방법을 써서 하나같이 '원하는 그것'을 얻은 남자는 아직 없지 않소."

"물론이에요. 그러니 내가 아직 머리를 올리지 않았죠."

여인이 치렁하게 늘어뜨린 찰랑찰랑한 긴 머리칼을 손가락으로 빗어 내리며 무심코 대답했다가 핫, 눈을 동그랗게 떴다.

"그래서 칼을 차고 내 수레에 숨어 있었단 말이에요? 내 아버지의 조건에 맞추려고 애썼던 남자들이 모두 허탕을 쳤기 때문에? 그래서 누구도 시도하지 않은 짓을 벌인 거예요?"

그녀가 돌연 몸을 움츠리며 구석으로 붙었다.

"칼로 위협해 강제로 내 몸을 빼앗으려고 수레 안에서 기다리고 있었어요? 내 아버지를 만족시킬 능력이 되지 않아서? 그러려고 하면, 얼굴에 상처가 생기더라도 소리를 지르겠어요. 아니, 내가 스스로 그 칼에 몸을 던지겠어요. 당신도 얼굴이나 몸에 칼자국이 난 여자를 아내로 삼고 싶진 않겠죠? 날 원하는 건 순전히 이 얼굴 때문일 테니까!"

"쉿, 진정하시오."

홍안이 비수를 도로 집어넣고 빈손을 들어 손바닥을 쫙 펼쳐 보였다.

"낭자가 두려워할 일은 없을 거요. 내가 바라는 건 다른 남자들이 똑같이 바라는 그게 아니니까."

"내게 구혼하러 내 아버지를 만나려는 게 아니라고요? 그럼 도대체 뭘 바라고 가는 거죠?"

여자가 미심쩍은 눈길로 홍안을 바라보며 물었다. 그녀를 원해서가 아니라 다른 이유로 한씨를 찾는다는 것이 아무래도 믿기지 않나 보다. 홍안이 거듭 그녀에게 확인을 해 주었다.

"세상에서 제일가는 부자가 될 기회를 준다고 하지 않았소. 나는 낭자의 아버지에게 아주 근사한 제안을 하러 가는 거요."

"그 대가가 정말……, 내가 아니라고요?"

"낭자의 기대를 저버려 미안하지만, 그렇소."

"기대를 하다니, 누가 말이에요?"

여인이 왈칵 화를 냈다. 칼을 거둔 불의의 침입자가 처음 예상과는 달리 점잖고 의젓한 것을 보고 어느 틈에 두려움이 사라졌던 것이다. 워낙 그녀를 탐하는 사내가 많아 남자를 깔보는 습성이 배어 있기도 했다. 눈앞의 남자가 언제든지 칼을 다시 뽑아 위협할 수도 있다는 것을 그만 잊고, 그녀는 자신을 원하지 않는다고 잘라 말하는 홍안 때문에 언짢아졌다. 누구든 한번 보면 그녀의 시선에 붙들려 사족을 못 쓰는데, 이 남자는 감히 아무하고나 마주 앉지 않는 그녀를 지척에 두고도 담담했던 것이다. 뿐만 아니라 낭자의 기대니 어쩌니 하며 그녀의 자존심을 긁었다. 여인의 맑은 목소리에 날카롭게 날이 섰다.

"이제껏 내 아버지를 찾는 젊은 남자들의 목적이 죄다 구혼이라 그쪽도 그런 줄로만 알았죠. 사실, 이런 무례한 방법을 써 가면서 억지로 아버지를 만나겠다니 좋은 뜻이 있어서라고는 생각할 수가 없네요. 구혼자라고 여긴 건 그나마 무례한 이유를 나름대로 좋게 해석해 준 거라고요."

"의도한 바는 아니었지만 낭자를 위협하고 겁박한 것, 매우 미안하게 생각하오. 그리고 용서받지 못할 무례를 저질렀는데도 흉포한 강도로만 여기지 않고 달리 보아 준 것에 감사하오. 비록 다른 남자들과 같은 것을 바라진 않지만, 낭자의 가문이 지금보다 훨씬 번창하도록 도와주러 왔으니 아버지를 꼭 만나게 해 주오."

홍안이 간곡하게 말하자 여인이 고개를 팩 돌렸다.

"이 좁은 수레에 칼을 가진 사내와 단둘인데 내가 어떻게 거역할 수가 있나요?"

"부탁을 들어주어 고맙소. 날 곤란하게 하지만 않는다면 두 번 다시 낭자에게 칼을 들이대지 않을 테니 이제 편하게 있으시오."

"편하게 있으라고요? 처녀가 낯모를 사내와 한수레에 타고 길을 가는 걸 누군가가 알게 되면 고약한 소문이 금방 퍼질 텐데 어떻게 편할 수가 있어요?"

"그렇다면 더욱 얌전히 있어요. 소리라도 질러서 낯모를 사내가 수레 안에 있는 걸 바깥에 알리지 말고. 내가 시키는 대로만 하면 낭자의 평판에 흠이 가지 않도록 하리다."

여유롭게 말하는 홍안을 여인이 입술을 앙다물고 할겼지만 곧 체념한 듯 수레 벽에 등을 기댔다. 홍안이 그녀에게서 되도록 떨어져 앉아 말했다.

"집에 도착할 때까지는 나를 없는 사람으로 여기시오. 나도 없는 사람처럼 조용히 있을 테니."

"이미 있는 사람을 어떻게 없는 사람처럼 여긴단 말이야?"

여인이 혼잣말로 투덜대는 소리를 듣고 흥안이 빙그레 웃었다. 말은 그렇게 했지만 그 역시 손을 조금만 뻗어도 닿을 수 있는 그녀를 의식하지 않을 수가 없었다. 그녀에게서 은은히 풍겨 나오는 향기가 여자의 체취에 둔감했던 그의 코를 심하게 자극했던 것이다. 그것은 누이동생에게선 느껴 보지 못했던 향기로 어떤 경우에도 담담하게 흐르던 그의 피를 빨리 돌게 만들었다. 그는 묵묵히 그 향기를 견디다가 마침내 없는 사람처럼 굴겠다는 다짐을 깨고 그녀에게 말을 걸었다.

"다른 이들이 낭자를 구슬아씨라고 부르던데, 그것이 이름이오?"

"알아서 뭐하려고요? 내게 관심이 있는 것도 아니잖아요."

뾰로통하니 여인이 툭툭거리자 흥안은 머쓱하게 웃으며 그녀의 말에 수긍하듯 고개를 끄덕였다. 사실 그렇다. 그 이름, 머릿속에 새겨 둘 이유가 없다. 왜 그런 걸 물었지? 흥안은 자신이 던진 실없는 질문에 스스로 어이없어하며 그녀에게 이름을 가르쳐 달라고 새삼 조르지 않았다. 흥안이 다시 조용해지자 한참 만에 여인이 입을 열었다.

"구슬은 사람들이 내 한자식 이름을 바꿔 부르는 별칭이에요."

흥안이 그녀를 똑바로 바라보자 여인이 어색하니 입술을 비죽이며 덧붙였다.

"내 이름은 주珠예요."

시동들이 다과가 놓인 세발소반들을 들고 들어와 불해는 잠시 말을 끊었다. 의자 두 개를 하나씩 차지한 대가들 앞에 소반을 얌전히 놓고 뒷걸음질을 살살 쳐 구석으로 간 시동들이 양손을 공손히 모으고 섰다. 언제 어떤 지시를 받더라도 지체 없이 시중들기 위함이다. 그런 시동들에게 불해는 말없이 손을 한 번 휙 저었다. 손님과 둘만 남겨 두고 잽싸게 나가라는 뜻이다. 어렸지만 눈치로 살아온 시동들이 단박에 알아채고 휘장 밖으로 나갔다. 불해가 흠, 헛기침을 짧게 뱉으니 소년들은 아예 접객실을 떠났다. 방 안에 온전히 둘만 남자 불해가 다시 입을 열었다.

"거듭 말씀드리거니와 이것은 오히려 국내계보다 평양계에 유리한 일입니다. 공께서도 그렇게 생각지 않으시오?"

"글쎄요……."

손님이 차를 마시는 시늉을 하며 애매한 대답을 얼버무렸다. 오늘 불해의 손님은 평양계 귀족인 왕수종王水宗이다. 그의 딸이 보연왕자의 둘째 비로 얼마 전 왕실에 들어감으로써 수종은 평양계의 중추가 되었다. 그는 방금 우불해로부터 가슴이 섬뜩하면서도 두근거리는 말을 들은 참이다. 그것은 대왕의 생사가 오락가락하는 지금, 평양에 없는 태자를 대신해 보연왕자를 후계자로 내세우자는 제안이었다. 그도 내심 상상하고 있었으나 감히 입 밖으로 내지 못한 혼자만의 바람이었는데 남이 먼저 말해 주니 반갑기도 했지만, 태자를 배제하는 일은 곧 역모라 듣는 것만으로도 수종은 덜컥 겁이 났다. 그의 표정에서 속생각까지 읽은 불해가 격려했다.

"두려워할 것 없소이다. 이런 시국에 태자께선 대신들과 상의 한마디 없이 명산대천을 유람하며 사냥을 하겠다고 단신으로 국도를 떠났으니 현재 불예하신 대왕을 대행하는 이가 곧 차기 대왕입니다."

"고추대가께서는 너무 쉽게 생각하십니다. 유람이며 사냥이 진정한 이유겠소? 단신으로 떠난 것은 누구의 눈에도 띄지 않게 잠행하겠다는 뜻이요, 태자님의 잠행은 곧 우리 귀족들을 감시하고 허점을 찾아내는 것이 목적일 터인데 섣불리 나섰다가 얼마나 큰 보복을 당할지 아무도 모릅니다. 태자님은 장수대왕의 재래라 불릴 만큼 귀족들을 압도하는 분인걸요."

"그러니 지금이 적기요."

여러 말 들을 것도 없다는 듯 불해가 잘라 말했다.

"태자일 때도 벌벌 떠는데 대왕이 되면 숨이나 쉬겠소? 아직 태자일 때, 혼자서 암행하고 있는 지금이 아니면 언제 일을 도모할 수 있겠소? 신분을 감추고 다니니 불의의 사고를 당하더라도 모두가 납득할 수 있을 터. 태자가 보위에 올라 장수대왕처럼 백 년이나 살면 우리는 죽을 때까지 숨 쉬기 어려울 거요."

"하나 고추대가, 태자님이 국내계와 평양계를 두루 경계하시니 고추대가께서 우리와 손을 잡을 만하다고 생각은 합니다 만……, 보연왕자가 보위에 오르면 국내계에 무슨 이득이 있습니까? 고추대가의 진정한 속을 모르겠군요."

"난 이것이 한 가문이나 한 지방의 이해득실을 따질 문제라고 생각하지 않소."

불해가 수염을 쓰다듬으며 점잔을 뺐다.

"고구려는 왕가만의 것이 아니고 왕실의 힘으로만 이렇게 크고 강해지지 않았소. 우리 귀족들이 충심을 다하지 않았다면 오늘날 고구려의 영광이 과연 가능했겠소? 왕실과 귀족이 때로는 협력하고 때로는 견제하여 균형을 이루었기 때문에 가능했던 거요. 아무리 왕이 뛰어나더라도 신이 아닌 사람에 불과할진대, 한 사람이 한 나라 전체를 어찌 두루 살펴 다스리리오. 귀족들이 골고루 권한을 나누어 받아 각지에서 힘을 써야 나라가 어느 한구석 처지지 않고 번영을 이룰 수 있소. 나는 평양계를 살리기 위해 뛰고 있는 게 아니오. 국내계를 살리기 위해서는 더더욱 아니지. 왕가와 평양계, 국내계 어느 쪽으로도 힘이 기울지 않도록 균형을 맞추는 것, 그걸 위해 나는 분투하는 거요. 자, 그렇다면 흥안태자와 보연왕자, 둘 중 누가 이 균형 잡힌 고구려의 중심으로 적당하다고 내가 생각하겠소? 귀족들을 국왕의 시종처럼 발아래 두고 부리려는 흥안태자겠소, 아니면 귀족들이 가진 것을 인정하고 왕실에 협조해 주길 바라는 보연왕자겠소?"

"물론 보연왕자……."

"지금 그 말이 공이 던진 질문에 대한 답이요. 내 진정한 속을 알았습니까?"

"아아, 예예."

눈에 여전히 미심쩍은 빛을 담고 수종이 떨떠름하게 대답했다. 오로지 고구려에 대한 충정 때문이라니 쉽게 믿어지지 않는다. 이득을 원하지 않는다는 것은 진짜 이득을 숨기고 있어서가 아닐까? 수종 자신이라면 그럴 것이다. 그의 의구심까지 파악한 불해가 수염 너머로 미소를 지었다.

"그러나 보연왕자가 정권을 잡으면 세력이 평양계로 기울어질 것은 자명한 일. 국내계로서는 보연왕자를 보위에 올리는데 협조하는 대신 조건을 걸지 않을 수가 없소."

그럼 그렇지. 수종은 저도 모르게 고개를 끄덕끄덕했다. 조건이 있다니까 믿음이 생기려 한다. 불해가 질질 끌지 않고 곧장 말했다.

"국내계에서도 왕비를 들여야겠소."

"그럼 보연왕자의 셋째 비를?"

"그렇소. 그리되면 양대 귀족이 왕가의 좌우 날개가 되는 형상이오."

"하지만 고추대가께는 손녀가 없지 않습니까."

"내 핏줄을 왕실에 넣기 위함이 아닙니다. 국내계 귀족들이 고구려를 위해 힘쓸 기회를 달라는 거지."

"진실로 고추대가께서는 멸사봉공의 표본이십니다. 장수대왕 시절부터 지금까지 참으로 한결같으시군요."

짐짓 감동한 척, 수종이 한껏 칭찬했다. 보연왕자가 왕위에 오른다면 왕비야 또 들일 수 있다. 그의 딸도 정비가 아니라 둘째 비이고 핵심은 혼인의 순서가 아니라 회임의 여부다. 후계를 생산하는 왕비의 가문이 고구려의 미래를 움켜쥘 것이니. 당장 오늘부터 온갖 수단을 동원하여 딸이 매일매일 보연왕자의 씨를 받도록 해야겠다고 수종은 생각했다. 아직 생기지도 않은 외손자를 상상하는 그의 가슴이 장밋빛 기대로 벌렁벌렁한다.

화사하게 피어난 수종의 얼굴을 보고 불해가 드러나지 않게 코웃음을 쳤다. 일단 흥안을 제거하면 보연은 쉽다. 병사든 사고사든 적당히 때를 봐서 처리하면 된다. 왕자 두 명이 모두 없어지면 남는 건 중인들의 사랑을 듬뿍 받는 신통력 뛰어난 공주뿐. 여자가 왕위에 오르지 못하니 그 남편이 대신 왕가를 잇는다. 이후의 고구려 왕들은 그 피를 이을 것이다. 수종만큼이나 불해의 상상도 앞서 간다. 하지만 이 모든 일의 시작은 흥안을 없애는 것부터. 불해는 곧 현실로 돌아와 진중하게 목소리를 깔았다.

"그래서 암행하는 태자의 흔적을 먼저 쫓아야겠습니다."

"어떻게 할까요?"

수종이 소반 위로 상체를 기울여 적극 협력할 자세를 갖췄다. 불해는 적이 만족스러웠다.

"평양계의 귀족들 중 공과 뜻을 같이하는 사람을 은밀히 탐지하여 손잡으시오. 그들과 함께 동원할 수 있는 인력을 최대한 모아 태자를 찾으시오. 고구려 내는 말할 것도 없고, 평양계가 백잔과 동이에 심은 밀정들에게도 통보해요. 국내계는 벌써 시작했소."

"백잔과 동이까지? 적국에까지 뭣하러……."

"만일을 위해서. 다시없을 기회를 놓치지 않기 위해서."

"그래, 그렇게 해서 흥안태자를 찾아내면 그다음은?"

"그다음이라……. 각부와 읍락의 경계를 마음대로 넘나드는 떠돌이를 순라나 초병이 가만 놔두겠소? 때로는 그 자리에서 죽일 수도 있다오. 간혹 시체의 신원이 늦게 확인될 때도 있지."

"……그렇군요."

수종이 꺼림칙하니 입을 다물었다. 태자를 두고 거침없이 시살을 말하는 늙은이가 섬뜩하게 느껴진 것이다. 확실히 국내계 사람들은 야만적이야. 늘 북방의 오랑캐들과 맞대고 사니 잔인하기 짝이 없어. 교양 있고 품격 높은 평양계 귀족임을 자처하는 수종으로서는 그런 늙은이와 손을 잡는 것이 일면 가시 먹은 것처럼 껄끄러웠다. 불해가 날카로이 눈을 번득이며 못을 박았다.

"우리는 이제 한배를 탔소. 어느 한쪽이라도 실수하면 공멸한다는 것을 잊지 마시오."

"그렇지요. 네, 그렇지요."

"공은 특히나 보연왕자 앞에서 조심해야 할 거요. 사위라고 너무 믿으면 안 됩니다."

"그게……, 그렇군요. 고추대가의 말씀이 옳습니다."

수종은 반발하지 못했다. 보연이 형과 누이를 얼마나 알뜰히 여기는지 잘 알기 때문이다. 흥안을 밀어내고 보연을 그 자리에 앉히고 싶은 마음이 예전부터 있었지만 상상으로만 그쳤던 이유가 거기 있었다. 수종은 야무지게 핵심을 조목조목 짚어 주는 불해에게 감탄했다. 그는 남아 있던 차를 훌훌 마시고 바쁘게 일어났다. 사람을 풀어 태자를 추적하랴, 하루라도 빨리 딸을 회임시킬 방안을 찾으랴 뭉그적거릴 시간이 없었다.

"참 괜찮은 동지로구먼. 욕심이 많으나 어리석으니 나중에 내치기도 쉽겠어."

수종을 배웅하고 돌아서며 불해가 입속으로 중얼거렸다. 흥안이 횡사하면 단순한 죽음으로 끝나지 않는다. 설령 진짜 불의의 사고라 할지라도 그 원인을 철저히 조사할 터. 태자의 부재로 득세하는 자는 바로 의심을 받을 것이다. 그 첫손가락에 꼽힐 사람은 당연히 보연왕자와 그 장인들. 당장은 어찌어찌 넘어가더라도, 불해가 수종과 평양계를 제거하고 싶을 때 이 일을 이용할 수 있으리라. 노구에도 불구하고 자신의 거처로 들어가는 불해의 걸음에 성큼성큼 힘이 넘쳤다.

불해는 방에 들어가려다가 우뚝 섰다. 그에게 바삐 다가오는 사내 한 명이 있었다. 불해의 경호를 맡은 사병 대장으로 이름은 무걸茂桀이다. 얼마 전 불해가 은밀히 심부름을 보냈는데 돌아온 것이다. 그를 보고 멈춰 서서 허리를 깊이 꺾는 무걸에게 불해는 간결하게 한마디만 던졌다.

"따라오너라."

아까 접객실에서 나갔던 시동들이 주인이 계단을 올라오는 걸 보고 좌우에서 방문을 열었다. 안으로 들어가면 겹겹이 둘러친 비단 휘장 안쪽에 커다란 자줏빛 자단紫檀 평상이 있다. 화려하게 조각된 평상에 불해가 가까이 다가서자 안에서 대기 중이던 시동이 얼른 무릎을 꿇고 주인이 가죽신 벗는 걸 도왔다. 신발을 평상 아래 잘 정돈한 시동에게 불해가 접객실에서처럼 손을 휘 내젓자 시동이 아까처럼 방 밖으로 물러났다. 불해를 따라 들어간 무걸이 평상 옆에 서서 공손히 고개를 숙였다. 평상에 비스듬하게 누운 불해가 입을 열었다.

"그래, 그놈의 가족을 찾았느냐?"

"예. 은산 주변 작은 마을들을 하나하나 들러 탐문한 결과, 손자 이름이 밀이라는 노부부를 찾았습니다. 예전에는 은을 채굴하는 인부들을 모으는 일을 했으나 지금은 작은 밭을 일구며 살고 있었습니다."

"그 밀이라는 놈이 친손자라던?"

"그렇게 말했습니다. 부부의 아들이 수묘인(守墓人:왕이나 귀족의 무덤을 관리하는 역(役)에 복무하는 사람)으로 차출되어 국내성에서 일하던 중 죽었는데, 그 아들과 함께 살던 여자가 낳은 아이라고 합니다. 여자 혼자 키우기 어려워 은산으로 찾아와 조부모에게 아이를 맡겼답니다. 부부에게 아들이 있었던 것도, 수묘를 하다 죽은 것도 관청에서 모두 확인했습니다."

불해가 미간을 찌푸려 흰 눈썹을 모았다.

"그놈의 어미, 그 노부부의 며느리는 어찌 되었느냐?"

"아이를 맡기고 곧장 떠났고, 그 이후로 줄곧 소식이 없어 노부부도 모른다고 합니다. 여자가 아들과 정식으로 혼인한 것도 아니었고 해서……."

"그 부부가 속도 참 좋구나. 아들은 멀리서 죽고 며느리라고 자청하는 여자가 진짜 손자인지도 불확실한 갓난애를 맡겼는데 얼씨구나 받았단 말이지?"

"얼굴이 아비와 꼭 닮아 의심할 여지가 없었다고 했습니다."

"꼭 닮았다……. 그거 참."

불해는 찜찜한 입맛을 다셨다. 그 '닮았다.'는 게 역시 문제다. 그놈은 류를 너무나 닮았어. 그저 하찮은 군관 하나를 기억해서 그 출신지까지 측근을 보내 가족을 확인한 것은 그 '닮음'이 불해의 가슴을 철렁하게 할 정도였기 때문이다. 얼굴은 물론이고 말을 타고 질주하는 모습과 활시위를 당기던 자세까지. 그런데 이름도 모를 어느 촌로의 아들과도 꼭 닮았다니, 그게 그리 흔해 빠진 얼굴이던가?

'류는 처음 보았을 때부터 눈에 띄었다. 평범한 외양이 아니었어.'

그래서 거련도 그를 눈여겨보았었지. 불해는 끙, 소리를 내며 이마를 짚었다. 떠올리고 싶지 않은 사람을 또 연상한 것이다.

'불해야, 이미 죽은 이들에게 생겁을 먹다니 네 간이 퍽이나 졸아들었구나! 나이가 드니 간도 따라 늙었느냐? 이래서야 네

손자를 어찌 왕으로 세워 고구려를 호령할 수 있겠니?'

아무리 생각해도 이건 나이 탓이다. 젊은 시절 류에게서 느꼈던 열등감을 아직도 극복하지 못해 망령이 난 것이다. 류를 연상시키는 그놈을, 거련을 연상시키는 흥안이 자주 부른다기에 지레 호들갑을 떤 것이다. 그러나 세상엔 깜짝 놀랄 만큼 비슷하게 생긴 사람들도 종종 있는 법. 얼굴 좀 닮았기로서니 그게 무슨 대수라고 성도 없는 미천한 놈의 가계까지 살핀단 말이냐? 이미 류는 물론 류의 아들과 그 아들의 아들까지 없앤 터에! 가능할 리도 없지만 백 번 천 번을 양보해서 그놈이 류의 손자라고 해도 지금에 와서 그게 어떻단 말이냐?

'역자의 핏줄에겐 사람답게 살 미래가 없는 것을.'

자신의 설레발이 문득 가소로워진 불해였다. 큭, 그가 실소를 깨무는데 무걸이 보다 조심스레 말을 꺼냈다.

"하나 은산 노인의 말은 사실이 아닐지도 모릅니다."

"응? 뭐가?"

불해가 머리를 번쩍 들었다. 무걸이 혀로 입술을 쓱 핥는 것이, 보아하니 이제부터가 진짜 본론이었다.

"안시성에 보관돼 있는 밀과 그 조부모의 장적을 살펴보면, 아비가 죽은 이듬해에 밀이 태어났습니다. 유복자로 생각하면 이상할 게 없습니다. 하지만 국내성의 서류를 살펴보면 밀의 아비가 받았던 토지는 밀이 태어나기 7년이나 이전에 다른 수묘인에게 넘어갔습니다. 즉, 밀이 태어나기 7년 전에 아비가 역을 마치고 은산으로 돌아갔거나 국내성에서 죽은 것입니다.

마을 사람들은 노부부가 주장한 대로 밀의 아비가 국내성에서 수묘 중에 죽었다고 증언했으니, 그 아비는 은산으로 돌아가지는 않은 듯합니다. 그렇다고 수묘인이 나라에서 받은 토지를 매매하는 것은 법으로 엄히 금지된 바, 밀의 아비가 다른 이에게 수묘를 넘기고 국내성에서 7년 동안 더 살았다고 볼 수도 없습니다."

"그 말인즉슨……."

"안시성과 국내성의 서류 중 하나는 잘못 기재되었거나 거짓으로 꾸민 것이지요."

"그럼 밀은 은산 늙은이의 친손자가 아니다?"

"친손자일 가능성도 있습니다. 밀의 아비가 수묘인의 역을 중도에 이탈하고 7년 동안 도망 다니다가 밀을 낳은 경우입니다. 은산의 마을 사람들도 모두 밀이 죽은 아비와 꼭 닮았다고 입 모아 말하고 있으니……."

"하지만 역을 이탈하면 중죄인데 그 부모가 몰랐을 리가 있나."

"밀의 조부가 마을 사람들과 사전에 서로 짠 것이 아닌가 추측됩니다. 밀이 자라면서 자신의 출생에 의문을 갖지 않도록 말이지요. 작은 마을인데다 조부가 그곳의 좌장 격이라 그 정도의 입단속을 하기엔 어렵지 않아 보였습니다. 국내성의 서류를 본 뒤 은산으로 돌아가 다시 확인하려니 시간이 촉박하여 곧장 여기로 달려왔기에 장담할 수는 없습니다만……."

"아무래도 친손자가 아닌 것 같다는 말이렷다?"

"제 생각으로는 그렇습니다."

"그래."

짐짓 지나가듯이 심상하게 툭 내뱉었지만 불해는 목구멍에 무언가 걸린 듯 깔깔했다. 그는 두근거리기 시작하는 가슴을 도닥이듯 천천히 쓸었다. 괜찮아, 괜찮아. 그까짓 게 시골 늙은이의 손자면 어떻고 아니면 어때서? 류의 손자면 또 어때서?

'난 우불해다. 류의 손자가 살아서 돌아온다고 해도 어쩌지 못해. 나는 모든 걸 알고 있으니까. 나만이 모든 걸 알고 있으니까!'

갑자기 밖에서 시동이 고하는 소리가 났다. 태루가 궁에서 돌아와 조부에게 저녁 인사를 드리려고 찾은 것이다. 불해는 누웠던 몸을 벌떡 일으키고 손자를 들어오게 했다. 이제 무걸과는 볼일이 끝났으니 시동들에게 하듯 불해가 손을 한번 휙 젓는데, 이자는 안타깝게도 눈치가 덜해 말로 명령을 내려야 비로소 알아듣는다. 불해가 서둘러 나직이 명했다.

"어서 나가거라. 지금 나와 한 얘기를 누구에게도 발설하지 말고."

무걸이 그제야 허리를 새롭게 구부려 물러가는 인사를 했다. 그사이 태루가 들어왔다. 젊은 나이에 비해 무예가 제법 뛰어나고 주인에 대한 복종심이 남달라 불해를 가까이서 모시게 된 무걸은 가끔 불해가 원하지 않을 정도로 과잉되게 충성하곤 했다. 지금도 그는 불해의 바람과 달리 나가려다 말고 돌아서서 주인을 향해 물었다.

"은산에 다시 가서 확실히 알아볼까요?"

"아니, 아니, 됐다. 어서 나가라니까!"

급한 마음에 불해는 양손을 휘저었다. 무걸이 어리둥절하여 불해와 태루에게 허리를 굽실거리며 방을 나갔다.

"은산이라니요? 거기에 무슨 일이 있습니까?"

태루가 평상 옆 의자에 앉으며 물었다. 불해는 제법 태연스레 생각나는 대로 둘러댔다.

"일은 무슨. 은산에서 들어오는 은의 물량이 줄었다고 해서 한번 알아보려 한 게야."

"그렇군요. 저는 언뜻 엉뚱한 생각을 했습니다."

"응? 엉뚱한 생각이라니?"

태루가 뭔가 의심하는 게 있나 싶어 불해는 가슴이 뜨끔했다. 이 아이는 아무것도 모를 텐데? 태루가 정말 아무것도 모른다는 말간 눈으로 웃으며 답했다.

"은산이라고 하면 생각나는 사람이 있어서요. 이름이 밀이라고, 할아버님께선 기억하십니까?"

"어, 어? 그, 그게 누구더라?"

불해는 엉겁결에 말까지 더듬었지만, 대귀족이 하급 관원 하나 모르는 것은 지극히 당연한지라 태루는 이상스레 여기지 않았다.

"왜, 이곳에 오기 전 국내에서 열렸던 사냥 대회에서 일등을 했던 아이 말입니다. 그 전에도 할아버님께선 길가에 있던 그를 보고 이름을 물으셨습니다."

"허허, 그런 일이 있었던가……. 평민인데 일등을 했던 그자를 말하는가 보구나. 내가 늙어 다 잊었다."

"저는 그가 머릿속에 깊이 남았었습니다. 사냥 때의 인상이 워낙 강렬해서요. 그래서 같은 시기 평양에 온 것이 반가웠고 몇 번 만나러 가기도 했습니다. 거칠긴 하지만 사내답고 솔직 담백한 친구라 정이 갑니다."

"친구라니! 너는 고구려에서 첫손 꼽히는 가문의 장손이고, 그놈은 귀족도 아니거니와 관등도 미미한데 어찌 친구라 불러?"

불해가 와락 역정을 냈다. 할 일도 많은 그가 굳이 밀에게 신경을 써서 은산까지 사람을 보낸 건 사실 손자 때문이기도 했다. 태루는 평양에 오자마자 곧바로 밀을 만났고, 그의 집에 가서 함께 술을 나누기까지 했던 것이다. 모르는 체했지만 불해는 그게 그렇게 마음에 걸릴 수가 없었다. 지금도 밀을 떠올리는 태루의 표정이 그의 속을 확 긁었다. 수십 년 전 그가 류를 쳐다볼 때의 표정과 너무 닮았다. 그리고 그의 아들이 류의 아들을 바라보던 그 표정과. 동경과 호감으로 가득한 저 표정.

"너와 어울리지 않는 자다. 그런 자와 허물없이 교제하면 다른 귀족들에게 무시당해."

"신분을 가려 친구를 만나고 싶지는 않습니다. 그리고 밀은 여느 대귀족 출신 관원들에 못지않게 우수하고 성정도 곧습니다."

"철없는 소리. 대왕께서 미령하신 형편이라 미루고 있지만 넌 곧 부마가 될 사람이다. 평생토록 선인에서 벗어나지 못할 그놈의 동무 노릇이나 할 그릇이 아니란 말이다. 앞으로는 만나지 말고 관심조차 두지 마라."

"할아버님께서 그렇게 말씀하지 않으셔도 앞으로는 그를 못 보게 되었습니다."

"응? 왜?"

서운한 빛을 감추지 않는 태루의 말에 불해의 귀가 번쩍 뜨였다. 방금 손자더러 관심 두지 말라고 한 것이 무색한 반응이다. 태루가 말했다.

"밀을 찾아갔더니 평양에 없다더군요. 태자님께서 얼마 전 그를 거란인 수하와 더불어 고향인 은산으로 발령하셨답니다. 무걸이 아까 나가면서 은산이라고 하여 무슨 일이라도 생겨 태자님께서 그곳에 밀을 보내셨는가, 문득 생각했었습니다."

"태자께서……, 밀을?"

불해의 가느다란 눈이 더욱 가늘어졌다.

"얼마 전이라니, 언제? 태자께서 사냥을 떠나시기 한참 전이라더냐?"

"아니요. 떠나시기 직전으로 알고 있습니다."

"그래?"

노인의 머리가 분주하게 돌아가기 시작했다.

'태자가 은산으로 암행을 간 걸까? 밀에게 나라의 채굴권을 슬쩍 가로챈 일부 귀족들의 비위를 조사하도록 하고 직접 가서 심판하려고?'

그럴 리가 없잖아. 불해의 눈동자가 좌우로 빠르게 굴렀다.

'그렇다면 수하를 공공연히 은산으로 보낼 리가 없잖아. 둘이 동시에 떠나면 밀이란 놈이 따로 조사할 시간도 없을 테고.'

아마도 태자는 밀을 달고 다니는지도 몰라. 그의 눈동자가 일순 딱 멈췄다.

'아무리 난다 긴다 하는 홍안이라도 태자의 몸으로 혼자서 돌아다니지는 않겠지. 사람들의 이목을 끌지 않으려면 적은 수로 움직여야 할 테고, 밀이란 놈은 재주가 특출한데다 평양이든 국내든 귀족들과 아무 연고도 없으니 수행원으로 적당하다.'

그러니 홍안을 찾아내면 자연 밀도 찾을 수 있는 게야. 불해의 수염 속에서 입이 슬그머니 찢어졌다.

'그 말은, 홍안을 없앨 때 자연스레 밀도 없앤다는 뜻. 아비어미도 누군지 모를 놈에게 진을 빼지 말고 태자와 함께 저세상으로 보내면 간단한 일이다! 그럼 태루가 그놈을 만나는 걸 신경 쓰지 않아도 되지.'

비로소 편안해지는 기분이 든 불해가 평상 위에 몸을 길게 눕혔다. 태루가 벌떡 일어나 침상에 놓여 있던 베개를 들고 왔다. 삼족오가 새겨진 얇은 금판을 양옆에 붙인 목침으로 할아버지의 목을 조심스레 받친 태루가 다정하니 물었다.

"이불을 덮어 드릴까요?"

"오냐, 잠시만 쉬자."

손자는 이불을 가져와 덮어 주고 할아버지의 휴식을 방해하지 않기 위해 조용히 나갔다. 홀치기염색을 한 최고급 비단으로 만든 이불 속에서 불해는 늘어진 눈꺼풀을 내렸다. 이 이불은 내 손자 대왕이 덮어 준 것이니라. 그런 무엄한 생각을 아무렇지도 않게 떠올리는 그의 머릿속에서 홍안은 이미 살아 있는 사람이 아니었다. 그의 입이 저절로 웃었다.

무걸의 입이 저절로 웃었다. 방금 주인인 불해가 당부한 한마디가 생각나서다. '나와 한 얘기를 누구에게도 발설하지 마라.'라는 불해의 말은 '너랑 나만 알고 있자꾸나. 난 너 말고는 못 믿거든.'이란 뜻으로 무걸의 머릿속에서 해석됐다. 고구려 최고의 귀족인 주인의 그 내밀한 말씀에 고무된 젊은 경호대장은 그를 방에서 내보낼 때 불해의 얼굴에 스쳤던 당황스러운 빛 따윈 벌써 잊었다. 무걸은 발랄한 걸음으로 은산에 다녀오느라 잠시 자리를 비운 사이 경호에 문제가 없었는지 점검하기 위해 거대한 저택을 휘젓고 다니기 시작했다.

"어이쿠, 대장님 오셨습니까? 어머님께서 편찮으시다더니, 좀 어떠신지요?"

주인을 성심껏 섬기는 이에겐 그를 성심껏 섬기는 부하가 따르는 법. 본채의 구석을 지키고 선 사병 하나가 무걸을 반겨 넙죽 절을 했다. 제가 주인에게 헌신하는 만큼 부하들에게 대접받고 싶어 하는 무걸이 기분 좋게 고개를 끄덕였다.

"어, 괜찮아. 괜찮아."

그는 밀이란 자의 가계를 살피기 위해 은산으로 파견됐지만, 표면적으로는 국내성에 있는 모친의 건강이 상해 잠시 집에 들르는 것으로 해 두었었다. 이런 거짓 핑계도 그와 불해만이 아는 비밀이기에 무걸은 아무것도 모르는 부하가 근심스레 묻는 것까지 매우 흐뭇했다. 그는 궁성보다 더 철저하고 엄중하다는 우씨 집안의 경호 책임자로서 한껏 거드름을 피웠다.

"그래, 나 없는 동안 별다른 문제는 없었느냐?"

"그럼요. 범량梵良 대장님이 수시로 깐깐하게 돌아보셔서 저희들 모두 정신 바짝 차리고 자리를 지켰습니다. 범량 대장님의 그 매 같은 눈길을 피할 도리가 없으니 게으름을 피울 사이도 없었죠."

"그……랬어?"

무걸이 찜찜하니 윗입술을 실룩였다. 자신이 없는 동안 무슨 일이라도 났으면 좋았을 것을. 그는 잠깐 주인에 대한 충심을 잊고 그런 생각을 했다. 그러면 대장 둘이 공존하는 이 불편한 상황이 해소될 텐데. 왕성의 군사만큼이나 많은 우씨 집안의 사병들을 통솔하는 것이 보통 일은 아니지만, 대장이 둘일 필요까진 없다고 생각하는 무걸이다. 특히 방금 부하가 입에 올린 그의 경쟁자 범량이라면 더.

사실 범량은 이미 일선에서 물러난 한가한 늙은이다. 우씨의 저택을 두루 경호하는 막중한 책임을 맡은 무걸과 달리, 범량은 경호 일에서 손을 떼고 사병들을 조련하는 무술 사범 정도로 근근이 활동하고 있다. 그러나 불해의 수족으로 일한 지 40년이 넘은 데다 여전히 불해의 신임이 두터워, 무걸은 물론 저택 안의 누구도 범량을 함부로 대하지 못했다. 작은주인인 태루마저도 범량에게 무예를 익힌 터라 스승으로 모셨으니, 암만 현재의 직책이 높다고 해도 무걸은 범량에 비해 못 미치는 대접을 받았다. 봉급이나 특전이 덜하다는 게 아니라 집안사람들의 눈빛에 어리는 존경과 신뢰의 정도가 그렇다는 것이다. 지금도 범량을 들먹이는 부하의 말투와 어조가 똑같이 대장이라고 부르면서도 은근히 격을 달리하는 것처럼 느껴져 무걸은 불쾌해졌다. 그는 언짢은 마음을 만만한 부하에게 풀었다.

"윗사람 눈치 보면서 일할 때와 게으름 부릴 때를 가리면 되겠느냐? 정신 똑바로 차려라!"

"예? 예……."

"목소리를 낮추시게."

무걸의 호통에 사병이 찔끔하여 목을 움츠리는데 묵직한 노인의 음성이 깔렸다. 그 목소리에 두 배로 언짢아진 무걸이 돌아보니 범량이 다가오고 있었다.

"고추대가께서 쉬시니 본채를 조용히 지키라는 태루님의 말씀이 있었네. 아직 교대할 시간이 남았으니 그 아이를 꾸짖더라도 나중에 따로 불러 조용히 다스리시게."

아랫사람 대하듯 말하는 범량이 고까웠지만 무걸은 일단 고개를 가만히 끄덕였다. 나이로 보나 경력으로 보나 무걸이 쉽게 무시할 상대가 아닌 것이다. 더구나 형식적이긴 해도 범량은 그와 동급인 대장으로 불리는 사람이다. 무걸은 나름대로 예의를 갖췄다.

"제가 없는 동안 선배님께서 고생이 많으셨습니다. 한동안 그만두었던 일을 다시 하려니 힘에 부치셨을 텐데, 이제 제가 돌아왔으니 그만 가셔서 피로를 푸시지요."

"힘에 부치긴. 내가 이 일을 한 햇수가 자네 나이의 곱절이 되는데 그깟 며칠이 무슨 대수라고."

범량이 지지 않고 응수했다. 예순 가까운 노인답지 않게 번 득이는 눈빛이 매우 날카로웠다. 그는 눈앞의 젊은 대장을 마 주 보며 비릿하게 웃었다.

"집에 큰일이 생겼다더니 참으로 빨리 왔구먼. 천천히 와도 되었을 것을, 무엇이 그리 불안하고 급하던가?"

"제가 혹여 자리가 없어질까 봐 서둘러 왔다는 겁니까?"

무걸이 늙은 대장과 똑같이 비소를 머금었다. 그는 쉬고 있 을 주군을 방해하지 않기 위해 범량과 함께 본채를 벗어나 다 른 전각으로 걸어가며 조롱하듯 말했다.

"제가 국내성에서 집안일로 발이 묶이면 선배님이 다시 예 전 자리를 차지할 수 있으리라 생각한 모양이죠? 하지만 이걸 어쩝니까. 선배님에겐 안됐지만 이 자리는 앞으로도 영원히 제 것입니다. 선배님의 그 시커먼 속을 다 꿰뚫고 있으면서도 제 가 북방에 다녀온 건 그걸 잘 알기 때문이죠."

"집안일 때문에 평양을 비운 것이 아니란 말이로구먼."

적개심을 감추지 않는 무걸을 보고 범량도 에두르지 않고 대놓고 말했다.

"북방이라고 하지만 꼭 국내성이 아닐 수도 있고."

"뭐, 뭐? 그게 무슨 뚱딴지같은 소리요? 내가 모친의 일로 고향에 다녀온 것은 누구보다도 고추대가께서 아시는……."

"이봐, 무걸이. 지금 자네가 허둥거리며 하는 말이 내게는 나리의 밀명으로 북방에 다녀오느라 평양을 비웠으니 대장 자리가 위협받을 일은 없다는 뜻으로 들려."

범량의 말이 정곡을 찔러 무걸은 일순 반박할 말을 잃었다. 이 노인네가 어떻게 대번에 그 사실을 알아차린 거지? 무걸이 의아해하는데 범량이 알아서 대답해 주었다.

"40년이다. 내가 나리를 모신 기간이 40년이야. 나리께서 남모르게 지시하실 때의 여러 가지 유형을 나만큼 아는 사람이 없지. 자네는 얼마나 됐지? 한 4년 되었나? 그래도 나리께서 비밀스런 임무를 맡기기엔 그다지 오래 일한 것도 아닌데, 무걸이 자네, 출세가 퍽 빠르구먼."

"40년이나 나리를 섬긴 사람이 어찌 나리께서 은밀히 하시는 일을 캐내려고 하시오? 아무리 뒷방 늙은이로 밀려난 것이 분하기로서니 그게 할 짓이오? 고추대가 나리께서 지금 선배의 말을 들으신 후에도 선배가 이 집에서 밥을 먹을 수 있을 것 같소?"

"내가 알아채도록 입을 생각 없이 놀린 자네의 허술함을 고추대가 나리께서 아신 후에도 자네가 이 집에서 사병들을 통솔할 수 있을 것 같은가?"

"도대체 내게 왜 이러는 거요? 당신이 물러나고 내가 대장이 된 것이 내 탓이라도 된단 말이오? 탓하려면 세월을 탓해야지. 당신의 그 주름들을 탓하고 힘이 빠진 팔뚝을 탓해야지!"

뜻하지 않게 수세에 몰린 무걸이 벌컥 화를 내자 범량은 웃으며 소매를 걷어 제 팔뚝을 이리저리 살펴보았다. 젊은이가 지적한 대로 예전 우람했던 팔뚝이 많이 가늘어져 있었다. 범량이 허허롭게 중얼거렸다.

"그 말이 맞다. 이젠 고목의 썩은 가지처럼 보이는구나."

범량이 별안간 무걸의 멱살을 틀어쥐고 벽으로 밀어붙여 젊은 대장의 숨통을 조였다.

"그래도 아직 목 몇 개쯤 단숨에 딸 정도의 힘은 있지."

노인의 힘이라고 생각할 수 없을 만큼 엄청난 완력에 무걸이 컥, 숨이 막혀 퍼렇게 질렸다. 범량이 무걸에게 바싹 얼굴을 들이대고 속삭였다.

"무걸아, 나는 네 자리에 미련이 없다. 내가 40년이나 있었던 자리야. 지겨울 때도 됐잖니. 그 자리, 절대 넘보지 않을 테니 앞으로 영원히 네 것이라고 여기면서 안심하고 지내렴. 하지만 그 자리가 정말로 영원히 네 것이겠느냐? 네 나이 때의 나는 그렇게 생각하지 않았을까?"

"그따위 것, 몰라."

무걸이 노인의 손목을 잡고 비틀어 목에서 간신히 떼어 냈다. 폭발적인 힘이 무시무시한 노인이었지만 나이가 나이니만큼 오래 버티진 못했다. 자유롭게 숨을 쉴 수 있게 된 무걸이 분노로 씨근거리며 낮게 부르짖었다.

"당신이 뭐라고 하건 지금은 내가 이 집 사병들의 책임자야! 남들이 아직까지 당신을 대장이라고 불러 준다고 해서 착각하지 말란 말이야!"

"이봐, 무걸이. 그 자리 만만하게 보지 말게. 나리와 비밀을 나누는 것, 결코 쉽지 않으이."

"미친놈처럼 달려들어 목을 졸라 놓고 이제 와서 걱정하는 척하는 그 말투 당장 집어치워!"

"선배의 충고는 새겨들어야지. 다 자넬 생각해서야."

"선배님이야말로 한동안 입 꼭 다물고 오늘 내게 한 말들 어디 가서 떠벌리지 마시오. 나리께서 아신다면 지금 애들 훈련시킨다고 장난질하는 그 일마저 잃을 테니. 내 충고도 단단히 그 머릿속에 새기시오. 다 선배님을 생각해서 하는 말이니."

퉷, 무걸이 더러운 기분을 담아 침을 요란하게 뱉었다. 어깨를 퍽, 소리가 나게 부딪고 가는 무걸의 뒷모습을 보며 범량이 쓰게 웃었다.

"한동안 입 다물어서 될 일이 아니야, 무걸아. 나리와의 비밀은 평생을 걸고 나누는 거란 말이다. 그걸 모르고선 영원히 진짜 대장이 될 수가 없어."

범량은 무걸이 뱉은 침을 흙과 섞어 조용히 발로 짓이겼다. 그의 눈에 어둑한 그늘이 쓸쓸하게 드리웠다.

"……20년 하고도 몇 년이 지났는가. 그 일이 있고 난 지 벌써……. 그래도 평생을 가슴에만 담아 두려면 아직도 많이 남았지……."

혼잣말을 웅얼거리며 그는 불해의 사병들을 훈련시키는 연무장으로 터덜터덜 발길을 돌렸다.

"이봐요. 해가 지고 있어요. 곧 어두워질 텐데 그만 내려가지 않겠어요?"

작지만 낭랑하게 울리는 목소리에 밀은 서쪽 하늘을 흘깃 보았다. 커다래진 붉은 해를 보더니 그는 그리고 있던 두루마리를 돌돌 말아 바랑에 넣은 뒤 바위에서 내려섰다. 묵묵히 덤불을 헤치고 들어가는 그의 뒤를 낭랑한 목소리의 여자가 따랐다. 그녀는 한주, 아리수 하구에 있는 개백현의 거부 한씨의 독녀다.

"내려가는 길이 있는데 왜 숲으로 들어가죠?"

말없이 헝클어진 수풀을 헤쳐 무성하게 얽힌 나무들 틈으로 사라지는 밀을 놓칠세라 주가 헐떡이며 쫓아갔다. 치렁치렁한 비단 치마가 뾰족한 가지에 걸리자 그녀는 신경질적으로 치마를 잡아챘다. 그 바람에 지은 지 얼마 안 되어 보이는 값비싼 새 치마의 여기저기에 올이 나가 버렸다.

"올라올 때도 이런 길만 찾더니. 봐요! 내 꼴이 엉망이 됐어요."

그녀의 불평에도 밀은 돌아보지 않았다. 대신 그는 나뭇가지를 꺾고 길게 자란 풀들을 짓밟아 다져서 그녀에게 조금 더 편한 길을 만들며 앞으로 나아갔다.

"아얏!"

짧은 비명과 함께 털썩 주저앉는 소리를 듣고서야 밀은 비로소 뒤돌아 쫓아오던 주를 쳐다보았다. 그는 여전히 입을 꾹 다문 상태였지만 그것은 부글거리는 화를 참기 위해서였다. 정말 그의 성미에 맞지 않게 오랫동안 인내했던 것이다.

"왜 그러시오?"

주의 앞에 선 그의 말투가 퍽 뚝뚝했다.

"발목이 아파요. 덩굴에 걸려서 접질렸어요."

그녀가 치마 위로 다리를 움켜쥐고 몸을 웅크렸다. 매끄러운 이마에 어울리지 않는 험악한 주름을 깊이 잡은 그녀가 앓는 소리를 냈다.

"아야야……. 못 걸을 것 같아요."

젠장맞을! 밀은 속으로 욕을 곱씹으며 한쪽 무릎을 꿇고 앉아 서슴없이 그녀의 치마를 걷어 올렸다. 주가 화들짝 놀라 그의 손을 찰싹 때렸다.

"뭐 하는 짓이에요?"

"입 좀 다무시오. 버리고 가기 전에."

잇새로 으르렁거리는 그의 기세에 그녀가 움찔 오그라들었다. 드러난 그녀의 발목을 잡고 밀이 이리저리 살피자 주는 '앗, 앗!' 하고 아파서 내는 비명인지 당황해서 지르는 외마디소리인지 모를 소리를 냈다. 잔뜩 찡그린 그녀의 얼굴이 연홍빛으로 달아올랐다.

"별것 아니군. 붓지도 않고 멍도 없어. 금방 걸을 수 있으니 조금만 앉아서 쉬시오."

대수롭지 않게 말하며 밀이 그녀의 발목을 놓았다. 주가 얼른 치마를 내리고 그를 쏘아보았다.

"난 지금 굉장히 아파요. 별것 아닌 게 아니라고요!"

"그러게 누가 따라오라고 했소?"

짜증 섞인 목소리로 밀이 울컥 뱉었다. 그의 걸음으로는 이런 낮은 산 따위 이미 내려가고도 남았다. 올라올 때도 그랬지만 이 여자가 시간을 질질 끄는 데 톡톡히 한몫을 하고 있었다. 마음 같아서는 첩보 활동을 아주 제대로 망쳐 주는 이 애물단지를 아리수에 휙 던져 버리고 싶지만 그럴 수 없는 처지라 다혈한 성질을 누르고 있는 것이다.

이 여자의 아버지는 홍안이 가장 먼저 포섭한 거부 한씨다. 백제에서 체류하는 동안 밀은 태자를 모시고 그 집에서 머무르고 있다. 홍안이 제시한 좋은 조건에 혹하여 그대로 넘어간 한씨는 한강 유역의 거상들을 고구려 태자의 편으로 만드는 데 일조했을 뿐 아니라 밀의 정탐을 돕기 위해 외딸을 그에게 딸려 보내기까지 했다. 밀을 중국 상선과 거래하러 가는 딸의 호위로 위장시켜 각 관문을 수월하게 통과하도록 했던 것이다. 그것은 물론 홍안의 발상으로, 한씨는 고구려 태자의 생각에 적극 따랐을 뿐이다.

'관인들이 한씨의 하인들에게까지 쩔쩔매는 꼴을 보지 않았느냐. 한씨의 딸과 함께라면 어느 관문이라도 거리끼지 않고 떳떳이 통과하며 탐색할 수 있다.'

여자를 달고 가야 하는 불편함을 호소하는 밀에게 홍안이 말했었다. 현재 태자의 호위는 밀 하나뿐, 그 한 명이 만에 하나 위험에 빠진다면 그것은 곧 태자가 위험에 노출되는 것과 마찬가지이니 홍안이 신중해지는 것도 당연했다. 밀도 그걸 이해 못 하는 바는 아니지만, 부잣집에서 귀하게 자란 처녀를 모시고 다니는 것은 그에게 고역이었다.

'그 낭자를 잘 보호하고 보살펴라. 이제 곧 고구려의 귀문이 될 집안의 딸이다. 무례한 행동은 절대 하지 마.'

홍안이 밀에게 거듭 당부했던 말이다. 태자의 명을 거역하지 못하는 밀이 별아에 이어서 두 번째로 저보다 어린 여자였음에도 완전히 하대를 하지 않을 만큼 주에게 나름대로 함부로 하지 않았으나 여자의 생각은 달랐던 것 같다. 주가 밀에게 지지 않고 날카롭게 쏘아붙였던 것이다.

"누군 따라오고 싶어서 따라왔나요? 내가 아니면 첫 관문에서부터 군사들에게 쫓겨 다녔을 거면서!"

불평불만으로 속이 부글거리는 것은 주도 마찬가지였다. 그녀는 한수 일대를 넘어 백제 북부에서 제일가는 미녀로 소문난 여인으로, 어떤 이들은 북부만이 아니라 왕성과 22담로(擔魯:백제의 읍성)를 통틀어 가장 아름다운 처녀라 찬사하기도 한다. 미모도 미모였지만 대부호 집안의 외동딸로 귀하게 자라 자존심이 하늘을 찌르는 여인이다. 그런 그녀에게 염탐질이나 하러 온 고구려 사내가 반말까지는 아니지만 거의 하대하는 수준으로 무례하게 구니 이쪽도 성질이 난 것이다. 고구려에선 무슨 대단한 장군이라도 되는 모양이지? 주의 말투에 자연히 가시가 솟았다.

"진작 이런 길로 다닐 거라고 말을 해 줬어야죠. 그럼 헌옷이라도 빌려 입고 왔지."

"객줏집에서 기다리라고 했잖소."

"내가 가진 어음들이 얼마짜린데 혼자 객주에 있으란 말이에요? 내 호위로 따라왔으면 곁시늉이라도 해야죠."

귀찮아 죽겠네. 여자란 족속과 말싸움해서 얻을 것이 없음을 잘 아는 밀은 그만 입을 콱 닫았다. 정말이지 정탐하는 데 여자를 붙인 건 태자의 실수였다. 그러나 한편으로는 그녀가 보탬이 된 경우도 적지 않았다는 걸 밀 역시 알고 있었다.

아버지를 대신해서 외국 상인들과 곧잘 접촉했던 그녀는 관문의 관리들과도 면식이 있었고 그들을 잘 다룰 줄도 알았다. 평소처럼 수많은 수레를 이끌고 다니는 것과 달리 달랑 호위 하나만 거느렸지만, 물건을 싣는 게 아니라 어음의 기한을 연장하기 위해 나선 길이라는 그녀의 핑계를 관리들은 순순히 믿어 주었다. 덕분에 아리수를 따라 곳곳에 설치된 초소와 보루, 산성들에 잠입할 수고를 어느 정도 덜었고, 각지를 방어하는 군사들의 규모와 허점을 쉽게 파악했다. 이제 이 지역을 둘러싼 산세를 자세히 살펴야 하는데 주가 혼자 있을 수 없다며 따라온 것이다. 여자의 사정도 이해하지만 번개처럼 속전속결로 일을 끝내는 밀로서는 군사 지도의 완성이 그의 예상보다 너무나 더뎌 견디기 힘들었다.

거들 땐 거들더라도 빠져야 할 때는 알아서 빠져 주는 분별이 있어야 할 거 아냐. 길 없는 산을 탈 능력이 안 되면 객주의 방에서 문 걸어 놓고 얌전히 기다리든가. 하여간 곱게 자란 여자들이란. 바위에 걸터앉은 밀은 새침하니 입술을 내민 주를 보고 쯧, 혀를 찼다.

은산에 있는 그의 할머니라면 소매를 찢든지 칡덩굴을 끊든지 뭐라도 구해 발목을 칭칭 감고 벌떡 일어날 것이다. 그를 따라 국내에서 평양까지 쫓아온 애노는 말할 것도 없다. 그리고 별아라면…….

밀은 문득 가슴 한쪽이 찌릿했다. 훅 불면 날아갈 것 같은 하늘하늘한 여자인 점에서 할머니나 애노보다는 지금 그의 옆에 앉아 낑낑거리는 주와 닮았지만 별아는 또 달랐다. 신분이 낮아서라든가 그런 게 아니라 계곡에서, 정원에서, 숲에서 본 그녀는 계곡의 바위와 정원의 짐승들과 숲의 나무들과 너무나도 자연스러웠다. 주처럼 긴 치마를 치렁하니 늘어뜨리고도 요리조리 날렵하게 잘 다녔다. 마치 물과 풀과 바람의 정령처럼. 그녀는 한없이 약해 보였지만 결코 약하지 않았다. 절대 남에게 주눅 들지 않는 그를 꼼짝 못하게 하지 않았던가.

'나는 당신의 마음을 받을 수 없어요.'

그녀는 왜 그런 말을 했을까? 그토록 그에게 상냥했는데. 그가 위험해질까 봐 문서고도 대신 들어가고 그보다 더 열심히 을씨 가문을 찾아 나섰는데. 그에 대해 궁금하여 다른 시녀들에게 묻고 다니기까지 했다면서, 왜? 그와 맞닿은 입술이 바르르 떨리긴 했지만 분명 뜨거웠는데! 여인이란 정말 복잡하다.

애노처럼 직설적으로 덤비는 여자는 제외지만.

'내가 사실은 귀족 출신이란 게 그렇게 마음에 걸렸을까?'

밀이 따져 보기에는 그것밖에 이유가 될 만한 것이 없었다. 난 신분 따윈 정말 상관없는데! 어떻게 해야 별아가 그의 진심을 알아줄지, 답답한 밀은 할 수 있다면 가슴을 통째로 갈라 속내를 보여 주고 싶은 심정이다.

'어쩌면 그저 부끄러웠을지도 모르지.'

그에겐 둘 사이의 분위기상 자연스러웠던 입맞춤이 그녀에겐 너무나 갑작스러웠을지도. 다음엔 손대지 말라고 희게 질려서 말한 걸 보면 순진한 별아에겐 그 입맞춤이 좀 빨랐던 것일지도 몰랐다. 솔직히 만난 횟수에 비하면 꽤 늦은 편인데도 말이다. 게다가……

'내 쪽에서 먼저 입 맞춘 건 나도 처음이라고.'

그런 것도 순결의 축에 들어갈 수 있는지 모르겠지만, 여자들에게 유혹을 많이 받긴 했어도 제가 먼저 여자에게 덤빈 적이 없다는 이상한 자부심을 가지고 있던 밀로서는 별아와의 그 입맞춤이 마치 진정한 생애 최초의 입맞춤처럼 특별한 것이었다. 그 점을 그녀에게 알려 줬으면 달랐을까? 안학이 알았다면 '천만에!' 소리치며 펄쩍 뛰었겠지만, 밀이 고민하는 정도는 고작 그랬다.

"별이 뜨기 시작했네."

어둠이 내려앉는 가운데 주가 혼잣말로 중얼거렸다. 밀도 하늘을 올려다보았다.

초저녁, 태양이 저문 자리에 태백성이 밝게 빛났다. 해와 달을 제외하고 하늘에서 가장 빛나는 오성(五星:육안으로 관측되는 수성, 금성, 화성, 목성, 토성의 다섯 행성) 중 별아의 가르침을 받기 전부터 밀이 알아보던 별이다. 그는 별아와 많은 별을 보았지만 태백은 함께 보지 못했다. 태백이 뜨는 초저녁이나 새벽엔 별아와 만날 수 없었기 때문이다. 하지만 별아는 모르는 별이 없는 만큼, 별 중에서 가장 밝은 별인 태백도 자주 관찰했을 것이다. 어쩌면 지금 밀이 보는 저 태백을 평양에 있는 별아도 보고 있을지 모른다. 점점 어둡게 물들어 가는 하늘에 하나둘씩 뜨는 저 별들도. 밀은 그가 아는 별들을 헤아리며 별아의 목소리를 듣는다. 그 별들은 대부분 그녀가 가르쳐 준 것이다.

"뭘 보고 있죠?"

애상스레 밤하늘을 우두커니 보는 밀에게 주가 물었다. 남자의 태도가 요 며칠 동안의 모습과 좀 달라 보였다. 그녀는 나름대로 부드럽게 물었는데 남자가 대답이 없다. 아니, 날 또 무시해? 주는 입술을 잘근 씹었다.

"뭘 보고 있느냐고요?"

"……."

"이봐요, 귀가 먹었나요? 내가 묻고 있잖아요. 난 당신 때문에 이 험한 산을 오르내리다가 치마도 찢어지고 다치기까지 했어요. 당신이 하는 일을 죄다 설명할 필요는 없지만, 최소한 날 무시하지는 말아야죠!"

주의 짜랑짜랑한 목소리에 상념에서 벗어난 밀이 성가신 그녀를 힐끗 보았다가 퉁명스레 말했다.

"고구려의 하늘을 보고 있소."

"하늘이면 다 같은 하늘이지 고구려의 하늘은 또 뭐예요?"

주가 어이없어했다. 누가 고구려 사람 아니랄까 봐 하늘까지 고구려 거라니.

"고구려의 이야기가 깃든 별들이 보이는 하늘이 고구려의 하늘이오. 백제 사람들은 백제의 이야기가 깃든 별들로 백제의 하늘을 볼 수 있지."

이건 또 무슨 궤변? 그러나 밀의 알쏭한 말이 어쩐지 근사하게 들리는 주였다. 그녀가 묻는 말에 거의 대답하지 않던 밀이 두 문장 이상을 말한 것도 신선했다. 그의 목소리가 청량하니 듣기 좋았다. 그녀가 또 물었다.

"지금은 백제 땅이지만 여긴 얼마 전까지 고구려였어요. 그전에는 또 백제였고. 백제 땅이 됐다가 고구려 땅이 됐다가, 주인이 자꾸 바뀌는 이 땅의 하늘은 어떤 하늘이죠? 고구려의 하늘인가요, 아니면 백제의 하늘인가요?"

"누구의 땅 위에서 보느냐가 아니라 별들의 모양을 어떻게 읽느냐에 달렸소. 평양에서 고구려의 하늘을 보듯 내가 이곳에서 고구려의 하늘을 보는 건, 고구려의 별자리들을 내가 기억하기 때문이오. 내가 세상 어디에 있든, 바다 건너 중국에 있더라도 나는 고구려의 하늘을 볼 수 있소."

"하지만 고구려의 하늘이 뭐가 중요한 거죠? 어차피 백제의 하늘이든 중국의 하늘이든 별은 상관없이 그 자리에 있을 텐데?"

"고구려인의 혼이 깃들어 있으니까. 혼을 잃으면 긍지를 잃어. 그러면 삶의 의미도 잃지. 나는 고구려의 별자리가 그려진 하늘을 보며 내가 섬길 주인과 지킬 땅과 사람들을 되새길 수 있소. 밤하늘은 내게 그렇게 사는 목적을 일깨워 주는 거요."

"장수다운 말이네요. 별이 가르쳐 준 삶의 목적을 따라 당신은 이곳에 염탐하러 왔군요."

주가 놀리듯 말했지만 비웃을 의도는 없었다. 하지만 밀은 어둠 속에서 정색했다.

"내 일에 협력하고 있으니 당신도 고구려 사람이나 다름없소."

"그럴까요?"

그녀가 어깨를 으쓱했다.

"난 백제 사람으로 자랐는걸요? 그리고 아버지의 명을 따랐을 뿐이지 자진해서 당신을 도운 것도 아니에요."

"당신네 상인들은 이득이 있다면 지옥불에도 뛰어들 사람들이지. 당신들이 태자님께 무엇을 얼마나 요구했는지는 모르겠지만 그에 합당한 충성을 보이길 바라오. 배신의 대가가 무겁다는 걸 명심하고."

"그런 말은 우리 아버지한테나 해요. 난 당신네 태자님께 아무것도 요구하지 않았으니까!"

주는 약이 바짝 올라 바락 성을 냈다가 곧 무슨 생각을 하는지 미묘한 웃음을 지었다.

"나도 그쪽에게 요구할 자격이 있네요? 백제 사람인데도 고구려 사람이나 다름없이 협력했으니 상인으로서 이득은 챙겨야 할 게 아니에요?"

"아버지를 통해 태자님께 말하시오. 난 겨우 작은 대隊 하나를 거느리는 최하위 군관이라 당신의 요구를 들어줄 만한 능력이 없으니."

"그럼 당신이 들어줄 만한 요구를 하면 되겠네요?"

고개를 살짝 까딱이며 묻는 그녀는 사뭇 깜찍했으나 밀은 얼굴을 찡그렸다.

"내가 왜 당신의 요구를 들어줘야 한단 말이오?"

"아니, 내가 이제껏 도왔던 일들을 그새 다 잊었나요? 들르지 않아도 될 관문을 당신에게 보여 주려고 길을 빙 돈 덕분에 여행이 길어져 축난 내 시간이 얼만 줄 알아요? 그래도 불평 한마디 안 했는데 당신은 그걸 당연하게만 생각한 모양이죠? 고구려 남자들은 다 그렇게 뻔뻔한가요? 그뿐이 아니죠. 객주에서 쉬지도 못하고 있지도 않은 길을 헤치고 다니느라 난 피곤해 기절할 지경이라고요. 다리도 퉁퉁 붓고 발목도 삐어 이젠 걸을 수조차 없어요. 거기다 내 치마! 이건 내가 제일 아끼는 옷이었어요."

"난 그 비단 치마를 물어낼 형편이 안 돼. 나중에 짐승을 잡아다 줄 테니 그 가죽으로 대신합시다."

"어머, 그렇게 겁먹을 거 없어요. 난 변제할 능력이 없는 사람을 닦달하는 악덕 돈놀이꾼이 아니라고요."

그녀가 생긋 웃었다.

"아직 고구려 사람이 되지 못한 백제 여자에게 고구려의 하늘을 좀 가르쳐 줘요."

"뭐요?"

"당신네들 별 이야기를 해 달라고요. 최하위 군관에게 비단 치마보다는 덜 무리한 요구잖아요."

"그런 걸 뭐에 쓰려고?"

여자의 난데없는 엉뚱한 요구에 밀은 어리둥절하니 반문했다. 여자란 정말 이해하기 힘들다. 장사꾼인 여자는 더. 주가홍, 코웃음을 치며 핀잔을 주었다.

"고구려 남자들은 정말 실용적이네요. 아름다운 이야기를 듣고 감동하는 건 아무 짝에도 쓸모가 없다는 건가요?"

"그런 뜻은 아니지만……."

"그럼 얘기해 봐요. 내가 어디에서고 고구려의 하늘을 읽을 수 있게. 괜찮다고 생각하면 발목 다친 거랑 비단 치마 정도는 탕감해 주죠."

그건 내 탓이 아닌데. 밀은 생각했지만 여자와 계속 옥신각신하는 건 격이 떨어지는 일이다. 그는 지는 척하고 손을 들어 밤하늘을 가리켰다. 그가 동명성왕과 활의 별자리를 무척 감격스럽게 설명하며 고구려만의 별자리라는 걸 특히 강조했는데도 주는 시큰둥하니 들었다.

"뭐예요, 그건? 싸움을 좋아하는 고구려 사람들의 별자리답네요. 좀 더 애절하고 예쁜 이야기는 없어요? 애틋한 사랑 이야기라든가."

"사랑? 남녀 간의 사랑이라면 견우와 직녀가 있지. 은한(銀漢:은하수)을 사이에 두고 여름에 가장 밝게 빛나는 직녀성과 우수(牛宿:북방 현무7수 중 두 번째 별자리)6성 중 가장 밝은 견우성은 같은 하늘에 함께 모습을 드러낼 때가 칠석뿐이라, 둘은 1년에 한 번밖에 만나지 못한다오."

"시시하게. 그 얘기라면 누구나 다 알아요. 하지만 직녀성은 찾아도 견우성은 구별을 못 하겠어요."

"우수6성이 좀 어두운 편이라 그렇소. 그래서 옛사람들은 은한 속에 있는 하고성河鼓星을 견우성이라고 봤었소. 은한을 건너는 배를 인도하기 위해 북소리를 내는 별이라 해서 하고성이라오."

"그럼 견우가 둘이었네요? 난 직녀가 일편단심으로 남편을 사랑한 줄 알았는데."

주가 심술궂게 킥킥대자 진지한 밀이 엄격하게 말했다.

"사람들이 별 이름을 바꾼 것이지 직녀의 마음이 바뀐 게 아니오."

"당신이 직녀의 마음까지 어떻게 알아요? 1년에 단 한 번만 남편을 만나는데 나머지 날들은 얼마나 외롭겠어요? 다른 남자를 생각한대도 이해해 줄 수 있잖아요."

"사랑한다는 건 온전히 그 사람에게만 마음을 쏟는 것이오. 직녀가 남편 아닌 다른 이를 마음에 담을 리가 없지. 견우도 마찬가지일 거요."

"농담이었어요. 그렇게 정색하지 마요."

팍팍하긴. 주는 뾰로통하니 입을 비죽였지만 남자의 순정적인 말이 마음에 들었다. 그녀는 아이처럼 그를 졸랐다.

"다른 얘기는요? 또 다른 고구려의 별은 없나요?"

"농사를 주관하는 농신農神의 별이 있소. 고구려에서는 수신과 더불어 때마다 그 별에 제사를 지내지."

"영성靈星을 말하는군요? 나도 알아요. 강남에서 오는 중국인들에게서 들었어요. 용의 왼쪽 뿔이라면서요? 그게 어떤 별을 가리키는 건지는 모르지만."

그녀가 알은체를 해서 밀은 빙그레 웃었다. 그도 별아에게 영성에 대해 물은 적이 있다.

"그 영성은 고구려의 농신이 아니라 중국의 농신이오. 용이란 용성龍星, 즉 동방의 청룡7수를 이르는 거요. 청룡7수는 각角, 항亢, 저氐, 방房, 심心, 미尾, 기箕 이 일곱 별자리로 이루어져 있는데 첫 번째 별자리인 각수가 바로 용의 뿔이오. 용의 뿔이 왼쪽과 오른쪽에 하나씩 있어 각수는 두 개의 별이 있는데 왼쪽은 천전성天田星, 오른쪽은 천정성天庭星이라 부르지. 그러니 왼쪽 뿔인 천전성이 영성이 되오. 각수는 2월초부터 초저녁이면 동쪽 지평선에 나타나는데, 그때 비로소 농사를 시작하여 천전성을 영성으로 삼았다고 하오."

"아하, 천전성."

"옛날에는 영성이 대화성大火星이란 말도 있었다고 하오."

"대화성은 또 뭐죠?"

"대화성은 청룡7수의 다섯 번째 별자리, 심수3성 중 가장 밝은 별로 용의 심장을 가리키지. 천왕天王이라고도 한다오. 하지에 남중南中하는데 이때까지 비가 오지 않으면 각 읍락에서 기우제를 지내지. 그러니 대화성도 농사와 관련되어 영성이라고 부를 수 있지만 지금은 모두 천전성을 영성이라 한다고 들었소. 그러나 우리 고구려의 농신은 중국의 영성과 달라, 우리가 별에 올리는 제사를 그네들은 음사라 깔본다오. 하지만 우리는 우리의 신을 섬기는 걸 자랑스럽게 여기지."

"당신은 정말 하늘을 읽는 사람이군요. 고구려의 군관들은 그 정도는 다 할 줄 아나요?"

빈정거리는 말투였지만 실제로는 감탄하는 주였다. 그녀의 칭찬을 깨달은 밀이 겸연쩍어 고개를 돌렸다.

"아니, 난 하늘을 제대로 읽지 못해. 누군가에게 들어 조금 아는 게 다요."

"나에 비하면 당신은 천문박사나 다름없는걸요. 또 어떤 별이 있나요?"

거듭 조르는 주의 눈에 호기심과 흥미가 짙게 묻어났다. 밀은 그녀가 묻는 대로 별아에게서 배웠던 지식을 풀어놓았다. 보기가 힘들어서 한 번이라도 보기만 한다면 무병장수한다는 노인성老人星은 그나마도 평양에서는 전혀 볼 수가 없고 탐라에서나 관측된다는 얘기, 그래서 고구려 사람도 노인성을 보게끔 백제로부터 탐라를 되찾겠다는 얘기, 하늘이 달걀 껍질처럼 노른자 모양의 땅을 둥글게 둘러쌌는데 안팎으로 물이 가득 차

있다는 얘기, 그 하늘과 땅의 양쪽 끝을 관통하는 지축地軸이
있어 그 축을 중심으로 땅은 멈춰 있고 하늘이 돌고 있다는 얘
기, 그래서 천극을 가운데 두고 북두칠성이 도는 것을 관찰할
수 있다는 얘기, 별도 하늘과 마찬가지로 공처럼 둥글다는 얘
기 등등.

"굉장히 멀리 있어서 점처럼 작아 보이는 것이지 사실은 저
별들이 둥글다고요?"

깜짝 놀란 주의 둥글게 뜬 눈이 별처럼 빛났다.

"그걸 어떻게 알아요?"

"나는 본 적은 없지만 해와 달, 오성이 가는 길을 자세히 보
기 위해 만든 혼천의渾天儀란 기구가 있어 그걸로 별을 관찰해
추측할 수 있다 들었소. 아까 하늘과 땅이 달걀 모양의 혼천渾
天이라고 말하지 않았소. 그 혼천설에서 나온 이름이요. 중국
에서는 수백 년 전부터 만들었답니다. 지평과 해의 길, 달의 길
등 여러 개의 고리를 엮은 도구인데 가운데 망통望筒이란 게 있
어 거기로 별들을 본다고 하오. 별들 중 크고 밝은 오성이 해나
달처럼 둥근 건 분명하다고……."

"당신은 정말 모르는 게 없네요."

이번엔 비꼬는 기색이 전혀 없는 순수한 감탄이었다.

"천만에, 전혀 그렇지 않소. 내게 가르쳐 준 사람이 모르는
게 없는 거지, 나는……."

깜깜해서 거의 보이지 않았지만 주는 당황해하는 목소리로
미루어 그의 얼굴이 빨개졌으리라고 짐작할 수 있었다. 남자들

은 참 칭찬에 약하기도 하지. 아까까지는 제 임무밖에 모르는 쌀쌀맞은 남자였는데 이야기를 나누다 보니 귀여운 면도 있네.

하늘을 올려다본 그녀가 장난스럽게 말했다.

"저기 봐요. 부끄러워서 빨개진 별이 있네요, 누구처럼."

"형혹이군."

밀은 주의 놀림에 넘어가지 않고 점잖게 받았다. 붉게 타오르는 별이 홍안을 연상시켜 그는 자연스레 진중해졌다.

"형혹은 오성 중에서 군사를 상징하고 전쟁을 주관하는 별이오. 우리 태자님의 별이지."

"붉은 별은 재앙을 불러오는 게 아니었던가요? 불길한 느낌이잖아요."

"다른 나라들에는 분명 재앙이겠지. 백제는 물론 신라나 북방의 위나라도 태자님이 이끄는 고구려군에게 무릎을 꿇게 될 테니까."

"파멸을 이끄는 분이네요, 태자님은. 전쟁, 파괴, 살육."

"당신 가문은 고구려와 백제가 각축을 벌이는 동안 주변의 상권을 먹어 치우며 거대하게 살쪘소. 전쟁을 가장 반기는 일족 아니오? 당신 가문과 이 일대의 호족들이 우리 태자님을 섬기고자 마음먹은 건, 그편이 장사에 유리할 거라고 계산했기 때문이겠지."

"이봐요, 우린 목숨을 걸었어요!"

주가 발칵 화를 냈다.

"지금 여기가 백제 땅이라는 걸 도대체 몇 번이나 더 얘기해야 하죠? 웅진(熊津:백제의 수도로 지금의 공주)에서 보면 우린 이미 배신자예요. 당신이야 태자님을 모시고 가 버리면 그만이지만 우린 고구려 군사들이 오기 전까진 언제 발각돼 죽을지 몰라 매일매일 불안에 떨어야 해요. 고구려 사람이 되기로 결정했기 때문에!"

"죽게 놔두지 않겠소."

밀이 단호하게 말했다. 결연한 말투였지만 다정하고 부드럽게 들려 주는 흠칫했다. 밀이 자신 있게 덧붙였다.

"어느 한 사람도 죽게 놔두지 않겠소. 당신과 당신네 가문, 태자님의 노객이 되겠다고 맹세한 호족들이 고구려 땅에서 고구려 사람으로 당당하게 살 수 있게끔, 우리는 곧 돌아올 거요. 돌아와 그 불안을 씻어 주겠소."

"말은……, 누구나 할 수 있죠."

"말뿐이 아니란 걸 알게 될 거요. 당신들이 목숨을 걸고 우리를 도왔으니 내 목숨을 걸고 당신들을 지켜 주겠소."

"다, 당연한 거 아닌가요?"

주는 저도 모르게 말을 더듬었다.

"우리가 바치는 충성에 걸맞은 대가를 지불해야죠. 상인들 상대로 그건 기본이에요."

그녀는 일부러 심통스레 톡톡 쏘았다.

"당신 얘기 중에 날 감동시킨 건 하나도 없었어요. 어렵고 지루하고! 내 협력에 대한 대가로는 어림도 없었어요. 비단 치마 한 벌 값도 안 됐다고요."

"뭐요?"

아니, 뭐 이런 여자가 다 있어? 별아에게서 들었던 얘기들을 총동원해서 입 아프게 말했더니. 밀은 짜증이 확 치밀었다. 하지만 어렵고 지루했다는 평가에는 그도 공감했다. 그에게도 무슨 7수니 무슨 3성이니 솔직히 따분했었다. 그의 옆에서 얘기해 준 사람이 별아가 아니라 다른 사람이었다면 결코 길게 듣지 않았을 것이다. 그러니 주가 투덜대는 것도 무리가 아니다. 밀은 올라오는 성질을 누르며 나지막이 물었다.

"그래서 날더러 더 어쩌라는 거요?"

"당신이 호언장담한 대로 내가 위험할 때 구해 주고 안전하게 지켜 줘요. 기본은 해야죠."

"그러겠다고 이미 말했잖소."

"그걸로 됐어요. 당신은 가난한 최하위 군관이니까."

"……."

생떼를 쓸 줄 알았더니 여자가 의외로 간단하게 마무리해 밀은 좀 얼떨했다. 정말이지 여자란 무슨 생각을 하는 생물인지 모르겠다. 그가 멍청하게 보고 있는데 주가 몸을 일으켰다.

"이제 그만 내려가요. 난 노숙은 못 해요. 깨끗한 방에서 따뜻한 이불을 덮어야 잘 수 있다고요. 아얏!"

엉덩이를 떼기가 무섭게 주가 비명을 질렀다. 절뚝이며 기울어지는 그녀를 밀이 재빨리 잡아 주었다. 그가 에휴, 한숨을 쉬었다.

"할 수 없지. 업히시오."

밀이 그녀에게 등을 돌리고 앉았다. 주는 잠시 머뭇거리다가 그에게 몸을 기댔다. 캄캄한 산속에서 사나운 짐승들이 언제 튀어나올지 모르는데 밤새도록 추위에 떨며 오들거릴 생각을 하면 다른 선택이 없었다. 그녀는 조심스럽게 그의 어깨를 잡고 될 수 있으면 가슴이 그의 등에 닿지 않도록 뒤로 몸을 젖혔다.

"꽉 잡아요. 떨어지지 않도록."

밀이 경고하며 벌떡 일어났다. 그녀가 가벼운 건 사실이지만 갓난애도 아닌 성숙한 처녀인데 그는 마치 전혀 무게를 못느끼는 것처럼 날쌔게 산을 내려갔다. 아마도 그녀를 업지 않았다면 훨씬 빨랐을 것이다. 밤중에 산속에서 내달리다니 와락 겁이 난 주는 그의 말대로 떨어지지 않기 위해 남자의 목을 꽉 껴안아야 했다. 다행히 밀의 바랑이 그의 등과 그녀의 가슴이 직접 닿는 걸 중간에서 막아 주었다.

진작 이렇게 내려갔으면 지금쯤이면 벌써 객잔에서 자고 있었겠어. 주는 무서운 중에도 설핏 웃었다. 밀의 머리칼이 나부껴 그녀의 뺨을 스쳤다. 주는 피하지 않고 오히려 그의 머리칼 속에 뺨을 묻었다. 곁눈으로 올려다본 하늘의 별들이 그가 뛰는 바람에 마구 흔들렸다. 그래도 그녀는 그가 가르쳐 준 별들을 발견할 수 있었다.

나도 고구려의 하늘을 조금은 읽게 됐네요. 그녀는 속으로 밀에게 말했다. 당신의 별 이야기, 어려웠지만 지루하진 않았어요. 아니, 오히려 재미있었어요. 더 듣고 싶었어요. 왜냐면……, 나도 몰라요. 주는 그의 어깨에 이마를 대고 살며시 눈을 감았다.

'밀이 잘하고 있을까?'

홍안은 문득 생각했다.

물론 밀은 잘하고 있을 것이다. 홍안은 부하의 출중한 정탐 능력에 대해 털끝 하나만큼도 의심을 품지 않았다. 혼자 가더라도 자유자재로 백제의 관문을 넘나들며 고급 군사정보들로 지도를 가득 채울 밀이었다. 하물며 살아 있는 통행증과 동행하면서 잡혀서 어떻게 잘못되지나 않을까 근심하는 건 정말 기우에 불과하다. 홍안이 밀을 떠올리며 은근히 느낀 불안감은 밀의 능력이 모자라 임무에 실패할 것을 염려하여 생긴 것이 아니다. 그 뛰어난 재능이 다른 요인에 의해 제대로 발휘되지 못할까 봐 새삼스레 신경 쓰이는 것이다.

'녀석이 여자에게 관심이 있던가?'

홍안은 그걸 모르겠기에 고개를 갸웃했다. 국내의 사냥 대회에서 밀을 만난 후 몇 달이 지났지만, 그는 밀이 여자에게 흥미가 있는지 어떤지 알지 못했다. 일개 선인에 불과한 지체 낮은 부하의 사사로운 감정까지 태자가 주의를 기울일 수도 없거니와, 무엇보다도 홍안 스스로가 여인에게 무심했기에 그랬다.

여인보다는 국정에 열정을 쏟아 붓는 것이 그의 가치에 잘 들어맞았고 그의 직분에 어울렸다. 언젠가 위나라에서 돌아오는 배들을 보며 밀에게 '저 배들이 여인들보다 더 아름답고 사랑스럽다.'고 했던 말은 진심에서 우러나온 것이었다. 사람이 쓸 수 있는 시간과 힘은 한정적인 것. 사랑하는 마음도 마찬가지라고 홍안은 생각했다. 여인에게 마음을 내준 만큼 민인 전체에 대한 마음은 줄어드는 것이다. 그건 군왕으로서 제일 먼저 경계해야 할 함정이야. 홍안은 생각했지만 그가 실제로 여자를 가까이하지 않은 것이 함정을 피하기 위해서인지, 아니면 아직 마음에 드는 여자를 만나지 못해서인지는 모른다.

어쨌든 이제껏 그를 뒤흔들어 놓은 여인이 없었기에, 홍안은 스스로를 나랏일에 몰두하면 사감 따위 얼마든지 억제할 수 있는 사람이라고 여겼다. 그가 본 밀은 자신과 비슷한 부류의 사람이었다. 늘 전투적으로 빛나는 밀의 두 눈이 사랑과 같은 보드랍고 연한 감정과는 거리가 멀게 보였던 것이다. 안학을 떠올리거나 설핏 보기만 해도 즉시 어지러이 흔들리는 태루의 그것과는 확실히 차이가 있었다.

'하지만 주를 보고서도 그럴 수 있을까? 그녀와 단둘이 며칠이나 함께 여행을 하면서도?'

마음속 깊은 어딘가에서 내재해 있던 홍안의 불안감이 본격적으로 떠올랐다. 보통의 사내라면 주를 보고 단박에 혼미해질 것이다. 한씨의 집에 머무는 동안, 홍안은 귀한 선물을 바리바리 싸 들고 오는 매파를 자주 보았다. 그녀를 흠모하는 보통의 사내들이 부지기수였던 것이다. 밀이 보통의 사내들보다 더 단단하고 무심한 부류라고 홍안은 생각했지만, 주의 미모는 보통이 넘는 사내들까지도 흔들 수 있을 만큼 보통이 아니다. 아무리 밀이라도 그녀의 곁에서 그 매혹적인 향기를 계속 마신다면 취하지 않을까? 여자에게 정신이 팔려 임무를 소홀히 하면 애써 백제 땅에 숨어든 그들의 노력이 허사가 되는 것이다.

'밀은……, 그럴 리가 없어. 설혹 그녀에게 반한다고 해도 그 때문에 실수를 하지는 않을 것이다. 그런 정도의 녀석을 데려왔다면 그건 그 녀석의 문제가 아니라 내 안목의 문제다.'

홍안은 불안감을 떨쳐 내려는 듯 탁자 위의 주먹을 꽉 움켜쥐었다. 그러나 그의 상념은 거기에서 끝나지 않았다.

'밀은 그렇다고 쳐도……, 그녀는?'

태어나서 지금까지 마음에 든 남자가 하나도 없었는지는 모르겠지만 수많은 구혼자들을 물리치고 아직까지 처녀를 지키고 있는 주였다. 한씨 집을 찾은 매파가 번번이 소득 없이 돌아가는 걸 보면 그녀나 그녀 아버지의 눈이 매우 높은 모양이다. 그녀가 홍안에게 말했던 구혼자의 조건들을 돌이켜보면 신랑감을 구하기가 과연 쉽지는 않을 듯하다. 단지 청혼을 넣을 때 보내는 것에 불과한 선물로 평범한 집에서는 꿈도 못 꿀 물건을 요구하는 한씨 집안과 정말 혼약이 성사될 경우, 신랑 측은 어마어마한 혼수를 마련해야 할 것이다.

고구려에서는 혼인할 때 신부 집에서 재물을 받으면 딸을 파는 짓이라고 부끄러이 여기지만, 뼛속까지 상인인 한씨는 그와 정반대의 생각을 하는 사람이었다. 가장 많은 재물을 낼 수 있는 남자에게 딸을 팔려는 것이다. 재물만이 유일한 조건도 아니다. 훌륭한 혈통을 가진 부유한 집안의 자제여야 하고, 인물까지 훤칠해야 한다. 딸 하나 잘 가졌다고 아비가 무던히 욕심을 부린다고 흥안은 속으로 혀를 찼지만 그 딸을 보면 아비가 욕심을 부리게도 생겼다고 생각하게 된다.

그런데 조건을 내세우는 이는 어디까지나 주의 아비인 한씨이고 당사자인 그녀는 어떤 기준으로 남자를 보는지 모르겠다. 그녀 역시 아비의 피를 이었으니 마찬가지일까? 흥안은 '그건 내 아버지가 내거는 조건들이에요!'라며 성난 눈으로 노려보며 파르르 떨던 그녀를 떠올렸다. 그렇다면 그녀는 재물도 집안도 인물도 안 본다는 뜻? 하지만 '용모가 단정하고 준수해야 해요.'라고 말할 땐 수줍어했었다. 적어도 겉모습이 추레한 남자는 싫다는 뜻이렷다.

그렇다면 그녀는 며칠 동안 자신의 곁을 지키는 밀을 보며 어떻게 생각할까? 그 점이 몹시도 궁금해지며 한편으로 찜찜한 흥안이었다. 밀이 재물과 집안은 정말 아니지만 생김새에 있어선 여자들의 호감을 대번에 살 만하다고 생각했기에 그랬다. 국내의 사냥 대회 때, 그토록 많은 참가자들 중에서 유독 그와 그의 누이동생의 눈에 띈 밀이었다. 주가 보통 여자라면 그 정도로 생긴 남자에게 끌리는 게 특별히 놀랄 일도 아닐 터. 잘생긴 남자와 아름다운 여자를 붙여 놓으면 뭔 일이 생겨도 생기는 법이다.

'하지만 한씨 집안의 조건들을 충족시키기에는 나를 따라올 자가 없다.'

홍안은 언뜻 그런 생각까지 했다. 고구려 왕실의 태자보다 더 재산이 많고 더 지위가 높은 청년이 있겠는가? 무의식적으로 떠올린 생각이었지만 너무나 당연한 생각이기도 했다. 스스로 인물이 잘났다고 말할 정도로 홍안의 낯이 두꺼운 것도 아니지만 그는 누이동생과 꽤 많이 닮았다. 누이의 미모야 세상이 다 알아주는 미모이니 그 역시 누구와 비교하여 처지는 외모가 결코 아니다.

'그래서 어떻단 말인가?'

생각이 엉뚱한 곳에까지 미치자 홍안은 속으로 웃지 않을 수가 없었다.

'한씨 집안의 조건에 나보다 더 잘 맞는 이가 없으니 이 집의 사위라도 되겠다는 것인가? 정신 차려라, 홍안! 너는 지금 적국의 땅에 있어. 한가한 잡념이나 즐길 시간이 없단 말이다.'

그리고 난 그런 여자를 비로 맞아들일 만큼 모자란 놈이 아니다. 난 여자의 예쁜 얼굴에 빠져 허우적대는 얼간이가 아니야. 홍안은 냉랭하니 입술을 지그시 물었다.

주는 그가 깜짝 놀랄 만큼 정말 아름다운 여인이었지만 홍안이 어렴풋이 그리고 있던 태자비의 재목은 아니었다. 한씨가 딸의 신랑감을 고르기 위한 조건을 정해 두었듯 홍안도 아내가 될 여자의 조건을 몇 가지 정해 두었다. 기준은 누이동생인 안학이었지만 안학과 똑같은 여자여서도 곤란했다. 똑똑하고 현명하고 의롭다는 점에서 안학은 홍안에게 있어 가장 가까이 있는 이상적인 여인이었다. 하지만 누이는 좀 지나치게 똑똑하고 현명하고 의로워서인지 고분고분하니 순종하질 않았다. 충심에서 절로 나오는 고언이라면 고맙게 듣는 편이었지만 그는 일단 자신이 결정한 것에 다른 이가 말없이 따라 주기를 바라는 독단적인 면이 있는 사람이다. 그리하여 언젠가 태자비, 혹은 왕비를 얻는다면 누이동생의 지혜를 갖추고 누이동생만큼 다정하고 자비로우며 누이동생보다 더 유순하게 복종하는 여인을 고를 작정이었다.

그런데 주는 그 이상형에서 많이 벗어난 여자인 것이다. 낯선 남자의 비수 앞에서 얼굴에 흠이 날까 그 걱정을 먼저 하는 것부터 그렇다. 거기다 그가 신분을 밝히지 않고 그녀와 동행했던 좁은 수레 안에서 주는 시종일관 가시 돋친 말투로 그에게 한마디도 지지 않으려 말꼬리를 물고 늘어졌다. 나중에 흥안이 고구려 태자임을 아버지에게 듣고 그나마 공손해졌지만, 흥안이 주를 유심히 관찰해 보니 그녀는 오똑한 콧대만큼이나 모든 이들 앞에서 도도하고 거만한 여자로, 고분고분하거나 순종적인 성격과는 거리가 한참 멀었다. 몸치장도 늘 화려하여 최고급이 아닌 보석이나 비단은 결코 걸치지 않았다. 온순하지도 않고 사치를 일삼으니 그녀는 흥안의 조건에 전혀 부합하지 않는 여자다.

그녀의 장점으로 인정할 만한 것이 있다면 황홀한 겉모습 정도랄까. 세상 사람 같지 않은 그 미모는 앞서의 많은 단점을 용서하고 싶게 만든다. 워낙 솔직하여 감정을 꾸미지 않는 점도 장점으로서 높이 평가할 만하다. 그런 성격으로는 음흉한 간계를 꾀하지 못한다. 그러나 예쁘고 솔직한 것만으로는 안 된다. 태자비란, 그리고 왕비란 굉장히 까다롭고도 지키기 어려운 덕목들을 많이 요구하는 자리이기 때문이다. 또한 무엇보다도 걸리는 것이 하나 있다.

"그렇게 되면 태자님, 아리수 하구에서 교역하는 상인들을 모두 제 밑으로 넣어 주시는 것입지요? 제 허가를 받은 후에 물건을 사고팔도록 말이지요."

흥안은 한씨의 말에 퍼뜩 깨었다. 상념이 너무 길었었나 보다. 그는 한씨의 말을 거의 듣지 못했지만 이미 그 내용을 빤히 알기에 다 들은 척 조용히 미소했다.

세상에서 제일가는 부자로 만들어 주겠다는 흥안의 제안에 껌뻑 넘어간 한씨는 한술 더 떠 자기 외의 다른 사람은 부자 소리를 듣지 못하게 할 작정으로 덤볐다. 상인이니 어느 정도 이재에 밝고 탐심도 웬만큼 있으리라 짐작했지만 정작 마주하고 보니 그의 예상을 훨씬 뛰어넘는지라, 흥안은 속으로 혀를 내둘렀다.

'이런 자가 국구國舅가 되면 나라를 말아먹는다.'

아무리 여자가 예쁘고 사랑스럽더라도 이런 장인을 용납할 수 없는 흥안이다. 그가 아직까지 평양계나 국내계에서 귀족 처녀를 골라 혼인하지 않은 것은 태자비나 왕비의 친정이 사위와 딸을 배경으로 삼아 전횡하는 꼴을 두고 볼 수 없기 때문이다. 하물며 이렇게 한눈에 보기에도 욕심이 뚝뚝 떨어지는 한씨가 태자비부太子妃父가 되어 설치는 것을 어떻게 가만두겠는

가. 나라에서 반입을 금지한 물품들을 몰래 들여와 부당한 이득을 취하면서도 그것을 조사하려는 관원을 을러대어 쫓아 버리는 장면을 목격했을 때부터, 아리수 일대를 회복하고 평양계와 국내계를 견제하는 데에 한씨 가문을 한시적으로만 이용하겠다고 마음먹었던 흥안이다. 흥안이 그런 생각으로 자신을 보는 줄도 모르고 한씨는 은은히 웃어 주는 태자에게 저도 흐뭇하게 웃어 보였다. 한씨가 탁자 위에 있는 여러 개의 자개함 중 하나를 은근히 흥안 쪽으로 밀었다.

"그게 뭐요?"

"예? 아, 이것 말씀이신지요?"

흥안이 묻자 한씨가 마치 저는 아무 짓도 하지 않았는데 태자가 먼저 관심을 보인 것처럼 함을 탁자 가운데로 옮겨 열었다.

"웬만한 사람들은 구경도 못 하는 보석입니다."

상자 안에는 한 쌍의 금 귀걸이가 도톰하니 접은 비단 위에 가지런히 놓여 있었다. 둥글고 굵은 고리의 표면에 미세한 금실과 금 알갱이를 조밀하게 붙이고, 연결고리와 아래로 길게 늘어뜨린 장식에는 달개를 달아 화려하게 꾸몄다. 달개를 붙이지 않는 고구려의 간소하면서도 중후한 귀걸이가 자랑하는 멋과는 또 다른 멋을 보여 주는 섬세하고 우아한 공예품이었다.

"웅진의 이름난 장인에게 특별히 주문해서 만든 물건이지요. 이런 모양의 귀걸이는 요것밖에 없으니 왕공도 구하기 어려운 귀물입니다."

"그래서?"

"제가 이걸 제작하게 해 놓으니 어디서 소문을 들었는지 내로라는 귀족들이 저마다 사겠다고 난리지 뭡니까. 먼 지방의 태수까지도 부르는 대로 값을 쳐주겠다며 탐내더라니까요?"

"그런데?"

"하지만 요 물건을 잘 좀 보십시오, 태자님. 이게 아무에게나 어울리는 물건이겠습니까? 물건도 격에 맞는 주인을 찾아야 비로소 그 진가를 얻는 게 아니겠어요. 세상에 태자님이 아니면 누가 이런 귀물의 주인이 되겠습니까, 네?"

"그럼 이걸 내게……."

"귀걸이에 들어간 황금과 보석, 장인에게 이미 치른 공은工銀 값만으로 이 물건을 바치겠습니다. 제가 어찌 태자님께 이문을 남기려 흥정을 하겠는지요."

흥안은 어이없어 피식 웃었다. 그냥 바치는 것이 아니라 싸게 팔겠다고? 아리수 일대의 상권을 약속 받은 터에 한씨는 그를 상대로 장사까지 하려는 것이다. 그것도 그가 요구하지 않은 물건을 들이대며. 이대로라면 그가 고구려로 떠날 때 그동안 먹여 주고 재워 줬으니 숙박비를 내라고까지 할지도 모르겠다. 한씨가 너무도 솔직하게 천박한 속내를 드러내 짜증마저 나지 않는 흥안이 손수 가만히 함의 뚜껑을 닫았다.

"하나 이 물건은 자그마한 것이 여인을 위한 것인데 내 누이는 성품이 소박하여 화려한 꾸미개를 즐겨하지 않으니……."

"보통 사내들이 이런 귀한 보석을 사는 것은, 누이나 어머니가 아니라 다른 여인에게 선사하기 위함이지요."

한씨가 음흉스레 히죽거렸다.

"여인의 마음을 사로잡는 데 보석만큼 좋은 것이 없습니다. 나를 위해 이렇게나 값진 물건을 선뜻 안기는구나! 내가 얼마나 좋으면! 그렇게 여인이 감동하게 되거든요. 제게 이 귀걸이를 팔라고 졸라 대는 대작大爵과 공자들, 태수들도 다 흠모하는 여인에게 바치기 위해 사려는 거죠. 그 여인을 감동시키기 위해서요."

"이 댁 낭자에게 고관들이 줄기차게 선물을 보내는 것처럼 말이오?"

혹시나 해서 홍안이 물으니 한씨의 눈이 '어떻게 아셨어요?' 묻듯 동그래진다.

"예예, 바로 그겁니다. 사실 그이들이 이 귀걸이를 구하려는 건 제 딸자식 때문이죠. 그 애가 워낙 곱다 보니 혼담이 하루에도 몇 번씩 들어옵니다. 하도 쟁쟁한 귀공자들이 몰리는 터라 그중 누굴 골라야 할지 아주 머리가 아파요."

"따님이 원하는 사람을 고르면 간단하지 않소."

"아이고, 우리 주가 좀 까다로워야죠."

"따님을 감동시킨 선물을 한 사람이 이제껏 한 명도 없었소?"

"글쎄요, 어렸을 때부터 황금이며 비단에 둘러싸여 자란 애라 그런지 누가 뭘 줘도 그저 시큰둥하니……. 전 이런 걸 받으면 대단히 감동할 것 같은데 말입니다."

그러니까 값비싼 선물을 받고 싶어 하는 사람은 딸이 아니라 네놈이란 말이지? 감동을 받는 사람 역시 네놈이고. 홍안이 입속으로 조소를 삼켰다. 선물에 혹하지 않는다니 주가 아비와는 달리 탐심이 적은 모양이라고 홍안은 생각했다. 그녀가 늘 두르고 있는 비단과 보석들은 한씨 가문의 딸로서 응당 갖춰야 할 겉치레이지 그녀의 내면을 보여 주는 증거 따위는 아닌가 보다. 겉이 화려한 만큼이나 사실 속내는 메마르고 허전한 게 아닐까? 어쩌면 상대를 내리깔아 보며 톡톡 쏘아 대는 그녀의 교만한 태도는 재물로 자신을 사려 하지 말고 그녀 자체를 사랑해 달라는 투정과도 같은 표현 아니었을까? 이제껏 스스로도 사랑과 관계가 멀었으면서, 홍안은 눈으로 보이지도 않고 주가 드러낸 적도 없는 그녀의 마음을 사랑과 연관시켜 이해해 주려 했다.

"실지로 우리 주는 눈이 참 높답니다."

말이 없는 홍안의 눈치를 슬금슬금 보며 한씨가 말했다.

"천하의 영웅이 아니면 마음에 차지 않는 거지요. 이를테면 태자님 같은."

"나 같은?"

홍안이 미간을 살짝 구겼다. 척 봐도 한씨의 의도를 알 수 있었다. 딸의 미모를 이용해 백제의 귀족들에게서 많은 금품을 긁어모은 한씨가 최종적으로 선택한 사윗감, 아니, 먹잇감은 바로 홍안 자신인 것이다. 지방 호족에 불과한 상인보다 고구려 태자비의 아버지가 훨씬 많은 이권을 얻을 수 있음은 너무나 자명한 것이니까. 아마도 천하의 영웅이 아니면 마음에 차지 않는 그 사람도 주가 아니라 한씨이리라. 그런 한씨의 속을 빤히 들여다보면서도 흥안의 가슴에 잔잔한 파문이 일었다. 무엇 때문에? 그것은 조금 전 그가 '한씨 집안의 조건을 충족시키기에 나만한 사람이 없다.'고 불현듯 생각한 것과 같은 맥락에서 일어난 감정의 소소한 동요였다. 한씨가 말을 계속했다.

"태자님께서 제 집에 처음 오신 날 말입니다. 그날 태자님께서 그 애와 같은 수레를 타고 오셨지 않습니까. 그런데 태자님께서 신분을 밝히지 않아 그 애가 태자님을 상인 행세를 하는 어느 집 도령으로 생각했지 뭡니까. 나중에 제가 '그분이 바로 고구려 흥안태자님이시다.'라고 가르쳐 주니까 딸아이가 깜짝 놀랐지요. 우리 주가 말하길 '흥안태자님께선 전쟁의 별을 운명으로 타고났다기에 냉혹하고 무서운 분인 줄 알았더니 실제로는 상냥하고 다정한 분이네요.' 그러는 거예요, 글쎄."

"따님이 나에 대해 그런 말을……?"

흥안의 미간이 더욱 구겨졌다. 이 욕심꾸러기가 이젠 딸의 말이라 속이며 거짓말을 속살거리는구나. 불쾌한 한편으로 혹시나 그녀가 정말로 그런 말을 한 건 아닐까 궁금하기도 했다. 한씨가 혀로 입술을 축이며 또 말했다.

"수레가 흔들리는 바람에 우리 주가 머리를 부딪쳤다면서요? 그때 태자님께서 그 애 머리를 감싸 주시며 괜찮으냐고 물어보셨다고……. 보통 사내들이 갖다 바치는 귀한 보석들보다도 태자님의 그 손짓 한 번, 말 한마디가 훨씬 감동적이었다고 하더군요."

홍안은 그와 주가 단둘이 있었을 때 생겼던 일을 한씨가 꺼내 적잖이 놀랐다. 그렇다면 한씨가 말한 얘기는 모두 사실이란 말인가? 그녀가 그를 상냥하고 다정한 사람이라 여기고 그가 무심코 뻗은 손길에 감동했다고? 홍안의 가슴에 또 한 번의 파문이 일었다.

눈을 내리깔고 생각에 잠긴 홍안을 유심히 바라보며 한씨가 침을 꼴깍 삼켰다. 딸이 태자의 정체를 알고 놀라며 수레에서 있었던 일을 간략히 얘기해 주긴 했지만, 상냥하니 다정하니 감동적이니 하는 말들은 모두 한씨의 머릿속에서 나온 것이다. 정작 주는 '태자가 괜찮으냐고 물었는데도 싹 무시하고 계속 툴툴거렸는데 제 무례함을 마음에 담아 두고 괘씸해하지 않을까요?'라며 걱정했을 뿐이다.

한씨는 홍안이 계속 무표정하니 침묵을 지키자 다소 당황했다. 홍안도 사내라면 딸을 보고 동요하지 않을 리가? 무릇 사내라면 보자마자 눈을 박고 시선을 돌리지 못하는 딸이 태자에게 호감을 느끼는 것 같다고 넌지시 찌르는데도 어찌 반색하는 기미를 보이기는커녕 눈 하나 끔쩍하지 않을까? 고구려 태자는 여인을 가까이하지 않아 동생부터 먼저 혼인을 시켰다더니, 이거 정말 강적일세. 한씨가 살살 웃으며 좀 더 노골적으로 공략했다.

"구혼자가 많기는 해도 우리 주가 사내를 가까이서 만난 적은 없었습니다. 태자님이 처음이에요. 사내란 거칠고 무뚝뚝하다고만 생각했는데, 상상과 전혀 다른 태자님을 보고 깊은 인상을 받았나 봅니다. 태자님께선 제 여식을 처음 보고 어떠셨는지요?"

"글쎄……."

"보통은 그 애처럼 아름다운 여인을 본 적이 없다고들 한답니다. 태자님께서도 그러셨는지요?"

"뭐, 그렇다고 할 수도……."

"자기가 아닌 다른 사내가 그 애의 머리를 올려 주는 건 두고 볼 수가 없다고들 하지요. 그래서 청혼이 거절된 뒤에도 줄기차게 또 하고 또 하고 그런답니다. 혹, 태자님께서는 어떠실지……."

"뭐가 말이오?"

"이제 곧 고구려로 떠나시고 추후 이 땅에 다시 돌아오셨을 때, 제 딸아이가 머리를 올리고 있어도 괜찮으시겠는지요?"

"그러니까 아까부터 한 공이 하고자 하는 말이란 결국, 따님을 내게 주겠다는 거요?"

마침내 홍안이 대놓고 물었다. 그의 덤덤한 말투에 한씨의 눈이 커졌다.

"태자님께선 제 딸아이가 마음에 들지 않으십니까?"

딸보다도 네놈이 일단 마음에 안 들어. 홍안은 생각했지만 부드럽게 미소했다.

"내 마음만이 아니라 따님의 마음도 알아봐야 하는 것 아니오?"

"제 마음이 그 애 마음입니다. 아비라서 다 알죠. 그리고 태자님……."

　한씨가 갑자기 어울리지 않게 정색을 하고 근엄히 말했다. 진정한 본심을 드러내는 것이다.

　"……저희는 목숨을 걸고 태자님께 협력하는 것입니다. 태자님을 집에 모신 것이 발각되면 목숨도 재산도 다 잃는단 말이지요."

　"알고 있소. 그래서 공과 공이 포섭한 호족들에게 후한 상을 약속한 것 아니오. 이 땅을 회복하는 즉시 그대들은 고구려의 대귀족이오."

　"하지만 그건 전쟁이 끝난 후의 일이 아닌지요. 태자님께서 여길 떠나 돌아오실 때까지 믿고 기다릴 만한 뭔가가 필요하지 않을까요?"

　"내 언약이 미덥지 않아 담보를 원하는 거요?"

　"담보라고 말씀하시면 너무 팍팍하지요. 태자님께서 아니 계신 동안 저희가 붙잡고 있을 희망 같은 거랄까요."

　다시 살살거리는 한씨를 보며 흥안은 탁자 가운데 있던 자개함을 끌어당겼다. 지금은 한씨의 협조가 필요한 때이고 이미 한씨는 정탐하는 밀에게 딸을 딸려 보낼 정도의 충성을 보였다. 앞으로도 당분간 그의 자발적인 충성이 흥안에겐 필요하다. 딸을 바치겠다면 받으면 된다. 가까운 협력자와 신경을 곤두세워 대립할 이유가 없다.

　"따님처럼 아름다운 여인을 본 적이 없소. 여기 돌아와서 머리를 올리지 않은 따님을 다시 보고 싶소."

홍안이 웃으며 말했다. 한씨가 들려준 말을 되풀이한 것이지만 거기엔 그의 진심도 담겨 있었다. 다른 사내가 그녀를 차지한다면 아무래도 몹시 불쾌할 것 같았던 것이다.

내가 선택한 것은 한주뿐이다. 홍안은 그의 말을 듣고 좋아서 헤벌쭉한 한씨를 향해 속으로 못 박았다. 그녀를 선택했지 그녀의 집안까지 선택하지 않았어. 그러니 그녀 이외의 것들은 가차 없이 버리겠다. 네놈이 그녀의 지위를 이용해 벌이는 어떤 악행도 용서하지 않으리라. 홍안은 정략적인 혼인을 감수했고 감수해야 할 자신의 동생들을 떠올리고 씁쓸해졌다. 그는 자개함에 손을 얹고 조용히 말했다.

"이걸 따님에게 전해 주오. 값을 부르시오."

안학은 좁아지려는 미간을 꾹꾹 눌러 폈다.

"아아, 역시 없어."

엷은 한숨을 내쉬며 그녀는 읽고 있던 세보를 탁 덮었다. 국내성과 그 인근의 을씨들은 이제 다 훑어보았다고 확신할 수 있지만 아직까지도 그녀는 대신 을류를 찾지 못했다. 밀의 할아버지인지, 아니면 그보다 더 먼 선조인지 알 수 없는 그 사람은 어쩌면 가공의 인물인지도 모르겠다. 지방에서 농사짓는 몰락 귀족도 아니고 태대사자란 고위직까지 올랐는데 아직까지도 그녀의 눈에 안 띄는 걸 보면, 을류란 사람은 처음부터 없었던 게 아닐까?

'아냐, 어쩌면 내가 그냥 지나쳐 버렸을 수도 있어.'

안학은 다시 세보의 첫 장을 들췄다. 힘이 들어간 그녀의 눈이 천천히 움직였다.

'꼭 찾을 거야. 그래서 밀이 오라버니를 모시고 돌아오면 그 선물로 본래 성씨를 되돌려줄 거야.'

그녀는 둘째 오빠에게서 은밀히 큰오빠의 백제행을 들었었다. '미쳤군요!'라며 펄쩍 뛰는 그녀의 눈을 둘째 오빠는 똑바로 쳐다보지 못했다. 형을 도저히 막을 수 없었노라 고백하는 보연의 얼굴은 무능한 자신에 대한 책망으로 잔뜩 그늘져 있었다. 떠나기 전 홍안이 왕성에 무슨 일이 생기거든 안학의 신통력으로 임시변통하라고 당부한 충고에 따라, 보연은 누이에게 태자의 첩보 활동을 사실대로 털어놓았다. 안학은 있지도 않은 그녀의 신통력에 둘째 오빠를 기대게 만든 교활한 큰오빠에게 분통을 터뜨리기에 앞서 혼자 위험한 적지에 뛰어든 홍안이 걱정되어 발을 동동 굴렀다. '어쩌자고 홍안 오라버니는 홀로 그런 곳에! 정말 미쳤어요!' 눈물이 글썽한 누이동생을 달래느라 보연은 홍안이 크게 신뢰하는 수하를 데리고 갔다고 귀띔했다. '너도 그자를 대단한 무인이라고 칭찬하지 않았니. 형님께서도 그리 생각하신단다. 변변찮은 부하를 떼로 몰고 가는 것보다 비록 한 명이지만 그자와 다니는 게 훨씬 나을 거라 하셨어.' 그렇게 해서 안학은 밀이 홍안과 함께 첩자로서 백제에 들어간 사실을 알게 되었다.

'그래서 언제 돌아올지 모른다고 했던 거야.'

그녀는 첨성대에서 밀을 마지막으로 보았던 때를 떠올렸다.

위험한 임무를 맡은 모양이라고 생각은 했지만 그녀가 상상한 이상이었다. 그녀는 날마다 밤하늘에 뜬 모든 별을 우러러 큰오빠가 무사히 돌아오길 간절히 기원했다.

'흥안 오라버니에게 아무 일도 없도록 잘 지켜 줘요, 밀!'

그녀는 세보의 빽빽한 글씨를 꼼꼼히 훑으며 백제 땅 어딘가에 있을 밀에게 오빠를 간곡히 부탁했다. 그녀의 바람대로 밀이 태자를 잘 보필해 둘 다 말짱하게 돌아오면, 안학은 큰오빠에게 불같이 화를 낼 작정이었다. 사람을 이토록 걱정시키다니! 그렇지만 밀에게는 별스러운 주군을 보호하느라 수고했으니 작은 보답을 하고 싶다. 그리고 그녀가 줄 수 있는 가장 큰상은 아마도 밀이 말했던 '진정한 나'를 찾아 주는 것이리라. 그것은 그녀가 이미 밀에게 약속했던 것이기도 하다.

'난 약속은 끝까지 지키니까, 찾아 주겠다고 말했으니 반드시 찾아 줄 거야.'

안학은 생각하며 입술을 앙다물었다.

'하지만 을밀이란 이름을 찾아 주면 이제 만날 일은 없겠구나.'

갑자기 허허로운 느낌에 책장을 넘기는 그녀의 손가락이 멈칫했다. 글자들이 흐릿하게 깨어져 어느새 시야에서 사라졌다. 안학은 가만히 입술에 손끝을 대었다. 요 며칠 사이에 그녀는 은연중 아랫입술을 어루더듬는 때가 잦았다.

'무슨 소리야. 이름을 찾아 준 다음엔 만나지 않는 게 당연하지!'

그녀는 화들짝 입에서 손을 내렸다. 보드라운 입술에 희미하게 남아 있는 가닐거리는 느낌이 부끄러워 그녀의 귓불이 빨갛게 물들었다.

'그런 짓, 다시는 허락하지 않아. 감히 내게 어떻게! 다시는 만나지도 않을 거야! 딱 한 번만, 을씨 가문이 있는 곳을 알려 주기 위해서 앞으로 딱 한 번만 더 만날 거라고!'

그녀의 손이 전투적으로 세보를 획획 넘겼다.

"무엇을 찾으십니까?"

조용하고 깨끗한 목소리가 그녀의 바로 옆에서 들려, 안학은 깜짝 놀라 들고 있던 세보를 떨어뜨릴 뻔했다. 누군가 다가오는 기척을 전혀 못 느꼈는데 고개를 돌려보니 자줏빛 관을 쓴 키 큰 관리가 서 있었다. 그는 그녀도 아는 사람이었다.

조의두대형 우태루. 국내에서 열렸던 사냥 대회 때 이 남자가 대회의 조작을 주도했다고 생각해 안학은 처음엔 그를 미워했었지만 그것이 오해였음을 곧 알게 되었다. 밀이 대회의 우승자가 된 것은 태루의 적극적인 증언이 있었기에 가능했다. 그는 공정한 사내였던 것이다.

평양 궁성 내에서도 그의 평판은 좋았다. 오빠들도 우씨 가문과는 별개로 태루를 높이 평가했다. 그는 심성이 바르고 능력이 뛰어나며 맡은 일에 성실한, 매우 모범적인 청년이었다. 윗사람에게 깍듯하고 아랫사람에게 너그러워 그를 싫어하는 사람이 없다. 친절하고 상냥해 그를 흠모하는 부인들이나 궁녀들도 꽤 있었다. 그런데 안학은 그에게 특별한 호감을 느끼지 못했다. 너무 모범적이고 흠잡을 데 없어서일지도 몰랐다. 모범적이고 흠잡을 데 없는 태루가 깍듯한 태도로 상냥하게 말했다.

"근자에 공주님께서 이곳에 자주 들르신다고 들었습니다. 제가 이곳의 최고 책임자이니 찾으시는 것이 있다면 도와드리겠습니다."

태루가 안학의 손에 들린 세보에 눈길을 슬쩍 던졌다가 금방 거뒀다. 안학은 얼른 책을 제자리에 꽂아 넣고 생긋 웃었다.

"아닙니다. 조의두대형을 번거롭게 하고 싶지 않습니다."

"저는 번거롭다고 생각하지 않습니다만……."

태루가 난처한 미소를 머금었다.

"이 서가들의 문서는 필요한 경우에만 열람을 하도록 허가를 받게 되어 있습니다. 공주님께서 문서고에 자유로이 출입하시는 것은 대왕께서 오래전에 허락하신 바이나, 그것은 다른 방에 있는 서적들에 관해서이지 이 방 서가들은 제외입니다. 여기는 제 인가를 받아야 문서를 보실 수 있습니다. 이곳을 담당하는 관원이 차마 공주님께 말씀을 못 올린 듯합니다."

"저런! 난 정말 몰랐어요."

안학이 헉하고 두 손으로 입을 가렸다.

"내 잘못입니다. 나는 어떤 것이든 읽을 수 있도록 허락받았다고 생각해서……. 제발 담당 관원에게 책임을 묻지 말아 주세요."

"이쪽 서가가 예외라는 것을 공주님께 알려 드리는 것이 그자의 소임입니다. 자신이 할 수 없었다면 책임자인 제게 곧장 달려와 보고를 했어야 합니다."

"그 사람은 내가 알면서도 일부러 월권했다 생각하여 감히 공주의 심기를 거스를 수 없었을 거예요. 벌한다면 날 벌해야 지요. 윗사람에게 잘못을 가르치는 게 얼마나 큰 용기를 필요로 하는지 조의두대형도 잘 알 거예요. 조의두대형도 방금 내게 잘못을 깨우쳐 나무라기 이전에 도와주겠다고 돌려 말했잖아요. 그렇죠?"

애처로이 눈을 크게 뜬 안학이 가까이 다가와 호소하자 태루는 그녀를 똑바로 보기가 어려웠다. 그가 머뭇머뭇 눈길을 돌리자 공주가 한 걸음 더 다가섰다.

"제발 부탁입니다. 내 무지로 벌어진 일 때문에 누군가가 자리를 보전하지 못한다면 그 죄는 어떻게 빌겠습니까? 나는 앞으로 편히 잠을 잘 수 없을 거예요."

안학이 그녀를 피하는 그의 시선을 좇아가 딱 붙잡고 애원했다. 눈 안에 가득 들어온 그녀의 얼굴이 어찌나 귀여운지 태루는 숨이 막힐 지경이다. 그는 쭈뼛하니 어눌하게 대답했다.

"참작하겠습니다."

"그건 어쨌거나 그 관원에게 책임을 묻겠다는 말인가요?"

"공주님께서는 근심하지 않으셔도 됩니다. 이쪽에는 기밀문서들이 없으니 열람 사유만 기록하면 큰 문제가 되지 않으니까요. 담당자에겐 경고를 주는 정도로 그치겠으니, 제가 사후 승인을 할 수 있도록 보신 문서와 그것을 찾은 이유를 말씀해 주십시오."

"아, 그건⋯⋯."

그녀가 흰 윗니 끝으로 발간 아랫입술을 지그시 깨물었다. 그 망설임도 귀엽다. 태루의 이도 따라서 입속 살을 물었다.

"⋯⋯그냥 고구려의 유수한 가문들에 대해 궁금해서 세보들을 좀 살핀 것인데⋯⋯. 단순한 호기심 때문이라면 충분한 이유가 안 되나요?"

왜 안 되겠습니까? 태루는 생각했지만 입 밖으로 나온 말은 달랐다.

"비록 기밀은 아니지만 이곳의 기록들은 한 부씩만 있는 귀한 서류들로 나라의 근본이라, 공적인 사유 없이 호기심만으로 탐독하기엔⋯⋯."

"엄격하군요, 조의두대형은."

섭섭한 듯 말했지만 안학의 입가엔 화사한 미소가 피었다.

"하지만 옳은 말이에요. 지위를 남용하여 사사로운 욕심을 채우면 안 되겠죠. 내 잘못을 대왕께 솔직히 말씀드리고 다시는 이쪽 서가를 건드리지 않겠어요. 담당 관원도, 책임자인 조의두대형도 곤란하게 만들면 안 되니까요."

"달리 도움을 드릴 수 있는 일이라면 힘이 닿는 대로 도와드리겠습니다."

그녀의 미소에 취한 태루가 몽롱하니 말했다. 그녀를 위해서라면 얼마든지 곤란해져도 괜찮을 것 같다. 그는 그녀의 남편이 될 사람이 아닌가. 그러나 안학이 냉큼 고개를 저었다.

"고맙지만, 없습니다. 조의두대형에게 폐를 끼쳐 미안합니다."

그녀가 좁은 서가를 빠져나가며 옆으로 비켜선 그를 스쳤다. 상큼한 향기가 그의 코를 자극하고 긴 여운을 남겨 그의 가슴을 설레게 했다. 언젠간 저 향기가 그의 코끝에서 사라지지 않도록 내내 그녀를 곁에 둘 날이 올 것이다. 아직은 태자와 조부만이 은밀히 구두로 약속하여 공식적으로 인정받지 못한 혼약자이지만, 조부가 장담했듯이 그만이 유일한 부마 후보였고 곧 정식으로 혼담이 오갈 터다. 그러면 귀엽게 눈을 크게 뜨고 올려다보는 그녀의 얼굴을 더 자주 볼 수 있겠지! 좀처럼 공주를 볼 수 없어 애가 달았던 참에, 오늘 가까이서 그 얼굴을 자세히 보고 말까지 나눠 감격스러운 태루였다. 눈을 감고 그녀의 눈과 코, 입술을 떠올려 행복하게 음미하는 그의 귀에 비단 치마가 사각거리는 소리가 들렸다.

"한 가지 궁금한 게 있어요."

퍼뜩 눈을 뜨니 그의 눈 아래에 지금 막 머릿속에 그렸던 공주의 얼굴이 있었다.

"국내성과 그 인근의 가문들 중 다수의 세보가 몇십 년 전 것부터 없는데 어찌 된 건가요? 유실된 건가요?"

귀엽게 눈을 크게 뜨고 그를 올려다보며 덤으로 미소까지 지은 그녀는 숨 막히게 아름다웠다. 태루는 순간 가슴이 조여들어 말문마저 막혔다.

"조의두대형을 곤란하게 하는 질문이었나요? 문서 보기를 허락받지 않으면 그에 관해 물어서도 안 되는 건가요?"

그녀가 미안해하는 표정으로 한 발짝 물러서자 태루는 가까스로 정신을 차렸다.

"아닙니다. 국내성과 그 인근의 귀족들은 천도 때 왕실과 함께 남하한 이들이 많아 평양과 그 주변 지방으로 분류하여 보관하고 있습니다."

"하지만 거기에도 없는 가문이 상당히 많은걸요."

불평 비슷하게 말했다가 안학은 합, 입을 가렸다. 그동안 꽤나 많이도 뒤져 보았다는 걸 실토한 셈이었다. 태루가 빙그레 웃었다.

"어쩌면 공주님께서 호기심을 가지는 문서들은 다른 전각에 있는지도 모르겠습니다."

"다른 전각? 여기 말고 또 문서고가 있나요? 그런 말은 못 들었는데……."

"기밀문서들을 보관하는 전각입니다."

"기밀문서를? 기밀이 될 만한 세보도 있을까요? 그저 이름과 작위, 관직과 후손 등을 기록한 것인데?"

"그곳에 세보도 있는지는 모르겠으나 가능은 합니다. 누구도 열어 볼 수 없도록 밀봉한 문서들도 있지만 전혀 기밀이 될 만하지 않은 것도 간혹 있으니까요. 이쪽의 문서들 중 잘못 분류되어 엉뚱하게 옮긴 것들이지요. 그래도 출입이 여기보다 훨씬 엄격하게 제한되어 있는 곳입니다."

"누구에게서 허가를 받아야 하는데요?"

"그곳도 제가 책임을 맡고 있습니다."

안학이 반짝 눈을 크게 뜨자 태루가 재빨리 덧붙였다.

"당연하게도 공적인 목적이 확실해야 들어갈 수 있는 곳입니다. 거기 문서들은 책임자인 저도 마음대로 열람할 수 없습니다."

"그렇겠지요. 들어가려고 생각도 안 했어요, 난."

손을 내저으며 강하게 부인하는 것이, 금지 구역에 들어가 보고 싶은 그녀의 속마음을 오히려 잘 보여 주는 것 같아 태루는 또 한 차례 웃었다. 호기심으로 초롱초롱한 그녀의 맑은 눈동자를 보니, 그녀를 위해 뭔가 해 주고 싶은 욕구가 태루의 가슴을 채웠다.

"공주님께 그곳의 출입을 허가해 드릴 수는 없지만 국내성의 가문이라면 제가 알아다 드릴 수도 있습니다. 제 조부도 그렇고 집안의 나이 든 종복들이라면 그 일대의 귀족들은 하나도 빠짐없이 두루 알 테니까요."

"정말이요? 그렇다면 을씨 가문의……."

반갑게 말을 꺼내던 안학은 아, 하고 멈칫했다. 그녀는 어디까지나 비밀스럽게 밀의 성씨를 찾는 중으로, 공주가 일개 군관을 위해 부지런히 뛰고 있다는 사실을 공공연히 폭로할 수 없는 처지다. 왜 을씨 가문이며 을류라는 대신을 찾는지 태루가 묻는다면 그녀는 무어라고 대답할 것인가? 그저 궁금해서, 단순한 호기심의 발동이라 변명하기엔 찾는 대상이 너무나 구체적이지 않은가. 안학이 황급히 고개를 저었다.

"아니, 그러실 필요 없어요. 그렇게까지 궁금한 것도 아니거든요."

그녀의 발음은 매우 정확했지만 아쉬워하는 눈빛을 보였기 때문인지 태루에게는 '정말 궁금하거든요.'라고 들렸다. 남에게 폐를 끼치기 싫어하는 싹싹한 성미 때문에 공주가 물러나는 것이라 생각하니 더욱 도와주고 싶다. 그리고 그는 곧 남이 아니라 그녀와 한 몸이 될 사람이니까! 태루의 머릿속에 '을씨 가문'이란 공주의 말이 콕 박혔다.

"공주님, 제가……."

"조의두대형!"

태루가 용기를 내어 그녀에게 성큼 다가서는데 하급 관리 하나가 구르듯 달려 들어오며 그를 불렀다. 중요한 순간에 방해를 받았지만 태루는 온화하게 물었다.

"무슨 일인가?"

"조금 전 왕궁 남문이 무너졌습니다!"

"남문이? 적이 국계를 넘었다는 첩보도 없었는데 기습이라도 했다는 것인가?"

"그게 아니라……, 저절로 무너졌습니다."

태루와 안학이 약속이나 한 듯 서로를 쳐다보았다. 불길한 공기가 문서고 안을 채웠다. 안절부절못하는 관리에게 태루가 침착하게 다시 물었다.

"저절로 무너지다니? 아무 일도 없었는데 성문이 내려앉았다는 말인가? 얼마 전에 보수까지 마쳤거늘 어째서……. 다친 사람은?"

"다친 사람은 많지 않으나 멀쩡하던 새 문이 부서져 민인이 크게 동요하고 있습니다. 하여 보연왕자님께서 대대로 이하 조의두대형까지 고위 관원들은 속히 대전으로 들라 명하셨습니다. 사무 훌도가 문자훼(門自毁)는 사서들의 오행지에 의하면 오사(五事)와 황극(皇極)이 정상을 잃어 나타나는 구징이라 말하여……."

"어허, 말조심하라."

태루가 안학의 눈치를 보며 황급히 아랫사람의 말을 잘랐다. 오사는 모(貌), 언(言), 시(視), 청(聽), 사(思)의 군주가 정치하는 데 있어 지켜야 할 다섯 가지 도리로, 군주가 용모를 단정히 하고 언행을 삼가며 밝게 보고 주의 깊게 들어 숙고하면 세상이 잘 다스려진다고 한다. 황극은 군주가 바르게 도를 실행하여 민인을 교도하면 민인이 왕을 본받으니 하늘이 오복(五福)을 내린다는 뜻이다. 오사와 황극이 정상을 잃어 구징, 즉 하늘이 재앙을 내릴 징조를 보였다는 것은 하늘이 왕에게 군주의 부덕함을 견고(譴告:잘못을 질책하는 뜻을 알림)한다는 의미였다. 남문이 저절로 무너진 것은 덕이 모자란 대왕의 탓이라는 것이다. 공주의 앞에서 함부로 지껄일 소리가 아니라 태루가 막았는데, 안학이 오히려 그를 만류하며 관리에게 물었다.

"보연왕자님께서 신묘로 직접 납시어 훌도에게 들으셨는가, 아니면 훌도가 대전으로 와서 재이(災異)를 풀이하였는가?"

"왕자님이 아니라 대신 중 한 명이 신묘로 사무 훌도를 찾아가 들은 바를 고하여 올렸습니다. 그 보고에 왕자님께서 근심하시어 긴급히 대신들을 소집하신 것입니다."

"홀도를 찾아갔다는 대신 중 한 명이 누구인가?"

"태대형 왕수종이옵니다."

"남문이 무너진 자리는 그대로 놔두었는가? 누군가 지키고 있겠지?"

"통행이 많은 곳이라 인명이 더 상하면 안 되니 얼른 치우고 중인의 접근을 막으라는 명이 있었습니다."

"누가 그런 명을? 왕자님께서?"

"태대형이 먼저 지시하고 왕자님께 보고하였습니다. 시간을 지체하면 더 많은 민인이 목격하고 술렁이리라 짐작하고……, 왕자님께서도 그렇구나, 하셨습니다."

"알겠소. 조의두대형이 곧 왕자님의 부름에 달려갈 터이니 그대는 잠시 자리를 비켜 주오."

관리를 내보내고 둘만 남게 되자 안학이 태루를 돌아보았다.

"태루님, 부탁이 있습니다. 도와주시겠습니까?"

"공주님을 위해 힘이 닿는 한 무엇이든 하겠다고 이미 말씀드렸습니다."

이름까지 불린 태루는 가슴이 벅찼다. 안학이 감사의 미소를 살포시 입가에 올렸다.

"사무 홀도가 구징이라 했다지만 내 생각은 다릅니다. 보수한 지 얼마 되지 않은 남문이 무너졌다니 사람들이 기이하게 여겨 불안해하고 불길하게 여기는 것도 당연해 보입니다. 하지만 보수가 허술했다면 언제든 무너져도 이상할 것이 없으니 문을 다시 고쳐 올리면 그만입니다."

"공주님의 신력으로 풀이하면 그저 단순한 사고라는 말씀이십니까?"

"신령한 힘을 빌기 이전에 현실적으로 가능한 경우들을 따지면 그렇다는 말입니다."

"제가 생각했던 공주님의 능력과는 좀 동떨어진 말씀이군요. 저나 사람들은 공주님께서 구징도 서상으로 바꿀 수 있다고 믿고 있었습니다."

태루가 빙그레 웃었다.

"하지만 지금의 말씀이 훨씬 마음에 와 닿습니다. 눈으로 확인하고 머리로 이해되는 현상이라면 민인의 불안을 쉽게 떨칠수 있으나, 구징이라 못 박으면 대왕님의 권위가 훼손되고 민인이 품은 왕실에 대한 신뢰가 땅에 떨어지겠지요. 공주님께서 신통력으로 구징의 효력을 잃게 만든다 해도 마찬가지일 것입니다. 대왕님과 왕실의 덕이 고구려 방방곡곡을 밝히고 있는데 구징이라니 당치 않습니다. 분명 성문에 어떤 하자가 있었겠지요. 당장 무너진 남문의 잔해에서 보수 때 미비했던 점을 밝힐 증거를 찾겠습니다. 대전 회의 때도 사고일 가능성을 적극적으로 피력하겠습니다."

"고맙습니다."

안학은 태루가 말귀를 금방 알아듣고 제 할 일을 재빨리 깨달아 진심으로 고마웠다. 아마도 그가 알아서 잘 처리하겠지만 혹시나 하여 그녀는 덧붙였다.

"잔해를 얼른 치우라는 명령이 이미 내려졌다고 하니 조의 두대형도 서두르셔야 합니다."

태루가 알겠다는 뜻으로 공손히 머리를 숙였다. 그대로 그가 방을 나서려고 할 때였다.

"공주님, 공주님!"

문서고 밖에서 안학을 부르는 소리가 나더니 쿵쾅, 방 안으로 시녀 하나가 함부로 들어왔다.

"무슨 일이니? 여긴 아무나 들어오면 안 돼."

안학이 태루의 눈치를 보았지만 시녀는 아랑곳하지 않았다. 너무 급했던 것이다.

"대왕님의 환후가 갑자기 악화되어……."

"대왕께서? 조금 전까지도 내가 곁에 있으며 말벗이 되어 드렸는데? 요즈음 부쩍 기운을 되찾으셨는데 어째서? 어떠신데?"

"별안간 숨을 멈추셨다가 다시 쉬시길 반복하고 식은땀을 마구 흘리시며 무언가 말씀하시는데 아무도 알아들을 수가 없다고 합니다. 국의國醫도 이유를 몰라 더 이상 손을 쓸 수 없다 하고……. 태자님도 안 계시는 이때에 남문까지 무너졌다고 하니 망극한 일이 벌어지지 않을까 모두들 두려워하며 공주님께서 즉시 와 주시기를 청합니다."

"아아, 아버님!"

얼굴을 감싸며 비틀거리는 안학을 태루가 황급히 부축했다.

"제게 기대십시오. 내전으로 모셔다 드리겠습니다."

"괜찮아요. 혼자 갈 수 있습니다."

안학이 파랗게 질린 얼굴을 들었다. 커다란 눈에 공포와 더불어 의혹이 가득했다. 그녀는 태루의 팔을 부드럽게 밀어 냈다.

"이상합니다. 지금 일어나는 일련의 일들이 예사롭지 않아요. 나는 대왕께 갈 테니 조의두대형은 남문 사건을 철저히 조사해 주세요."

"염려 마십시오, 공주님."

태루가 결연하게 답하자 안학은 시녀와 함께 빠르게 문서고를 나갔다. 공주를 잡았던 손에 남아 있는 황홀한 여운을 음미할 여유도 없이 태루도 한걸음에 방을 나섰다.

저녁이었지만 주는 자리옷 대신 여종이 갈아입혀 주는 새 비단옷을 걸쳐야 했다. 그 전에 향초를 넣은 따뜻한 물에 목욕도 했다. 진주를 길게 꿰어 머리 장식을 하고 달개를 붙여 화려하게 꾸민 귀걸이도 달았다.

"이 시간에 웬 치장을 새삼스럽게 해?"

주가 물었지만 여종은 모른단다. 저도 주인어른이 시킨 대로 할 뿐이란다. 머리부터 발끝까지 최고급의 꾸미개와 비단으로 휘감은 주는 영문도 모르고 여종이 비춰 주는 거울을 들여다보았다. 이 귀걸이는 정말 잘 어울리는걸. 턱을 비스듬히 치켜든 주의 붉은 입술 끝이 만족스레 말려 올라갔다. 스스로가 보아도 절색이다.

"어이쿠, 내 딸이지만 너무 부셔 눈을 못 뜨겠다."

그녀의 방에 들어온 아버지가 눈 가리는 시늉을 하며 너스레를 떨자 흥, 주가 코웃음을 치며 일어나 아버지를 맞았다.

"또 무슨 꿍꿍이가 있어 밤중에 단장을 시키시나요?"

"얼굴은 왕소군王昭君인데 말버릇 좀 봐라. 아비에게 꿍꿍이라니? 내가 꿍꿍이짓을 한다면 다 너 좋으라고 하는 것이다."

"저 좋으라고 하시는 일이면 응당 제가 알아야지요. 무슨 일인데요?"

아버지 한씨는 대답 대신 여종을 먼저 내보냈다. 딸과 둘만 남자 탁자를 사이에 두고 앉은 한씨의 입이 벙글벙글 웃었다.

"주야, 너, 이 옷이랑 꾸미개랑 다 어디서 났는지 아느냐?"

"비단은 이번에 강남에서 들여온 물건일 테고, 귀걸이랑 다른 꾸미개들은 국도의 일류 장인이 만들었나 보네요. 근방 귀부인들이 다투어 사고 싶어 할 텐데, 제가 가져도 괜찮으시겠어요?"

"네 선물이니 네가 가져야지."

"선물이요? 아버지께서 제게?"

"아니, 널 귀여워하시는 이가 네게 주는 선물."

"또 누군데요?"

주가 금방 시큰둥하여 입을 비죽였다. 또 어디 성주가 그녀의 환심을 사기 위해 아버지에게서 비싼 대금을 치르고 산 물건인가 보다. 아무리 부유한 구혼자라고 해도 이 정도 선물은 큰 출혈을 감수하는 것. 정성은 가상하지만 하도 많은 귀족들의 구애를 받아 온 터라 넌더리가 난 주는 마음에 꼭 들었던 귀걸이를 신경질적으로 벗겨 내 탁자 위에 탁 내려놓았다.

"이런 물건, 일일이 걸치고 싶지 않아요, 저는."

"아니, 아니, 이 성미 급한 것아! 감히 뉘가 내리신 물건인데 함부로 다뤄?"

"어느 대단한 분이 내리셨는데요?"

아버지가 두 손을 모아 귀걸이를 떠받치듯 집어 들자 주는 눈살을 찌푸렸다. 한씨가 목소리를 한껏 죽였다. 크게 떠들면 안 되는 이름을 말하기 위해서다.

"흥안태자님이시다, 이것아."

"그, 그분이 왜요?"

주의 목소리도 팍 꺾였다. 웬만한 귀족들은 아래로 보이는 그녀였지만 고구려의 태자는 그저 그런 귀족들과 급이 다르다. 깜짝 놀란 딸의 얼굴을 마주 보며 한씨가 흐뭇한 웃음을 감추지 못했다.

"왜긴 왜야, 널 마음에 들어 하셔서라니까? 내 딸을 보고 반하지 않을 사내가 있겠니? 고구려 태자라고 다르겠니? 그분도 사내다."

"그분이 그렇게 말씀하시던가요? 제게 반하셨다고?"

믿지 못하겠다는 듯 주가 반문하자 한씨가 일어나 딸의 옆으로 다가와 붙어 앉았다.

"내 수중에 있는 옷과 보석들 중에서 가장 비싸고 좋은 것들만 골라 네게 주라고 하셨다. 왜 그러셨겠니? 넌 이제 귀한 몸이다. 고구려의 태자비가 될 몸이야!"

"아버지……."

"난 고구려 대왕이랑 사돈이 될 몸이고."

주는 의심스런 눈을 크게 떴지만 한씨는 신이 나 있었다. 대외 교류의 창구를 맡은 터라 가세가 나날이 커 왔지만, 그의 집안은 아직 왕실과 엮인 적이 없고 고구려와 백제 사이 불안정한 지대에 있었기에 확고한 명문가의 반열에 들지 못했다. 외동딸 주를 왕가에 버금가는 명문대족에게 시집보내 한씨 집안을 어느 귀족에게도 꿀리지 않는 가문으로 우뚝 세우고 싶은 그였다. 사실 그가 가진 막강한 재력과 딸 주의 특출한 미모를 합하면 그게 어려운 일이겠는가.

계산에 밝은 상인답게 한씨는 주의 남편감을 숱한 구혼자들 중에서 까다롭게 고르고 또 골랐었다. 그러니 보통 수준의 귀족은 당연히 안 되고, 좀 괜찮다 싶어 꼽아 둔 청년이라도 좀더 좋은 조건의 구혼자가 나타나면 금방 외면했다. 상권을 넓히는 데 딸의 인기를 이용하기도 하는 한씨를 단번에 만족시키는 청년은 그리 흔하지 않았다. 주가 콧대를 세우며 남자들을 거들떠보지 않는 것에는 아버지의 영향도 컸다. 그런데 고구려의 태자가 딸을 바치고 싶다는 그의 마음을 받아 주었으니 한씨의 가슴이 잔뜩 부풀지 않을 수가 없는 것이다.

"세상에서 가장 강력한 나라의 태자비에, 나중엔 왕비가 된다! 네 아이는 장차 고구려의 태왕이야!"

"아버지, 너무 앞서 나가시는 거예요."

어린애처럼 들뜬 아버지를 보며 주가 실소했다.

"홍안태자는 한수 일대를 되찾기 위해 아버지를 이용할 따름이에요. 아버지가 원하는 것이 무언지 알기 때문에 제게 관심을 보이는 척하는 거라고요. 평양성과 국내성에 대단한 귀족 처녀들이 얼마나 많을 텐데 아직 백제의 손아귀에 있는 지방의 호족 딸을 비로 삼다니, 그분이 그렇게 헐렁한 사람으로 보이세요? 도대체 저와 혼인하겠다는 말을 그분 입으로 직접 꺼내기라도 했느냐고요."

"그렇게까지 말씀하시진 않았지만……."

"그것 보세요. 고작 선물 몇 개에 제가 태자비라도 된 것처럼 흥분하시다니, 아버지도 참!"

주가 비웃었지만 한씨는 주눅 들지 않았다.

"네가 몰라서 그런다. 태자님께선 '따님처럼 아름다운 여인은 본 적이 없소. 곧 이 땅에 돌아와서 머리를 올리지 않은 따님을 다시 보고 싶소.' 그렇게 말씀하셨단 말이다. 그게 무슨 뜻이겠니? 장차 군사를 일으켜 이곳을 회복해 널 데리러 올 때까지 시집보내지 말라는 것 아니겠니."

"네네, 태자님께선 정말 아버지의 소망을 잘 파악하셨네요. 언뜻 듣기엔 그럴듯하지만 태자님 당신께서 저를 아내로 맞겠다는 약속은 아니죠. 아버지가 '보십시오, 태자님. 제 딸아이는 태자님께서 바라셨던 대로 아직 머리를 올리지 않았답니다.'라

고 말한다 해도 흥안태자는 '과연 그렇군. 봤으니 되었소.'라며
웃어넘길 거예요."

"넌 바보니? 남자의 마음을 그렇게 몰라?"

"이제껏 저를 탐내는 사내들을 많이 봤어요. 사내의 욕망으
로 번들거리는 그 눈들에 익숙해요. 그런데 저를 보는 흥안태
자의 눈빛은 달라요. 고요하고 냉정하죠. 혼인하고 싶은 여자
를 그렇게 담담하게 볼 수 있겠어요? 그분이 원하는 건 제가
아니라 이 땅이에요."

"그건 태자가 무인이기 때문일 거야. 게다가 여긴 적진이 아
니냐. 아무리 우리가 보호한다지만 긴장을 늦출 수가 없지. 진
짜 장수는 사랑하는 여자를 보더라도 헬렐레하지 않는단다."

그럴까요? 주는 속으로 물었다. 그럼 밀이라는 그 사람도 그
래서 내 앞에서 조금도 흔들리지 않는 것처럼 보이는 걸까요?
세상 남자들은 모두 날 보면 어쩔 줄 몰라 하며 쭈뼛거리는데
그 사람은 무인이라서, 진짜 장수라서 그런 걸까요? 아니면 미
인을 보고도 둔감한 고구려 남자들의 특징일까요? 흥안태자도
그렇고 밀도 그렇고, 고구려 남자들은 왜 나를 그토록 무심하
게 보는 걸까요? 고구려에는 나보다 더 예쁜 여자가 널리기라
도 한 걸까요? 주는 헛헛하게 웃었다. 그녀에게 도통 설레어하
지 않는 고구려 사내들이 괘씸했다. 특히 며칠이나 동행했으면
서도 집으로 돌아온 뒤 그녀를 다시 보기 위한 어떤 노력도 하
지 않는 밀이 얄미웠다. 잠시 딴생각에 잠긴 딸을 한씨가 일깨
웠다.

"태자가 구체적으로 약속을 하지 않았다고 해서 불안해하지 말자. 혼인하겠다고 확실하게 말하게 하고 각서를 받으면 되지 않느냐."

"태자님이 어떤 분인지 아직도 모르시는 거예요? 얼마나 교활한데 혼약 각서를 받아 낸다고 하세요?"

"그래 봤자 사내야, 젊고 혈기가 왕성한. 내 딸을 품고서 녹아나지 않을 사내는 없지."

"지금 제게 태자를 유혹해 동침하라는 말씀이세요?"

주가 펄쩍 뛰자 한씨가 딸의 손을 꼭 잡았다.

"네가 다가가 안기면 그 누가 거절할 수 있겠느냐? 매희妹喜나 달기妲己가 부럽지 않은 너인데! 포사褒姒나 서시西施가 너보다 낫겠니? 흥안태자의 심장이 설령 무쇠라고 해도 넌 녹일 수 있을 게다."

"어쩌면 하나같이 왕을 망치고 나라를 무너뜨린 여인들하고 비교하시는 거예요? 제가 고구려를 망하게 할 비밀 병기라도 되나요?"

"그렇게나 네가 예쁘다는 소리지. 아무리 굳센 왕이라도 여인에겐 넘어가거든. 안 그래도 오늘 태자를 여기로 데려올 작정이니 준비하고 있어라."

화난 주가 아버지의 손을 홱 뿌리쳤다.

"아버진 처음부터 흥안태자에게 저를 바칠 생각이었군요? 그래서 태자가 선물했다는 옷과 보석들로 단장하도록 한 거예요. 오늘 밤 태자에게 보여 주려고!"

"태자비다, 주야. 미래의 왕비야. 언젠간 왕의 어머니가 돼. 아비에게 감사해야지."

"감사하다니, 무엇에요?"

"내가 네 신랑감을 고르고 또 고를 때 너 역시 그러지 않았니. 이제껏 너와 결혼하겠다고 나서는 남자들더러 죄다 시시하다고 했잖아. 홍안태자 이상의 남편을 바란다면 아비는 찾아 줄 수가 없다. 최고의 사내와 맺어 주겠다는데 왜 성깔을 부리는 게냐? 설마 태자마저 시시하다는 건 아니겠지, 너?"

"그분은 저를 사랑하지 않는다니까요."

"그건 군걱정이라니까. 내일 아침이면 네게 푹 빠진 그분을 보게 될 거다."

"저도 그분을 사랑하지 않아요."

"뭐야? 사아라아앙?"

애지중지하는 딸을 좋게 설득하려고 노력하던 한씨의 눈에 쌍심지가 섰다.

"왕후가 된다는데 사랑이 뭔 말이냐? 사랑하면 노비라도 좋다는 거냐? 남자를 볼 때마다 눈썹이 늘어져서 싫다, 집에 종들이 적어서 싫다, 작위가 낮아서 싫다는 등 용모며 재산이며 지위를 따져 까다롭게 가리던 것이, 뭐, 사랑?"

한씨가 분노 섞인 코웃음을 팡 터뜨렸다.

"그래, 네 말대로 홍안태자가 내 앞에선 널 받겠다고 하다가 이 땅을 삼키고 나면 태도를 싹 바꿀지도 모른다. 그럼 목숨을 걸고 태자를 도운 내게는 뭐가 남겠니? 그때 가서 고구려 다른 가문에게 이 일대의 교역권도 빼앗기면 우리 집안은 어떻게 되겠으며 너는 또 어떻게 되겠니? 지금처럼 청혼하는 남자들을 뺑뺑 차며 으스댈 수 있겠니? 손에 아무것도 없는 알거지가 되면 너 좋다던 사내들도 다 돌아선다. 난 그렇게는 못 놔둬. 한수와 대동강의 상권을 몽땅 차지하고, 평양과 국내의 귀족들보다 더 윗자리에 앉을 거다. 그러려고 흥안에게 붙은 거야! 널 고구려의 왕비로 만들고 내 외손자를 고구려의 왕으로 올릴 거라고! 그러니 오늘 밤 무슨 일이 있어도 태자를 꾀어 합궁해야 돼! 태자가 곧 고구려로 떠난단 말이다."

"떠난다고요? 언제요?"

갑자기 딸이 정색하고 묻자 한씨가 금세 노기를 풀었다. 우리 아이가 겉으로는 새침하게 굴어도 사실은 태자에게 끌렸던 거야. 그는 태자가 떠난다는 말에 창백해진 딸의 표정을 보고 짐작했다. 하긴 흥안태자 정도면 아무리 도도한 딸이라도 덥석 물지 않을 수 없지. 한씨의 목소리가 따스해졌다.

"내일이 될지 모레가 될지 모르겠다만 곧 떠날 참인가 보더라. 그러니 오늘 밤밖에 없어, 주야!"

"당장 내일 떠날지도 모른다고요……."

주가 멍하니 중얼거렸다. 넋을 잃은 딸의 손을 한씨가 가만가만 쓰다듬었다.

"괜찮아. 태자님은 해를 넘기지 않고 돌아오실 거니까."

"태자님은……, 네, 태자님은 그러시겠죠. 하지만……."

"네가 오늘 어떻게 하느냐에 따라 더 빨리 돌아오실지도 모르지."

한씨가 음흉하게 눈을 가늘게 뜨고 히죽했다. 그는 딸의 손바닥에 태자가 대금을 치른 귀걸이를 살짝 올려놓았다.

"밤이 깊으면 태자를 들여보내마. 정 부끄러우면 불을 끄고 있으렴."

아버지는 딸의 손을 오므려 귀걸이를 꼭 쥐어 주고 염치없는 충고를 덧붙인 뒤 총총 나가 버렸다. 탁자 앞에 우두커니 앉은 주는 한참 동안 그대로 있었다.

내가 왜 이러고 있지?

주는 초점 잃은 눈으로 탁자 위를 망연히 바라보며 생각했다. 만난 지 오래되지도 않았어. 태자와 밀이 그녀와 같은 담 안에 머무르는 것을 마치 몇 년이나 된 듯 자연스럽게 여기고 있었지만 실은 한 달도 채 되지 않았다. 함께 여행을 다녔다고 했지만 그것도 며칠에 불과했지. 그녀는 밀과 함께 관문들을 두루 살피던 때를 떠올렸다. 줄곧 그에게 불평을 늘어놓던 그 시간도 고작해야 대엿새였다. 그러니 내일 떠난다고 해도 서운할 게 없어. 난 아쉽지 않아.

주의 눈동자가 흔들렸다. 덩굴무늬가 촘촘히 들어간 비단 탁자보가 흐릿하게 보였다. 배배 꼬인 무늬가 꾸물꾸물 움직이더니 강이 되고 숲이 된다. 그 속에서 그녀는 그와 아침부터 밤까지 함께 있었다. 무늬는 구름이 되고 달이 되고 별이 된다. 그녀가 그와 함께 보았던 하늘이다. 무늬는 또 형체가 뭉그러진 수풀이 된다. 민첩하게 내달리는 그의 등에서 그녀가 스쳐 본 주변 풍광이다.

어째서 그때의 기억이 자꾸만 나는 거야?

훗, 주는 짜증스레 자조했다. 그래서 내가 그 밀이란 고구려 사내를 좋아하기라도 한단 말이야? 어떻게 그럴 수가 있겠어. 그는 제대로 된 작위도 없는 최하위 군관에다 비단 치마 하나 살 돈이 없는 가난뱅이인데! 무뚝뚝하고 촌스럽고 예의도 없고! 하하! 그녀의 자조가 커졌다. 날카로운 웃음과 어울리지 않게 코끝이 시큰하게 아렸다.

"아, 정말 우습기 짝이 없네."

그녀는 탁자 위에 올린 주먹에 힘을 콱 주었다. 손안에 든 귀걸이와 달개가 서로 비벼지며 금속성 소리를 차랑차랑 냈다. 천천히 손을 펴 보니 손바닥에 놓인 귀걸이는 참 화려하기도 하다.

"적어도 이 정도는 줄 수 있는 사내여야지."

입 밖으로 중얼거리고 보니 더 어이없다. 이 정도 귀걸이를 줄 수 있는 사내가 잠시 후면 그녀에게 온다는 사실을 비로소 깨달은 것이다. 귀걸이는 문제도 아니지, 그 사내의 마음을 휘어잡으면 바라는 무엇이든 가질 수 있는 자리에 오르는 것을! 주는 갸름한 손톱 끝으로 금 알갱이를 테두리에 누금한 심엽心 葉 모양의 장식을 살짝 건드렸다. 왕후가 걸어도 손색이 없는 귀걸이다. 그녀는 탁자 한쪽에 아직 세워져 있는 나전 좌경座鏡 을 들여다보며 귀걸이를 걸었다. 거울에 비친 차림새로만 보면 그녀는 이미 왕후였다.

이런 내가 왜 그 보잘것없는 고구려 군인을 떠올려 심란해 하겠어?

주는 결심한 듯 야무지게 입술을 앙다물었다. 그녀는 몸종을 부르는 대신 의자에서 일어나 손수 좌경과 빗접을 탁자에서 치웠다. 침상의 이불 끝을 반듯하게 펴고 등잔의 불도 껐다. 그리고 침상 위에 앉아 두 손을 얌전하게 무릎 위에 모아 얹었다. 흥안태자를 맞이할 준비는 그걸로 끝이었다.

어둠이 고요한 방 안에서 더욱 짙어졌다. 그녀의 전각 밖은 사람들이 오가지 못하도록 아버지가 단속을 했는지 무척 조용했다. 시간이 제법 흐르는 동안, 주는 이불 위에서 꼼짝 않고 그녀를 품으러 살그머니 들어올 남자를 기다렸다. 얼마나 밤이 깊어야 사내가 들어올지, 그녀의 방으로 다가오는 발소리가 좀처럼 들리지 않는다.

집 안의 사람들이 모두 잠들었을 만한 시각이 되었을까? 평소라면 그녀가 깊이 잠들었을 시간이었지만 주는 정신이 말똥했다. 모든 신경이 팽팽하게 긴장되어 피곤한 줄도 몰랐다. 예민해진 그녀의 귀에 끼익, 그녀의 전각으로 통하는 중문이 열리는 소리가 아주 작게 들렸다. 왔다! 무릎에 얹은 손이 와락 비단 치마를 움켜쥐었다. 치마 속 무릎이 덜덜 떨리기 시작한다.

넌 고구려의 태자비가 될 거야, 한주! 그가 손을 잡으면 손을 내주고 허리를 잡으면 허리를 내줘. 어루만져도 도망가지 마. 안으면 안겨. 네가 지금까지 간직해 왔던 모든 걸 줘 버려.

넌 그러기 위해 여태껏 향초로 몸을 씻고 진주 가루로 화장을 하고 속눈썹을 올리며 매일매일 노력한 거야. 세상에서 가장 잘난 남자를 사로잡기 위해!

그녀는 와들거리는 다리를 손으로 살살 쓸어내렸다. 보드랍고 폭신했던 그녀의 손이 두려움에 바짝 굳어 있었다. 마치 다른 이의 손이 다리 위를 스치는 것 같았다. 남자가 만지면 이런 느낌일까? 주의 다리가 흠칫 오므라졌다. 아니, 그녀가 느꼈던 남자의 감촉은 이렇지 않았다. 넓고 강하고 탄력이 있었다. 그의 어깨는, 등은, 목덜미는 단단하면서도 아늑했다. 업힌 그녀의 다리를 잡았던 그의 손은 무척이나 크고 안정감이 있었다. 그녀가 떨어지지 않도록 고정시키는 일에만 열중했던 그의 손은 얼마나 욕심이 없었던가! 주는 자신의 다리를 쓰다듬으며 아쉬웠던 그의 손길을 기억해 내려 애썼다.

"맙소사, 내가 지금 무슨 생각을 하는 거야?"

주는 화들짝 다리에서 손을 뗐다. 곧 남편이 될 사람이 들어올지 모르는데 다른 남자의 손길을 상상하다니, 처녀로서 참으로 대범한 자신이다. 그녀는 다시 귀를 쫑긋 세웠다. 어쩐 일인지 아무 소리도 들리지 않았다. 한참이 또 지나도 누군가 오는 기척이 없다. 아까 그 소리는 그녀의 착각이었던가? 주는 길게 안도의 숨을 내쉬었다. 비로소 그녀는 자신의 진심을 깨달았다.

아아, 난 태자가 오지 않기를 바라는 거야!

그녀는 양손으로 얼굴을 감싸고 입술을 아프게 깨물었다.

내가 안기고 싶은 사람은 태자가 아닌 거야. 날 세상에서 가장 높은 자리에 앉혀 줄 남자가 아닌 거야. 내가 안기고 싶은 사람은, 재산도 작위도 관직도 형편없지만 그 모든 것에도 불구하고 안기고 싶은 사람은……. 그녀는 격정을 이기지 못하고 벌떡 일어났다. 쌀쌀맞고 냉정한 척했지만 본래 뜨겁게 타오르기 쉬운 열정을 타고난 그녀는 방문을 열고 계단과 뜰과 중문들을 한달음에 뛰어 집의 가장 안쪽, 두 명의 고구려 사내가 은밀히 기거하는 전각에 이르렀다.

헐떡이는 숨을 몰아쉬며 주는 밀의 방에서 흘러나오는 불빛을 확인했다. 더 안쪽에 있는 태자의 거처는 캄캄하고도 조용했다. 태자가 어디에 있는지, 왜 그녀의 전각에 오지 않았는지는 이미 궁금하지 않은 그녀였다. 밀의 방 앞까지 달린 그녀의 머릿속은 당장 그를 만나고 싶은 열망 외엔 아무것도 없이 하얗게 비어 있었다. 문고리를 잡은 손도 떨리지 않았다.

"뭐요?"

불쑥 들어온 그녀를 보고 놀란 쪽은 당연히 밀이었다. 한밤중에 쳐들어온 처녀를 보고 그는 짐을 정리하던 손을 우뚝 멈췄다. 깨끗하게 치워진 방과 아가리가 단단히 묶인 바랑을 재빨리 훑어본 그녀가 안타까이 작게 외쳤다.

"아, 밀. 벌써 떠날 준비를 끝낸 거예요, 당신은?"

주가 날듯이 그에게 달려가 와락 목을 껴안았다. 당황한 밀이 그의 목을 휘감은 그녀의 가느다란 팔을 잡아챘다.

"무슨 짓이야? 이거 놔!"

"날 지켜 준다고 했잖아요. 당신 목숨을 걸고 지켜 준다고. 그런데 날 내버려두고 아무 말도 없이, 인사도 없이 간단 말이에요?"

"바보 같은 소리!"

밀이 그녀의 팔을 부러지지 않을 만큼만 꺾어 밀어 버렸다. 내동댕이쳐진 주는 그만 침상에 나동그라졌다. 치마가 펄럭 뒤집어진 그녀를 외면하며 밀이 뚝뚝하게 말했다.

"내버려두는 게 아니라 정예 군단을 이끌고 오려고 잠시 떠나는 거요. 고구려군이 오면 당신들은 백잔 군사들로부터 안전하게 보호받아."

"당신은요? 당신은 여기로 다시 오나요?"

"그건 군의 최고 지휘관인 태자님께서 결정하실 일이지."

"그럼 나와 다시 만나지 못할 수도 있잖아요. 그런데 아무렇지도 않나요, 당신은?"

"왜 당신을 또 만나야 하지? 헛소리 집어치우고 빨리 돌아가! 이 시간에 처녀가 남자 방에 들어오다니, 무슨 짓을 당할 줄 알고 겁도 없이."

"무슨 짓을 당하나요?"

주가 침상에서 천천히 일어섰다. 그를 똑바로 쳐다보는 그녀의 새까만 눈동자가 씩씩하게 빛났다. 당황하거나 부끄러워하는 기색 없이 말짱한 얼굴로 천연스레 되묻는 그녀를 보고 찔끔한 쪽은 오히려 밀이었다. 국내 성중 잔치에서 별아를 보았을 때도 느낀 바이지만, 요즘 젊은 여자들이란! 간도 크다.

그러나 그 배짱은 남자를 모르는 무지에서 나온 것. 밀이 점잖게 타일렀다.

"당신 같은 여자는 행실을 함부로 하면 안 돼. 귀하게 자랐고 더 귀하게 될 사람이 아니오. 조신한 몸가짐으로 남의 입방아에 오르내릴 일은 미리미리 삼가야지. 어서 당신 방으로 돌아가요."

"내가 왜 이 야밤에 남자 방에 들어왔는지 당신은 짐작하고 그런 말을 하는 거겠죠?"

"뭐? 지금 자신이 무슨 말을 하는지 알기나 하는 거요?"

"무슨 짓을 당할 줄 알고도 들어왔다고 생각하지 않았어요?"

"이봐."

"무슨 짓을 당하길 바라서 들어왔다면요?"

너무나 대담한 그녀의 태도에 밀은 할 말을 잠시 잃었다. 멍하게 입을 딱 벌린 그에게 주가 한 걸음씩 살포시 다가왔다. 그녀는 가녀린 손가락으로 제 머리칼을 귀 뒤로 우아하게 넘기더니 길고도 매끄러운 머릿결을 손으로 느리게 훑어 내렸다. 머리카락을 타고 내려온 손가락이 볼록한 가슴 근처에 와서 멈췄다. 손의 움직임에 따라 천천히 시선을 내리는 밀의 눈동자가 그녀에게 웃음을 안겼다. 그래, 이거야. 그도 사내야. 나를 보고 얼이 빠지는 다른 사내들과 똑같은. 당신도 내게 끝까지 무심할 순 없어, 왜냐면 나는 한주니까! 그녀의 만족스런 웃음을 눈치 챈 밀이 쓴 입맛을 다시며 시선을 돌렸다.

"당장 돌아가, 귀찮게 하지 말고!"

"그게 진짜 당신이 바라는 건가요? 아니면 사실은 더 귀찮게 하길 바라나요?"

그녀가 바싹 다가와 그와 거의 붙을 듯이 가까이 섰다. 반짝 치켜든 턱에 자신감이 넘쳤다. 아직 남자와 제대로 접촉 한번 못 해 본 그녀가 숨을 크게 들이마셔 가슴을 부풀리며 과감하게 유혹해 왔다.

"난 목숨을 걸고 이 방에 들어왔어요, 밀. 명예, 자존심, 긍지도 모두 버리고. 나, 이 한주가 고구려 군관인 당신을 원해서, 오직 당신만을 원해서 내 모든 것을 버렸다는 말이에요."

"그래서?"

"당신에게 언약을 받고 싶어요, 밀."

그녀가 달콤한 목소리로 속삭였다. 그녀는 밀을 선택한 자신의 희생이 너무나 갸륵해 그것까지 황홀하고 감동스러웠다.

"난 당신의 아내가 될래요. 날 데려가 줘요."

"……"

"가난해도 좋아요. 내 손으로 농사를 지어도, 구걸해도 좋아요. 당신과 함께 살고 싶어요."

주는 밀의 가슴에 얼굴을 살며시 기댔다. 그녀가 상상했던 대로 넓고 단단하고 아늑했다. 그녀의 귀로 전해지는 심장 고동이 쿵쿵, 일정하게 울렸다. 그 소리에 맞춰 숨을 들이마셨다 내쉬며 주는 그와 하나가 된 것 같은 즐거운 환상에 빠졌다. 그의 큼직한 손이 그녀의 어깨부터 팔꿈치까지 위팔 전체를 감싸 잡았다. 당신 뜻대로 해요. 주는 눈을 감았다. 날 품고 녹아나지 않을 사내는 없다고 내 아버지도 말했죠. 꼭꼭 숨겨 왔던 사내의 욕망을 마음대로 내보여요. 당신 뜻이 곧 내 뜻이 될 테니까! 그런데 그가 그녀를 가슴에서 떼어 냈다.

"이봐, 철없는 처자. 밤도 늦었는데 멍청한 짓 그만두고 돌아가서 잠이나 자!"

뭐라고? 주가 얼떨떨하니 눈을 크게 뜨고 올려다보자 밀이 어휴, 한숨을 쉬었다.

"머리에 진주를 두르고 귀에 금 귀걸이를 단 여자가 무슨 농사고 구걸이야? 그 비싼 보석들로 치장해 준 부모를 생각해서 몸뚱이를 아껴."

"난 당신을 사랑해서……."

"난 아니라서 말이지. 내일 떠나려면 나도 쉬어야 하니까 제발 가 줘."

"나, 나를 보고 아무런 느낌이 없어요? 이런 나를 보고도?"

기가 막혀 어쩔 줄 몰라 하는 주를 보고 밀이 한쪽 어깨를 으쓱 치켰다.

"뭐, 여자가 엉겨들면 기분이야 좋지. 당신처럼 예쁜 여자면 웬 떡이냐 싶고. 예전 같으면 사양하지 않았겠지만 지금은 달라. 다행으로 여기라고."

"왜, 왜 나를 거절하죠? 어떻게 거절할 수 있죠? 감히 당신이!"

"거 참, 미안하게 됐소."

독기 서린 눈을 치켜뜨는 그녀의 기세에 주춤 뒤로 물러선 밀이 고개를 절레절레 흔들었다. 그는 챙겨 놓은 바랑을 집어들고 방문을 열었다. 그대로 나가 버리는 그의 뒤를 주가 쫓았다.

"어디 가는 거예요, 밀!"

"이대로 밤새도록 당신과 씨름하기 싫어. 혼자 조용히 별을 보다가 새벽에 태자님과 떠날 거요. 당신 방에 돌아가든지 말든지 마음대로 해. 아버지한테 들켜도 난 몰라, 이 맹랑한 여자야!"

밀이 담을 훌쩍 넘어 사라졌다. 뜰에 덩그러니 남은 주는 지금 이 상황이 도저히 믿어지지 않았다.

"세상에, 어떻게 이럴 수가, 나한테 어떻게……, 밀……."

머리가 아찔해진 그녀는 휭, 불어오는 바람이 부드러웠음에도 비칠댔다.

이건 꿈이야. 그녀는 생각했다. 꿈이 아니고서야 그녀가 이런 모욕을 당할 리가 없다. 그래, 꿈이야. 어디서부터 꿈이지? 몽롱한 그녀에게 저음의 상냥한 목소리가 날아들었다.

"괜찮소?"

누구? 고개를 돌린 주의 눈에 어둠 속에서 커다란 나무에 등을 기댄 남자가 들어왔다.

"흥안태자……님?"

이것도 꿈이겠지? 남자의 이름을 중얼거리며 주는 또 생각했다. 물론 꿈이지. 꿈이 아니면 안 돼. 꿈이 아니면……, 오, 맙소사, 이 남자는 여기서 뭘 하고 있는 거야?

그녀는 자신에게로 천천히 다가오는 흥안을 바라보다 태자의 방도 이 건물에 있음을 뒤늦게 상기했다. 그녀는 뒷걸음질하려 했지만 굳어 버린 다리가 마음대로 움직이지 않고 무겁게 땅에 박혔다. 어느새 그가 그녀의 바로 앞까지 왔다.

이 남자는 언제부터 저 나무 뒤에 서 있었던 거지? 뭘 보고 뭘 들었지? 그녀의 머릿속을 어지럽게 휘젓는 질문들에 대답해 주려는 양, 가까이 온 흥안이 마치 혼잣말하듯 나직이 말했다.

"낭자의 전각 뜰에서 서성이다가 낭자가 부리나케 달려 나가는 것을 보고 걱정되어 여기까지 쫓아왔더니 생각지도 못한 구경을 했구려. 본의가 아니었으니 너무 불쾌하게 여기지 마오."

생각지도 못한 구경이라. 생각지도 못한 '재미난' 구경을 하셨나 보군! 모르는 체해 줬으면 좋았으련만, 그녀의 체면 따윈 아랑곳없이 솔직하게 털어놓는 태자의 사근사근한 말투가 은근히 놀리는 것 같아 주는 입술을 질끈 물었다.

"제 전각 뜰에서 서성이시다니, 태자님께서 여인의 거처에는 왜……."

"그대 아버지가 하도 졸라 들어가긴 했지. 하지만 도둑처럼 치한처럼 처녀가 혼자 있는 방 안까지 들어갈 수는 없었소. 시간이 좀 지나면 그 전각을 빠져나와 이리로 돌아와 내 방에서 쉴 생각이었다오."

흥안이 친절하게 설명해 주었다. 주는 차마 그를 마주 볼 수가 없어 고개를 틀었다. 바보 같은 아버지! 바보 같은 나! 그녀는 말할 수 없이 부끄러웠다.

"제 아비가 어처구니없는 욕심을 부리고 제가 정숙하지 못해 태자님께 죄를 저질렀습니다. 태자님의 여인이 되겠다는 가당치 않은 소망은 이미 버렸으니, 부디 오늘 일은 잊어 주십시오. 제가 아비에게 사실을 말하겠습니다."

"그 무슨 섭섭한 소리."

흥안이 고개를 저었다.

"내 여인이 되겠다는 소망을 품기는 했소? 그럼 부디 그 아까운 소망을 버리지 말아 주오."

"무슨 뜻으로 하시는 말씀이죠? 제 아비를 구슬려 끝까지 협력을 받아내려고 제 전각에는 들어오셨지만, 방에까지 발을 들이지 않으신 건 제게 마음이 없어서잖아요."

"정식으로 혼인하기 전에 그대를 함부로 다루고 싶지 않았기 때문이오. 또, 나를 사랑하지 않는 여인을 겁박하여 안는 건 내 취향이 아니라서. 여기에 온 낭자를 보니 내가 그대의 방에 성급히 들어가지 않은 건 현명했다고 생각되는군."

"네, 전 수치도 모르는 뻔뻔스러운 여자예요. 남들이 다 자는 밤에 남자를 찾아다니는! 그리고 매몰차게 거절당했죠. 그 꼴을 다 듣고 보시고서도 소망을 버리지 말라고 하시다니, 제가 정결하지 못한 여자라서 얼마든지 놀려도 좋다고 생각하시는 건가요? 비웃으려면 비웃으세요. 내 아버지의 빤한 미인계 따위에 넘어가지 않는 태자님껜 그럴 자격이 있으니까!"

"비웃다니. 가슴 아프게 여기고 있소."

모욕감에 분노한 주가 와락 째리자 흥안이 손을 들어 그녀의 뺨을 부드러이 어루만졌다. 그녀의 근육이 파드닥 경련을 일으켰다. 그녀는 고개를 홱 다시 돌려 그의 손길을 피했다. 이 남자, 이상해! 이해할 수 없는 흥안의 태도가 그녀의 심장을 마구 뛰게 했다. 그가 조용히 말했다.

"그대가 사랑하는 남자와 행복해질 수 없음은 참 안타까운 일이오. 하지만 낭자, 대신 그대는 고구려의 태자비로 모든 여인들의 우러름을 받으며 살 수 있소. 그 정도로도 보상이 되지 않을 만큼 밀을 사랑하는 거요?"

주는 뒤통수를 세게 얻어맞은 것처럼 아뜩했다.

"태자님……, 태자님께선 지금……, 저를 아내로 삼겠다고 말씀하시는 건가요? 정말 그런가요?"

"못 믿겠소? 왜?"

"태자님의 부하에게 천박하게 매달렸던 꼴을 보시고서도 그런 여자를 아내로 맞이하시겠다고요?"

"그렇소."

"어째서?"

"글쎄, 미인계에 넘어가서일까."

흥안이 주의 작은 턱을 잡아 그녀의 얼굴을 자기 쪽으로 돌렸다. 빙그레 웃는 태자의 태연자약한 낯빛이 문득 두려워진 주였다. 공포가 그녀의 머리를 맑게 하면서 주는 이 남자의 음험한 속셈을 차근히 헤아릴 수 있었다.

"제 아비의 역할이 제가 생각하던 것 이상으로 큰 모양이 군요."

그녀가 건조하게 말했다.

"태자님께선 저를 비로 삼아 이후 제 집안을 톡톡히 이용하실 셈이죠. 고구려 대가의 딸을 취하지 않고 굳이 백제 땅이던 한수 지방 일개 호족의 딸을 고른 이유가 달리 있겠어요? 제 아비를 키워 고구려의 대가들과 맞서게 하실 작정이신 거죠."

"영리하군. 내 아내가 될 자격이 있어."

"하지만 태자님이 목적을 이루면 제 아비도 저도 여지없이 버려지겠죠. 태자님께선 거치적거리는 인척을 가만 놔두지 않으실 분이니까. 그리고 저와 제 가문을 대체할 처녀들과 가문들은 얼마든지 있을 테니까."

"거치적거리지 않으면 오래갈 수 있겠지."

홍안이 쓰게 웃으며 대답했다. 주가 새빨간 입술을 바르르 떨었다.

"정말 솔직하시군요, 태자님은! 사랑해서가 아니라 정치적인 목적 때문이라고 대놓고 말씀하시다니, 근사한 청혼이 네요."

"사랑해서 아내로 삼고 싶다는 말을 듣고 싶소?"

의외라는 듯 홍안이 눈을 크게 떴다.

"사랑하는 사내가 따로 있는데 그린 말을 들으면 마음이 무거울 텐데."

"네, 맞아요! 그런 여자에게 청혼해야 한다니 태자란 아무나 앉아 있기 어려운 자리네요. 태자님처럼 남의 상처에 무딘 분에게 딱 어울리는 자리예요."

성난 주가 잡힌 턱을 빼려고 고개를 흔들었지만 홍안은 쉽게 놓아주지 않았다. 그는 다른 손으로 그녀의 허리를 안아 자신 쪽으로 바싹 끌어당겼다. 당돌한 그녀의 태도를 나무라지도 않았다.

"그런 내 옆자리에 그대가 딱 어울리는 사람이라는 것도 알겠지. 그래, 이제 내 여인이 되기로 결심했소?"

"전 태자님을 사랑하지 않아요."

"알아."

"가슴에 다른 남자를 품었다고요."

"그런 말은 여러 번 하지 마."

"그래도 저를 비로 맞으시겠다면 태자님의 여인이 되겠어요. 진심으로 그걸 바라시나요?"

"물론이오."

차갑게 쏘아붙이는 주에게 꼬박꼬박 담담하니 대답한 홍안이 얼굴을 내렸다. 부쩍 다가온 그의 입술에서 더운 김이 나와 그녀의 입술을 간질이자 주가 흠칫했다.

"뭘 하시려는 거예요?"

"내 여인이 되겠다고 방금 그대 입으로 말했잖소."

"태자님을 사랑하지 않는 여인을 억지로 안는 건 취향이 아니라고 하셨죠."

"아내는 예외요."

"정식으로 혼인하기 전엔 안지 않겠다고 하셨던 것 같은데요?"

"그렇게 생각했지. 그대가 내 부하에게 달려오기 전까진. 지금은 생각이 바뀌었소. 다른 남자에게 빼앗기기 전에 가져야겠어. 어디까지나 내 아내가 아닌가."

"그런 건 싫어요!"

점점 다가오는 그의 입술을 피해 주가 몸부림을 쳤다.

"제 마음이 순결하지 못한 건 분명 큰 죄지만 벌주듯 안는 건 싫어요."

"누가 벌을 준다는 거요?"

홍안이 그녀와 입술을 맞대고 속삭였다. 그것은 벌과는 거리가 먼 부드럽고 다정한 접촉이었다.

"안고 싶어서 안는 거야. 그대에게 반했거든. 미인계에 넘어갔다고 했잖아."

"거짓말……."

그가 그녀의 말을 삼키고 입술까지 삼켰다. 그녀가 반격할 틈을 주지 않고 거세게 밀어붙였지만 사내의 입술이 주는 느낌은 전혀 거칠지 않았다. 뜨거웠고 간절했다. 그녀의 입술과 그 말랑한 살갗의 내부, 촉촉하고 감미로운 안쪽 깊은 곳까지 요구하는 열정적인 몸부림이었다.

내가 입 맞추고 싶었던 사람은 이 사람이 아닌데! 주는 이를 꽉 물고 버렸지만 오래가지는 못했다. 부족한 숨을 보충하기 위해서 살짝 벌린 그녀의 입을 그가 단번에 점령했다. 그러나 압제적인 군림은 아니었다. 달래고 어르며 헐떡이는 그녀를 끊임없이 자극해 반응을 이끌어 냈다. 원하지 않았던 입맞춤인데도 저릿하고 달콤했기에 주는 죄책감을 느끼며 몸을 떨었다. 아아, 난 정말 끔찍한 여자야!

그녀는 홍안의 가슴을 밀어내던 자신의 손이 어느새 그의 목을 껴안고 있는 것을 깨닫고 소스라쳤다. 홍안이 그녀를 더욱 세게 끌어안자 주도 그를 안은 팔에 힘을 주었다. 다른 생각은 더 이상 나지 않았다.

5. 즉위식

대전으로 들어가는 불해에게 젊은 무관 하나가 다가 왔다. 먼저 귀를 내민 노귀족에게 무관이 귀엣말을 했다.

"우잠군(牛岑郡:지금의 황해도 금천군)에서 그 두 사람으로 의심 되는 2인을 보았다는 보고가 올라왔습니다."

드디어 흥안을 찾았구나! 불해의 귀가 번쩍 열렸다. 태자가 얼마나 요리조리 잘 숨어 다니는지 달포 동안 국내계와 평양계 귀족들의 사병을 총동원해도 자취를 찾아내지 못했었다. 정말 흥안을 잡아 죽일 수 있을지 자신이 슬슬 없어지는 참이었는 데, 그도 귀신이 아닌 사람이라 결국 꼬리를 잡은 것이다. 불해 가 나급이 물었다.

"그래, 어디쯤에서 잡을 수 있다더냐? 예성강의 절벽?"

"그것이……, 보기는 했지만 쫓아가려고 하니 어느새 홀연히 사라졌다고 합니다.”

“허, 멍청한 것들!”

불해가 쯧쯧 혀를 찼다. 가슴속에 화르르 피어올랐던 흥분이 삽시간에 피식 꺼지고 불안한 그을음만 남았다. 우잠군에서 평양까지는 멀지 않아. 대왕이 승하했다는 소문은 홍안도 들었을 테니 서둘러 궁성으로 오고 있을 터. 무슨 수를 써서라도 국도로 들어오기 전에 막아야 해. 늘어진 눈꺼풀에 덮인 눈동자를 빠르게 굴리던 불해가 무관에게 물었다.

“우잠군에서 평양성까지 이르는 길들은 어디어디를 관통하느냐?”

“대곡군(大谷郡:지금의 평산군)에서 오곡군(五谷郡:지금의 서흥군)과 동홀(冬忽:지금의 황주군)을 거치는 길이 하나 있고, 대곡군에서 수곡성현(水谷城縣:지금의 신계군)으로 빠져 장새현(獐塞縣:지금의 수안군)을 거쳐 동홀로 우회하는 길이 또 하나 있습니다.”

“수곡성현에서 십곡현(十谷縣:지금의 곡산군)으로도 가지 않는가? 십곡현이야말로 왕도에서 매우 가까운데.”

“그쪽은 고개들이 험하고, 짐을 실은 수레들이 보통 동홀을 지나기 때문에 통행이 워낙 없어 길이 아예 나 있지 않습니다.”

“그렇다면 거기로 인원을 몽땅 모아라. 십곡현 북쪽 고개를 성처럼 둘러싸. 쥐새끼 한 마리도 십곡현을 벗어나 평양으로 오지 못하도록 죄다 없애.”

무관이 고개를 숙여 명령을 받들고 재빨리 사라졌다. 다시 대전 쪽으로 몸을 돌린 불해가 소매 속 주먹을 불끈 쥐었다.

'너는 반드시 십곡현을 거쳐 왕도로 들어온다, 흥안!'

그것은 흥안에게 던지는 불해의 승부수였다. 여러 길들 중에서 가장 궁벽한 곳을 선택했지만 그렇기에 승산이 있다고 불해는 믿었다.

'난 네 머릿속 따윈 다 알고 있단 말이다. 난 네 증조할아비와 같이 있었던 사람이야!'

불해는 성큼성큼 대전으로 들어갔다. 그곳에 설치된 빈전(殯殿:상여가 나가기 전 왕이나 왕비의 관을 모시던 곳) 옆에 지은 여막 안에 보연왕자가 장인 왕수종과 함께 있었다. 우람한 체격의 왕자는 웅크리고 있는데다 얼굴빛이 파리해 평소보다 훨씬 작아 보였다. 보연은 잔뜩 찡그린 낯으로 장인의 말을 듣는 중이었다.

"보소서, 왕자님. 대왕께서 붕어하시고 여드레나 지났습니다. 이레면 사왕(嗣王:왕위를 이은 임금)의 즉위식을 거행해야 하는데, 벌써 여드레나! 이대로 언제까지 옥좌를 비워 놓을 수 있겠습니까?"

"사왕이 당장 이 자리에 없는데 어떻게 즉위식을 거행한단 말입니까?"

장인의 재촉에 보연이 힘없이 반문하자 수종이 바싹 다가가 살살거렸다.

"빈전의 여막을 지키는 자가 바로 사왕 아닙니까, 왕자님."

"태대형! 그 무슨 무엄한 언사입니까? 엄연히 태자님이 계시거늘!"

보연이 버럭 소리를 질렀지만 수종은 입을 다물지 않고 오히려 사위를 몰아세웠다.

"그 태자님의 행방이 묘연한 지 어언 한 달입니다, 왕자님. 태자께서 고구려 어딘가에 계신다면 이런 위급한 때에 나타나지 않으실 리가 있습니까?"

"무슨 뜻으로 그런 말을 하시오?"

"흥안태자님께서 왕자님에게까지 아무런 연통이 없다는 것이 매우 기이하지 않습니까? 도대체 어디에서 사냥하고 유람하시기에 이토록이나 감감소식일까요? 흥안태자님이 그럴 분이 아니지 않습니까. 태자님이라면 진즉 궁으로 돌아와 어수선한 분위기를 다스리고 정무를 수행하셨을 겁니다. 지금 사왕이 부재하여 궁 안팎이 불안하고 술렁이는 것을 태자님께서 살아 계신다면 모르시겠습니까?"

"내 형님이 이 세상 사람이 아니라는 거요? 그런 망발을 입에 담고도 태대형이 무사할 것 같습니까? 내 장인이라고 무엇이든 용서받을 수 있는 게 아니오!"

"왕자님, 왕자님! 왕자님은 태자님의 아우이기도 하지만 고구려의 왕자님이기도 합니다. 왕위라는 것이 며칠이고 몇 달이고 한정 없이 비워 둘 수 있는 자리인지요. 고구려는 지금 커다란 위기에 봉착했습니다."

"내 형님은 돌아옵니다."

보연이 세차게 머리를 흔들었다.

"돌아온다고 하셨습니다. 아버님께서 그간 회복되시는 듯하여 곧 평유하시리라 생각하여 좀 멀리 가신 겁니다. 고구려가 좀 넓은 나라입니까? 남북으로 동서로 수천 리가 됩니다. 대왕께서 갑작스레 붕어하시어 우리들도 모두 크게 놀라고 당황하지 않았습니까. 형님께서도 뜻밖의 소식을 접하고 황황히 돌아오시는 중일 겁니다. 그분은 반드시 돌아옵니다!"

"왕자님의 우애는 참으로 감격무지하오나 현실을 보소서. 이틀 전 패성(孛星:혜성)이 나타나 불길한 기운을 밤하늘에 길게 그리며 사라지지 않았습니까. 패성은 군왕의 죽음을 암시한다며 사무 홀도가 풀이하길 곧 사왕의 명운이 다한 징조라⋯⋯."

"그렇지 않습니다! 안학공주는 패성은 옛것이 가고 새것이 오는 변화를 상징하는 별이니 돌아가신 대왕을 이어 새 임금이 즉위하리라고 풀이했습니다. 형님이 돌아와 용상에 오른다는 뜻입니다. 공주의 신력은 사무도 따라올 수 없음을 장인도 잘 알지 않습니까."

글쎄요, 하듯 수종이 양쪽 입가를 비죽 내렸다.

"요즘 들어서는 공주님의 신통력이 많이 약해진 것 아니냐고 사람들이 그리 수군댑니다."

"뭐라고요? 누가 감히?"

"얼마 전 남문이 저절로 무너진 때도 홀도는 큰 변고가 생기리라 예견했지만, 공주님은 오행과는 상관이 없고 천견이 아니라 오직 인재라며 반박하셨습니다. 하지만 그 직후에 대왕께서 승하하셨지요. 모두들 공주님의 신통력이 이제 홀도에 못 미치노라고 생각한대도 나무랄 수만은 없지요."

"그래서 무슨 말을 하고 싶습니까? 내 형님이 돌아오지 못할 거라고요? 날더러 찬탈자가 되라고요?"

"찬탈자라니요! 왕자님도 정당한 계승권을 가진 분입니다."

"그만두시오! 다른 이도 아니고 장인이 지금 나를 반역하라 꾀는 것이오?"

"반역이 아닙니다. 고구려의 신하로서 고구려의 왕자님께 고구려의 왕이 되어 고구려를 지금의 위기에서 지켜 내시라 충언을 올리는 겁니다."

"제발 그만!"

보연은 더 이상 참지 못하고 장인에게서 등을 돌렸다.

'참람한 생각을 가진 자들이 누구누구일지 한번 보자꾸나.' 그의 형이 말했었다. 그자들 중 가장 앞장서서 왕위 찬탈을 충동질하는 사람이 바로 그의 장인이라니! 보연은 무척이나 실망스러웠고 괴로웠다. 그의 형이 이 사실을 안다면 장인은 살아남지 못하리라. 이마를 감싼 그의 앞에 누군가가 와서 무릎을 꿇고 앉았다. 보연이 눈을 들어 보니 불해가 짐짓 자애로운 눈으로 그를 바라보고 있다.

"왕자님, 대가들이 평의한 결과를 전해 드리러 왔습니다."

차분하게 가라앉은 불해의 목소리가 보연을 긴장시켰다. 나라의 중대사가 있으면 귀족들이 모여 각자의 의견을 내고 의논을 한다. 이번의 안건은 마땅히 왕위를 계승해야 할 태자가 행방불명인 이때 언제까지 권좌를 비워 두느냐 하는 것이었다. 제가들이 평의에서 낸 결론은 국왕이라 해도 함부로 부정할 수 없었다. 보연이 마른침을 삼켰다.

"말씀하시오."

"대대로 이하 고구려의 귀족들은 흥안태자님께 변고가 생겼다고 판단하였습니다. 대왕께서 승하하신 지금, 태자께서 흉사를 당하심은 고구려에 더없는 불행이오나 슬퍼하고 탄식만 할 수는 없습니다. 나라에 임금이 없어서는 안 될 일이기에 보연 왕자님을 사왕으로 모시고 즉위식을 거행할까 하옵니다."

"역시 그렇군요!"

수종이 옆에서 손뼉을 짝 치자 보연이 벌떡 일어났다.

"그럴 수 없습니다!"

왕자의 안색이 밀반죽처럼 희게 질렸다. 불해가 천천히 일어나 키가 큰 왕자와 눈을 맞췄다. 노인도 젊었을 적엔 체구가 당당했었다. 그리고 지금은 그때보다 눈빛이 날카로웠다.

"왕자님, 제가들이 숙고하고 또 숙고하여 내린 결론입니다. 제가들을 모두 반역자로 내몰 작정이십니까?"

불해의 칼날 같은 시선이 보연의 기를 눌렀다. 흥안도 아닌 녀석이 저항해 봤자 내게는 어린애 앙탈이니라. 불해의 눈에 비웃음이 서렸다. 저보다 약한 상대 앞에서는 더욱 기세가 살아나는 불해였다. 그는 보고가 아니라 명령을 하듯 단호하게 말했다.

"빈전을 설하고 입관을 마치면 즉위식을 올리는 것이 마땅합니다. 벌써 많이 지체되었습니다. 식을 내일로 잡았으니 왕자님께선 준비를 하십시오."

"내일이라니, 그렇게 빨리……?"

"더 늦출 수 없다는 것이 제가들의 중론입니다."

"하지만 내 형님이……."

"대왕님의 입관이 지나서도 옥좌를 비운 것은 선대왕들과 왕실, 백관과 민인에게 죄가 아닌지요. 홍안태자님께서 단신으로 사냥을 떠나신 것부터 크게 잘못된 일이었습니다. 태자님의 생환을 기대하기 어려우니 그 장례도 즉시 시행합니다. 즉위식 전에 태자님의 입관 절차가 끝날 것입니다. 이는 사왕이 둘이라는 숙덕임을 방지하기 위해서입니다. 또한 고구려가 어수선한 때를 틈타 백잔과 동이에서 첩자나 자객을 보내 더욱 혼란을 가중시킬 염려가 있으니 신원이 불명한 통행인들은 엄히 다스리도록 하겠습니다. 각 부와 읍락의 경계를 허가 없이 넘는 자들은 그 자리에서 처벌하기로 하였습니다. 모두 귀족들의 회의에서 긴 토론 끝에 신중히 결정한 것이니 그리 아소서."

못을 박듯 잘라 말한 불해가 허리를 깊이 숙였다. 할 말이 끝났고 이만 물러가겠으니 그만 왈가왈부 따지라는 것이다. 보연은 대전을 나가는 불해를 잡지 못했다. 또한 그에게 얼른 인사를 올리고 불해를 쫓아가는 장인도 잡지 못했다.

"아아, 형님!"

탄식을 하며 다시 이마를 싸고 주저앉은 보연은 제때 빨리 돌아오지 않는 형에 대한 걱정과 원망으로 가슴이 먹먹했다. 그런 사위를 뒤로하고 대전을 나온 수종의 가슴은 반대로 탁 틔었다.

"그 짧은 시간 내에 대대로와 귀족들을 기어코 설득하셨군요, 고추대가! 어떻게 감사해야 할지, 이거 참!"

"고구려를 위해서 한 일이거늘 왜 공이 감사한단 말이오? 그런 식으로 떠들면 쓸데없는 오해를 삽니다. 부디 조심하시오."

동지라 여겨 좋게 말한 것인데 되레 면박을 주니 수종은 머쓱하여 쓴입을 다물었다. 불해가 멈춰 서서 아이 다루듯 그에게 엄격하게 말했다.

"들떠 있을 때가 아닙니다. 할 일이 산더미 같아요."

"예예, 어서 즉위식을 준비해야죠……."

"그보다 먼저, 아랫것들을 모두 십곡현 북쪽으로 보내시오. 지금 당장."

"십곡현에는 왜……, 아하!"

수종이 비굴하게 내렸던 눈을 반짝이며 목소리를 낮췄다.

"찾으셨군요! 역시 고추대가십니다."

"서둘러요. 내일이 지나기 전까지는 홍안이 궁성 안에 들어오면 안 되니."

"예, 그렇지요, 그렇습니다. 십곡현, 십곡현이라!"

수종이 잰걸음으로 부지런히 불해에게서 멀어졌다. 그 촐싹이는 뒷모습을 째리며 불해는 수염을 천천히 쓰다듬었다. 즉위식 다음엔 태루와 공주의 혼례, 그다음은 보연의 횡사, 그리고 그다음은……. 여유로운 겉모습과 달리 그의 머릿속은 바쁘기만 했다.

연못 속의 고기들은 갑갑하지 않을까? 그녀의 정원 가운데 있는 못을 들여다보다가 안학은 문득 그런 생각을 했다. 조금 크긴 했지만 연못은 갇힌 곳. 고기가 이쪽 끝에서 저쪽 끝으로 헤엄쳐 가기에 그리 오랜 시간이 걸리지 않는다. 아침부터 저녁까지 깨어 있는 시간 동안 그 익숙한 공간을 누비고 다니는 고기들은 원래 연못에서 태어난 게 아니라 누군가가 어디서 건져 왔다. 원래 태어난 곳인 도랑, 개울, 시내, 강, 그 어딘가를 고기들은 기억하고 이 좁은 연못을 갑갑해할까? 아니면 태어난 곳 따위는 예전에 잊고 이곳이 고향이거니, 내 집이거니 편안하고 아늑해할까? 안학은 발치에 다가와 입을 오물거리며 풀을 뜯는 토끼에게 물었다.

"너는 이 정원에 갇혀서 갑갑하지 않니? 네가 태어났던 숲이 그립지 않니?"

토끼는 그저 풀만 뜯어 먹었다. 이번엔 나무 그늘에 서서 애잔하게 그녀를 바라보는 백록에게 물었다.

"영물인 너는 어떠니? 왜 깊은 산과 계곡을 놔두고 벽으로 사방이 막힌 이곳에 들어왔지? 왜 나갈 생각을 안 하는 거니?"

백록이 다가와 그녀의 손끝에 코를 대고 킁킁거렸다. 사슴의 머리를 쓰다듬으며 안학이 씁쓸하니 웃었다.

"참 이상하다. 밖에서 들어온 너희들은 눈도 맑고 털도 매끄러운 것이 이곳을 퍽 마음에 들어 하는 모양인데, 여기서 줄곧 살아온 나는 지금 숨이 막힐 듯 답답하니 어찌 된 일이냐?"

사슴이 목을 세우고 고개를 갸웃했다.

"뭣 때문에 답답하냐고?"

안학이 혼자 묻고 혼자 답했다.

"모른다. 왜 답답한지 몰라 더욱 답답하다."

그녀가 연못의 가장자리를 따라 느릿느릿 걷기 시작했다. 흰 사슴이 보조를 맞추어 따랐다.

"여기에 있는 게 답답해. 공주궁을 나가도 답답해. 책을 봐도 답답하고 별을 봐도 답답해. 어딜 가도 내가 있고 싶은 곳이 아니고, 무얼 봐도 내가 보고 싶은 것이 아니다."

아아, 한숨과 함께 그녀가 자조적으로 옅게 웃었다.

"어딜 가야겠니? 무얼 보면 좋겠니?"

사슴이 애상스런 그녀를 보기 안타까웠는지 안학의 손을 부드럽게 할짝댔다. 위로해 주는 짐승이 고마워 안학은 사슴의 목을 껴안고 그 자리에 주저앉았다.

"네가 정말 영물이고 내가 정말 신통력이 있어 속인들이 모르는 사실을 알 수 있다면 얼마나 좋겠니. 홍안 오라버니가 지금 어디 있는지 알 수 있다면, 살아 있다고 확인할 수 있다면 얼마나 좋겠니. 밀이 지금 어디 있는지 알 수 있다면……."

안학은 말을 잇지 못하고 입술을 깨물었다. 가슴에서 뜨거운 무언가가 북받쳐 목이 메었던 것이다. 꼭 다물었던 입술을 간신히 뗀 그녀는 짧게 한마디 뱉었다.

"나쁜 사람들!"

홍안대자가 밀행 중 죽었다는 소문이 벌써 파다했다. 객성(客星:혜성처럼 일시적으로 나타나는 별)이 나타나고 이틀 만에 평양성 내의 모든 이들이 태자의 죽음을 기정사실로 받아들이는 분위기였다. 신성한 동물인 곰을 사냥해 하늘의 노여움을 사 화를 입었다는 둥, 북방에 몰래 시찰을 갔다가 무도한 거란인들이나 말갈인들에게 시살되었다는 둥 구체적이긴 했으나 근거 없는 추측들이 난무했다. 그 추측들 어느 하나에도 태자와 동행한 말단 군관 선인에 관한 언급이 없었음은 물론이다. 하지만 태자가 죽었다면 그 수하야 말할 나위도 없을 터. 흥안이 죽었다는 이런저런 소문은 모두 안학에겐 흥안과 밀 둘 다 죽었다는 소리다. 그러나 그런 끔찍한 소리를 나불거리는 이들을 두고 그녀가 나쁜 사람들이라 내뱉은 것은 아니다. 그녀가 말한 나쁜 사람들은 바로 큰오빠와 밀, 이 두 사람이다.

'왜 오지 않는 거예요, 오라버니! 왜 아무 소식도 없는 거예요. 나쁜 오라버니, 못된 오라버니, 바보 같은 오라버니! 반드시 내 곁에 돌아오겠다고 하고선, 밀! 자기가 먼저 한 약속도 지키지 않는 나쁜 사람! 나한테 그런 짓까지 해 놓고……'

사슴의 목을 껴안고 뺨을 비비며 안학은 곧 터져 나올 것 같은 눈물을 애써 참았다.

"공주님, 조의두대형 태루님이 찾아왔습니다."

동물들과 어울릴 땐 가까이 오지 않도록 교육받은 시녀가 멀리서 안학을 불렀다. 그 사람이 왜 왔지? 안학은 눈시울을 누르며 일어나 고개를 끄덕여 보였다. 태루를 정원으로 안내한 시녀가 알아서 멀어지고, 낯선 남자를 발견한 동물들이 흩어져 숨었다. 그리하여 공주궁 정원 햇빛 아래 안학은 태루와 둘만 남았다.

태루의 손에는 조롱이 하나 들려 있었다. 조롱 속에서 아주 작은 새가 퍼덕거렸다. 사람에게는 퍽 좁은 공간이지만 새에게는 그럭저럭 왔다 갔다 할 수 있는 조롱이다. 쭈뼛이 섰던 태루는 안학의 시선이 새에 머무는 것을 보고 조심스레 새장을 내밀었다.

"애상하시는 공주님께서 혹 작은 위로가 될까 하여 가져왔습니다."

안학이 말없이 조롱을 건네받았다. 새장 속의 가느다란 나뭇가지에 앉아 있던 새가 반가이 인사라도 하듯 손가락 길이만 한 날개를 파닥거렸다. 불쌍한 것, 너는 어디서 잡혀왔느냐? 안학이 새에게 눈으로 안타까이 물었다. 공주가 짐승을 아낀다는 소문에 크고 작은 동물들을 선물로 바치는 사람들이 적지 않았다. 산에서 들에서 제 살던 곳에서 잡혀와 벌벌 떠는 짐승들이 불쌍해 그녀는 번번이 놓아주려 했지만 한번 그녀의 품에 들어온 짐승들은 좀처럼 달아나려 하지 않았고, 그 덕에 공주궁의 정원은 크고 작은 동물들이 득실댔다.

그녀에게 동물들과 교감하는 특이한 재능이 있는 것은 확실했다. 보통 사람들이 신통력이라고 여길 만큼 놀라운 재능이었다. 그 재능이 과연 좋은 것인지 그렇지 않은 것인지, 좋다면 누구에게 좋은 것인지, 자신이 어쩌다 이런 재주를 가지게 되었는지 모르는 안학으로서는 판별하기가 어려웠다. 그저 이 작은 정원에 갇혀서도 말짱한 짐승들이 왠지 딱할 뿐이다. 그래서 사람들이 짐승을 잡아다 바치는 것을 좋아하지 않는 그녀였지만, 안학은 태루에게 고개를 살짝 숙여 답례했다.

"고맙습니다, 태루님."

"안색이 좋지 않습니다. 어디 불편한 곳이라도 있으신지요?"

태루가 걱정스레 물었다가 공주가 머리를 약하게 가로젓자 혼잣말처럼 나직이 말끝을 흐렸다.

"하긴 대왕님께서 갑자기 빈천하시었으니……."

"병상에 누우신 지 오래였습니다. 간혹 호전되실 때도 있었으나 각오를 늘 했기에 참고 견딜 만합니다. 나는 괜찮으니 염려하지 마세요. 다만 홍안 오라버니께 변괴가 생겼다는 소문이 자꾸만 들려 괴로울 따름입니다."

"죄송합니다, 공주님."

침통하게 머리를 깊이 숙이는 태루를 보고 안학이 의아해했다.

"태루님이 내게 미안해할 까닭이 있습니까?"

"제가 남문 사건을 제대로 조사하지 못해 부실 개축을 증명하지 못하고 공주님의 위신을 떨어뜨렸습니다. 그 때문에 공주님의 신력을 의심하는 무리가 생겨나 공주님께서 풀이한 패성의 징조를 받아들이지 않고 사무의 풀이를 좇아 태자님의 죽음을 망령되이 떠들고 다니니, 공주님의 근심은 모두 저로 비롯한 것입니다."

"그렇지 않아요, 태루님. 태루님 탓이 아닙니다."

안학이 슬프게 미소했다.

"내 탓입니다. 사람들의 말처럼 내 신통력이 믿을 만하지 못하기 때문입니다."

"아닙니다. 남문은 분명 저절로 무너진 것이 아닙니다. 저절로 무너졌다면 그렇게 신속하게 잔해를 모두 치워 없애고 어디에 폐기했는지 기록도 남기지 않았을 리가 없습니다. 누군가가 남문이 부서진 진짜 이유를 은폐한 게 틀림없습니다."

"이미 끝난 일이에요. 설사 남문이 부서진 게 재이가 아니라 인재라고 해도, 사람들은 내 신통력을 더 이상 믿지 못해요."

"어째서……."

"사람들이 원하는 내 신통력은 단순한 풀이가 아니니까요. 남문이 저절로 무너져도 그에 수반하는 재난을 내가 막아 주길 바라니까요. 패성이 나타났다고 해도 오라버니가 돌아오게끔 내가 신력을 발휘하길 바라니까요. 아버님이 돌아가시고 오라버니는 종내 소식이 없으니 사람들이 바라는 내 신통력은 이미 사라진 거예요."

원래부터 없기도 했고요. 안학이 쓰게 웃었다.

"홍안 오라버니가 돌아오지 않는 한 내 신통력 따윈 아무 쓸모도 없는 거예요. 실제로도 그렇죠. 오라버니가 어디 있는지조차 알지 못하는데 무슨 신통력……."

"태자님께선 돌아오십니다!"

나긋했던 태루의 목소리가 돌연 커졌다. 눈을 크게 뜬 안학에게 태루가 더욱 단호하고 열렬하게 외쳤다.

"그분은 반드시 돌아오십니다. 공주님께서 그리 예언하셨으니 돌아오지 않으실 수 없습니다. 저는 공주님의 말씀을 믿습니다!"

안학의 미간이 살짝 구겨졌다.

"난 조의두대형이 흥안 오라버니를 믿어 꼭 돌아오리라고 생각하는 줄 알았어요."

"아, 그건……."

태루가 뜨끔하여 말을 더듬었다. 목소리도 다시 조곤조곤 가라앉았다.

"……무, 물론 그렇습니다. 태자님께선 누구보다 강한 전사이니 어떤 어려움이 있더라도 극복하시고 돌아오실 겁니다."

"그 말, 정말 고마워요."

번듯하면서도 어딘가 허술한 그의 모습에 안학은 우울한 마음에도 절로 옅은 웃음이 나왔다.

"아무도 내게 오라버니가 돌아올 거라고 하지 않았어요. 태루님뿐이에요, 그렇게 말해 준 사람은. 고마워요. 진정 위로가 되었습니다."

태루의 얼굴이 확 붉어졌다. 수습이 안 되는 표정을 가리느라 입가에 손을 가져가 헛기침을 하는 그에게 안학이 들고 있던 새장을 내밀었다.

"태루님에게 큰 위로를 받았으니 이 새는 원래 살던 곳으로 돌려보내 주세요. 아버님을 잃고 오라버니를 기다리는 저처럼 이 새도 가족과 헤어져 괴로울지 모릅니다."

"제가 생각이 짧아 공주님을 더욱 상심케 했군요. 죄송합니다."

태루가 얼른 조롱을 받아 들었다. 그는 공주를 기쁘게 해 주려고 그 자리에서 새장을 열었다. 좁은 공간도 만족스러운 듯 가만있던 새가 문이 열리자마자 본심을 드러내고 휘리릭 조롱을 빠져나와 탁 트인 하늘로 솟구쳤다. 그대로 궁을 벗어나 산으로 가는가 싶었는데 작은 새는 공중을 한 바퀴 도는 재주를 보여 주더니 곧장 안학의 손에 내려앉아 그녀의 매끈한 손톱을 콕콕 쪼았다. 안학은 당황했지만 태루는 크게 감탄했다.

"새가 원래 살던 곳보다 공주님의 곁을 택한 모양입니다."

"그럴 리가……."

안학이 새를 날려 보냈지만 새는 고집스럽게 그녀에게 되돌아왔다. 여러 번 쫓아내도 안학의 어깨와 손등을 찾아들던 새는 태루가 가까이 다가가자 비로소 공주에게서 떨어져 포르르 날아갔다. 그래도 공주궁 정원의 나무를 벗어나지 않고 먼저 살고 있던 새들과 합류했다. 자신이 선사한 새가 공주 곁을 맴돌자 흐뭇해진 태루가 말했다.

"보십시오, 공주님. 공주님의 신통력은 그대로입니다. 처음 보는 날짐승도 길들이실 수 있지 않습니까."

그것도 신통력이라면야. 안학은 드러나지 않게 한숨을 쉬었다. 난 신통력 따윈 바란 적도 없어요. 내게 신통력을 기대하는 눈들도 버겁다고요. 그리고 이런 종류의 신통력이 도대체 누구에게 무슨 도움이 되죠? 공주의 목소리가 무겁게 가라앉았다.

"나는 저 짐승들이 모두 내 품에서 벗어나 제자리로 온전히 돌아가길 바랍니다. 조의두대형의 말대로라면 내 신통력은 내

의지와 무관하고 오히려 내 바람을 망치고 있습니다. 그런 신통력, 차라리 없어졌으면 좋겠습니다."

"공주님의 이 신통력은 사랑하는 마음을 이끌어 내는 것입니다. 사랑하는 마음이 있어야 언행이 진실해지고 다른 이를 위해 희생을 감수하며 헌신할 수 있는데, 어찌 그 귀한 능력을 미워하십니까?"

"사랑하는 마음이요?"

안학이 얼떨떨하니 묻자 태루가 다정하게 고개를 끄덕였다.

"예, 사랑하는 마음이요. 공주님께선 산과 들이 아닌 좁은 정원에 짐승들을 가두어 두었다고 생각하셔서 저 생물들을 가련히 여기시나 봅니다만, 저들은 공주님을 사랑하기에 곁에 있고 싶은 것입니다. 공주님께서 억지로 잡지 않으셨는데도 이 자리에 머물러 있지 않습니까! 심지어 보내려고 애쓰셔도 되돌아오지 않습니까! 사랑하는 이와 함께 있고 싶기 때문입니다. 사랑하는 이와 함께 있으면 좁은 정원도 너른 산이 되고 들이 되기 때문입니다. 사랑하는 이와 함께라면 작은 새장이라도 편안할 것이나 미워하는 이와 함께라면 천지도 좁을 것입니다. 그것은 짐승들에게만 해당하지 않고 사람들에게도 마찬가지입니다."

저에게도 마찬가지입니다. 태루는 사실 마지막에 그렇게 말하고 싶었지만 차마 그럴 수가 없었다. 그렇게 직접적으로 말하지 않아도 그의 뺨은 다시 달아올랐고 가슴은 두근거렸다. 공주가 눈치가 빨라 그의 변화를 눈여겨보고 마음속까지 짐작해 주면 좋으련만, 워낙 처음부터 태루가 수줍게 그녀를 대해서인지 안학은 그게 그의 천성이라고 생각한 모양이다. 그녀는 차분한 목소리로 꾸밈없이 감사를 표시했다.

"태루님은 오늘 나를 여러 번 위로해 주네요. 우울했던 기분이 많이 나아졌습니다. 고맙습니다."

그를 올려다보는 그녀의 눈이 그윽하니 맑았다. 입가에 살포시 어린 미소가 너무나 아름다워 태루의 심장이 쿵, 쾅, 터질 듯 큰 소리를 냈다. 그는 저도 모르게 그녀에게 한 걸음 다가섰다. 자신의 손이 그녀를 향해 올라가는 줄도 몰랐다.

"공주님, 저는……."

태루는 엉겁결에 내밀던 손을 황급히 거뒀다. 이럴 작정으로 공주를 찾아온 게 아니었다. 상심한 공주에게 힘이 되고 싶었을 뿐 그녀가 괴로워하는 틈을 이용해 위로하는 척하며 욕심을 채우러 온 게 아니었다. 지금은 국상에다 태자의 실종이 겹친 나라의 위기 상황이 아닌가. 그는 그녀에게 큰오빠 대신 둘째 오빠가 사왕이 되어 곧 즉위하리라는 소식도 차마 알려 주지 못했다. 그런 와중에 절제를 잊고 그녀를 만지고 싶어 하다니, 남자로서 신하로서 부끄러운 짓이라고 태루는 생각했다. 자신에게 꽤나 엄격한 그가 자제력을 잃지 않도록 도우려는 듯 마침 그들만이 있던 정원에 발을 들인 사람이 있었다.

"안하."

누이를 부르는 보연의 목소리에 안학과 태루가 동시에 돌아보았다.

"조의두대형 태루도 있었군. 내가 방해를 했느냐?"

"아니옵니다."

함께 있는 두 사람을 보고 놀란 보연에게 태루가 대답하며 공손히 예를 올렸다.

"공주님께 드릴 것이 있어 무례를 무릅쓰고 잠시 들렀습니다. 지금 막 물러나려던 참이었습니다."

왕자에게 사실대로 말하고 태루는 곧 빈 새장을 들고 훌훌 가 버렸다. 그의 뒷모습을 눈으로 좇던 보연은 태루가 완전히 사라지자 누이에게로 몸을 돌렸다.

"태루가 여기에 와 있는 줄은 몰랐다. 하지만 생각보다 나쁘지는 않구나."

"저도 그가 올 줄은 몰랐습니다. 생각보다 나쁘지 않다니, 무슨 뜻입니까, 오라버니?"

"난 태루의 조부가……, 아니, 아니다."

보연이 얼버무려 안학의 궁금증이 커졌다.

"뭐가 아니라는 거죠?"

"태루는 참 좋은 사내다. 성실하고 다정하지. 그렇지 않느냐?"

묻는 말에 대답은 제대로 않고 엉뚱하니 반문하는 오빠에게 안학이 고개를 갸웃했다.

"네, 좋은 사람입니다. 그래서요?"

"그 조부와 달리 마음이 깨끗하고 욕심이 없다. 보기 드물게 올곧은 젊은이지."

"그런데요?"

"아내에게도 성실하게 애정을 쏟을 사람이다. 국내성에서도 그를 흠모하던 처녀들이 많았다지. 여기 평양성에 온 지 얼마 되지 않았지만 많은 처녀들이 그를 보고 설레어한다고 들었다."

"……?"

"그런 태루가 널 보는 눈빛이 진실하더구나. 한시름 놓았다."

"잠깐만요, 오라버니."

오빠가 줄기차게 태루를 칭찬한 이유를 짐작할 수 있을 것 같아 안학은 다급히 정색했다.

"오라버니는 지금 뭔가 오해하고 있습니다. 저는 그와 아무 사이도……."

"안학, 누이야. 사실 나는 너와 태루의 혼인을 반대했다만 내 생각이 짧았던 것 같구나."

"혼인이요? 저와……, 태루님의?"

너무나 뜻밖이라 안학은 잠시 말을 잃었다. 그러나 그녀는 금세 또렷하니 눈에 힘을 주고 오빠를 마주 보았다.

"제 혼인에 대해 제가 들은 바가 전혀 없다니, 정말 이상하지 않습니까? 누가 정한 혼인입니까? 언제 정한 것이지요? 아버님도 돌아가시고 흥안 오라버니도 안 계시는데, 누가!"

"그 두 분이 예전에 정한 것이다. 고추대가 불해와 함께."

누이가 화난 듯 보여 보연도 적잖이 당황했다. 태루와 마주 섰던 누이는 표정도 온화했고 그를 싫어하는 눈치도 아니었다. 둘이 썩 잘 어울린다고 생각해서 말을 꺼냈던 보연은 누이가 왜 펄쩍 뛰는지 몰라 당혹해했다. 그는 서둘러 해명을 했다.

"물론 공공연히 드러내고 한 혼약은 아니다. 불해가 청을 올렸고 우씨 가문과 왕실의 연혼이 필요하다고 판단해서 형님이 허락을 하셨지만, 어디까지나 그 두 사람 사이에만 있었던 약속이지. 형님은 네가 이 혼인을 마뜩찮게 여길까 하여 네 주위의 모든 궁인들에게 단단히 입을 단속하라 당부하셨다. 하나 형님께 들은 바로는 태루가 정략과 관계없이 널 마음에 두었고, 지금 내가 보니 너 역시 태루에게 호감이 있어……."

"호감이요? 어떤?"

안학이 기가 막혀 오빠의 말을 자르고 끼어들었다.

"성실하고 다정하냐고 물어 그렇다고 대답했습니다. 욕심이 없고 올곧으냐고 물어 맞다고 대답했어요. 좋아한다고 하지 않았습니다. 혼인하고 싶다고 하지 않았어요!"

안학은 둘째 오빠에게 진심으로 화가 났다. 큰오빠에게는 말할 것도 없다. 내가 모르는 사이에 날 누군가에게 시집보낼 궁리를 하고 있었다니! 더 화가 나는 건, 큰오빠가 입막음을 한 궁인들도 이 은밀한 혼담을 알고 있는데 당사자인 그녀만 까맣게 몰랐다는 것이다. 시녀가 태루를 들여보내고 알아서 사라져 준 이유를 비로소 짐작한 안학이었다.

"이거였군요! 여느 공주들처럼 살게 해 주겠다고 흥안 오라버니가 말했었죠. 그게 바로 이거였어요. 내 생각은, 내 마음은 아랑곳없이 정략적인 판단으로 혼인시킬 작정으로 오라버니는 그렇게 말했던 거예요!"

"안학, 함부로 말하지 마라!"

평소 누이에게 꼼짝 못하는 보연이었지만 목소리가 준엄했다.

"그렇다. 공주의 혼인은 보통 처녀들의 그것과 다르다. 내가 순수하게 사랑해서 처를 둘이나 얻었다고 너는 생각하느냐? 왕실이 필요로 한다면 혼인을 하는 것이 왕자와 공주의 의무이다. 당연한 의무임에도 네가 속상해할까 봐 쉬쉬했던 형님의 마음은 느끼지 못하겠느냐?"

안학의 얼굴이 흠칫 굳자 보연의 말투가 조금 부드러워졌다.

"나도 네 행복을 생각하여 형님께 태루와의 혼사를 재고해 달라고 했었다. 형님이 우씨 가문을 가만두지 않을 계획 하에 널 혼인시키려 했기 때문에. 그러나 지금은 내가 널 태루에게 보내고 싶다."

"오라버니, 어떻게 그런……."

"첫째는 태루가 좋은 사내이기 때문이다. 그는 널 사랑해 줄 거야. 공주여서가 아니라 너여서 아내로 맞고 사랑할 거다. 그와 혼인하면 적어도 네가 불행해지지는 않겠지. 둘째는 우씨 가문이 존속하는 이상 우불해와 손잡지 않을 수 없기 때문이다. 불해는 원로로서 귀족들을 휘어잡고 있어. 제가들을 다루는 수완이 보통이 아니다. 왕실과 귀족 세력이 균형을 이루기 위해선 그의 힘이 절실하다. 네가 우씨 가문의 일원으로서 그 힘이 왕실로 기울도록 노력해야 한다. 태루의 마음이 이미 네 것이니 너는 충분히 그리할 수 있다. 태루로 하여금 제 조부를 설득하여 왕실을 보호하도록 해. 그게 가능하지 않다면 조부에게 맞서서라도……."

"그렇게 말하지 마세요, 오라버니. 그런 말, 오라버니답지 않아요. 오라버니는 올바른 도를 실현하고자 노력하는 군자가 아니던가요? 오라버니는 그렇게 말하면 안 되는 거예요……."

애원하듯 호소하는 누이를 똑바로 보지 못하고 보연이 시선을 돌렸다.

"난 그럴 수밖에 없어! 형님이 안 계신 지금, 정국이 완전히 바뀌었다. 나는 내일 사왕으로서 즉위하게 된다."

"맙소사! 홍안 오라버니를 진정 죽은 자로 만들 셈입니까?"

"제가들이 평의에서 결정했다. 그 결정은 태왕이라도 묵살하지 못해."

"하지만 홍안 오라버니는 돌아올 거예요!"

"네 바람이지. 물론 내 바람이기도 하다. 오늘이라도 형님이 오신다면 제일 앞장서 달려 나가 춤출 사람이 바로 나다. 그러나 상황은 최악이다. 형님의 장례가 이미 귀족들 사이에 논의되고 있고 책임자가 곧 정해진다. 내일 즉위식 전까지 입관 절차가 마무리될 거다."

"어째서 귀족들에게 그리도 쉽게 휘둘리는 거죠, 오라버니는? 홍안 오라버니라면 이 지경까지 오지 않았을 거예요!"

"난 형님이 아니기 때문이다!"

보연이 고통스럽게 부르짖으며 누이의 팔을 와락 움켜잡

았다.

"난 형님이 아니다, 안학. 대가들과 의논을 할 수는 있어도 그들을 제압하지는 못해. 그들을 제거하는 건 더더욱 못 한다. 지금 이 상황을 돌릴 수 있는 사람은 내가 아니야. 형님이 오셔야 한다. 내일 내가 옥좌에 앉기 전에!"

이번엔 그가 누이에게 애원했다.

"안학, 진정 네가 형님을 돌아오도록 할 수 없느냐? 네 신통력으로 형님이 어디에 있는지, 어떤 곤경에 처했는지 알 수 없느냐? 넌 가뭄에 단비도 내리게 했잖니. 별의 운명을 바꿔 병란 대신 승전을 가져왔잖니. 왜 패성이 형님을 해하도록 내버려두는 거냐?"

"오라버니, 그건……."

그 능력은 다 가짜예요. 모두 흥안 오라버니가 만들어 낸 가짜라고요. 오라버니의 동생은 그저 평범한 사람이란 말입니다. 가슴이 먹먹해진 안학의 어깨에, 그녀보다 훨씬 큰 보연이 힘겨운 이마를 기댔다.

"어째서 이런 때에 너마저 신통력을 잃었을까? 안학, 불쌍한 누이야, 그래도 내가 의지할 사람은 너밖에 없으니 이 못난 오라비를 너무 나무라지 마라. 나는 내일이 두렵다. 내가 걸어갈 길이, 앉을 자리가 두려워. 고구려의 정점에 서기에 참으로 모자란 사람인 걸 스스로 알거든. 그럼에도 오늘 도망가지 못하는 것은 내가 왕자이기 때문이다. 그러니 누이야, 내가 네게 원치 않는 혼사를 강요한다고 해도 미워하지 말아 다오. 그때의 나는 네 오라비가 아니라 고구려의 태왕으로서 명하는 것일 테니. 너 또한 내 누이동생이 아니라 공주로서 따라 다오. 날 도와 다오, 안학."

안학은 심약한 오빠 앞에서 차마 뭐라고 말할 수가 없었다. 그녀는 입술을 꼭 깨물고 가만히 오빠의 등을 토닥여 주었다. 답답했던 가슴이 더욱 죄어들었다.

'흥안 오라버니, 제발 도와줘요. 보연 오라버니를 도와줘요. 그리고 나를······.'

참았던 눈물이 솟구쳐 그녀의 뜨거워진 눈시울을 적시고 뺨을 타고 턱으로 흘러내렸다. 제발, 밀, 돌아와 줘요. 지금 당장, 내게 돌아오겠다는 그 약속을 지켜요, 제발!

"이제 출발하시지요."

앉기가 무섭게 다시 일어나 그를 재촉하는 밀 때문에 흥안은 마시던 물을 잘못 넘겨 콜록거렸다.

백제의 국계를 넘기 직전 운이 없게 수비대와 붙는 바람에 피해 다니느라 그곳에서 시간을 많이 허비한 그들은 고구려 땅에 들어와선 거의 쉬지 않고 강행군을 하는 중이었다. 국왕의 승하 소식을 들었기에 서둘러야 했다. 백제에서보다 더 뚫기 어려운 관문들이 그와 밀의 진로를 가로막고 있어서 곱절로 힘들었다. 그들을 공격해 오는 고구려인들이 적지 않았던 것이다. 누가 시켜서 감히 태자를 노리는 것인지 굳이 묻지 않아도 대강 짐작하는 흥안이다. 그래서 길이 아닌 곳을 골라 평양으로 가는데, 아무리 건장하고 원기가 왕성한 그들이라도 사람인 이상 가끔씩은 쉬어 줘야 했다.

고구려의 군인은 보통 남자들과 다르다. 걷기만 해도 다른 나라의 사람들에겐 뛰는 것과 같다. 흥안은 존귀한 신분이지만 여느 고구려 군인보다 날래고 힘도 좋았다. 지금까지 그가 걸어온 속도를 말을 타지 않고서 따라잡을 사내는 흔치 않을 것이다. 그런 흥안도 밀과 동행하는 것이 쉽지만은 않았다.

"넌 정말 짐승 같은 놈이구나."

간신히 기침을 달래고 소매로 입을 쓱 훔친 흥안이 그의 옆에 초조히 선 밀을 올려다보며 웃었다.

"대단한 정력이야! 그래도 주군에게까지 쉴 틈을 안 주다니, 그러고도 네가 신하라고 할 수 있느냐?"

"태자님께서 객사했다는 괴소문을 듣지 않으셨습니까. 느긋하게 굴다가는 정말 죽은 사람이 되고 맙니다."

"하긴 그래. 나인 줄 알면서도 공격하는 무리들이 곳곳에 진을 치고 있으니, 왕성에 가기 전에 정말 죽을지도 모르겠다."

"제가 그렇게 놔두지 않습니다."

농담하는 흥안에게 밀이 진지하게 말했다. 맞장구쳐 주는 재미는 덜했지만 밀의 자신감 넘치는 태도가 태자의 마음에 들었다. 그 자신감이 허풍이 아니란 걸 잘 알기에 더욱더. 영민한 머리와 출중한 무예, 예민한 감각과 깊은 충성심. 손발로 쓸 수하로서 밀은 누구와 비교해도 손색이 없었다.

'같은 남자로서도 상당히 괜찮은 놈이지.'

흥안은 생각했다. 여자들에게도 매력적인 모양이고. 그는 개백현에 남겨 두고 온 주를 떠올렸다.

떠나기 전 함께 잠자리를 했던 밤, 의외로 그의 품에 뜨겁게 안겨 흥안을 놀라게 했던 그녀는, 그가 잠든 척하자 등을 돌리고 모로 누워서 소리 죽여 흐느꼈었다. 어둠 속에서 가늘게 떨리던 그녀의 벗은 하얀 어깨를 가늘게 뜬 곁눈으로 설핏 보고 흥안은 그녀의 마음은 아랑곳없이 욕정만으로 밀어붙여 그녀를 안은 자신에게 혐오를 느꼈다. 그녀가 왜 울었는지, 누굴 생각하며 울었는지 따지고 싶지 않고 알고 싶지도 않지만 밀을 보면 파르르 떨던 그 어깨가 눈앞에 일순 어른거린다. 그녀의 마음을 탓하지 말자. 흥안은 쓰라린 속을 가다듬었다.

그의 누이동생도 태루와의 정략혼을 강제로 밀어붙이면 첫 날밤 혼자서 서럽게 눈물을 흘릴지도 모른다. 평민 여인들의 사랑과 혼인이 비교적 자유로운 데 비해 귀문의 여인들은 얼마나 불쌍한가. 혼담이 오가는 순간 그녀들은 정치적 흥정의 대상이 된다. 그리고……

그녀 때문에 이놈을 원망하지 말자. 흥안은 빨리 출발하고 싶어 다리가 근질근질한 밀을 보고 마시던 죽통의 마개를 닫았다. 과연 그녀의 마음을 앗아 간 남자를 예사롭게, 또 공정하게 대할 수 있을지는 앞으로 두고 볼 일이지만, 흥안은 밀에게 아무런 책임이 없음을 인정하고 있었다. 백제를 정탐하러 올 적에 밀을 동행으로 선택한 사람은 다른 이가 아닌 바로 흥안 자신이었다. 주를 밀과 함께 관문을 돌도록 보낸 사람 역시도 그다. 그녀가 밀에게 반했다면 그건 밀을 그녀에게 보여 준 그에게 가장 책임이 컸다. 더구나 밀은 밤중에 방으로 찾아온 그녀를 거절하고 그녀의 유혹을 피해 도망가기까지 했다. 게다가 지금도 밀은 흥안과 주의 관계를 모르고 있으며 주군이 어떤 심정과 눈으로 자신을 보는지 짐작도 못 하고 있다. 충성스럽기 짝이 없는 이 부하는 태자가 왕성에 늦게 도착하여 불이익을 당하지 않을까 걱정하는 데에만 정신이 팔려 있다.

그러니 나만 잠자코 있으면 돼. 지금까지처럼 앞으로도 속내를 드러내지 않고 그녀를 대하고 밀을 대하면 돼. 흥안은 헛헛한 웃음을 물고 일어났다. 그들은 다시 걷기 시작했다. 십곡현의 산들은 높고 험한 편이다. 그래도 흥안과 밀은 가볍게 바위들을 박차고 빠르게 올라갔다.

"너 말이다, 밀. 혹시 여자에게 관심이 없니?"

태자를 위해 앞을 가로막는 나뭇가지들을 쳐 가며 전진하는 밀에게 흥안이 불쑥 물었다. 물으면서도 걸음은 여전히 날쌔다. 그와 똑같이 재게 걸으며 밀이 반문하듯 대답했다.

"왜 관심이 없겠습니까? 저도 사내인데."

"그래?"

의외인걸. 오직 주군에게 바칠 충성심만 있을 뿐 여자에게 쏟을 관심 따윈 없다고 할 줄 알았는데. 관심이 있다면 왜 주를 거절했지? 흥안이 다시 물었다.

"어떤 여자에게 관심이 있니?"

별걸 다 물어본다고 밀은 생각했지만 태자는 속을 알 수 없는 남자, 그리고 농담도 곧잘 했다. 밀이 스스럼없이 솔직하게 답했다.

"물론 예쁜 여자지요."

"그래?"

평범한 그 대답이 오히려 선뜻 이해가 안 가는 홍안이다. 예쁜 여자가 좋다면 그날 밤 밀이 그녀를 거절할 이유란 더더욱 없다. 어쩌면 이 녀석은 눈이 삐었거나 미의 기준이 범인들과 다른 모양이다. 아니면 아직 덜 여물었거나.

"너 설마, 지금까지 동정은 아니겠지?"

"태자님도, 설마 그럴 리가 있겠습니까?"

태자가 장난을 친다고 여겨 밀이 농담조로 받았다.

"왜 그런지는 몰라도 은산에서부터 여자들이 절 내버려두지 않았습니다. 여기에서도 쫓아다니고 저기에서도 달라붙어 아주 피곤했었죠. 동정을 지킬 조건이 안 됐습니다."

"하지만 넌 그때마다 거절한 게 아니야?"

"그럴 이유가 없었습니다. 한창 끓어오르는 땐데요. 그때는 예쁘건 아니건 얼굴도 가리지 않았죠."

"흥, 그쪽으로는 숫보기라고 생각했는데 알고 보니 호색한이라."

"그렇지 않습니다."

홍안이 비웃자 밀이 급히 변명했다.

"제게 달려드는 여자를 받아 주기만 했을 뿐 제가 여자를 꾀었던 적은 없습니다."

"마음도 없이 여자의 몸만 탐했으니 그게 바로 호색이다. 여인들에게 경멸을 받아 마땅한 족속이지."

"어려서, 철이 없어서 그랬습니다."

태자의 지적에 밀의 목덜미가 붉어졌다.

"돌이켜보면 여자에게 진정한 관심도 없었던 것 같습니다. 두 번 보고 싶은 여자가 없었으니까요. 관심을 두었다면 그 한 사람만을 생각하고 또 생각했을 겁니다."

"천성적으로 색을 좋아하는 놈에겐 불가할걸?"

"아닙니다. 지금은 관심을 둔 상대가 있고 그녀만을 생각합니다. 다른 여자는 눈에 들어오지도 않습니다."

아하, 그런 거였군. 놀리는 말에 밀이 볼멘소리로 항변하며 속을 드러내, 흥안은 그가 주를 야멸치게 물리쳤던 까닭을 비로소 알았다. 그래도 한밤중에 찾아온 절세미녀를 단칼에 내치다니 놀라운 순정이라고 흥안은 생각했다. 그는 문득 한 여자가 생각났다.

"그러고 보니 국내성 사냥 대회 때 남장까지 하고 너와 함께 사냥에 나섰던 용감한 여인이 있었구나. 내가 평양까지 따라와도 좋다고 허락했던 것 같은데. 그 여자냐?"

그 여자가 그토록 예뻤던가? 흥안은 가물가물한 기억을 더듬어 보았다. 그런데 밀이 감히 태자에게 짜증을 냈다.

"천만에요. 태자님께서 그때 허락만 안 하셨어도 제가 훨씬 편했을 겁니다!"

"그 여인도 널 쫓아다닌 여인이다? 밀, 네 동무들이 널 꽤나 부러워하겠구나."

풋, 홍안이 웃음을 터뜨렸다. 괴물 같은 정력을 가진 놈이니 여자가 몇이고 달라붙어도 끄떡없겠군. 산을 뛰듯이 오르면서 헐떡이는 숨소리도 내지 않는 밀을 보며 홍안이 생각했다. 밀이 주를 거들떠보지 않을 정도로 사랑에 빠졌다고 하니 어쩐지 안심이 된 그가 장난조로 물었다.

"그래, 호색한에게 사랑을 알게 해 준 그 여인이 누구냐? 대단한 미인인 모양이지?"

"예쁘기도 예쁘지만……, 그것만이 아닙니다."

"다른 여인들과 어떤 점이 다르기에?"

"……모르겠습니다. 이런 적이 처음이라……. 다른 여인들과 모든 것이 다릅니다."

시원시원하던 밀의 말이 간간이 머뭇머뭇 늘어졌다. 귓불도 새빨개진 것이 이제껏 뻔뻔스럽고 낯 두꺼운 태도와 달리 꽤나 부끄러워하는 모습이다. 진심인가 보다고 생각하니 홍안은 그보다 키가 훌쩍 큰 부하가 귀여워졌다.

"사랑에 빠진 군인이라……. 곤란한걸. 평양에 돌아가면 널 당장 혼인시켜야겠다."

"예?"

앞서 가던 밀이 비로소 몸을 돌렸다. 그의 걸음이 눈에 띄게 느려져 홍안이 두세 걸음 만에 그를 따라잡았다. 태자가 웃으며 밀의 가슴을 주먹으로 가볍게 한 대 쳤다.

"여자에게 정신을 팔면 큰일을 못 해. 혼인하기 전까진 늘 그 여인 생각으로 마음이 어지러우나 일단 네 여자로 만들면 평온하게 바깥일에 몰두할 수 있지. 이미 잡은 고기에는 안달할 이유가 없으니까. 내가 널 쓸 곳이 한두 군데인 줄 아느냐? 그 여인이 어디 사는 누구냐?"

"그것이……, 궁녀입니다."

"궁녀? 평양성의?"

"예."

흐흥, 홍안이 입술 한쪽을 실쭉 일그러뜨렸다. 궁녀들 중 귀여운 아이들도 더러 있겠지만 주를 능가할 미인은 본 적이 없다. 뭐, 내가 평양성의 궁녀들을 죄다 기억하는 것도 아니니까. 홍안은 주를 거절한 밀의 마음도 어느 정도 이해했다. 사랑에 빠지면 다른 여인의 미모가 제대로 보이지 않을 테니까. 밀을 뒤로하고 수풀을 헤치며 태자가 흔쾌히 말했다.

"좋아, 돌아가면 네게 상으로 그 여인을 주마."

"아니, 태자님, 저는 그 여인의 승낙을 먼저 받아야 합니다."

"뭐? 여자에게 승낙을 받아? 네가?"

"평양을 떠나기 전 혼인을 청했지만 거절당했거든요."

"여자들이 끊이지 않던 너를 거절했어? 아주 제대로 만났구나, 너."

홍안이 고소해하며 키들거리자 밀이 언짢다는 듯 불퉁하게 대답했다.

"저를 싫어해서가 아닙니다. 부끄러워서겠죠."

"대단한 자신감이로구나. 널 싫어할 여자는 절대 없으리란 말이지?"

"그런 뜻은 아니지만……, 어쨌든 태자님의 명령으로 그녀에게 강요하듯이 혼인을 밀어붙이고 싶지 않습니다. 그녀가 기꺼이 승낙을 해야……."

"아아, 마음대로 해. 하지만 너무 시간을 끌지 말도록. 돌아가면 곧 출정이니까, 그 전에는 마무리해라."

"예, 걱정하지 않으셔도 됩니다."

저 넘치는 자신감! 홍안은 우스워 배를 잡고 쿡쿡댔다. 역시 보통 놈이 아니야. 한참을 웃던 태자가 문득 웃음을 멈추고 우뚝 섰다. 밀이 재빨리 다가와 그의 팔을 잡고 나직이 불렀다.

"태자님."

"안다."

산의 정상에서 내려가기 시작하는 지점이었다. 홍안과 밀의 발아래, 서걱서걱 수풀을 헤치고 올라오는 무리의 머리들이 가로로 길게 줄줄이 보였다. 상대는 몸을 숨길 마음도 없는 듯 당당하게 홍안과 밀을 포위해 다가오고 있었다. 그 수가 한눈에 다 세기 어려울 정도로 많았다. 그들 모두 태자를 발견하고 미리 줄을 잘 켕겨 놓은 활을 들어 겨눴다. 사이사이에 쇠뇌를 가진 놈들도 있었다.

"이런, 일찰나도 아까운 때에 꼭 맞춰 나타났군."

홍안이 쓰게 중얼거렸다.

"허허실실, 놈들이 생각 못 했던 의표를 찌르려 했더니 역으로 당했구나. 시간이 좀 더 걸리고 번거롭더라도 짐수레를 끄는 행인들에 섞여 큰길로 갈 것을. 내 생각이 모자랐다."

"별말씀을. 전부 다 해치우고 그대로 가면 되는 것 아닙니까."

밀이 스릉, 칼을 뽑았다. 오른손엔 대도를, 왼손에는 그보다 짧은 환도를 들고 선 그는 수많은 적들을 눈앞에 두고서도 여유로웠다. 그를 본 홍안도 양손에 칼을 쥐고 빙그레 웃었다.

"그 말이 맞다. 허리를 숙이고 나무들 사이를 좌우로 번갈아 뛰어!"

태자의 말이 떨어지자마자 밀이 먼저 튕겨나가듯 내리달렸다. 화살들이 빗발치듯 우수수 쏟아지기 시작했다. 파박, 애꿎은 소나무와 전나무들에 화살이 무수히 꽂혔다. 나무에 맞지 않고 태자에게 날아가던 화살들은 탁, 타닥, 밀이 바람개비처럼 휘둘러 돌린 칼에 맞아 후드득 땅 위로 떨어졌다. 놀라운 속도로 달려 내려간 밀과 홍안은 교대로 활을 쏘며 올라오는 병사들과의 거리를 금세 좁혔다. 최초로 칼의 간격 안에 들어온 병사를 단번에 베고 밀이 외쳤다.

"제 뒤에서 따라오십시오! 제일 가까운 놈들 쪽을 뚫겠습니다."

"난 누구 뒤에 서는 건 질색인데. 실력이 너보다 떨어지는 것 같잖아!"

불평을 터뜨렸지만 홍안은 밀을 방패로 삼아 앞으로 나갔다. 절대적으로 보호받아야 할 존재이기 때문이기도 했지만 사실 밀의 뒤라고 해서 안전하지도 않았다. 길게 늘어섰던 병사들이 그들을 둥글게 포위하면서 공격해 왔던 것이다. 홍안은 무엄하게도 태자에게 칼을 휘두르며 달려드는 병사들을 닥치는 대로 응징했다. 그의 칼에 쓰러지는 이들 말고도 홍안을 겨냥해 날아오는 화살에 등이며 목덜미를 맞고 고꾸라지는 자들도 속출했다. 적군이고 아군이고 가리지 않는 악독함도 언짢았지만 제 편의 화살에 맞을 각오까지 하고 덤비는 병사들이 적지 않아 쯧, 홍안이 혀를 찼다.

"도대체 어떤 보상을 약속받았기에 이토록 죽음을 무릅쓰고 악착같이 달려든단 말이냐? 네놈들 주인에게 내가 배워야겠다."

짜증스레 중얼거리며 그는 병사 둘을 동시에 베었다. 팟, 칼이 지나간 자리에서 솟구치는 피가 홍안의 뺨에 뜨듯하니 흘러내렸다. 아깝다. 홍안은 죽어 넘어지는 사내들을 보며 이를 물었다. 백잔과의, 동이와의, 북방과의 전쟁에서 써야 할 목숨들이거늘, 적군을 베기 위해 단련한 칼을 제 나라의 왕에게 겨누다니. 홍안은 분노를 느끼기보다 슬펐다.

"태자님, 이쪽으로!"

밀의 외침이 홍안을 일깨웠다. 원형으로 몰려드는 병사들의 한쪽을 돌파한 밀은 태자를 먼저 보내고 뒤를 맡았다. 포위망이 뚫리자 병사들이 벌 떼처럼 한꺼번에 그에게 덤벼들었다.

"밀, 적당히 하고 뛰어라! 일일이 다 죽일 시간이 없어."

"곧 따르겠습니다. 먼저 가십시오!"

그의 손아귀에서 벗어나 태자의 뒤를 쫓으려는 사내 하나의 등을 두 쪽으로 가르며 밀이 크게 외쳤다. 그는 산을 안고 서서 밀려오는 병사들을 맞아 좌우를 한번 쓱 훑어보았다. 지금 눈으로 그린 선을 아무도 넘지 못하도록 할 작정이다. 실제 그의 양쪽 손에 들린 두 개의 칼이 번쩍일 때마다 밀의 머릿속 경계선을 넘으려던 사내들이 풀썩 쓰러졌다. 그렇게 부지런히 칼을 놀리던 밀은 핑, 귓가를 스치는 소리에 급히 머리를 비스듬히 젖혔다. 그것은 보통 화살보다 훨씬 강력한 쇠뇌살이었다.

"밀!"

흘깃 뒤를 돌아보았던 홍안이 허리에 달려 있던 짧은 칼을 뽑아 던졌다. 휘릭, 빙글빙글 돌며 공중을 날아간 칼이 쇠뇌를 당기던 사내의 이마에 퍽 꽂혔다. 비명을 지를 사이도 없이 넘어간 사내의 손이 쇠뇌의 시위를 놓치면서 쇠뇌살들이 튕겨나가 주변의 사내들에게 박혔다.

"그만두십시오!"

계속하여 덤벼드는 병사들을 쳐내며 밀이 홍안에게 고함을 질렀다.

"산아래에도 자객들이 있을지 모릅니다. 칼을 하나라도 버리시면 안 됩니다!"

"괜찮다! 아직 네 자루가 더 있어!"

홍안이 맞받아 고함을 치면서 자신의 말이 끝나기도 전에 짧은 칼 하나를 또 던졌다. 쇠뇌를 겨누던 사내 하나가 또 넘어갔다. 태자가 자신을 위해 무기를 두 개나 버려 미칠 듯이 안타까워진 밀이 더욱 사납게 병사들을 베어 갔다. 그 많던 병사들이 거의 남아 있지 않을 만큼 줄어들었다. 이미 산을 많이 내려간 홍안의 고함 소리가 밀의 귀에 아스라이 들렸다.

"이제 내려와! 그놈들은 내버려둬도 좋으니까!"

마음 같아서는 이놈들을 죄다 쓰러뜨리고 살아 있는 녀석들을 끌고 가 태자 시살 음모의 배후를 캐고 죄를 따지고 싶었지만, 멀어진 홍안의 안위가 우선이었기에 밀은 몸을 돌려 달리기 시작했다. 일단은 평양 궁성으로 태자님을 안전하게 모시는 게 먼저! 그 생각이 밀의 머리를 스쳤을 때였다. 뒤쫓아 오던 사내들 중 한 명이 과감하게 그를 향해 붕 몸을 날렸다. 밀의 등에 찰싹 업힌 사내는 한쪽 팔로 그의 목을 힘껏 껴안고 다른 쪽 손에 든 칼을 번쩍 치켜들었다. 밀이 내려오는 칼을 오른손으로 막고 왼팔을 옆으로 휘둘러 매달린 사내의 옆구리에 칼을 꽂자 사내가 헉, 숨을 못 쉬고 기울어졌다. 순간 밀의 목에 둘러진 사내의 팔에 힘이 왁 쏠렸다. 아차, 이런! 사내에게 치명상을 입히고도 떨어뜨리지 못한 밀이 따라서 휘청했다. 뒤에서 기다렸다는 듯 화살이 다시 날아왔다. 퍽, 퍽, 대부분의 화살은 다행이도 등에 업힌 사내에게 맞았으나 밀의 팔과 다리에도 몇 개가 박혔다.

"앗!"

밀이 균형을 잃고 기우뚱하며 가파른 비탈을 내달리던 발이 주르륵 미끄러졌다. 몇 길이나 되는 낭떠러지가 그를 맞이했다. 그는 잡히는 대로 나뭇가지를 움켜쥐었지만 두 남자의 무게를 이기지 못한 가지들이 두두둑 끊겨 나갔다. 더 이상 발 디딜 곳을 잃은 그의 몸뚱이가 아래로 곧장 떨어져 내렸다.

"밀!"

와작거리는 소리에 다시 뒤를 돌아본 흥안이 소리 질렀다. 화살을 맞은 밀이 떨어지는 모습이 그의 눈에 똑똑히 보였다.

굴가는 나뭇가지에 대롱대롱 매달린 구요를 부르며 원숭이에게 손을 내밀었다. 밤이 이미 깊어 슬슬 돌아가야 할 시간이다.

"혹시 여기가 아닌 게 아닐까?"

그의 어깨에 폴짝 내려앉은 구요에게 굴가가 물었다. 분명 밀에게 듣기로 첨성대 근처의 숲 속이 천녀와의 밀회 장소라고 했는데, 태자와 헤어지고 평양으로 돌아온 굴가는 꾸준히 친구의 연인을 찾아오는데도 천녀는커녕 하얀 옷자락의 끝도 보지 못했다.

"아니면 우리가 아직 둘러보지 못한 곳이 있다거나? 이 숲이 작긴 하지만 오래된 나무가 많은 게, 의외로 깊어서 말이야."

굴가의 말에 원숭이가 맞장구치듯 끽끽 소리를 냈다. 저쪽으로 가 보자는 듯 구요가 손가락을 뻗자 굴가는 일단 천천히 걸음을 옮겼다.

"그런데 천녀를 만나더라도 어떻게 얘기를 꺼내야 할지 모르겠어."

한숨과 함께 굴가의 축 처진 목소리가 가라앉았다.

"날이 밝으면 태자님이 아니라 태자님 동생님이 진짜 왕이 된다는데 태자님도 밀도 여태 감감무소식이니……. 그 두 사람이라면 대왕님께서 돌아가셨다는 소문을 듣자마자 백잔에서 출발해 한달음에 평양까지 왔을 텐데 말이야. 에잇!"

답답한지 그가 내딛는 발을 힘껏 굴렀다.

"나도 끝까지 따라갔어야 하는데 중간에서 돌아와 버려 가지고! 도대체 무슨 일을 겪고 있는 거야. 젠장맞을! 백잔 병사들한테 코 깨져서 오면 두고두고 놀려 주겠다고 했는데, 밀! 너 정말 너답지 않게 험한 꼴 당하고 오면 이제부턴 구요보다 못한 놈이라고 할 거다."

찰싹, 구요가 굴가의 입술을 때리고는 이제부터가 아니라 원래부터 못한 놈이었다고 항변하듯 양손을 마구 휘저었다. 굴가의 머리칼을 헝클어뜨리며 날뛰던 원숭이가 문득 목을 길게 빼더니 굴가의 어깨를 디딤대 삼아 휙 날아올라 높은 곳의 나뭇가지 하나를 붙잡고 매달렸다.

"어라? 구요, 혼자 어딜 가니?"

이 나무에서 저 나무로 잽싸게 건너뛰어 가는 구요를 쫓으며 굴가도 급하게 달음질을 쳤다. 그는 곧 나무들이 원형으로 둘러싸 자그마한 방처럼 생긴 공간에 이르러 원숭이를 발견했다. 덤불 사이에 박힌 커다랗고 납작한 바위 위에 앉아 있는 여자의 품에 안겨 구요가 애교를 부리고 있었다. 굴가가 다가가자 여자가 그를 돌아보았다.

천녀다! 비록 국내성에서 개미 한 잔등이만큼 동안만 본 게 다였지만, 옷도 머리 모양도 완전히 달라졌지만, 여인들의 얼굴을 기억하는 재주만큼은 밀보다 탁월한 굴가는 한눈에 그녀를 알아보았다. 나풀거리는 흰옷을 입고 구요를 안은 그녀는 국내성에서 봤을 때보다 훨씬 신비롭게 보였다. 공주궁 시녀라고 듣기는 했지만 굴가의 눈에 그녀는 아무래도 천녀였다.

"당신은, 밀의 친구인가요?"

굴가가 입을 열기 전에, 휙 뛰어올라 그의 어깨 위로 찰싹 내려앉은 구요를 보고 천녀가 바위에서 일어나며 먼저 말했다. 어머나, 내가 밀이랑 친구인 건 또 어떻게 알고서! 아무래도 진짜 천녀가 궁녀라고 밀에게 둘러댄 걸 그 단순한 녀석이 곧이곧대로 믿은 거 아냐? 입을 딱 벌리고 멍청히 선 그를 보고 그녀가 구요를 눈짓으로 가리키며 말했다.

"그 아이를 본 적이 있어요. 친구의 친구라고 밀이 말했었죠. 당신이 그 아이의 주인인 그 친구가 아닌가요?"

"예예, 제가 바로 그 친구의 친구인 밀의 친구예요. 굴가라고 합지요."

"혹시 밀에게서 무슨 소식이라도 왔나요?"

그녀가 다급히 몇 발짝 다가왔다. 근심의 빛이 역력한 커다란 눈동자는 그녀가 지금 얼마나 초조해하는지 잘 보여 주고 있었다. 굴가가 안타까이 고개를 살살 저었다.

"그런 건 아니고요……."

그가 무척이나 미안해하는 어조로 말끝을 흐리자 그녀가 힘없이 시선을 떨어뜨리며 돌아섰다. 이번엔 굴가가 그녀에게 몇 발짝 다가섰다.

"이걸 전해 드리려고 아씨를 찾아왔어요."

평민 출신 시녀라고 해도 도저히 애노와 마찬가지로 천녀를 대할 수 없는 굴가가 지극히 공손하게 말했다. 다시 그를 돌아본 천녀에게 굴가는 소매 속에 넣어 둔 밀의 백위대를 꺼내 내밀었다. 흰 가죽 띠를 받아 든 그녀의 눈동자가 흔들렸다.

"이것은 밀의……."

"돌아오는 게 늦어지더라도 걱정 말고 기다려 달라는 뜻으로 밀이 주는 거예요. 그거, 밀한테 정말 중요한 물건이거든요. 한시라도 자기에게서 떨어뜨려 놓지 않으려고 머리에다 늘 묶어 두던 띠예요. 절대 잃어버리지 않도록 말이죠. 그렇게 소중한 걸 맡겼으니 반드시 돌아와 아씨를 만나겠다는 거겠죠, 그녀석."

천녀가 가죽 띠를 정성스레 접어 품에 꼭 안는 것을 보고 굴가는 가슴이 먹먹해졌다. 좀 더 자세히 얘기해 줄 수 있으면 좋으련만! 내가 중간까지 동행해 봐서 아는데 고구려 변방까지는 별 탈 없이 갔고 아마 백제 땅에도 무난히 들어가 임무를 수행하는 중일 거라고 아는 것을 죄다 나불나불 불고 싶지만, 태자님과 관계된 나라의 중대사라 함부로 말할 수가 없는 것이다.

"고마워요."

안학이 애써 미소 지으며 말했다. 그녀보다 더 울상이 되어 자신을 쳐다보고 있는 거란인이 안학은 정말 고마웠다. 가족이나 다름없는 벗이라고 밀이 말했었으니, 아마 이 사람도 그녀만큼, 아니, 어쩌면 그보다 더 간절히 밀이 돌아오기를 바라고 있을 것이다. 밀이 태자인 큰오빠를 호위해 적지에 들어갔다는 사실도 아마 모르겠지. 그건 일급의 기밀일 테니. 아무것도 모르면서 기다리는 것과 알면서 기다리는 것, 어느 쪽이 더 애가 끓을까? 확실한 것은 양쪽 모두 가슴을 시커멓게 태우기는 마찬가지라는 것이다.

"아마 밀은 지금 급히 돌아오고 있는 중일 거예요."

아니라면 태자님이 곤란할 테니까. 태자님도 밀도 서두르고 있을 거야. 그렇게 생각하는 굴가가 말하자 안학이 가만히 고개를 끄덕였다. 그렇죠, 돌아오는 중이 아니라면 안 돼. 날이 밝으면 흥안 오라버니 대신 보연 오라버니가 대왕으로 즉위하게 돼.

'보연 오라버니가 태왕이 되고 흥안 오라버니가 끝끝내 돌아오지 않으면, 나, 금방이라도 다른 사람에게 시집갈지 몰라요. 그래도 괜찮은가요? 혼인해 달라고 내게 사정하며 뻔뻔스럽게 입까지 맞춘 사람이잖아요, 당신은, 밀! 내가 다른 남자의 아내가 되길 바라지 않는다면 당장 흥안 오라버니를 모시고 돌아오란 말이에요.'

하지만 내일이 아니더라도 두 사람 모두 멀쩡히만 살아 돌아온다면! 그보다 더 바랄 것이 없는 안학이었다.

'당신이 오라버니와 함께 반드시 돌아오리라 믿어요, 밀. 그때까지 당신의 백위대를 내가 잘 간직하고 있을게요.'

그녀는 꼭 움켜쥐었던 백위대를 한쪽 손목에 감아 단단히 묶었다. 그녀의 행동을 잠자코 바라보던 굴가는 깊이 감동했다. 밀이 혼자서만 좋아서 건몸을 다는 게 아니었구나. 밀이 그녀와 어떤 아기자기한 재밌는 짓을 했는지 궁금해 걸핏하면 친구를 쑤셔 댔던 굴가는 늘 대충 얼버무리고 마는 성의 없는 대답을 듣거나 귀찮게 군다고 쥐어박히곤 했다. 은산에서 어울릴 때부터 음담패설을 거리낌 없이 나누던 사이임에도 유독 천녀 얘기만 나오면 입을 단속하는 밀을 보고, 굴가는 친구가 여자에게 진심으로 빠졌나 보다고 생각하다가도 혹시 혼자만 열 올리고 있는 게 아닌가 의심했었다. 그런데 천녀가 늦은 밤에 밀과 만나던 장소에 나와 그가 전해 준 백위대를 소중히 갈무리하는 걸 보니 두 사람의 관계가 일방적이 아님을 재깍 알아보겠다. 천녀도 밀을 애틋하게 여기는 거야. 굴가는 그녀에게 말했다.

"밀이 집으로 돌아오면 곧장 아씨부터 만나러 가라고 제가 재촉할 거니까요, 아무 걱정 마시고 시간이 될 때마다 여기로 나오셔서 기다리세요."

다짐을 두듯 굴가가 주먹을 불끈 쥐어 보이자 구요도 덩달아 작은 주먹을 얍, 세게 쥐었다. 그런 굴가와 원숭이가 서로 어찌나 닮았던지 안학이 시름 어린 낯으로 빙그레 웃었다.

'오늘 이 숲에 들르길 잘했어.'

그녀는 생각했다. 남문이 무너지고 나서 갑자기 위독해진 아버지를 간호하느라 궁성을 전혀 나오지 않았던 그녀였다. 얼마 안 가 아버지가 돌아가시면서부터는 빈소를 지키느라 궁 밖으로 나설 여유가 더 없었다. 궁 안에서도 밤이면 검은 하늘을 올려다보며 흥안과 밀이 무사히 귀환하기를 별에게 빌었던 그녀는 내일이면 즉위식을 행한다는 작은오빠의 말에 갑갑함을 이기지 못하고 첨성대의 숲을 찾았던 것이다.

커다란 덩치로 자신에게 기대 울던 보연에게 있는 힘껏 돕겠으니 오라버니도 힘을 내라고 말했던 안학은 사실 도망치고 싶었다. 둘째 오빠가 기대하는 신통력은 애초부터 존재하지 않는 능력이었고, 그녀가 오빠를 도울 방법이란 시키는 대로 시집가는 것밖에 없었던 것이다. 어디 하소연할 데도 없이 혼자서 괴로워하다가 뛰쳐나온 곳이 여기, 첨성대의 숲이었다. 별을 보며 한숨짓는 그녀 앞에 밀이 홀연히 나타나 아무렇지도 않게 '많이 기다렸지?'라고 말한다면 얼마나 좋을까 생각하고 있던 참이었다. 비록 밀은 결국 나타나지 않았고 큰오빠가 돌아오지 않은 상황에서 내일을 맞아야 하는 현실도 변함없지만, 굴가가 전해 준 백위대는 그녀에게 큰 의지가 되었다.

'밀은 이 백위대 하나만을 의지해 저 멀고 먼 은산에서 여기 평양까지 자신의 핏줄을 찾으러 왔어. 나도 약해지면 안 돼. 끝까지 희망을 놓으면 안 돼.'

안학은 숲에 들어섰을 때보다 비교적 가벼운 걸음으로 나갈 수 있었다. 그녀와 헤어져 집으로 돌아오는 굴가의 발걸음도 가벼웠다. 그동안 만나지 못했던 천녀를 만난 것이 좋은 징조로 여겨졌다.

"왠지 밀이 금방이라도 돌아올 것 같지 않냐? 응, 구요야?"

숲을 벗어나 힘차게 걷는 굴가의 기분에 전염된 듯 구요도 그의 어깨 위에서 신나게 폴짝였다. 그렇게 집에까지 거의 다 왔을 무렵이었다.

"뭐가 그리 좋다고 오금에 돌개바람 든 것처럼 더펄더펄 들 썽거리면서 다녀?"

뾰족하니 날카로운 목소리가 날아와 귀에 송곳처럼 푹 박혀 굴가가 멈춰 섰다. 어둑한 골목의 담벼락에 팔짱을 끼고 기대어 선 애노가 고양이 쥐 노리듯 눈에 모를 세우고 굴가를 보고 있었다.

"애노 너, 아직까지 잠 안 자고 이 밤중에 밖에서 뭐 해?"

애노가 반가우면서도 그녀의 눈빛만 마주하면 주춤하니 오 그라드는 굴가가 작은 소리로 물었다. 구요가 그녀에게로 쪼르르 달려가 굴가 대신 살살거리며 아양을 떨었다. 굴가가 밀과 함께 태자를 호위하러 떠날 때 잠시 애노에게 맡긴 뒤로 원숭이는 굴가만큼이나 그녀를 따랐다. 굴가 이외의 사람에게는 몹시 예민하게 굴며 사납게 대하는 구요인데 주인이 반한 여자에게는 특별히 상냥한 걸까? 애노에게 친근하니 비비적거리는 구요를 굴가는 기특히 여겼지만 천녀에게도 좋아라고 찰싹 붙었던 걸 보면 꼭 그것만은 아닌 것 같다. 저놈의 짐승은 어쩌면 여자라면 다 좋은 건지도 몰라. 구요의 재롱을 받아 주면서 그를 째리는 일도 게을리하지 않는 애노를 향해 눈을 쭈뼛쭈뼛 들며 굴가가 덧붙였다.

"잠이 모자라면 눈 밑이 시꺼멓게 처져서 예쁜 얼굴 망가져."

"지금 내가 잠이 오게 생겼어?"

애노가 척척 걸어가 굴가의 코앞에 섰다.

"선인님이랑 함께 은산에 갔던 너는 벌써 돌아왔잖아. 오늘은 오실까, 내일이며 오시겠지, 황새목을 하고 애타게 기다리는데도 선인님은 도통 돌아오지 않으니 사람 마음이 땅 밑으로 꺼질 만큼 불안하고 허우룩한데, 같은 집에 사는 사내놈들은 선인님이 없다고 아주 살판이 났어요. 하루가 멀다 하고 제 맘대로 삔질나게 밤나들이하면서 어디 간다, 언제 온다, 집에 혼자 기다리는 사람한테 귀띔 한마디 할 줄을 몰라. 어딜 갔다 이제 오는 거야, 너?"

"사록도 나갔냐? 어디로?"

"알 게 뭐야. 어디서 코가 비뚤어지게 퍼마시고 있는지, 여자를 끼고 시시덕거리는지. 너는 어디서 뭘 하다가 이 시간에 오느냐니깐?"

"어, 저기, 난……."

굴가가 얼른 대답을 못 하고 머뭇거리자 애노의 눈에 불길이 화르르 일었다.

"숨기려 들면 내가 모를 줄 알고?"

그녀가 별안간 그의 목과 귀 근처에 코를 들이대고 킁킁거리며 냄새를 맡았다. 흠칫흠칫 살갗을 간질이는 그녀의 콧바람에 정신이 혼미해진 굴가가 헉, 숨을 멈춘 채 말을 더듬었다.

"애, 애노……, 왜, 왜 이래? 너, 너 지금 뭐, 뭘 하는……."

"가만있어!"

"……네."

본디 애노의 말 한마디면 껌뻑 죽는 굴가이기도 했지만 지금은 그러지 말라고 해도 가만있어야겠다. 애노가 먼저 그에게 이토록이나 가까이 다가와 붙은 적이 언제 있었던가? 굴가는 아래로 지그시 내리뜬 눈으로 그녀의 저고리 앞섶의 벌어진 부분을 들여다보며 앙가슴 속살이 조금이라도 보이지 않을까 침을 꼴깍 삼켰다. 눈치 빠른 구요가 애노의 옷깃에 매달리는 척하며 살며시 잡아당겨 살짝 젖히자 굴가의 휘둥그레 뜬 눈에 핏발이 섰다. 조금만 더 당기면 가슴 사이 우묵한 골이 설핏 보이겠다. 굴가가 구요에게 짜긋짜긋 눈짓을 하는데 아쉽게도 애노가 몸을 물러 그에게서 떨어져 섰다. 벌어진 앞섶도 따라서 멀어졌다.

"너, 여자 만났지?"

"그걸 어떻게 알았어?"

그녀가 단정적으로 묻자 굴가가 깜짝 놀라 반문했다. 천녀와 잠깐 보고 얘기하는 동안 그 향기가 배었나? 그는 팔을 들어 제 냄새를 맡았다. 애노에게서 굴가의 어깨로 자리를 옮긴 구요도 그의 머리칼을 한 움큼 쥐고 콧구멍을 발름거렸다. 그 꼴을 본 애노가 흥, 분노의 코웃음을 쳤다.

"아무 냄새도 안 나. 술 냄새도, 분 냄새도, 여자 냄새도!"

"그, 그런데 어떻게?"

"너희들이 나 몰래 밤에 나가는 이유가 빤하잖아? 네 입으로 지금 실토했듯이 여자를 만나러 가는 게 아니면 뭐겠어?"

"그, 그런가?"

"이 나쁜 놈!"

맹하니 어눌하게 중얼거리는 굴가를 보고 애노가 불같이 성을 냈다.

"언제는 나 없으면 못 살 것처럼 목장에서도 집에서도 내 뒤만 쫄쫄 따라다니며 저 좀 봐 달라고 사정사정을 하더니, 나 몰래 여자를 만나러 다녀? 내가 구요까지 보살피며 대접 좀 해 주니까 이제 우습게보여?"

"무슨 소리야, 애노야. 그럴 리가 있니? 내가 어떻게 널 우습게보겠으며 어떻게 너 아닌 여자를 몰래……."

"너, 착실한 줄 알았더니 영 아니었구나? 난 이 여자 저 여자 집적거리면서 다니는 허랑방탕한 난봉꾼은 질색이니 나한테 이제 관심 있는 척하지 마. 알겠니?"

"아니, 아니야, 난 너밖에 없는걸, 애노야. 난봉이라니, 그게 뭔데? 난 그 말뜻도 몰라요."

"지금도 네 입으로 여자를 만나고 왔다고 까발렸잖아. 이제 와서 발뺌해도 소용없거든?"

"애노 너, 지금 그런 말을 하는 건……, 혹시 날 좋아한다는 거야?"

두근두근하며 굴가가 조심스럽게 묻자 애노가 펄쩍 뛰어올랐다. 그녀의 귓불이 빨개졌다.

"얘가 정말 하늘 높은 줄 모르고 덤비네. 내가 널 왜 좋아해? 나한텐 선인님이 있는 거 몰라? 내가 누굴 따라서 고향 버리고 평양까지 왔는지 몰라?"

"하지만 넌 내가 딴 여자를 만나는 게 싫은 거잖아."

"네가 누굴 만나든 내가 좋고 싫을 게 뭐 있어? 난 그냥, 다른 여자랑 신이야 넋이야 실컷 놀고 와서 날 귀찮게 굴지 말라는 거였다. 나, 네가 꼬드기고 다니는 다른 여자들처럼 그렇게 호락호락 넘어가는 여자 아니거든?"

팽 돌아서는 애노의 손목을 굴가가 와락 잡았다.

"애노야, 내 얘기 좀 들어 봐."

"왜 이래? 누굴 잡은 손으로 날 잡아? 이거 못 놔?"

애노가 손목을 있는 힘껏 세차게 털었지만 굴가의 아귀힘에는 어림도 없었다. 그녀의 최고 무기인 독살스런 눈으로 하얗게 흘겼는데도 평소와 달리 굴가가 주눅 들지 않고 똑바로 마주 보자 애노는 당황했다.

"정말 뭐하자는 거야? 날 어쩌려고?"

"내 말 좀 들어 보라니까. 내가 만나고 온 여자, 네가 생각하는 그런 여자 아니야."

"내가 생각하는 그런 여자가 뭔데? 난 네가 어느 집 유녀를 만나서 무슨 야한 짓을 하고 왔든 아무 관심이 없다니까!"

"천녀야. 천녀를 만나고 왔어."

"뭐?"

굴가를 뿌리치려고 팔을 비틀어 흔들던 애노가 일순 딱 멈췄다.

"천……녀?"

"너도 기억하지? 국내성에서 밀이랑 만났던 그……."

"그 여자를 네가 왜? 어떻게 여기 평양에서?"

"밀이랑 그 천녀, 평양에 와서 계속 만나고 있었어. 우연히 둘이서 마주친 일이 있었거든. 밀이 변경에서 나랑……, 그러니까 은산에서 나랑 헤어질 때 그 여자를 찾아가 전해 달라고 준 게 있어서, 그걸 전해야 했기에 밤마다 천녀를 만나려고 나갔던 거야. 그동안 계속 만나지 못하고 허탕만 쳤는데 오늘 만났어."

"선인님이 그 여자를 계속 만나고 있었다고?"

애노의 얼굴이 하얘졌다. 그녀를 언짢게 했던 굴가의 변심 따위는 이제 문제가 아니었다.

"그 여자한테 뭘 전해 달라고 했는데?"

"뭐, 별것 아니고……, 작은 정표 같은 거야. 걱정 말고 기다리라는 뜻으로 주는…….."

굴가가 주저하면서도 그다지 숨기지 않고 말했다. 천녀가 평양에 있고 밀이 그 천녀를 꾸준히 만났다는 사실이 애노에게 얼마나 큰 충격을 안기고 좌절감을 줄지 모르지 않는 그였다. 그녀가 상처받는 것을 원하지 않았지만 이왕 알게 된 것, 밀을 향한 가망 없는 사랑을 이제 그만 접었으면 하고 굴가는 은근히 바랐다. 그건 상처입은 애노의 마음이 자신에게로 돌아서지 않을까, 살며시 피어오르는 그의 욕심과도 이어진 바람이다.

"천녀에게는 정표도 주는 거야? 나한텐 인사 한마디 전하지 않으면서?"

"시간이 없어서 그랬지. 날 보낼 때 상황이 좀 급했거든."

"그렇게 급한 상황에서도 천녀에게만은 특별하게……."

애노가 힘없이 중얼거렸다. 드센 그녀가 팍 풀 죽은 모습을 보이자 굴가는 안타까우면서도 그녀의 곁에서 위로해 줄 수 있는 사람이 바로 자신임에 솔직히 기뻤다. 이제 그런 슬픈 짝사랑은 그만둬, 애노야. 밀이 아니더라도 널 지켜보는 사람이 있어. 널 사랑하는 사람이, 네 아주 가까운 곳에. 이제 잡히지 않을 밀을 뒤쫓는 대신 나를 봐. 너만 보고 있는 나를. 그의 마음을 어떻게 들었는지 애노가 휙 눈을 치켜뜨고 굴가를 째렸다.

"너, 언제부터 알았어?"

"응? 뭐, 뭘?"

식전 80리를 걸은 사람처럼 축 처져 있던 그녀가 별안간 소생하여 그녀다운 독기를 뿜어내자 굴가가 호기롭게 움켜잡았던 손목을 놓고 깨갱 움츠러들었다. 애노가 허리에 손을 걸치고 위협하듯 눈을 부라렸다.

"언제부터 평양에서 선인님이랑 그 천녀인가 뭔가가 만난 걸 안 거야?"

"밀이 여기서 천녀를 만난 그날부터……."

"그래, 그날이 언젠데?"

"평양에 온 지 한 달포쯤 되었을 때."

"그런데 왜 나한테 아무 말도 안 했어?"

애노가 냅다 굴가의 가슴을 주먹으로 팡 쳤다.

"넌 선인님이 그 천녀한테 반한 거, 진작부터 알고 있었지? 선인님에 대한 내 마음도 다 알면서, 선인님이 언제나 날 돌아봐 줄까 안달하는 거 다 알고 있으면서 왜 그 여자에 대해 아무 말도 안 했어?"

"그건……."

"내가 그렇게 선인님 앞에서 잘 보이려고 알랑거리는데도 선인님이 나한테 눈길 한번 안 준 거, 그 여자 때문이라고 왜 말 안 했어? 왜 은산에서 네가 돌아온 게 그 여자를 만나기 위해서라고, 선인님이 그 여자에게 너를 보내서라고 말 안 했어? 왜?"

"네가 알면 이렇게 속상해하잖아. 네가 속상한 꼴을 나는 어떻게 보니?"

"아무것도 모르고 혼자 설레발친 거, 그걸 아는 게 더 속상해, 이 눈치가 발바닥인 바보, 멍청아!"

애노의 주먹이 연방 굴가의 가슴팍에 날아들었다. 그녀의 날 선 눈에 독기가 빠지더니 눈물까지 고였다.

"그래, 세상 사람 같지 않게 예쁜 천녀를 보고 오니 신이 났니? 엄청스레 기분이 좋았어? 천녀가 선인님 정표를 받고 심부름 잘했다고 칭찬이라도 해 주던? 그래서 그렇게 껑충껑충 한쪽 발이 땅에도 닿기 전에 다른 발이 솟아올랐니?"

"애노야, 애노야."

그녀의 눈물에 먹먹해진 굴가가 애노를 제 쪽으로 끌어당겼다. 그녀는 저항하지 않고 안겨 그의 가슴에 얼굴을 묻었다. 주먹으로는 여전히 팡팡, 굴가를 야무지게 때리면서.

"그냥 잠자코 있지! 왜 넌 선인님이 시키면 시키는 대로 다

하는 거야? 그냥 천녀도 만나러 가지 말고 정표도 전해 주지 말고, 천녀가 선인님을 기다리든 말든 그냥 내버려두지!"

"미안해. 너도 알잖니, 내가 그런 놈인 거……. 밀이 부탁하면 절대 거절 못 하는 놈이라는 거. 그리고 네가 슬퍼하는 것도 못 볼 놈이라는 거, 너도 알잖니."

"몰라! 네가 어떤 놈인지 내가 알 게 뭐야!"

"밀은 천녀가 좋대. 천녀도 밀이 좋은가 봐. 그 두 사람이 좋아하도록 놔두자."

"그럼 나는? 나는 어떡하고?"

"너는……, 내가 옆에 있잖아."

"네가 옆에 있으면 뭐? 네가 뭔데? 웃겨!"

말은 그렇게 하면서도 애노는 굴가의 가슴을 밀어내지 않았다. 그녀는 그의 앞섶을 몽땅 적시며 서럽게 울었다. 그녀의 등허리에 조심조심 팔을 두르며 굴가가 그녀의 귀에 나직이 속삭였다.

"난 세상 누구에게도 지지 않을 만큼 널 사랑할 자신이 있어. 내 눈엔 너밖에 안 보여, 애노야."

"내 눈엔 네가 안 보여. 내 눈엔……."

"네가 누굴 보든 괜찮아. 내가 널 좋아하니까! 네가 보는 그 사람 때문에 괴롭고 힘들면 나한테 화내고 짜증을 부려. 내가 다 받아 줄 테니까. 그 사람 때문에 슬프고 서러워지면 지금처럼 내 앞에서 울어. 속이 다 풀릴 때까지."

"바보 아니니? 그런다고 내가 널 좋아할 거 같아?"

"괜찮아. 네가 좋아해 주길 바라고 널 좋아하는 게 아니니까. 널 좋아하는 건, 나 스스로도 어쩔 수가 없거든."

"……."

애노가 더 이상 대꾸를 하지 않자 굴가는 그녀를 안은 팔에 조금 힘을 주었다. 그의 품에 더 깊이 안기면서도 그녀는 저항하지 않았다. 오히려 그의 옷자락을 세게 쥐고 훌쩍거리는 코를 묻었다. 아아, 사랑스러운 이 몸뚱이라니. 그저 한순간 위로받기 위해서일 뿐 그녀가 그에게 마음을 내주어서 몸을 기댄 게 아닌 줄 알면서도 굴가는 행복했다. 오늘 밤이 끝나지 않고 영원히 지속되었으면! 그녀의 들썩이는 등을 살살 어루만지며 굴가가 기원하는데 구요가 꺄, 소리를 지르며 그의 정수리에 풀썩 내려앉았다. 조금 전 애노가 굴가의 가슴을 치기 시작할 때부터 두 남녀 사이의 심상치 않은 기운을 감지하고 가까운 담벼락 위로 뛰어올라가 자리를 피해 줬던 분별력 있는 원숭이가 굴가의 달콤한 행복을 깨뜨린 덴 이유가 있었다.

"어이, 어이! 거기, 머리에 원숭이 얹은 냄새나는 거란 놈 아니냐? 야심한 시각에 집에서 잠이나 처자빠져 잘 것이지, 왜 바깥에서 어슬렁거리고 다녀?"

때마침 등장한 사록이 걸걸하니 고함을 치자, 파뜩 놀란 애노가 얼른 굴가를 떼밀고 뒷걸음질했다. 굴가의 등을 보고 다가섰던 사록이 뒤늦게 애노를 발견하고 후다닥 달려들었다.

"애노야, 너는 또 왜 여기 있니?"

그녀의 가까이에서 눈물로 잔뜩 얼룩진 얼굴을 보고 안색이 확 바뀐 사록이 울근불근 뺨가죽을 불룩거리며 굴가의 멱살을 잡았다.

"너, 이 본데없는 후레자식, 애노한테 무슨 짓을 했어?"

"무슨 짓을 해도 너랑은 아무 상관이 없으니 송장 위의 메뚜기처럼 너무 날뛰지 마라."

"상관이 없어? 애노가 우는데 나랑 상관이 왜 없어? 애노가 울면 애간장이 녹아내리는 사람이야, 내가!"

"그런 놈이 애노 혼자 집에 놔두고 술 냄새 팍팍 풍기면서 분가루를 볼따구니에 묻히고 왔냐?"

어이쿠, 사록이 찔끔하여 굴가를 놓고 소맷귀로 쓱쓱 부지런히 볼을 문질렀다. 웬만큼 지워졌겠다 싶었는지 그는 다시 목소리를 높였다.

"내가 뒤에서 얼핏 보니까 네놈이 애노를 붙들고 허튼수작을 하는 것 같았는데……."

사록은 애노에게도 한마디 했다.

"이 냄새나는 거란 놈이 조금 전에 했던 짓, 나한테 다 말해라, 애노야. 내가 아주 야무지게 닦아세워서 다시는 분수없는 짓 못 하도록 단단히 잡도리해 둘게. 이놈이 널 억지로 껴안고 있었던 것……."

"술에 취해 있지도 않은 일을 봤다고 우기는 거야, 아님 네가 갔던 색줏집에서 겪은 일을 말하는 거야? 누가 누굴 껴안았다고 그래!"

애노는 사록을 확 째리곤 서둘러 집으로 뛰어가 버렸다. 뒤에 남겨진 굴가와 사록이 멍하니 서 있다가 서로를 돌아보았다. 사록이 흐릿한 눈을 가늘게 뜨고 음산한 목소리로 말을 걸었다.

"너, 아까 분명히 애노를 껴안고……."

"네가 취해서 헛것을 본 거야."

굴가가 잘라 말했다. 그의 품에 안겼던 사실을 그녀가 부정하고 싶다면 그녀의 뜻에 따를 수밖에. 굴가는 애노를 안았던 팔로 자신의 몸을 감싸며 아쉬움을 달랬다. 사록이 의심에 찬 눈길을 거두지 못하고 굴가의 얼굴에 자신의 얼굴을 바싹 들이대고 술내가 잔뜩 밴 숨을 굴가의 콧구멍에 불어넣었다.

"그런데 왜 울어? 그 애가 너나 내 앞에서 울 애니?"

"사랑하는 여자는 그렇단다. 울 줄 모르던 여자도 울게 되지."

"사랑? 하이고, 그 무슨 지렁이 갈빗대 같은 엉뚱한 소리냐? 애노랑 사랑이랑 네놈이랑 무슨 관계가 있다고?"

"누가 내 말 했나? 선인님 말이지. 선인님이 떠난 지 한참인데 돌아오지 않으니 답답하고 불안하고 보고 싶어 우는 거지."

밀의 애기가 나오자 사록이 아, 비로소 깨닫고 고개를 주억거렸다. 그는 잠시 망설이다가 굴가의 허리를 쿡 찔렀다.

"그런데 선인님은……, 언제 오신대?"

"곧 와."

"요즘 너, 표정이 되게 안 좋던데 진짜 선인님 소식은 알고 있는 거냐? 사실은 너, 은산에서 돌아오기 전에 선인님한테 무슨 일이 생겼는데 숨기고 있는 거 아냐?"

"별소리를 다 하네. 그리도 밀한테 무슨 일이 생겼으면 좋겠니? 밀이 어떻게 되면, 혹여 애노가 널 돌아봐 줄까 봐? 아쉽게도 밀은 내일이라도 당장 멀쩡하게 살아 돌아올 거란다."

"아니, 이 심보 고약한 거란 놈이 제 맘을 내 맘인 양 막 갖다 붙이네?"

당황한 사록이 굴가에게서 주춤 물러섰다.

"살아 돌아올 거라니, 내가 언제 죽은 거 아니냐고 물었냐? 지레 펄쩍 뛰고 난리야, 자식이. 너 인마, 너처럼 음흉한 거란 놈은 그런 맘으로 선인님이 영영 돌아오지 않기를 바랄지 몰라도, 난 병사로서 상관 나리를 걱정하는 것뿐이야. 개똥도 모르는 놈이 아는 척하긴."

사록이 문득 목소리를 낮췄다.

"그런데……, 굴가, 만약에 말이다, 정말 만약에 선인님이 돌아오지 않으면 애노가 나나 너 둘 중에 하나를 좋아하긴 할까?"

픽, 굴가가 실소하며 사록을 불쌍하다는 듯 쳐다보았다.

"애노가 널 좋아해 줄까 기대하기 전에 좀 성실해져라. 걸핏하면 색줏집에 드나드는 놈에게 무슨 정이 생기겠니?"

"뭐얏? 배운 것 없이 막돼먹은 거란 놈이 누굴 가르치려고 들어?"

사록이 한 대 칠 것처럼 손을 번쩍 올렸지만, 그는 자신이 굴가의 상대가 되지 못함을 이미 여러 번 겪어 잘 알았다. 굴가 대신 굴가의 머리 위에서 컄, 외마디소리를 지르며 주먹을 휘두르는 구요에게 위협적인 손짓을 몇 번 해 보이고, 사록은 은근슬쩍 볼일이 끝난 사람처럼 집 쪽으로 발길을 돌렸다.

"날이 밝으면 나는 즉위식 때문에 서둘러 나가야 한다. 말똥이나 치우는 거란 놈처럼 한가하지가 않으니 일찍 자야지."

즉위식이 저를 위해 열리는 것도 아니건만 사록은 목에 힘을 주고 걸어갔다. 어둠 속에 묻혀 사라지는 사록의 등을 멀거니 바라보며 굴가는 새삼 즉위식이 코앞임을 깨달았다.

태자님은 어디까지 오고 계실까? 그리고 밀은? 굴가의 마음이 천녀를 만나기 이전처럼 무겁게 가라앉았다. 돌아와라, 밀. 네가 돌아오면 천녀가 기뻐할 거고 애노가 기뻐할 거야. 그리고 내가. 또 구요가. 아마……, 사록도. 그러니 늦지 않게 돌아와, 날 실망시키지 말고! 굴가는 터덜터덜 집을 향해 걸었다.

정전의 동쪽, 남향으로 설치된 천막 안에서 보연은 궁인들의 시중을 받아 옷을 갈아입고 있었다. 상복을 벗고 왕의 성장을 갖추는 경건한 의식 중인 것이다.

화려한 무늬가 염색된 비단 장포의 깃 아래, 장포보다 엷은 색의 저고리 깃이 단정히 올라와 살짝 눈에 보이도록 잘 여며졌다. 층층이 겹쳐 입으면서 안의 옷을 조금 드러나게 입어, 서로 다른 색감의 옷들이 조화롭게 보이도록 하는 고구려인들의 독특하고도 고유한 차림이다. 넓은 포가 벌어지지 않도록 잘 손질한 가죽으로 만든 흰 띠로 허리를 둘러매었다. 왕의 허리

따라 그 위에 붙인 장식이 각별하다. 얇은 금판에 꿈틀거리는 용무늬와 인동초무늬를 투조하여 새기고 나뭇잎 문양의 찰랑이는 금장식을 여러 개 겹쳐서 길게 드리웠다.

귀걸이도 보통 때의 묵중하고 꾸밈이 적은 소박한 것이 아니라, 금사로 조밀하게 꽃무늬를 새긴 고리들로 커다란 구슬과 원추형의 금장식을 연결한 고급품이다. 하지만 뭐니 뭐니 해도 왕의 차림새에서 핵심은 관이다. 순백의 얇은 비단인 라羅로 만든 관에 즉위식을 위해 불꽃무늬로 오린 금판을 덧붙이고, 인동초와 연꽃 문양의 장식으로 테두리를 둘렀다. 양쪽 관자놀이에서 귀를 스쳐 어깨까지 드리운 드리개도 황금으로 엮은 진귀한 장식품이다.

백라관白羅冠을 쓴 것으로 성장을 마친 보연은 이제 왕자가 아니라 사왕이다. 그러나 당당하고 위엄이 넘쳐야 할 그의 얼굴은 창백하면서도 잔뜩 그늘져 어두웠다. 근시近侍의 안내로 천막 밖을 나서는 그의 발걸음이 그렇게 무거울 수가 없었다. 마치 도살장에 끌려가는 짐승처럼 보연은 내키지 않는 걸음으로 느릿느릿 옥좌를 향해 걸었다.

걸어가며 보연은 줄지어 길게 늘어선 사람들을 두려운 눈으로 훑어보았다. 특별한 예식을 위해 특별히 아름답게 꾸민 그의 아내들과 누이동생이 보였다. 아내들은 왕비답게 차려입고 떨리는 흥분을 감추지 못해 입가를 파르르 떨고 있었다. 그리고 의연히 서 있는 누이동생. 아내들과 달리 누이는 보연과 마찬가지로 창백했다. 착잡한 표정으로 입을 굳게 다물고 서 있던 안학은 천막에서 걸어 나오는 오빠와 눈이 마주치자 용기를 북돋워 주고자 살며시 미소했다. 그 애잔한 웃음이 날카로운 창이 되어 보연의 가슴에 푹 박혔다. 그의 작은 누이동생은 전날 그녀의 어깨에 기대 울던 못난 오빠를 위로하며 말했었다.

'이제 안학은 어리게 굴지 않겠습니다. 오라버니와 왕실을 위해 온 힘을 다하겠습니다. 혼인을 하라면 혼인도 하겠습니다. 그러니 제발 힘을 내세요, 오라버니.'

그녀가 어떤 마음으로 그렇게 말했는지 보연은 안다. 다정하고 부드러웠지만 고집도 센 동생이었다. 옳고 그름을 따지기도 잘하고 또 끝까지 따졌다. 아직 확정된 것이 아닌 혼담이 오갔다는 말에도 펄쩍 뛰었던 그녀가 혼인이든 뭐든 다 하겠다고 양보한 것은 순전히 오빠가 안타까웠고 불쌍했기 때문임을 보연은 알았다. 그리고 그녀가 여전히 큰오빠의 생환을 믿고 있고 기다리고 있다는 것도. 그녀가 보연의 처지였다면 흥안이 돌아오기를 기다려 아득바득 끈질기게 귀족들에게 저항하며 버텼을지도 모른다.

'나는 정말 못난 놈이다. 형님에게도 누이에게도 부끄러운 형제다.'

그가 가는 길의 양쪽에 늘어선 신하들이 깊숙이 머리를 숙였다. 장인인 왕수종의 입가에 떠오른 흐뭇한 웃음을 얼핏 보고 보연은 눈길을 휙 돌렸다. 그가 미웠다. 형의 부재를 누구보다도 반긴 장인이 혐오스러웠다. 그리고 그 옆에 선 우불해. 보연은 그 노인을 차마 쳐다보지도 못했다. 그는 두려웠다. 이미 모든 관작을 내려놓고 명예직만 가진 원로였음에도 이번 귀족 평의를 주도한 그가 아마 장인을 부추긴 배후이기도 할 것이다. 국내계의 거두인 그가 어떻게 평양계의 귀족들까지 설득했는지, 그 수완이 보연은 두려웠다.

앞으로 그는 저들을 구슬리며 정사를 펼쳐야 한다. 과연 그럴 수 있을까? 저들에게 끌려 다니는 왕이 되지는 않을까? 그들 속에서 나는 온전히 왕실을 보전할 수 있을까? 정전에 설치된 빈전의 찬궁(欑宮:빈전 안 임금의 관을 두는 곳) 앞에 꿇어앉은 보연의 등으로 식은땀이 흘렀다.

대대로가 옥새를 받들고 보연에게 다가왔다. 이제 그가 옥새를 건네받는 의식을 마치면 보연은 정식 국왕으로서 옥좌에 오르게 된다. 대대로가 내미는 옥새를 받기 위해 뻗은 보연의 손이 가늘게 떨렸다. 그때였다.

갑자기 정전의 남쪽 문이 소란스러웠다. 아직 옥새를 들고 있는 대대로가 눈썹을 꿈틀하고 빈전 바깥을 노려보았다가 눈을 휘둥그레 뜨며 허리를 폈다. 무슨 일이지? 보연이 무릎을 꿇은 채로 상체를 돌렸다가 이내 벌떡 일어났다.

"형님!"

조용하고 엄숙하던 뜰이 순식간에 왁자하니 떠들썩해졌다.

"보연, 많이 기다렸지?"

성큼성큼 정전으로 걸어 들어오며 흥안이 유쾌한 목소리로 아우를 불렀다. 모든 신료들은 일순 어이없다는 표정을 지었다. 죽은 자로 취급해 이미 관에 넣는 절차까지 마친 태자가 씩

씩하게 걸어 들어오는 것을 보고 안색이 흙빛으로 칙칙하게 변한 이들도 여럿 있었다. 그중에는 수종도 있고 불해도 있었다. 그러나 또 많은 이들, 태루를 비롯한 젊은 관료들의 표정은 확 밝아졌다. 그들과 같은 표정으로 보연이 빈전에서 내려와 형에게 뛰듯이 다가갔다. 모든 관리들과 귀부인들이 우왕좌왕하며 즉위식은 저절로 중단되었다.

"오라버니!"

보연보다 흥안에게 먼저 달려간 사람은 안학이었다. 흥안은 그의 목에 매달리는 누이를 끌어안았다.

"안학, 걱정을 끼쳐 미안하구나!"

"세상에! 오라버니, 이 피!"

안학은 반가워하기 전에 먼저 질겁했다. 흥안의 뺨은 물론 윗옷이 온통 검붉은 핏자국으로 엉망이었다.

"어딜 다쳤습니까? 얼마나? 어서 치료를……!"

"괜찮다, 내 피가 아니다."

울 것 같은 누이에게 흥안이 웃어 보였다. 그는 멍청하게 자신을 바라보는 중신들과 눈을 맞췄다.

"이번 사냥은 힘겨웠어. 보통 사납고 악랄한 짐승들이 아니었거든."

수종과 몇몇이 찔끔하여 슬그머니 눈을 내렸다. 불해만이 참 다행스럽다는 듯 은은히 웃어 보이며 흥안에게 고개를 숙였다. 흥안도 똑같은 미소로 답하는데 그의 옆에 다가온 보연이 분노로 새파래졌다.

"감히 태자를 시해하려는……."

"짐승이었다, 보연. 내가 그렇게 말하면 그런 거야."

형이 살짝 눈짓을 하자 보연은 입을 다물었다. 흥안이 그를 아래위로 훑더니 감탄했다.

"훤칠하니 워낙 잘난 용모라 그 옷이 꽤 잘 어울리는구나. 멋진걸."

"이런 때까지 놀리십니까? 이것은 오로지 대왕께만 어울리는 옷입니다."

보연이 그 자리에서 요대를 풀어 누이에게 건네고 용포를 벗어 형의 어깨에 둘렀다. 절차와 예법에 맞지 않는 행동이었지만 누구도 보연을 말리러 접근하는 이가 없었다. 아니, 피에 젖은 채로 용포를 걸친 흥안에게 접근하지 못했다는 것이 더 맞을 것이다. 형이 장포의 소매를 팔에 꿰는 걸 도운 보연은 마음의 큰 짐을 던 듯 가뿐한 목소리로 누이동생을 불렀다.

"안학, 부탁한다."

안학이 공손히 받든 허리띠를 흥안에게 매어 주었다. 찰랑거리는 장식들이 얽히지 않도록 복잡한 드리개를 그녀가 매끄럽게 손끝으로 흘려 내리자 보연이 쓰고 있던 황금 보관을 벗어 형의 머리에 씌웠다. 관이 그의 머리에서 떠나 형의 머리로 옮겨 간 것은 그가 아니라 흥안이 진짜 왕이라는 의미였다. 보연과 안학이 관을 쓴 흥안에게 절을 하고 몇 발짝 물러서자, 새로운 왕이 빈전을 향해 당당히 걸었다.

"사왕께서는 제발 그 핏자국이라도 좀 닦으심이……."

옥새를 안은 대대로가 흥안을 맞이하며 난처하게 속삭이자 흥안이 착 가라앉은 목소리로 말했다.

"국정의 공백을 막고 조정에 혼란이 없도록 늦지 않게 돌아오려고 서둘렀으나 뜻하지 않은 짐승들의 습격에 많은 날들을 지체했소. 간신히 흉악한 짐승들을 제압하고 여기까지 오긴 했으나, 이는 나를 위해 희생한 선인 밀이 있었기에 가능했던 일. 그가 죽음을 무릅쓰고 나를 보호하지 않았다면 그대들의 왕은 이 자리에 없었을 것이오. 비록 보위에 오르는 경사스러운 날이나, 목숨을 바쳐 왕을 지키고 고구려의 왕실을 보전한 선인 밀을 잊지 않기 위해 오늘은 종일토록 이 피를 지우지 않을 겁니다."

흥안은 조용조용 말했으나 큰 소리를 내거나 윽박지르는 것보다 훨씬 위압적이었다. 대대로는 물론 뜰에 선 관료들도 흥안의 말을 꼬투리 잡고 예법을 논해 즉위식을 중지할 것을 요구하지 않았다. 그들 모두 왕이 말하는 '흉악한 짐승들'의 의미를 대강 파악했기 때문이다. 왕이 '자객'이나 '시살' 등의 단어를 입에 올리지 않는 것은 뻔히 보이는 국왕 암살 기도를 묻어두겠다는 뜻이었다. 정식 후계 왕을 시해하려는 음모를 파헤치다 보면 태자의 죽음을 서둘러 공식화하고 보연을 왕으로 옹립하기로 결정한 제가들의 평의도 그 의도를 의심받을 것이었다. 귀족들이 감히 나서지 못하는 이유는 하나같이 평의의 말미에 이르러 흥안 대신 보연을 사왕으로 삼는 것에 찬성했기 때문이다. 지금은 새 왕의 너그러움에 감사하고 그가 하는 일에 방해가 안 되도록 납작 숙여야 할 때다.

다시 정전의 뜰이 고요하니 엄숙해지고 옥새를 받아 정식 국왕이 된 흥안이 동문 쪽의 천막으로 들어갔다. 정전 남문의 한가운데에 용상을 남향으로 설치하자 천막에 있던 흥안이 나와 앉았다. 그는 산호만세(山呼萬歲:임금의 만수무강을 비는 뜻으로 하는 만세)를 시작하려는 근시를 잠시 말리고 낭랑하게 말했다.

"앞으로 우리 고구려는 민인의 안전과 풍요로운 삶을 위해 많은 전쟁을 감수해야 하오. 거기엔 수많은 희생이 따르리라 모두 짐작할 수 있을 것이오. 전투에 직접 나서는 군인들은 물론, 후방에서 각종 물자를 대는 이들의 수고와 희생도 적지 않을 것이오. 그대들 왕실과 종친, 제가와 백관이 솔선하여 아낌없이 가진 것을 내놓는다면 민인들이 감복하여 너도나도 고구려를 위해 나서리라 보오. 오늘 이 자리에 앉은 짐의 생명은 어느 충성스런 선인의 목숨과 바꾼 것이라 이미 말한 바 있소. 또한 그를 기억하여 핏빛으로 젖은 채 오늘 용상에 앉겠노라 했소. 지금 짐은 얼굴과 목에 피로 칠을 하고 앉아 있소. 선인 밀을 기억하고 그에게 감사하기 위함이요. 마찬가지, 그대들이 왕과 고구려에 바치는 충성과 희생은 모두 기억하여 잊지 않고 보답할 것이오. 전쟁으로 그대들이 희생할 것의 몇 배, 몇십 배를 돌려줄 것이오. 그러니 그대들! 호태성왕과 장수대왕의 시절, 왕실과 제가, 백관과 민인이 하나 되어 번영을 이루었던 그때처럼, 부디 모두 사욕을 잠시 접어 두고 국왕의 뜻에 따라 희생을 아끼지 않길 바라오."

이것은 곧 전쟁을 시작할 테니 재물도, 사병도, 그리고 목숨까지도 다 내놓으라는 명령. 귀족들의 숙인 고개가 안으로 삭이는 한숨으로 더욱 구부러들었다. 왕의 말이 끝나자 근시가 구령을 붙였다.

"산호!"

"만세!"

뜰에 모인 모든 사람들이 두 손을 이마에 대고 외쳤다. 용상에 앉은 왕의 눈이 그들을 죽 훑어보고 있었다. 자칫 목숨을 잃을 뻔했다가 살아 돌아온 왕의 눈을 마주하고 아무렇지도 않을 사람은 거의 없다. 그래서인지 왕의 짤막한 연설에 시름겨웠던 귀족들이었지만 만세를 외치는 목청은 우렁찼다. 모두 왕 앞에서 기세가 팍 꺾였던 것이다. 홍안이 피를 지우지 않았던 것은 이를 노렸기 때문이다. 시각적인 자극은 시간이 지나도 오래오래 남는 것이니까.

근시가 두 번째 구령을 붙였다.

"산호!"

"만세!"

세 번째이자 마지막 구령.

"재산호!"

"만만세!"

세 번의 만세를 끝으로 즉위식은 모두 마무리되었다. 이제 홍안이 고구려의 태왕이다.

안학은 멍했다. 눈을 떴는데 이상하게도 또렷이 보이는 게 없었다. 귀를 막지 않았는데 웅웅거리는 소리만 들렸다. 언제 부터? 흥안에게 허리띠를 매어 주었을 때까지만 해도 말짱했던 눈이고 귀였다. 그녀의 감각이 제대로 작동하지 않은 것은 오빠가 옥새를 받기 전 한마디 하면서부터였다. 나를 위해 희생한 선인 밀. 오빠는 분명 그렇게 말했던 것이다. 그게 무슨 뜻이에요, 흥안 오라버니? 안학은 오빠에게 묻고 싶었지만 용상에 앉은 오빠는 너무 멀었다. 희생했다는 건, 그가 많이 다쳤다는 건가요? 그래서 오라버니와 같은 문으로 들어오지 못하고 바깥 어디선가 쉬고 있나요?

안학은 표정 없는 인형처럼 망연히 흥안을 바라보았다. 오빠가 뭐라고 또 말을 하고 있다. 그녀의 귓바퀴를 슬쩍 돌다가 사라져 버리는 단어들이 몇몇 있었다. 생명, 목숨, 핏빛, 희생. 비슷비슷한 말들의 연속. 그리고 그 말들은 모두 밀과 관련이 있다. 밀이 이 자리에 없는 이유와. 하지만 밀은 꼭 돌아온다고 했는데! 안학은 짙은 현기증을 느끼며 비틀거렸다. 마침 그녀의 옆에 있던 둘째 오빠가 얼른 팔을 잡아 부축했다.

"안학, 왜 그러니?"

보연의 목소리가 그녀의 들리지 않던 귀를 틔웠다. 비로소 정신이 돌아온 안학은 흐린 눈으로 주변을 두리번거렸다. 마지막 만만세 소리도 잦아들고 흥안도 용상에서 일어난 뒤였다. 안색이 나쁜 누이에게로 흥안이 다가왔다.

"무슨 일이냐?"

"대왕께서 평양을 떠나 계신 동안 안학의 근심이 몹시 깊었습니다. 이제 긴장이 풀려 잠시 몸을 가누지 못하는 것 같습니다."

걱정스레 묻는 홍안에게 보연이 대신 대답했다. 홍안이 누이의 손을 잡았다. 얼음처럼 식은 손이 축축하니 땀에 젖어 있어 그는 깜짝 놀랐다.

"너, 크게 아픈 게 아니냐?"

오라버니. 안학의 마른 입술이 달싹였지만 소리가 나오지 않았다. 오라버니와 함께 돌아와야 할 밀은 어디 있나요? 그녀의 질문은 입속에서만 맴돌아 홍안에게 닿지 않았다. 병색이 완연한 누이를 왕이 직접 부축했다.

"미안하다, 안학. 내가 잘못했다."

아니요, 오라버니. 그런 말은 나중에요. 내가 묻고 있잖아요. 밀은 어디 있어요? 왜 같이 오지 않았죠? 안학은 끊임없이 물었지만 그것은 모두 그녀의 혼란스런 머릿속에서였다. 홍안이 아예 그녀를 번쩍 안아 공주궁으로 향했다.

"시의를 불러라. 지금 당장 공주궁으로 달려오라고 해!"

보연에게 소리친 홍안은 누이를 꼭 끌어안았다. 그의 뺨에 닿은 이마도 손처럼 차가웠다.

"안학, 정신 차려라. 맙소사, 밀을 죽여 가며 살아 돌아왔더니, 이 무슨⋯⋯. 네가 잘못되면 나는 어쩌란 말이냐?"

당황한 오빠의 탄식에 안학은 힘겹게 뜨고 있던 눈을 내렸다. 그 말은 오라버니, 이제 그가 다시 돌아오지 않는다는 건가요? 앞으로 두 번 다시 그와 함께 별을 볼 수 없다는 뜻인가요? 그는 나와 함께 고구려의 하늘을 새기며 살고 싶다고 했는데 말이에요. 하긴 오라버니, 난 그를 볼 생각이 없었어요. 딱한 번, 정말 딱 한 번만 더 보고 보지 않으려고 마음먹고 있었어요. 왜냐하면 그 사람, 나한테 굉장히 무례한 짓을 했거든요. 그런 짓, 다시는 못 하게 하겠다고, 아예 보지 않겠다고, 그렇게 단단히 작정하고 있었거든요. 그러니 이제 못 만난다고 해도 아무렇지도 않아야 하는데, 나 왜 이렇게 가슴이 아플까요? 왜 숨조차 쉴 수 없을 만큼 가슴이 아플까요? 왜 그럴까요, 오라버니…….

안학은 더 이상 생각할 수 없었다. 그녀는 정신을 잃었다.

『을밀』 2권에서 계속